그냥
막역으로
살겠습니다

그냥 악역으로 살겠습니다 2

김다함 장편소설

초판 1쇄 찍은 날 | 2020년 12월 23일
초판 1쇄 펴낸 날 | 2020년 12월 30일

지은이 | 김다함
발행인 | 이진수
펴낸이 | 황현수

펴낸곳 | 주식회사 카카오페이지
등록번호 | 제2015-000037호
등록일자 | 2010년 8월 16일
주소 | 경기도 성남시 분당구 판교역로 221 6(일부)층

제작·감수 | KW북스
E-mail | cl_production@kwbooks.co.kr

ⓒ 김다함, 2020

ISBN 979-11-6509-646-5 04810
      979-11-6509-644-1 (set)

그냥 악역으로 살겠습니다

김다함 장편소설

II

Yeondam

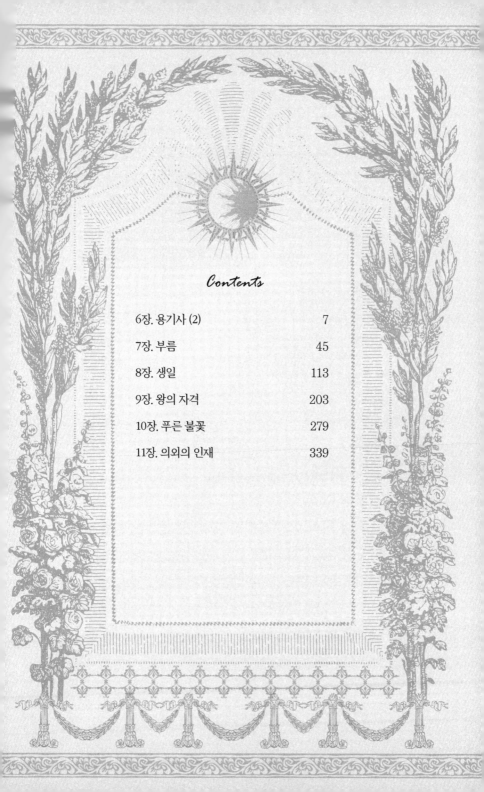

Contents

6장
용기사 (2)

예상과 완전히 다르게 끝나 버린 행사를 뒤로하고, 나는 이리저리 비틀거리며 방으로 돌아갔다. 그런 내 뒤를 따르던 해리가 혀를 끌끌 차며 내 몸을 똑바로 붙잡았다.

"그러다 넘어진다."

"차라리 넘어질까요? 넘어져서 바닥에 머리를 부딪히면, 이 꿈에서 깨어날지도 모르잖아요."

"이게 꿈 같아?"

해리가 두 손으로 내 뺨을 꾹 누르며 물었다. 손에 닿는 체온이 너무 선명했다.

"아니요. 현실이겠죠. 나도 알아요."

붕어처럼 튀어나온 입으로 웅얼거리자, 해리가 내 뺨에서 손을 뗐다.

"왜 그렇게 싫어해? 덕분에 그림은 좋았잖아. 내일이면 파다하게 소문이 날걸."

확실히 반응은 좋았다. 기사와 레이디에 로망이 있는 여인들 중에는 눈물을 찍어 내는 사람도 있었다. 돌아가는 손님들에게 답례품으로 건넨 청요석 커프스단추도 인기였다. 선물을 건네며 청요석에 대해 설명했더니, 꼭 사고 싶다며 눈을 빛내는 사람도 많았다.

'물론 나타 백작은 그걸 받자마자 표정이 썩었지만.'

그건 내가 알 바가 아니었다.

"망했어요. 해리 하나 먹여 살릴 궁리로도 머리가 아픈데, 이제 군식구가 도대체 몇이야. 그 기사들을 다 어떻게 먹여 살려요?"

"너 부자잖아. 지금은 영주고. 뭐가 걱정인데?"

"돈 문제가 아니라고요."

나는 길게 한숨을 내쉬었다.

"내가 누군가의 인생을 책임져야 한다는 게 부담스러운 거라고요."

"네가 왜 그 사람들의 인생을 책임져? 걔들이 멋대로 충성한 건데. 굳이 그럴 필요 없어."

"그 사람들은 그렇게 생각하고 충성한 게 아닐걸요."

"그걸 네가 왜 신경 쓰는데?"

해리가 악마답게 씩 웃으며 어깨를 으쓱거렸다.

"망하면 주인 잘못 선택한 자기 자신 탓이지, 누굴 원망해?"

"그럼 해리도 내가 아니라 자기 자신을 원망해요?"

"그건 경우가 다르지. 네가 멋대로 날 불러낸 거니까! 지금이라도 전쟁을 일으키겠다면 나의 원망은 모두 먼지처럼 사라질……."

"됐어요. 쓸데없는 소리."

나는 손을 휘휘 저어 해리의 말을 끊었다. 아무도 없다지만 뻥 뚫린 회랑에서 할 말은 아니었다.

"저, 영주님!"

그때 반대편 복도 끝에서 익숙한 목소리가 들려왔다. 파티장에서 함께 이야기를 나눴던 세 여인 중 한 명, 일세 백작의 딸 리엔이었다.

"길을 잘못 드셨나요?"

손님들의 마차는 여기와 완전히 동떨어진 곳에 있었다. 혹 길을 잘못 든 거라면, 완전히 방향을 잘못 잡은 셈이었다.

내 질문에 리엔이 수줍게 해리를 힐끗거리고 고개를 숙였다.

"죄송합니다, 영주님. 길눈이 어두워 돌아갈 길을 찾지 못하겠습니다. 부디 제가 길을 찾을 수 있도록 이분을 빌려주시겠어요?"

'파티장에서부터 계속 해리를 탐내더니.'

속셈이 뻔히 보이는 말이었다. 하지만 거절할 명분이 딱히 없었다. 나는 해리를 힐끗거렸다. 인간이 역겹다는 말이 사실인지, 그는 가까이 다가온 리엔을 보며 미간을 찌푸리고 있었다.

'해리라면 누가 함부로 어찌할 수 있는 녀석은 아니니까.'

나는 리엔에게 고개를 끄덕였다.

"당연히 그래야죠. 해리 경, 레이디 리엔을 안내해 주세요."

"······알겠습니다."

해리가 불만스러운 표정을 지으면서도 순순히 고개를 숙였다.

'오, 다른 사람 앞에서 순한 양이 되는 해리라. 꽤 좋은데?'

평소엔 보지 못하는 해리의 모습에 감탄하는 동안 두 사람이 복도 끝으로 사라졌다. 기사도는 어디에 뒀는지, 긴 다리로 휘적휘적 걷는 해리를 따라잡느라 리엔이 꽤 고생을 하고 있었다.

나는 두 사람이 완전히 사라지는 것을 확인하고 내 방을 향해 걸음을 옮겼다. 하지만 몇 걸음 지나지 않아 또 익숙한 얼굴을 발견했다.

"나타 백작님, 백작님께서도 길을 잃으셨나요?"

흉흉한 그의 태도를 보면 그게 아니라는 걸 확실히 알 수 있었다. 내 앞까지 성큼성큼 걸어온 나타 백작이 이를 바드득 갈았다.

"애송이가 잘도 내 뒤통수를 쳤더군."

"뒤통수라니요. 저는 정당한 절차를 밟아 물건을 판매했을 뿐입니다."

"뒤에서 수작을 부린 게 정당한 절차라고?"

나타 백작이 버럭 소리를 질렀다.

'이런 사람 많이 만나 봤어.'

상대가 어린 여자라는 걸 알면 소리를 질러서 제압하려고 드는 부류. 여기서 기가 죽으면 끝까지 밀려 주도권을 빼앗긴다.

"도대체 제가 무슨 수작을 부렸는지 말씀해 주시겠어요?"

"그건 본인이 가장 잘 알겠지."

나타 백작이 코웃음을 치며 손으로 내 이마를 툭 쳤다. 강한 힘에 몸이 휘청거렸다.

"말로 문제를 해결하는 품위는 없으시군요?"

"그러는 너는 상황 파악하는 눈치가 없는 건가?"

나타 백작이 누런 이를 드러내며 웃었다.

"여기가 네 영지라고 너무 방심하는 것 같은데, 지금은 너와 나, 단 둘뿐이거든."

나타 백작의 커다란 손이 그대로 내 머리를 강타했다.

✿

[주인님! 주인님!]

간절한 외침에 나는 겨우 눈을 떴다.

'아으, 머리야.'

나타 백작의 무식한 손에 맞은 탓인지 머리가 윙윙 울렸다. 어지러움을 떨쳐 내려고 몇 번 고개를 흔들었지만, 윙윙거리는 느낌은 사라지지 않았다.

'아. 이거 머리가 아니라 귀가 문제인가?'

조금 더 정신을 집중해 보니 왼쪽 귀가 먹먹했다. 나타 백작에게 맞을 때 뭔가 문제가 생긴 것 같았다.

'고막이 나간 거 아냐?'

고통스러움에 미간을 찌푸리며 왼쪽 귀를 매만지자 유피테르가 안도의 한숨을 내쉬었다.

[깨어나셨군요. 정말 다행입니다.]

[네. 귀가 좀 먹먹하긴 하지만…….]

[바로 치료해 드리고 싶지만 지금 제가 주인님 곁에 없어서……. 죄송합니다.]

유피테르의 치유 능력은 내가 성검을 쥐고 있을 때만 사용 가능했다.

[지금 나한테 없다고요?]

나는 본능적으로 다리를 더듬거렸다. 유피테르가 있어야 할 허벅지가 허전했다.

[예. 여기에 가두면서 몸수색을 했습니다. 무기를 발견하고는 바로 가져갔고요. 전 지금 문밖 간수의 주머니에 있습니다. 제가 비싸게 보였는지, 상관에게 주지 않고 주머니에 넣더군요.]

[뭐, 유피테르가 비싸게 보이기는 하죠.]

검집을 열어 검신을 확인했다면 단번에 귀한 검이라는 걸 알아봤을 것이다.

[그런데 이게 어떻게 된 상황이에요?]

[나타 백작에게 맞고 기절하셨습니다. 그러자 그 백작이 주인님을 둘러업은 뒤 마도구를 썼고, 순식간에 이 감옥으로 와 있었습니다. 아

마 축지 마도구를 쓴 것 같습니다.]

[나타 백작은 마정석을 생산하는 집안의 우두머리니까 다양한 마도구를 가지고 있었겠죠.]

그걸 생각하지 못한 게 실책이었나? 아니, 아니었다. 소문난 충신이라는 명문가의 귀족이 이렇게 무식한 방법으로 나올 거라고는 생각하지 못한 게 실책이었다.

'사람을 패서 납치라니.'

깡패와 다를 게 없지 않나? 귀족이라는 이름이 아까웠다.

[유피테르, 내가 해리를 부를 수 있을까요?]

[악마와 계약자는 항상 연결되어 있습니다. 그러니 언제든 부름에 응답할 수 있습니다.]

다행이었다. 해리만 부를 수 있다면 이 문제는 간단하게 해결되었다.

[해리.]

[이브리아!]

해리가 기다렸다는 듯 내 부름에 응답했다. 반가움에 눈물이 찔끔 나올 것 같았다.

[해리, 나타 백작 그 사람 완전히 미친놈이었어요. 다짜고짜 날 때리더니 이상한 감옥에 끌고 왔다니까요!]

[지금 태평하게 나타 백작 험담이나 할 때야? 지금 어디야? 바로 갈게.]

[여기가 어디냐면요…….]

나는 주변을 두리번거렸다. 사방이 높은 회색 벽으로 가로막힌 실내에는 창문조차 없었다. 그나마 불을 밝히는 마도구가 있어 앞이 보이는 게 다행이었다.

[해리.]

[그래. 어딘데?]

[모르겠어요.]

[뭐?]

[어딘지 모르겠다고요. 그냥 내 앞으로 순간 이동 하는 건 안 돼요?]

내 말에 잠시 침묵하던 해리가 요란하게 헛기침을 하며 변명을 시작했다.

[이브리아, 내가 아주 위대한 마족이지만 내 힘은 주로 파괴 쪽이거든. 그래서 공간 마법에는 익숙하지가 않아. 네 기운이 느껴지는 가까운 거리라면 어렵지 않은데, 지금은 이상한 방해 파장도 느껴지고…….사실 이 공간 마법이 상당히 어렵거든. 좌표 하나 잘못 잡으면 공간에 끼이고, 찢어지고, 어휴. 말도 못 해! 그게 얼마나 끔찍한…….]

[그러니까 해리.]

나는 장황하게 이어지는 해리의 말을 끊었다.

[한마디로 그냥 못 한다는 거잖아요.]

[……응.]

해리가 면목 없다는 듯 한 박자 느리게 대답했다.

[지금 내가 거기로 갈 수는 없으니까, 성검 자식한테 도와 달라고 해.]

[그것도 쉽지 않아요.]

[왜?]

[성검의 힘을 쓰려면 내가 그걸 들고 있어야 하잖아요. 그런데 내가 기절한 사이에 무기를 뺏어 갔어요.]

[어……. 그럼 너 지금 상당히…….]

[위험한 것 같네요.]

그래. 위험한 상황이었다.

위대한 푸른 불꽃의 대마법사 테오하리스도, 1,047가지의 다양한-그러나 다소 쓸모없는-기능을 가지고 있는 성검도 무용지물. 엉엉 울면서 내게 충성을 맹세했던 용기사들도 도움이 안 되고, 비늘이 없으니 와이번 대장도 부를 수 없었다.

[……그런 상황인 것치고 상당히 멀쩡하다?]

[어떡하냐고 난리 쳐서 해결 가능한 상황이 아니잖아요. 아무런 무기도 없으니까, 정신이라도 바짝 차려야죠.]

게다가 논리적으로 생각하면, 나타 백작이 오베론 가문의 직계인 내게 큰 해를 입힐 수는 없을 터였다.

'아닌가? 그렇게 생각했으면 애초에 날 납치 안 했을 텐데.'

독점했던 큰 이익을 놓쳐 버려서 정신이 나간 건가? 너 죽고 나도 죽자, 뭐 이런 동귀어진?

하지만 형형하게 빛나던 나타 백작의 눈을 생각하면 삶을 포기한 사람 같지도 않았다.

'오히려 욕망이 꿈틀거리던데.'

오베론 가문과 척을 질 각오를 한 것이거나, 내게 해코지를 해도 오베론 가문이 반응하지 않을 거라고 생각한 것이거나, 둘 중 하나였다. 내가 공작의 미움을 받고 에렐로 쫓겨났다는 게 귀족 사회에 떠도는 소문이니, 아마 후자의 경우로 생각한 것이 아닐까 싶었다.

'왜 그런 생각을 하게 된 건지는 이해가 되는데…….'

나타 백작이 잘못 짚은 게 있었다. 공작은 오베론 가문에 대한 자부심이 강했다. 다른 건 몰라도, 제 가문에 흠집을 내려는 사람은 용서하지 않는다. 게다가 소문과 달리 마냥 이브리아를 미워하는 것 같지도 않았다.

[해리, 우선 나타 백작이 날 데려온 건 확실하니까, 그 사람의 주변을 조사해 줄래요? 그의 집에 있는 감옥이라거나, 그런 곳들 위주로요.]

[알겠어. 그렇지 않아도 인세티아 남작이 눈에 불을 켜고 찾는 중이야.]

[그럼 해리는 뭘 하고 있는데요?]

[장소를 알게 되면 바로 날아갈 준비……?]

[결국, 지금은 아무것도 안 하고 있다는 말이네요.]

[날아갈 준비도 엄청 힘든 거거든!]

위험한 상황에서도 해리의 반응은 평소와 똑같았다.

'어차피 해리야 내가 위험해져도 별 상관은 없으니까.'

오히려 내가 죽으면 그는 자유가 된다.

'내가 어디 있는지 알아도 안 올 수도 있다는 거잖아.'

얼굴을 보지 않고 목소리만 들으니 해리의 생각이 어떤지 확신할 수가 없었다.

'얼굴만 보이면 해리가 무슨 생각을 하는지 단번에 알 수 있을 텐데.'

악마는 모두 표정이 풍부한 건지, 해리가 유독 그런 건지, 그는 생각하는 것들이 얼굴에 그대로 드러나는 편이었다. 어두운 곳에 갇혀 있으니 괜히 쓸데없는 생각이 드는 것 같았다.

"깨어났구먼, 애송이."

그때 감옥의 문이 열리고 나타 백작이 등장했다. 나는 이를 바드득 갈며 자리에서 일어섰다가, 금세 자리에 주저앉았다. 놀라서 다리를 보니 족쇄로 다리가 단단히 고정되어 있었다.

'귀가 너무 먹먹해서 다리가 구속된 줄은 몰랐네.'

나는 일어서기를 포기한 채로 나타 백작의 얼굴을 올려다보았다.

"정말 귀족적이지 못하시네요, 나타 백작."

"왕도 귀족이라 생각하는 게 순진하구먼. 변방에서는 때로 말이나 법보다 주먹이 먼저야."

나타 백작이 씩 웃으며 나를 발로 걷어찼다. 제대로 복부를 얻어맞은 건지 순간 숨이 턱 막혔다.

"상황 파악이 제대로 안 되는 것 같으니 확실하게 말해 주지."

나타 백작이 쪼그려 앉아 내게 속삭였다.

"여긴 누구도 모르는 비밀 장소야. 온갖 마정석을 써서 숨겨 둔 공간이지. 오베론이 아무리 대단해도 귀족적인 방식이나 부르짖는 왕도 귀족일 뿐, 변방의 편법은 따라올 수 없을 거야."

나타 백작이 손을 뻗어 머리카락을 귀 뒤로 넘겨 주었다. 거친 손길에 짜증이 치밀어 올랐다.

"그냥 본론을 말해요. 뭘 원하는지."

"왕도 귀족치고는 계산이 빠르군."

나타 백작이 내 앞에 종이를 던졌다.

"에렐에서 청요석을 우리에게 모두 넘긴다는 계약서다. 계약 기간은 500년. 개당 마정석의 10퍼센트의 가격으로 매입해 주지."

"그게 말이 되는 소리라고 생각하세요?"

"당연히 말이 안 되지. 그러니까 이런 방법을 써서 서명을 받아 내려는 게 아니겠어?"

나타 백작이 다시 한번 나를 발로 걷어찼다. 이번에는 팔을 제대로 맞았다.

"법은 멀고 주먹은 가깝다고들 하지. 잘 생각하시게, 에렐 영주. 내일 이 시간에 다시 올 테니까."

나타 백작이 비죽 웃고는 자리에서 일어섰다. 그가 돌아서 나가자

다시 문이 굳게 닫히고 어둠이 찾아왔다.

나는 끙끙대며 겨우 벽에 등을 기댔다.

'와. 변방 귀족들은 생각보다 더 거칠구나.'

나타 백작을 조심해야 한다고 했던 인세티아 남작의 경고가 생각났다. 그는 변방 귀족 출신답게 나타 백작의 성향을 잘 알고 있었던 게 틀림없었다.

'남작의 조언을 잘 새겨들었어야 했는데.'

이미 늦은 후회였다.

'남작, 남작도 어서 변방 귀족다운 편법을 좀 찾아봐요. 이러다 진짜 맞아 죽겠네.'

만약 견디기 힘들어지면 계약서에 서명을 하는 방법도 있었다.

'일부러 서명을 틀리게 하면 계약서는 완전히 쓰레기가 되니까.'

하지만 그게 가짜 서명이라는 걸 들키면 오히려 나타 백작의 분노에 불을 붙일 수도 있었다.

'제대로 된 서명을 하고, 그걸 강제성에 의한 거였다고 주장해 무효로 돌리는 방법도 있겠지만……'

그 일은 시간이 많이 걸린다. 계약서가 무효임을 주장하는 사이 나타 백작이 청요석을 탈탈 털어 갈 것이 뻔했다.

'많이 맞아도 죽지만 않으면 유피테르가 살려 줄 수 있으니까 우선 버텨 보자.'

아무리 비밀스러운 장소라지만, 세상에 비밀이 어디 있나? 조금만 깊이 파 보면 답이 나오기 마련이었다.

'가장 쉬운 방법은 간수를 꼬드겨서 유피테르를 돌려받는 건데……'

비싸다는 확신을 갖고 검을 챙긴 간수가 내게 돌려줄 가능성이 있을까? 하지만 어차피 내게는 다른 방법이 없었다.

'할 수 있는 거라도 최대한 해 보지 뭐.'

⟨∾⟩

'미치겠네.'

정작 이브리아가 불렀을 때는 태연하게 대답했지만, 사실 해리는 초조해서 미쳐 버릴 것만 같았다.

'계약자를 놓친 건 처음이야.'

사실 이번이 두 번째 계약이니 그렇게 경험이 많은 건 아니지만, 첫 번째 계약에서는 이런 경우가 단 한 번도 없었다. 첫 번째 계약자는 언제 어디서든 해리를 곁에 뒀다. 해리가 자신의 눈앞에서 사라지는 걸 용납하지 않았다.

'날 전혀 믿지 않았지.'

계약의 형태로 묶여 있었지만, 그는 해리를 전혀 신뢰하지 않았다. 이유는 간단했다. 해리가 악마니까. 악마는 원래 그런 존재니까. 보이지 않으면 배신하고 도망갈까 봐, 보이면 자신을 죽일까 봐, 첫 번째 계약자는 늘 불안해하며 해리를 경계했다. 그런 시선 속에서 시간을 보냈던 탓에 그때의 해리는 예민하고 날카로웠다.

하지만 지금 계약자는 그를 전혀 경계하지 않는다. 장난을 치고, 웃어 주고, 심지어 칭찬까지 해 줬다. 세상에 악마를 칭찬하는 인간이라니. 있을 수가 없었다.

'왜 날 무서워하지 않지?'

해리는 그게 신기했다. 무력이 강한 것도 아니면서 두 번째 계약자는 그에게 쪼는 일이 없었다. 해리는 이브리아가 쓰다듬곤 했던 머리를 매만졌다. 개 취급을 받는 게 싫다며 질색했지만, 어린 인간이 정말 자신을 귀여운 개 취급하는 게 신기하기도 했다.

'어쨌든 난 악마잖아.'

인간들은 해리의 정체를 알게 되면 그를 경멸했다. 잔인하고 이기적인 악마.

'하지만 악마가 그런 행동을 하도록 시키는 건 결국 인간의 욕망이라고.'

그렇다면 가장 잔인하고 이기적인 건 인간이 아닌가? 해리는 그렇게 생각했다. 자신의 두 번째 계약자 이브리아를 만나기 전까지는.

'그 여자를 데려다주라고 할 때 떨어지는 게 아니었어.'

해리는 길을 잃었다더니 느린 걸음으로 시답잖은 이야기나 쏟아 내던 여자를 떠올렸다. 길을 잃은 게 아니면 돌아가겠다고 했더니, 갑자기 그의 손을 붙잡아 제 치마 속으로 집어넣었다.

'뭐 하는 짓이냐고 싸늘하게 물었더니 결국 울음을 터트렸지.'

그나마 계약자의 체면을 생각해 참은 거지, 그게 아니었다면 당장 머리통을 으깨 버렸을 것이다. 그런데 그 짜증스러운 시간 때문에 이브리아를 놓쳤다니.

'역시 머리를 으깨 버릴걸.'

아니, 아니다. 지금의 계약자는 그가 사람을 죽이는 걸 원하지 않는다.

'아오. 내가 왜 이딴 생각이나 하고 있냐고.'

해리는 두 손으로 머리를 감쌌다. 지금 그의 곁에는 사람을 죽여선 안 된다고 신신당부하던 계약자가 없었다. 억눌러 왔던 살인욕을 채

우려면 지금이 최적의 시기였다.

'그런데 그러고 싶지가 않다니, 내가 제대로 미친 거지.'

악마도 미치는 게 가능한가? 하지만 그가 사람을 죽였다는 걸 알게 된 그 여자가 다른 사람들처럼 자신을 두려운 눈으로 보는 게 싫었다.

'진짜 처음이란 말이야. 날 두려워하지 않는 인간, 옆에 있어도 역겹지 않은 인간은.'

언제 또 이런 인간이 생길지 모른다. 그러니까 소중하게 잘 챙겨 줘야 했다.

'그런데 그런 내 계약자를 건드려?'

해리가 이를 바드득 갈았다.

'나타 백작 그 자식, 내 계약자를 건드리기만 했어 봐.'

얼굴에 생채기 하나만 있어도 분노를 참을 수 없을 것 같았다.

'내 계약자인데. 인간 따위가 감히. 찾기만 하면 내가 죽여 버릴 거야.'

해리는 그렇게 생각했다가 재빨리 생각을 고쳐먹었다.

'아니, 그러면 계약자가 싫어할 테니까 적당히 반신불수로 만들어 줘야지. 평생 똥오줌 못 가리게.'

무척이나 만족스러운 생각이었다. 만족스러운 결론을 내린 해리는 자신만큼이나 상기한 얼굴로 나타 백작령의 지도를 분석하고 있는 인세티아 남작의 곁으로 다가섰다.

아니, 사실 이 남자는 인세티아 남작이 아니었다. 해리는 기억하고 있었다. 얼마 전 엠마로 변신했던 구린 냄새의 남자를.

'정보 길드의 수장이라고 했던가?'

지금은 인세티아 남작보다 이 구린 냄새의 남자가 더 유용할 것 같았다. 해리는 이 남자의 정체에 대해 침묵하기로 결정했다.

'배고파.'

사람을 가뒀으면 밥 정도는 줘야 하는 거 아닌가? 나는 불만스럽게 굳게 닫힌 철문을 노려보았다.

"저기요!"

밖을 향해 열심히 소리쳤지만, 돌아오는 답은 없었다.

'밖에서 누가 움직이는 소리가 들리는 걸 보면 내 목소리가 안 들리는 건 아닐 텐데.'

상대의 귀가 먹었거나, 의도적으로 내 말을 무시하고 있거나. 둘 중 하나였다.

'아무래도 후자겠지만.'

[유피테르, 그쪽 상황은 어때요?]

나는 성검을 불러 바깥 상황을 확인했다.

'뭐든 상황 파악이 중요하니까.'

[우선 간수는 한 명입니다. 감옥은 전부 여섯 칸인데, 그중 두 칸에 사람이 들어가 있습니다.]

[그럼 나 말고 다른 사람이 한 명 더 있다는 말이에요?]

[예. 그쪽에서 기척이 느껴지고 있으니 확실합니다.]

'나타 백작 이 사람, 완전히 상습범이잖아?'

어쩐지 사람 때리고 납치하는 게 물 흐르듯 자연스럽다 싶었다.

'여태까지 한 번도 안 들킨 걸 보면 생각보다 철저하게 사람을 끌고 오는 모양인데.'

사실 납치라는 게 그리 어렵진 않았다. 이 시대에는 경찰 같은 수사기관도 없어서 납치범이 작정하고 잡아떼면 사실을 밝혀내기가 힘들었다. 납치범이 귀족인 경우는 더 힘들었다. 지위에 상관없이 각 영지는 자치권을 가지고 있었다. 만약 영주가 다른 귀족의 사병이나 용병이 영지에 들어오는 것을 거부하면 그걸로 끝. 심증은 있어도 물증이 없으니 처벌은커녕 사람을 찾는 일조차 요원했다.

'확실한 건 여긴 나타 백작의 영지라는 것뿐이야.'

처벌을 피하려면 그러는 수밖에 없다. 영지 안에서 일어난 일은 영주가 재판하기 때문에, 영주가 죄인이면 무슨 죄든 무죄였다.

'음. 생각할수록 막막해지는데.'

나는 점점 비관적으로 흘러가는 생각을 차단하며 다시 목소리를 높이기 시작했다.

"저기요! 간수님! 아저씨!"

간수가 대답을 하느냐, 마느냐. 그건 중요하지 않았다. 이건 일종의 공격이었다.

"뭐 하세요! 밥 줘요! 배고파!"

들어는 봤나?

'소음 공해 공격이라고.'

두 발은 묶여 있고, 무기마저 잃어 물리력을 쓸 수 없으니 심리적으로 공격하는 수밖에 없었다.

하지만 아무 말이나 떠드는 데에도 한계가 있었다. 밥을 달라, 너무 춥다, 당신 누구냐, 여기 어디냐……. 몇 가지 패턴을 다 쓰고 나니 할 말이 뚝 떨어졌다.

'그냥 드라마 줄거리라도 말할까?'

계속 같은 말만 반복하는 것보다는 그게 나을 것 같았다. 다행히 유명한 드라마 몇 가지가 금방 머릿속에 떠올랐다.

"간수님, 혹시 이 이야기 알아요? 어떤 마을에서 일어난 일인데요."

나는 머릿속에 떠오른 이야기 중에서도 가장 막장 전개로 유명한 드라마의 줄거리를 이야기하기 시작했다. 남편에게 배신당한 부인이 눈 밑에 점 찍고 돌아와 복수하는 그 이야기로. 이야기가 이어지는 동안에도 간수는 말이 없었다. 하지만 어느새 부스럭거리며 움직이는 소리가 사라져 있었다.

'왜 갑자기 조용해졌지?'

의아해져서 말을 멈추고 동태를 살피는 순간, 몇 개의 목소리가 동시에 들려왔다.

"왜 이야기를 하다 말아?"

하나는 문밖에서.

[그래서 그다음엔 어떻게 됐습니까?]

하나는 머릿속에서.

"저기, 그 뒷이야기도 좀 해 주실래요?"

하나는 옆방에서.

모두 숨죽이며 내 이야기를 듣고 있었던 것이다.

'세상에.'

역시 막장 드라마의 힘은 대단했다.

'간수도, 성검도, 납치당한 사람도 모두 홀려 버리다니.'

나는 감격하며 목소리를 가다듬었다.

"목이 너무 아파서 더 이야기를 못 하겠어요. 물 한 잔만 주시면 괜찮아질 것도 같은데……."

"뭐? 그건……."

일부러 기침을 두어 번 하며 말끝을 흐리자 간수가 곤란하다는 듯 반응했다. 그러자 옆 칸에 갇혀 있던 사람이 문을 쾅쾅 두드리며 간수를 재촉했다.

"간수님! 그냥 좀 줘요! 물 그게 뭐라고!"

"아니, 그래도……."

"눈 밑에 점이 있는 그 여자가 어떻게 복수하는지 궁금하지도 않아요?"

"그건 궁금하지만……."

간수가 고민스러운 듯 머뭇거렸다. 나는 일부러 더 크게 기침 소리를 내며 앓는 시늉을 했다.

"아이고, 목이야……. 목도 아프고 그냥 잠이나 자야겠네."

"으으, 알겠어! 정말 물만 주면 되는 거지?"

내가 금방이라도 잠들 것처럼 소리를 내자, 간수가 결국 두 손을 들었다.

'뒷이야기가 진짜 궁금했나 봐.'

나는 얼굴도 모르는 드라마 작가님께 감사 인사를 올리며 재빨리 유피테르에게 말을 걸었다.

[유피테르, 지금 정확히 어디에 있어요?]

[간수의 왼쪽 가슴에 있는 주머니에 들어 있습니다.]

[능력을 쓰려면 내 손만 닿으면 되는 거죠?]

[예. 그렇습니다.]

[좋아요. 그 정도는 가능할 것 같으니까.]

내가 심호흡을 하며 준비하는 사이 굳게 닫혀 있던 문이 열렸다. 거대한 몸집의 간수가 나무로 깎은 그릇을 들고 내게로 다가왔다. 그가 걸을 때마다 그릇에 든 물이 찰랑거렸다.

'저 주머니란 말이지.'

나는 빠르게 유피테르가 들어 있는 주머니의 위치를 확인했다.

"자, 마셔. 네가 원했던 물이다."

간수가 조금 떨어진 채 그릇을 내밀었다. 나는 난처한 얼굴로 그를 올려다보았다.

"먹여 주시면 안 될까요? 아까 팔을 걷어차여서 움직일 수가 없는데."

간수의 시선이 내 팔로 향했다. 나타 백작이 걷어찬 탓에 팔이 퉁퉁 부어 있는 건 사실이었다. 잠시 고민하던 간수가 몸을 숙여 내게 가까워졌다. 내 입에 그릇을 대기 위해 몸을 기울이자 간수의 상체가 바짝 다가왔다. 나는 물을 마시는 척하며 슬그머니 오른손을 움직였다.

'백작한테 맞아서 다친 팔은 왼쪽이고, 오른쪽은 아주 멀쩡하거든.'

나는 방심하고 있는 간수의 가슴에 손을 뻗었다.

"뭐, 뭐야!"

주머니에 손이 쑥 들어가자, 깜짝 놀란 간수가 나를 밀어내기 위해 커다란 손을 들었다.

'하지만 이미 잡았다고.'

손끝에 유피테르의 손잡이가 닿는 것이 느껴졌다. 나는 눈을 질끈 감고 외쳤다.

"유피테르, 강하게 후광! 5초만!"

내 외침과 동시에 엄청나게 강한 빛이 쏟아지는 게 느껴졌다. 나는 속으로 5초를 센 뒤 눈을 떴다.

"으악!"

대비 없이 강한 빛을 정면으로 맞은 간수가 비명을 지르며 팔로 눈을 가리고 있었다. 눈을 가린 팔 아래로 눈물이 줄줄 흐르는 게 보였다. 강한 빛에 눈이 상한 것 같았다. 비명을 지르며 괴로움에 몸부림 치던 그가 이내 중심을 잃고 쿵 하는 요란한 소리와 함께 바닥에 쓰러졌다. 쓰러진 후에도 그의 몸부림은 멈추지 않았다.

"내 눈! 으으, 아악!"

나는 몸부림치는 간수의 허리띠를 유피테르를 이용해 끊어 냈다. 그의 허리춤에 달린 열쇠 뭉치를 얻기 위해서였다. 나는 몇 개의 열쇠를 바꿔 가며 시도한 끝에 발을 구속하고 있던 족쇄를 풀어 냈다.

'됐다!'

기쁜 마음으로 자리에서 벌떡 일어서자 어지러움에 몸이 휘청거렸다.

[주인님!]

유피테르가 놀란 목소리로 나를 불렀다.

[지금 당장 치료해 드리겠습니다!]

[아뇨, 그러지 말고 귀만 어떻게 좀 해 줄래요?]

[예? 어째서……?]

[납치당했던 사람이 너무 멀쩡하면 이상하잖아요. 다른 데는 그냥 두고 귀 먹먹한 것만 치유해 줘요.]

[……알겠습니다.]

유피테르의 대답과 동시에 먹먹하던 귀가 정상으로 돌아왔다. 귀 하나만 치유가 됐을 뿐인데도 몸이 한결 가벼운 것 같았다.

'물론 기분 탓이겠지만.'

나는 비틀거리며 감옥 밖으로 걸어 나와 조금 전까지 내가 갇혀 있던 감옥의 문을 열쇠로 걸어 잠갔다.

'우선 간수는 가뒀고.'

고개를 돌려 주변을 살피니 좁은 복도를 따라 작은 문 여섯 개가 양쪽으로 늘어서 있었다. 출구로 추정되는 문은 좁은 복도의 끝에 있었다.

'밖이 어떤 상황인지 모르니까 무작정 나갈 수는 없는데.'

최악의 경우, 문을 열었을 때 엄청난 수의 병사가 밖을 지키고 있을지도 모른다. 그렇다면 나는 별 힘도 못 써 보고 다시 안으로 끌려오고 말 것이다.

'아마 몇 대 더 맞는 건 덤이겠지.'

나타 백작이 내일 다시 찾아온다고 했으니 그 전까지는 시간이 있었다. 너무 급하게 생각할 필요가 없었다. 나는 조심스럽게 복도 끝의 문으로 다가가 귀를 가져다 댔다. 밖은 무척이나 고요했다. 밖을 지키는 사람이 없기 때문인지, 철문의 방음이 훌륭하기 때문인지는 알 수 없었다.

"저기, 혹시 탈출하셨나요?"

내가 문에 바짝 붙어 바깥의 동태를 살피고 있으니 다른 칸에 갇혀 있던 남자가 조심스럽게 물었다.

"지금 탈출할까 생각 중이에요."

"죄송하지만 이쪽 문도 열어 주실 수 있을까요?"

나는 손에 들린 열쇠 뭉치를 바라보았다. 아마도 이 중 하나가 남자가 갇힌 감옥의 문을 여는 열쇠일 것이다.

'그래. 머리가 하나라도 더 있으면 탈출에 도움이 되겠지.'

나는 열쇠 뭉치를 이용해 남자가 갇혀 있는 공간의 문을 열었다.

⚜

'내가 어쩌다 이런 일에 휘말린 거야?'

루크는 나타 백작령의 지도를 바라보며 탁자를 두드렸다.

'용기사를 공개한다기에 그걸 구경하러 왔을 뿐인데.'

북쪽의 시골 영지 에렐이 왕국 사람들의 관심을 받게 된 건 얼마 되지 않았다. 하늘을 나는 용기사와 드워프가 선물한 청요석. 마치 신화 속의 신비로운 이야기 같은 소문에 사람들은 열광했다. 에렐이 왕국의 최북단에 있어 쉽게 갈 수 없다는 점도 사람들의 환상을 더욱 부추겼다.

그러던 와중에 에렐에서 용기사를 최초로 공개한다는 소문이 흘러나왔다. 유행이라면 눈에 불을 켜고 달려드는 왕도 귀족들의 관심이 쏠린 건 당연했다. 하지만 초대장은 소수의 지방 귀족들에게만 보내졌다. 왕도 귀족들은 어떻게든 초대장을 얻고 싶어 발을 동동 굴렀지만, 누구도 성공하지 못했다.

사정이 이랬으니 소문으로 먹고사는 루크가 에렐로 눈을 돌린 것도 당연한 일이었다. 그렇지 않아도 최근 에렐의 정보를 요구하는 고객들이 많아지고 있었다. 그곳에 심어 둔 길드원은 여럿 있지만, 제 눈으로 직접 보는 것만은 못하리라는 생각이 들었다.

그래서 인세티아 남작으로 변장하고 저택 안으로 잠입했다. 물론 누구도 알아채지 못했다. 한 번 그를 잡아낸 적이 있는 이브리아도 마찬가지였다.

'나한테 구린 냄새가 나서 알아볼 수 있다더니.'

역시 그건 전부 헛소리였다.

직접 본 용기사는 대단했다. 어설프게 와이번을 다루는 흉내만 낸 것이 아니었다. 기사들은 와이번을 자유자재로 움직이며 하늘을 유영했다.

압권은 용기사들이 그 여자, 이브리아에게 충성을 맹세하는 장면이었다. 용기사들의 충성 서약이라니. 사람들이 그토록 열광하는 신비로운 북방 이야기의 완성이나 다름없었다.

'이런 결말이 기다리고 있을 거라고는 아무도 생각 못 했지.'

아름답게 끝날 줄 알았던 파티는 이 이야기의 주인공, 이브리아의 실종으로 엉망이 되었다. 티 파티가 끝나자마자 자신들의 영지로 돌아간 손님들은 모르는 숨은 결말이었다.

"실종이 아니라 납치입니다."

이브리아의 호위 기사 해리는 그렇게 단언했다. 루크는 그가 그렇게 확신하는 이유가 궁금했다. 하지만 이브리아의 전속 하녀 엠마 역시 해리의 말에 적극적으로 동조하자 할 말이 없어졌다. 직속 호위와 전속 하녀. 이브리아의 가장 가까운 두 사람이 그렇게 확신하고 있다면 뭔가 확실한 심증이 있다는 뜻이었다.

'납치라면, 그런 짓을 벌일 사람은 하나밖에 없지.'

마정석 문제로 에렐에 큰 불만을 가진 나타 백작이었다. 오늘 티 파티에도 모습을 드러냈던 데다 이브리아를 향한 적개심을 숨기지도 않았다. 이브리아의 방이 있는 곳으로 향하는 나타 백작을 봤다는 하녀들의 증언도 있었다. 마정석 문제로 그렇게 사이가 틀어졌는데도 초대를 수락한 것이 신기하다 했더니. 처음부터 이런 작당을 계획하고 있었던 건지도 모른다.

루크는 자신이 아는 나타 백작의 정보를 떠올렸다.

'충분히 그런 짓을 할 수 있는 사람이지.'

나타 백작은 왕가에 충실한 명문 귀족이지만, 성격이 그리 차분하지 못했다. 다혈질에 즉흥적이고 욕심이 많았다.

'마정석으로 부를 쌓았지만 도박으로 그 이상의 돈을 날렸어.'

애초에 검이나 휘두를 줄 알았지 장사 수완이 좋은 자가 아니었다.

'그러니 이번에도 이런 무식한 방법을 썼지.'

루크는 속으로 혀를 끌끌 찼다.

'무능한 귀족 같으니.'

저런 인간들이 귀족이라는 이유로 누군가의 위에 선다는 것이 우스웠다.

'뭐, 지금은 그 인간을 비웃을 때가 아닌가.'

꼴이 우습기는 지금의 자신도 마찬가지였다.

'내가 왜 여기 남아서 이브리아 오베론을 찾는 데 협력하고 있냔 말이야?'

이미 구경은 끝났다. 인세티아 남작의 껍질 따위, 당장 벗어 던지고 왕도로 돌아가면 그만이었다. 하지만 루크는 그러지 않았다.

'그 여자한테 너무 터무니없는 보수를 받아서 그래.'

고작 드워프 마을의 위치를 알려 주고 백지 수표를 받았다. 의뢰 내용에 비해 과한 보수였다.

'그러니까 이번에 도와주고 깨끗하게 털어 버리는 거야.'

나타 백작이 이브리아를 납치한 게 확실하다면 감금 장소는 자기 영지일 것이다. 그게 범죄 은폐에도, 범죄를 들켰을 경우 무마하기에도 좋다.

"우선 나타 백작령으로 들어가서 수색하지."

인세티아 남작으로 변장한 루크의 말에 몰려든 기사들이 의문을 표했다.

"나타 백작이 허가하지 않을 텐데요."

"그쪽이 먼저 편법을 썼으니, 우리도 편법을 쓴다."

루크는 지도 위의 한 지점을 가리켰다.

"안으로 향하는 비밀 통로가 있어."

이건 인세티아 남작이 아니라 정보 길드의 수장 루크로서 아는 정보였다. 이 모습으로는 절대 말해선 안 됐다. 하지만 루크는 그 규칙을 깼다.

'젠장. 난 이것만 알려 주고 사라질 거야. 이걸로 빚은 갚은 거라고.'

루크가 입술을 질끈 깨물고 기사들에게 물었다.

"소수의 정예만 은밀하게 움직여야 한다. 누가 가겠나?"

그의 질문에 해리가 기다렸다는 듯 앞으로 나섰다.

"제가 가죠."

⚜

감옥 안에는 부스스한 긴 머리의 남자가 앉아 있었다. 상당히 오랜 기간 감옥에 갇혀 있었던 모양인지 수염도 덥수룩했다.

"오래 갇혀 있었나 봐요?"

"예. 6년쯤 됐습니다."

"6년이라고요?"

고작해야 3개월 정도를 생각하고 있던 나는 놀라서 눈을 크게 떴다.

"6년이나 갇혀 있었던 걸 보면 밥은 가져다줬나 보네요."

"네. 딱딱한 빵 정도였지만……."

남자가 지금 상황에 그런 걸 묻느냐는 얼굴로 나를 쳐다보았다. 나는 민망해져 어깨를 으쓱했다.

"하루 종일 아무것도 못 먹어서요."

아침부터 엠마의 손에 이끌려 치장을 하느라 제대로 식사를 못 했다. 티 파티가 진행되는 동안에는 용기사들의 시범 대련에 집중하느라 음식에 손을 못 댔고.

'스콘 하나 정도는 먹을걸.'

나는 테이블 위에 올라와 있던 따뜻한 스콘을 떠올리며 입맛을 다셨다.

'돌아가면 스콘에 버터랑 딸기 잼을 듬뿍 얹어 먹어야지.'

그러려면 먼저 여기에서 나가야 한다.

"그쪽은 뭐 때문에 여기에 끌려왔어요?"

나는 남자의 발을 구속하고 있는 족쇄를 풀어 주며 물었다. 다행히 두 번의 시도 만에 족쇄가 풀렸다.

"숙부에게 배신을 당해서요."

남자가 가벼워진 발목을 매만지며 대답했다.

"숙부? 그럼 당신이 나타 백작의 조카인가요?"

"네. 제 아버지께서 선대 나타 백작이셨죠."

남자가 고개를 끄덕이며 자리에서 일어섰다. 그는 오랜 감옥 생활로 체격이 상당히 왜소했지만, 키는 나보다 조금 컸다.

"선대 백작의 아들이라면, 당신이 그 뒤를 이어 백작이 돼야 했던 거 아니에요?"

"숙부께서 아버지를 죽이고 작위를 가져간 거라서요. 제대로 따지자면 아직 제 아버지께서 살아 계셨어야 합니다."

예상하지 못한 사연에 나는 할 말을 잃었다.

"아……. 유감이네요."

"오래전 일이니, 이제 그런 위로를 들을 시기는 지났죠."

남자가 담담하게 내 인사를 받아넘기며 출구로 걸음을 옮겼다. 거침없는 걸음에 나는 당황해서 그의 뒤를 따랐다.

"밖에 지키는 사람이 있을지도 몰라요."

"없습니다."

"어떻게 확신하는데요?"

"한때는 나타 소백작이었으니까요. 성의 구조는 훤히 알고 있어요."

남자는 망설임 없이 철문을 열었다. 그의 말처럼 문밖에는 아무도 없었다. 애초에 누군가 있을 수 있는 공간이 아니었다. 문을 열자마자 가파른 계단이 펼쳐져 있었던 것이다.

"아무도 없죠?"

남자가 이제 제 말을 믿겠냐는 듯 나를 쳐다보았다. 나는 고개를 끄덕이며 질린 얼굴로 계단을 가리켰다.

"누가 없는 건 좋은데, 이걸 어떻게 올라가요?"

"지금 이 상태로는 확실히 무리겠죠."

남자가 제 몰골과 내 몰골을 모두 살핀 후 설핏 웃었다.

"그러니까 다른 길로 갑시다."

"여기 다른 길이 어디 있는데요?"

눈앞에 보이는 건 계단뿐이었다. 남자가 '다른 길'이라고 지칭할 만한 곳은 아무 데도 없었다.

"제가 말씀드렸잖습니까. 전 이 성의 구조를 잘 안다고."

가파른 계단의 오른쪽 벽을 몇 번 더듬던 남자가 벽돌 하나를 꾹 밀었다. 그가 밀어낸 벽돌이 저항 없이 안쪽으로 밀려 들어가자 쿠르르릉 하고 무엇인가 안에서 움직이는 소리가 들려왔다.

"오래된 성에는 비밀 통로가 있기 마련이죠. 아, 그런데 웬만하면 좀 뒤로 물러나시는 편이……."

남자의 경고가 채 끝나기도 전에 발아래가 허전해졌다. 조금 전까지만 해도 단단한 벽돌로 만들어져 있던 바닥이, 어느새 뻥 뚫려 있었다.

"으아앗!"

나는 중력의 법칙에 따라 그대로 아래를 향해 떨어졌다. 다행히 크게 다칠 정도의 높이는 아니었지만, 대책 없이 부딪힌 엉덩이가 너무 아팠다.

"아야야……."

주저앉은 채 엉덩이를 매만지고 있으니 남자가 내 옆으로 가볍게 뛰어내렸다. 그는 벽면의 벽돌을 밀어 뚫려 있는 천장을 막은 뒤 내게 손을 내밀었다. 나는 그의 도움으로 자리에서 일어서며 불만을 토로했다.

"조금 더 일찍 경고해 주시지 그랬어요?"

"그랬어야 했는데, 죄송합니다."

"……됐어요. 덕분에 이렇게 빠져나왔으니까."

깔끔한 사과에 뾰족하게 군 것이 민망해졌다. 나는 헛기침을 하며 서둘러 화제를 돌렸다.

"그런데 여긴 어디로 통하는 길이에요?"

"영지 밖으로 나가는 길입니다. 비상시에 사용하는 탈출로죠."

이런 유의 탈출로는 아주 흔한 장치였다. 평화로운 요즘에는 거의 사용하지 않지만, 오래전 전쟁이 잦던 시절에는 꽤 유용했을 것이다.

'영지 밖으로 나가서 이 사람하고 헤어지면 곧장 해리를 불러야겠다.'

나는 그렇게 생각하며 남자에게 물었다.

"그런데 나타 백작은 이 길을 모르나요?"

"이런 길은 보통 후계자에게만 알려 주니까요. 그자는 적법한 절차를 따르지 않았으니 모를 겁니다."

"듣던 중 반가운 소리네요."

뒤에서 갑자기 나타 백작이 등장하는 공포스러운 상황은 피하고 싶었다.

"얼마나 걸어야 할까요?"

"저도 말로만 들었지 직접 이용해 본 적은 없어서 확실히는 모르겠습니다."

"무작정 걷는 수밖에 없다는 거네요."

나는 한숨을 내쉬며 유일하게 난 길을 따라 앞으로 걸었다.

"그런데 백작이 왜 당신을 살려 뒀죠? 보통 자리를 빼앗으면 후계자도 함께 죽이잖아요."

"아버지께서 제게만 새로운 마정석 광산의 위치를 알려 주셨거든요. 제가 죽으면 그 정보도 같이 잃게 되니까 살려 둔 겁니다."

"나타 백작령에 마정석 광산이 또 있어요?"

"예. 비용 때문에 개발은 못 하고 있었지만요."

'어라? 혹시 카시안 쪽에서 개발하려고 했던 마정석 광산이 이건가?'

카시안이 마정석 광산 개발 타령을 하는 건 알고 있었지만, 그게 정확히 어떤 곳에 있는지는 관심이 없었다.

"여기에서 나가면 자리를 다시 찾을 건가요?"

"가능하다면요. 하지만 쉽지는 않겠죠."

"그럴 생각이 있다면 돕고 싶어요."

"저를요?"

남자가 놀라서 나를 쳐다보았다.

"네."

"왜 저를 도우려고 하시죠?"

"한 번에 짜증 나는 놈들 두 명의 뒤통수를 칠 수 있는 기회 같아 서요."

"그 둘 중 한 사람이 제 숙부겠네요."

나는 웃으며 고개를 끄덕였다.

"맞아요."

"하지만 공짜로 도와주시겠다는 말은 아니시겠죠. 어떤 대가를 원 하십니까?"

"방금 말한 마정석 광산이요."

"마정석 광산을 달라는 말이라면 미리 거절합니다. 파는 것도 안 합 니다."

"다행이네요. 내가 바라는 건 그게 아니어서요."

내 말에 남자가 영문을 모르겠다는 듯 고개를 갸웃거렸다.

"그럼 마정석이 필요하십니까?"

"그것도 아니에요. 난 단지, 언제가 될지 모르지만 그 마정석 광산을 개발할 때 왕세자 쪽과 손을 잡지는 말아 달라고 부탁하려는 거예요."

"뒤통수치고 싶다는 또 다른 한 사람이 왕세자였습니까?"

"왜요? 반역자라고 말하려고요?"

"아뇨. 도대체 어떤 사람이기에 왕세자의 뒤통수를 치고 싶어 하는 지 궁금해서요."

"아."

남자의 말에 나는 우리가 아직 서로의 이름도 모른다는 사실을 깨 달았다.

"이브리아 오베론이에요. 아버지가 오베론 공작이시고, 얼마 전까 지는 왕세자의 약혼녀였죠. 구 남친이랑 좀 안 좋게 헤어져서 뒤통수를 한번 쳐 볼까 하고."

내가 손을 내밀어 악수를 청하자 남자가 얼떨떨한 얼굴로 내 손을 맞잡았다.

"브라이언 나타입니다. 숙부가 왜 공작가의 영애를 납치한 거죠?"

"말하자니 사연이 너무 길어서요."

나는 남자와 맞잡은 손을 놓아주며 어깨를 으쓱거렸다.

"아무튼, 내 제안에 응할 생각이 있다면 언제든 연락 줘요. 6년이나 지났으면 도와줄 사람도 딱히 없을 것 같은데."

"생각해 보겠습니다."

브라이언이 여전히 얼떨떨한 얼굴로 고개를 끄덕이는 순간 크르르릉 하는 소리가 좁은 길을 울렸다. 브라이언이 비밀 통로를 열었을 때 났던 소리와 똑같았다.

"이 소리, 그거죠?"

내 질문에 브라이언이 긴장한 얼굴로 고개를 끄덕였다.

"이 통로는 후계자밖에 모른다면서요?"

"정보란 어디서든 새니까요."

"그쪽이 백작이 되면, 비밀 통로부터 다시 만들어야겠네요. 이건 이제 '비밀' 통로가 아니라 '그냥' 통로가 됐으니까."

내 말에 브라이언이 짧게 웃고는 뒤를 힐끗거렸다.

"뛸까요?"

"그럴 힘은 없지만, 네. 어쩔 수 없죠."

유피테르에게 몸의 속도를 빠르게 하는 기능이 있기는 하지만, 그건 순간적인 속도만 높여 줄 뿐이었다.

'단거리 달리기용이랄까.'

그 기능을 이용해 짧은 거리를 뛰고 나면 그 뒤는 완전히 녹초가
돼 버렸다.

'오래 뛰어야 하는 지금은 쓸 수 없지.'

"자, 그럼 갑시다!"

브라이언이 내 손목을 잡고 앞을 향해 뛰쳐나갔다.

"조금 더 천천히 달리면 안 돼요?"

나는 그에게 끌려가다시피 달리고 있었다. 최대한 발을 놀려 봤지
만, 브라이언의 속도에 맞추기는 무리였다.

"이거보다 느리면 따라잡힐지도 몰라요."

"따라잡히기 전에 심장이 터져 죽을 것 같은…… 윽!"

숨을 몰아쉬며 달리던 나는 갑자기 멈춰 선 브라이언의 등에 그대
로 부딪혔다.

"헉, 붙잡힐지도 모른다더니, 허억, 왜 갑자기 멈춰요?"

나는 거칠게 숨을 들이마시며 제자리에 주저앉았다. 뒤에서 나타
백작이 쫓아온대도 어쩔 수 없었다. 이놈의 저주받은 몸뚱어리는 여
기가 한계였다.

"누가 옵니다."

우뚝 멈춰 선 브라이언이 앞을 바라보며 속삭였다. 고개를 들어 자
세히 보니 앞에서 그림자 하나가 가까워지고 있었다.

"왜 뒤가 아니라 앞에서 누가 나타나죠?"

"그건 저도 잘…… 돌아가야 할까요?"

"하지만 돌아가도 다시 감옥이잖아요."

우리가 이러지도 저러지도 못하고 있는 사이 그림자가 더 가까워졌
다. 조금 더 선명해진 그림자가 어딘가 익숙했다. 눈을 가늘게 뜨고

그림자의 주인을 확인한 나는 자리에서 벌떡 일어섰다.

"설마, 해리?"

해리라는 말에 다가오던 사람의 걸음이 잠시 멈추더니, 곧 엄청난 속력으로 나를 향해 달려왔다.

"이브리아!"

저 목소리는 분명 해리였다.

"해리!"

나는 반가움에 해리를 향해 뛰어가려다가, 힘이 빠져 다시 제자리에 주저앉고 말았다.

'달려오느라 힘을 다 썼어……'

순식간에 가까워진 해리가 주저앉은 내 앞에 한쪽 무릎을 꿇고 앉았다.

"몰골이 왜 이래?"

가까이에서 내 얼굴을 확인한 해리의 얼굴이 완전히 일그러졌다.

"해리……."

나를 걱정하는 해리의 얼굴을 보자마자 서러운 마음이 치밀어 올랐다.

"나타 백작, 그거 완전히 미친놈이에요!"

나는 해리에게 나타 백작이 내게 저지른 만행들을 죄 일러바쳤다. 내 말이 이어질수록 해리의 얼굴이 딱딱하게 굳었다.

"죽여 줄까?"

해리가 놀랍도록 서늘한 목소리로 내게 물었다. 그 소리에 정신이 번쩍 들었다.

"아뇨. 그 정도는 아니에요. 나중에 몇 대만 때려 주면 될 것 같아요."

"……네가 원한다면."

그렇게 대답한 해리가 몸을 일으키며 나를 안아 들었다. 몸이 가볍게 번쩍 들리자 나는 놀라서 해리의 목에 팔을 감았다.

'상당히 안정적이네.'

사람 한 명을 들었는데도 해리는 흔들림이 없었다.

"이건 뭐야? 네 손목을 잡고 끌고 오던데."

어느새 해리가 브라이언을 노려보고 있었다. 그대로 뒀다가는 그를 한 대 칠 기세였다.

"같이 갇혀 있던 사람이에요."

나는 재빨리 브라이언을 옹호했다.

"덕분에 비밀 통로를 찾아서 여기까지 왔고요."

"그래?"

그제야 해리의 차가운 시선이 브라이언을 떠났다. 시선을 돌린 해리가 아무 말 없이 돌아서 앞을 향해 걷기 시작했다. 제자리에 홀로 남겨진 브라이언이 황당한 얼굴로 나를 보고 있었다.

"해리! 브라이언도 같이 가야죠!"

"내가 왜?"

"왜냐니……."

이런 상황에서는 같이 탈출하는 게 보통 아닌가?

'해리한테 그런 상식을 바라는 게 이상하지.'

나는 속으로 한숨을 내쉬며 브라이언을 향해 소리쳤다.

"탈출한 뒤에 내 도움이 필요하면 찾아와요! 북쪽의 에렐 영지, 이브리아 오베론에게로요!"

내 외침에 브라이언이 얼떨떨한 얼굴로 고개를 끄덕임과 동시에 해리의 걸음이 빨라졌다.

"뭘 저런 놈한테 찾아오래?"

"안에서 나눈 이야기가 있어서요. 해리는 어떻게 여기 온 거예요?"

"구린 냄새 나는 남자가 여기에 몰래 영지 안으로 들어갈 수 있는 통로가 있다고 알려 줬어."

"구린 냄새 나는 남자요?"

"엠마로 변신했던 그놈."

나는 그제야 해리가 말하는 남자의 정체를 알아챘다.

"루크요? 루크가 어떻게 이걸 알려 줘요?"

"오늘 하루 종일 인세티아 남작으로 변장해 있었던 모양이던데."

"정말요? 전혀 몰랐어요."

"나도 가까이 가서야 냄새를 맡고 알았어."

아무튼 변장 하나는 정말 완벽한 남자였다.

'그런데 루크가 왜 날 도와줬지?'

내가 납치당하든 말든 신경도 안 썼을 놈인데.

'도대체 무슨 꿍꿍이야?'

"야."

해리가 루크의 속셈을 추측하고 있는 나를 불렀다. 고개를 들어 해리를 보니 그가 무표정한 얼굴로 나를 내려다보고 있었다.

"다친 거 왜 치료 안 했어? 성검이 안 고쳐 줬어?"

"납치당했는데 너무 멀쩡하면 이상할 것 같아서 고막 나간 것만 고쳤어요."

"뭐? 고막이 나가?"

내 말에 해리가 이를 바드득 갈았다.

"그러다 이 상하겠어요. 다친 건 난데 왜 해리가 화를 내요?"

"다친 게 너니까 화를 내지, 이 멍청아! 다친 게 나면 이렇게 화나지도 않거든!"

해리가 답답해 죽겠다는 듯 한숨을 내쉬었다. 주인을 걱정하는 착한 멍멍이 같았다.

'내가 개 한 마리는 참 잘 키웠다니까.'

뿌듯한 마음에 절로 웃음이 나왔다.

"해리."

"왜?"

"해리가 다쳤을 때는 내가 대신 화내 줄게요."

그렇게 말하며 씩 웃자 해리의 귀가 빨갛게 달아올랐다.

7장
부름

에렐에 돌아온 후 나는 요양을 핑계로 방 안에 틀어박혔다. 상처는 유피테르의 힘으로 모두 치료한 뒤였지만 외부에는 내가 크게 앓아누운 것으로 소문을 흘렸다.

"도대체 왜 방 안에만 틀어박혀 있는 거야? 당장 그 자식의 목을 따도 시원찮을 판에."

해리가 불만스럽게 투덜거렸다. 나는 침대에 엎드려 책을 읽으며 포도를 먹는 중이었다. 아프다는 핑계로 얻은 꿀맛 같은 휴식이었다. 해리는 나의 그 태평한 모습이 마음에 들지 않는 모양이었다.

"쓰레기를 응징하려고 나까지 쓰레기가 되면 안 되죠. 목을 딴다니, 난 그런 야만적인 방법은 안 써요."

"네가 쓰레기가 되기 싫으면 내가 할게. 어차피 난 쓰레기니까."

"누가 해리보고 쓰레기래요? 이렇게 예쁜 쓰레기가 어디 있다고."

나는 해리의 머리를 쓰다듬으며 말했다.

"오랜만에 개로 변신해 주면 안 돼요? 귀여운 거 보면서 힐링하고 싶은데."

"그냥 내 얼굴이나 보면서 힐링하지?"

"물론 해리의 잘생긴 얼굴을 봐도 힐링이 되기는 하는데요. 가끔은 귀여운 동물을 보면서 힐링하고 싶을 때가 있거든요."

"그게 바로 지금이고?"

"그렇죠."

내 대답에 해리가 한숨을 내쉬며 개로 변신했다. 오랜만에 보는 하얀 개였다.

"이쪽으로 와요."

나는 옆자리를 두드리며 해리를 불렀다. 잠시 머뭇거리던 해리가 침대 위로 뛰어올라 내 옆에 조심스럽게 자리를 잡았다. 나는 그대로 해리를 껴안으며 동그란 머리에 입을 맞췄다.

"뭐, 뭐야!"

당황한 해리가 내게서 벗어나기 위해 발버둥을 치기 시작했다. 나는 그런 해리를 더 강하게 껴안고 부드러운 털에 얼굴을 박고 눈을 감았다.

"역시 껴안기는 개 해리가 좋아요. 품에 딱 들어오잖아."

나른한 내 목소리에 해리의 발버둥이 멈췄다.

"그거 알아요? 따뜻한 거 안고 있으면 잠이 잘 오는 거."

"졸려?"

"아뇨. 해리가 좀 자야 할 것 같아서요. 나타 백작령에서 돌아온 뒤로는 자는 걸 못 봤거든요."

"악마는 인간보다 적게 자."

"그래도 아예 안 자는 건 아닐 거 아니에요?"

내 말에 해리가 입을 꾹 다물었다. 정답이라는 소리였다. 나는 한숨을 내쉬며 해리에게 말했다.

"복수 안 하려는 거 아니에요."

"……그럼 왜 이러고 있는데?"

"제대로 복수하기 위해서 때를 기다리는 거죠."

"제대로 된 복수?"

해리가 몸을 비틀어 내 품에서 빠져나갔다.

"도대체 무슨 생각을 하고 있는 거야?"

"비밀 통로에서 만났던 사람, 기억해요?"

내 말에 해리가 순식간에 사람의 형태로 돌아왔다. 그의 얼굴에 불만이 가득했다.

"갑자기 왜 사람으로 돌아와요?"

"개로는 이런 말을 하면 우습게 들릴 테니까."

"이런 말?"

"도대체 그 개자식이 누군데 계속 신경을 써?"

"개 모습으로 '그 개자식'이라는 말을 했으면 확실히 웃기긴 했겠어요."

상상하니 정말 웃겼다. 배를 잡고 웃는 나를 보며 해리가 얼굴을 구겼다.

"혹시 그 자식이 마음에 들었어?"

해리의 질문에 대한 답은 고민할 것도 없었다.

"네. 마음에 들었어요."

"뭐?"

에렐까지 찾아와서 짜증 나는 소리를 읊어 댄 카시안과 나를 때리고 협박한 나타 백작을 한 번에 엿 먹일 수 있는 카드. 그게 마음에 들지 않을 리가 없었다. 그래서 나는 요양을 핑계로 방 안에 틀어박혀 그의 접촉을 기다리기로 했다.

어차피 여러 가지 상황상 공식적으로 나타 백작에게 벌을 주기는 힘들었다. 증거도, 증인도 없는 터라 나타 백작이 잡아떼면 그의 범죄

행위 자체를 증명할 수가 없었다. 그러니 그에게 복수하려면 편법을 써야 했다. 나타 백작이 내게 그랬던 것처럼 말이다.

사실 내가 받은 걸 돌려주는 건 어렵지 않았다. 해리에게 부탁해 그를 흠씬 두들겨 패면 된다. 하지만 그런 응징은 너무 시시하다.

"내가 감옥에서 도망쳤는데 아무런 반응도 안 보이면 나타 백작은 오히려 더 불안해할 거예요. 이렇게 똥줄이 타게 만드는 게 1단계 응징이죠."

"그럼 2단계는?"

"그 2단계를 위해서 브라이언을 기다리고 있는 거예요."

"걔가 올 것 같아?"

나는 비밀 통로에서 마지막으로 보았던 브라이언의 얼굴을 떠올렸다. 그는 오랜 기간 감옥에 갇혀 있었음에도 차분하게 탈출을 시도했다. 사리 분별이 확실한 사람이었다. 아마 주변 상황을 제대로 파악하고 나면 나를 찾아올 것이다.

"분명히 와요, 그 사람."

❧

가짜 요양 중인 내게 인세티아 남작이 찾아왔다. 그는 내가 가짜 요양을 하고 있다는 사실을 아는 몇 안 되는 인물 중 하나였다.

"설마 그거 일거리예요?"

나는 그가 한가득 가져온 서류를 보며 질린 얼굴을 했다.

"나 요양 중이잖아요."

"네. '가짜' 요양 중이시죠."

인세티아 남작이 내 말을 한 귀로 흘리며 서류를 탁자 위에 내려놓았다.

"사흘'이나' 쉬셨으면 충분합니다."

"사흘'밖에' 안 쉰 거라고요."

나는 투덜거리며 침대에서 몸을 일으켰다. 말은 그렇게 했지만, 나 역시 너무 오래 쉬고 있다는 생각을 하던 참이었다.

'그걸 귀신같이 알아채고 온 남작도 보통 사람은 아니라니까.'

탁자 앞에 자리를 잡고 앉자마자 남작이 제일 위에 올린 서류를 내밀었다.

"가장 급한 건 온천입니다."

"아, 그러고 보니 개발에 들어갔죠. 어때요? 온천수가 콸콸 나오던가요?"

"네. 예상했던 것 이상으로 온천수가 많이 뿜어져 나왔습니다."

"예상보다 더 크게요? 그럼 철거 범위가 더 커진 거 아니에요?"

"맞습니다. 그래서 급한 일이 생긴 거죠."

나는 재빨리 서류로 눈을 돌렸다. 서류에는 예상보다 훨씬 많은 온천수가 뿜어져 나와 더 많은 영지민들이 집을 비우고 떠나야 한다는 내용이 적혀 있었다. 그 수가 자그마치 30가구였다. 현대의 기준으로 30가구는 무척이나 적은 수였지만, 이 시대에는, 그것도 에렐 같은 깡촌 시골 영지에는 엄청난 수였다.

"이주 비용을 지원해야겠네요."

"정든 고향을 못 떠나겠다고 버티는 사람들도 있습니다."

"우선 임시로 이주한 뒤에, 온천이 완성되면 다시 돌아올 수 있도록 도와줘요."

"다시 돌아올 수 있도록, 말입니까?"

남작이 선뜻 이해가 가지 않는다는 듯 고개를 갸웃거렸다.

"네. 어차피 온천 주변으로 숙박 시설이나 음식점 같은 게 필요할 테니까요."

나는 온천 일대를 리조트로 개발할 생각이었다. 제대로 개발이 이뤄지면 리조트에서 일할 사람들이 많이 필요해진다.

"그곳에서 나고 자란 사람들이 운영한다면 더 책임감 있게 일하겠죠."

나는 서류에 서명하고 남작에게 내밀었다.

"급한 건 이것뿐이라고 말해 줘요. 마음의 준비 없이 서류 더미랑 마주쳐서, 차 한잔 정도는 마시고 시작하고 싶거든요."

"다행히 영주님께서 원하시는 말씀을 해 드릴 수 있겠군요. 급한 서류는 그것뿐입니다."

"훌륭하네요."

하지만 남작의 말은 아직 마무리되지 않았다.

"하지만, 차 한잔은 조금 미루셔야겠습니다."

"왜요?"

"전에 말씀하셨던 그분이 찾아오셨거든요."

에렐에 돌아오자마자 남작에게 당부해 둔 일이 있었다. 수염이 덥수룩한 남자가 나를 찾아오면, 아무리 행색이 초라하더라도 내쫓지 말고 극진히 모시라고.

"수염이 덥수룩하고 행색이 초라한 남자가 찾아왔나요?"

"행색이 초라한 남자였습니다. 수염이 덥수룩하지 않아서 쫓아낼까 고민했지만, 눈빛이 예사롭지 않아서요."

"잘했어요. 그 사람, 지금 어디에 있어요?"

브라이언은 접견실에 있었다. 접견실은 저택 입구 바로 옆에 있는 작은 공간으로, 귀한 손님을 대접할 만한 장소는 결코 아니었다. 중요한 손님은 대부분 응접실로 안내되곤 했다. 인세티아 남작이 그를 접견실로 안내한 건 그의 행색이 의심스러워서였을 것이다.

"수염 잘랐네요?"

브라이언은 접견실에 서서 벽에 걸린 그림을 감상하고 있었다.

"하마터면 날 만나지 못할 뻔했어요. 내가 수염이 덥수룩하고 행색이 초라한 사람이 오면 알려 달라고 했거든요."

"자르지 말 걸 그랬나요?"

브라이언이 깔끔해진 턱을 매만지며 물었다.

"이렇게 무사히 만났으면 됐죠. 게다가 그쪽이 더 보기 좋아요."

"다행이네요."

"우선 앉아서 이야기할까요?"

나는 그에게 자리를 권했다. 브라이언은 내부를 두리번거리며 내가 권한 자리에 앉았다. 나는 그 맞은편 자리를 택했다.

"세상이 참 많이 바뀌었더군요."

"6년은 긴 시간이니까요."

"그렇죠. 날 도와줄 거라고 믿었던 사람들이 등을 돌리기에 충분히 긴 시간이었죠."

내게 찾아오기 전 이미 다른 사람들을 만나고 왔다는 뜻이었다. 이 사실은 당연히 나타 백작의 귀에도 들어갔을 것이다.

'지금쯤 더 똥줄이 타고 있겠네.'

"마지막으로 날 찾아온 거예요?"

"내가 그렇다고 대답하면 그쪽이 유리해지는 거겠죠?"

"아무래도 그렇죠."

내 말에 브라이언이 입을 꾹 다물었다. 대신 그는 감정을 읽기 힘든 무덤덤한 눈으로 나를 바라보았다. 감옥에서도 느꼈지만, 브라이언 나타는 이상하리만치 차분한 구석이 있었다. 한참 시간이 흐른 뒤에야 브라이언이 입을 열었다.

"날 어떻게 도와줄 수 있습니까?"

브라이언을 돕는 건 사실 어려운 일이 아니었다. 정당한 권리를 가진 사람이, 정당하지 않은 방법으로 자리를 가진 사람에게 제 권리를 요구하는 거니까. 브라이언이 제 편이라고 믿었던 다른 사람들이 그를 돕지 못한다며 발을 뺀 것도 이 문제를 풀기 어려워서가 아니었다.

'지금의 나타 백작과 밀접한 관계가 되어서겠지.'

보아하니 뇌물도 먹이고, 그게 안 먹히면 협박을 하고, 아무튼 갖가지 방법으로 그들을 회유한 것 같았다.

'하지만 나한테는 뇌물도 협박도 안 먹혀.'

나는 가벼운 마음으로 준비했던 대답을 꺼냈다.

"잃어버린 자리를 찾을 수 있게 해 줄게요."

"숙부를 죽여서요?"

"그걸 원해요?"

죽이는 건 간단했다.

'해리가 신이 나서 당장 달려갈걸.'

하지만 나는 브라이언이 그걸 바라지 않을 거라고 생각했다.

"아뇨."

예상은 적중했다.

"죽으면 내가 백작이 되는 걸 못 보잖아요. 숙부가 살아서 그 모습을 봤으면 좋겠어요. 그 뒤에는 내가 갇혔던 감옥에 처넣는 게 좋겠죠."

브라이언이 무감한 눈을 내리깔았다.

"그럴 수 있게 도와준다면, 그때 비밀 통로에서 말했던 대로 왕세자 쪽과 손잡지 않겠습니다."

"그냥 마정석 광산 개발을 그쪽에 넘기지 말라는 거예요."

마정석 광산 개발 때문에 나를 찾아와 온갖 헛소리를 해 댔으니, 그 문제를 다시는 생각하지 못하도록 만들어 줄 셈이었다.

"당신이 왕세자를 지지해도 상관없어요."

"왕세자를 지지하면서 마정석 광산 개발은 다른 쪽과 하는 게 가능할 것 같습니까?"

"뭐, 듣고 보니 그렇긴 하네요."

내가 대수롭지 않게 긍정하자 브라이언이 재미있다는 듯 고개를 갸웃거렸다.

"1왕자를 지지하는 줄 알았는데요."

"왕위 문제에는 관심 없어요."

나는 그저 짜증 나는 전 약혼자가 다시는 같은 문제로 나를 귀찮게 하지 않기를 바랄 뿐이었다.

"뭔가 복잡한 사정이 있는 것 같습니다."

"헤어진 남녀는 대부분 그렇죠."

"흥미롭네요. 사실, 나만큼 복잡한 사정이 있는 분을 만나리라고는 생각 못 했습니다."

숙부에게 배신당해 아버지를 잃고 감옥에서 6년이나 갇혀 지낸 사람이니, 이런 말을 할 자격이 충분히 있었다.

"그새 내 소문을 들었나 봐요?"

"듣지 않는 게 더 힘들겠더군요. 워낙 유명 인사셔서."

너무 맞는 말이라 할 말이 없었다. 나는 대답 대신 어깨를 으쓱하고 그에게 악수를 청했다.

"사연 많은 동지를 만나게 되어서 기뻐요, 나타 백작."

"벌써 나타 백작입니까?"

"어차피 그렇게 될 거니까요."

내 천연덕스러움에 브라이언이 픽 웃고는 내 손을 맞잡아 가볍게 흔들었다.

이제 응징의 2단계 시작이었다.

⚜

사람이 제 권리를 주장할 때 가장 필요한 건 힘이다. 아무리 맞는 말을 해도 힘이 없으면 인정받기 힘들었다. 반대의 경우도 마찬가지였다. 아무리 틀린 말을 해도 힘이 있으면 사람들이 인정을 해 준다.

'그러니 맞는 말을 하는 사람이 힘까지 가지고 있으면 얼마나 그 말이 강력하겠어?'

브라이언은 용기사 다섯의 호위를 받으며 나타 백작령으로 돌아갔다. 죽은 백작의 진정한 후계자가 뒤늦게 자신의 권리를 주장했고, 하늘을 날아다니는 위협적인 와이번들의 무력시위에 나타 백작은 무너지고 말았다. 용기사들은 브라이언이 제대로 자리를 잡을 때까지 나타 백작령에 머무를 예정이었다.

'이제부터 그 용기사들은 브라이언이 작위를 찾는 데 협력하는 지원자가 아니라, 그가 제대로 약속을 이행하는지 지켜보는 감시자가 되겠지.'

나는 브라이언이 자신이 공언한 대로 나타 백작을 그 감옥에 처넣었는지 궁금해졌다.

"다른 영지의 사정에 개입하는 건 좋은 일이 아닙니다."

나타 백작령에서 시원한 소식이 들려오길 기다리는 나와 달리 인세티아 남작은 불만이 많았다.

"주인에게 영지를 돌려주는 좋은 일이었잖아요."

"좋은 일이든 나쁜 일이든 상관없습니다. 남의 영지 사정에는 신경 끄는 게 제일입니다."

"이걸 보면 그런 생각이 안 들걸요."

나는 브라이언과 미리 작성한 문서를 인세티아 남작에게 내밀었다. 마정석 광산 개발에 대한 문서였다. 빠르게 내용을 파악한 인세티아 남작의 눈이 커졌다.

"새로운 마정석 광산을 우리와 공동으로 개발하겠다고요?"

"네. 아무래도 그쪽에는 개발 자금이 부족한 것 같더라고요. 나타 남작이 도박에 빠져서 마정석 판매로 번 돈을 거의 다 날렸대요."

"하지만 우리와 나타는 라이벌 아닙니까?"

"생각하기에 따라서는 동료가 될 수도 있죠."

마정석과 청요석은 똑같은 힘을 가졌다. 필연적으로 경쟁을 할 수밖에 없었다. 새롭게 시장에 등장한 청요석은 마정석보다 낮은 가격을 셀링 포인트로 삼았다. 기존의 강자가 있을 때 후발 주자가 사용하는 흔한 방식이었다.

그런데 위기감을 느낀 기존의 강자가 후발 주자와 비슷하거나 그 이하의 수준으로 가격을 낮춘다면? 후발 주자는 또다시 그보다 더 낮은 가격으로 물건을 팔 것이다. 그렇다면 다시금 위기감을 느낀 기존의 강자가 또 후발 주자와 비슷하거나 낮은 가격으로 판매가를 낮추고……. 이런 악순환의 고리가 반복되는 것이다.

하지만 기존의 강자와 후발 주자가 손을 잡고 적당한 가격을 유지하기로 한다면? 양쪽 모두에게 만족스러운 가격으로 제품을 판매할 수 있었다.

'원래 담합은 불법이지만, 이 시대에는 그런 게 없지.'

"나타와 손을 잡으면 결국 우리가 마정석 시장을 독점하는 것과 마찬가지의 결과를 얻게 돼요. 경쟁하는 것보단 이쪽이 편하죠."

내 말에 인세티아 남작이 뒤통수를 맞은 것 같은 표정을 지었다. 이런 쪽으로는 생각을 해 보지 않은 게 분명했다.

"결과론적인 이야기지만 결국 우리 쪽에 이익이 되는 걸 얻어 왔으니 그렇게 쓸데없는 개입은 아니죠?"

"뭐, 이 정도면 인정해 드리지요."

인세티아 남작이 어느새 놀란 얼굴을 갈무리하고 무덤덤하게 대답했다.

"그리고 본가에서 온 편지가 있습니다."

"아버지가 보내신 건가요?"

"네. 내용은 저도 모릅니다."

남작이 품 안에서 편지를 꺼냈다. 밀봉한 봉투의 겉면에는 공작의 유려한 필체로 '이브리아에게'라고 적혀 있었다. 나는 봉인을 뜯어 편지의 내용을 확인했다.

내용은 아주 간단했다. 에렐에서 좋지 않은 사건에 휘말린 것이 염려스러우니 예정보다 조금 일찍 왕도로 돌아오라는 것이었다.

'왕도에 돌아가는 건 2개월 후의 일이라고 생각했는데.'

2개월 후에는 이브리아의 생일이 있었다. 평범한 생일이 아니라, 이브리아가 성인이 되는 중요한 날이었다. 안 좋은 일로 한동안 사교계를 떠나 있었지만 어쨌든 이브리아는 위세 높은 오베론 공작의 딸이었다. 한동안 자숙을 거친 데다, 성인이 되는 중요한 생일이라는 점이 겹쳐 성대한 파티가 열릴 예정이었다.

'난 별로 하고 싶지 않지만 말이지.'

"각하께서 왕도에 돌아오라고 하십니까?"

심각한 내 표정을 보고 인세티아 남작이 물었다.

"어떻게 알았어요?"

"이런 상황에 각하께서 편지를 보내셨다면, 그 이야기밖에 없겠죠. 당장 출발 준비를 시작하겠습니다."

"출발 준비요? 난 아직 간다고 안 했어요."

"그럼 안 가실 겁니까? 각하께서 오라시는데."

"남작, 그렇게 날 왕도에 보내고 싶어요?"

"누가 그렇답니까? 피할 수 있는 일이 아니니 준비를 하자는 겁니다."

나는 의심스러운 눈초리로 남작을 바라보았다.

"정말이에요? 나 보내고 다시 영주님 하려는 게 아니고요?"

"영주님이 벌여 놓은 일이 너무 많아서 업무량이 예전보다 배로 늘어났습니다. 저는 그거 힘들어서 못 합니다."

"어, 그 말은……?"

"이왕 왕도에 가시는 거, 생일 파티에만 너무 신경 쓰지 마시고 청요석 홍보도 제대로 하고 돌아오십시오. 큰 귀족 가문들을 새 거래처로 만들어 오시면 더 좋고요."

"나 에렐에 돌아와도 돼요?"

내 질문에 인세티아 남작이 도끼눈을 떴다.

"그러면, 다시 안 오실 생각이셨습니까?"

이렇게 온갖 일을 다 벌여 놓고, 그 수습은 다 나한테 맡기겠다고? 그렇게 말하는 눈이었다. 나는 서둘러 고개를 저었다. 처음에는 공작의 명에 울며 겨자 먹기로 맡은 일이었지만, 영지 사정을 살피며 이곳에 꽤 정이 들었다.

'공작이 날 왕도로 다시 안 부를 거라고 생각해서, 여기가 내가 살 땅이구나 하는 마음으로 열심히 일궜단 말이야.'

"당연히 돌아올 거예요!"

"그럼 뭐가 문제입니까? 어서 답장 쓰십시오. 일주일 후에 출발하겠다고."

"일주일 후요? 그렇게 빨리?"

"별로 미룰 일이 아니니까요. 지금부터 출발 준비를 시작하면, 일주일이면 충분합니다."

"……남작, 정말 나 영원히 보내려는 거 아니죠?"

나는 의심의 눈초리를 거두지 않으며 답장을 썼다.

내가 마지막 문장에 마침표를 찍자마자 인세티아 남작이 내 손에서 편지를 가져갔다.

"왕도에 계실 동안 제가 영주 대리 역할을 하겠습니다. 돌아오셨을 때 공백을 느끼지 못하시도록 최선을 다하지요."

막상 왕도로 떠날 생각을 하니 준비할 것이 상당히 많았다. 출발 준비는 모두 인세티아 남작이 지휘하고 있었지만, 함께 떠날 사람을 정하는 건 내 몫이었다. 해리와 엠마는 고민 없이 목록에 포함했다. 문제는 나머지 인원이었다. 인세티아 남작은 내게 당당히 요청했다.

"함께 떠날 기사단원을 열 명만 골라 주십시오."

물론 나는 질색을 했다.

"기사단원 열 명이요? 나는 해리와 엠마만 데려갈 생각이었는데요. 어차피 와이번을 타고 갈 테니까, 딱히 수행원이 많을 필요 없잖아요."

"용기사를 데리고 가시는 편이 청요석 홍보에 더 도움이 될 텐데요."

"그건 그렇지만……."

왕도에 가는 사람이 많아진다는 건 내가 챙겨야 할 사람도 늘어난다는 의미였다. 나는 손을 들어 손가락 하나를 폈다.

"그럼 한 명만 더 데려가죠."

"다섯으로 하십시오."

"그럼 둘이요."

"적어도 넷은 되어야 합니다."

"그럼 셋이요. 그 이상은 나도 양보 못 해요."

손가락이 가리키는 숫자가 3이 되자 인세티아 남작이 순순히 고개를 끄덕였다.

"알겠습니다. 셋으로 하죠."

내가 세 명이라고 말하기를 기다렸다는 듯한 태도였다. 나는 처음부터 남작의 목표가 셋이었음을 깨달았다.

"그냥 처음부터 셋을 데려가라고 하지 그랬어요?"

"그러셨으면 줄이고 줄여 결국 한 명을 데려가셨을걸요."

"이젠 날 너무 잘 알아서 무서울 정도네요."

나는 한숨을 내쉬며 의자에 몸을 기댔다. 책상 위에는 서류가 수북하게 쌓여 있었다.

며칠 전부터 나는 출발 전까지 일을 최대한 처리하기 위해 속도를 높이는 중이었다. 특히 막 개발을 시작한 온천 쪽이 걱정스러웠다. 이 시대에는 아직 리조트의 개념이 없어서, 모든 것을 내가 세세하게 지정해 사업을 진행하고 있었다.

'개발 초기 단계가 제일 중요한데.'

이런 시기에 자리를 비우게 됐으니 걱정이 이만저만이 아니었다.

"별장 건설은 잘 진행되고 있겠죠?"

"아직 기초 공사 중인데, 별다른 문제는 없습니다."

온천은 영지민들의 이주가 완료되어 별장 건설에 들어갔다. 온천 주변으로 별장을 여러 채 지어 숙박 시설로 활용할 예정이었다.

'몇 채는 왕실이나 고위 귀족에게 팔고, 나머지는 연간 회원권 개념으로 이용할 수 있게 하면 되겠지.'

이번에 왕도에 가면 이 회원권에 대한 홍보도 할 생각이었다.

"연말에는 완성이 되겠죠?"

"서두르면 그보다 이르게도 가능합니다."

"천천히 하죠. 서두르다가 부실 공사가 되는 것보단 그게 나아요."

당장 손님이 몰려오는 것도 아니니 급한 문제가 아니었다.

"영주님!"

인세티아 남작과의 논의가 마무리에 접어들 무렵 라파쉬가 들이닥쳤다.

"말씀하셨던 시제품이 완성됐어요."

라파쉬가 가져온 것은 청요석을 장착한 액세서리였다. 여기에 마법 각인을 추가하면 마도구로 쓸 수가 있었다.

원래 마도구는 마법사 협회에서 제작해 판매한다. 하지만 액세서리로 사용할 수 있게 나온 마도구들은 대부분 투박하고 단순해서 별로 인기가 없었다. 지난번 티 파티에서 선물로 나눠 준 커프스단추가 호평이었던 건 심미적인 기능까지 갖춘 마도구가 흔치 않아서였다.

나는 이번에 그 커프스단추를 포함한 몇 가지 새로운 청요석 액세서리를 왕도에 소개할 생각이었다. 제작은 그리 어렵지 않았다. 내가 현대에서 보았던 디자인을 대충 그려 라파쉬에게 주면 그녀가 물건을 만들고, 그걸 마법사 협회에 의뢰해 마법을 각인하는 식이었다. 하지만 제작 과정의 특성상 대량 생산은 불가능했다.

'이건 소수에게 주문을 받아 비싼 가격으로 팔아야 하는 물건이야.'

시제품으로 만든 반지와 팔찌, 거기에 원형 브로치와 기존의 커프스단추까지.

'내가 그렇게 날려 그린 그림을 어떻게 알아보고 이렇게 만드는 걸까?'

빈말로도 내 그림 실력은 좋은 게 아니었다. 그런데도 라파쉬는 내 그림을 보고 이렇게 훌륭한 액세서리를 만들어 냈다.

"리쉬는 천재예요."

내 칭찬에 라파쉬가 드물게 얼굴을 붉혔다.

"반지, 팔찌, 브로치, 커프스단추, 각각 다섯 개씩 만들었어요."

"손이 많이 가는 일인데 고생 많았어요."

"용갑 만드는 일이 끝나서 한가했으니까요."

라파쉬를 고용한 목적은 와이번에게 입힐 갑옷을 제작하는 것이었다. 이제 그 일이 끝났으니 라파쉬도 드워프 마을로 돌아갈 자유가 있었다.

"리쉬, 이제 안개산으로 돌아갈 거예요? 용갑 제작은 이제 끝났잖아요."

내 질문에 뿌듯하게 웃고 있던 라파쉬의 얼굴이 굳었다.

"맞아요. 내가 고용된 이유는 용갑 제작 때문이었죠. 이브리아는 내가 그만 돌아가기를 원해요?"

"내 입장에서는 당연히 리쉬를 붙잡고 싶죠."

앞으로도 다양한 제품을 제작해야 한다. 하지만 라파쉬처럼 뛰어난 손재주를 가진 드워프와 비슷한 실력을 가진 인간은 이 세상에 없을 터였다.

"난 리쉬가 계속 여기에 있어 줬으면 좋겠어요."

내 말에 라파쉬의 얼굴이 조금 풀어졌다.

"그럼 붙잡으면 되죠."

"하지만 드워프들은 인간 사회에 익숙하지 않잖아요. 익숙한 곳으로 돌아가고 싶은 게 아닐까 생각했어요. 심지어 리쉬는 처음부터 백 퍼센트 자의로 온 게 아니니까요."

내 말을 가만히 듣고 있던 라파쉬가 진지한 얼굴로 고개를 끄덕였다.

"저희 아버지가 그러셨어요. 어디든 새로운 걸 만들 수 있다면, 그곳이 드워프들의 터전이라고요."

이야기의 마무리에 라파쉬가 씨익 웃었다.

"여긴 재미있는 일이 많아요. 늘 새로운 걸 만들 수 있죠. 그러니까 그런 생각 때문이라면 문제없어요. 날 붙잡아요, 이브리아."

드디어 왕도로 떠나는 날이 밝았다. 나와 함께 왕도로 떠날 기사는 라이오넬과 데인, 리제토로 정해졌다. 북방에서 나고 자랐다는 세 기사는 벌써 왕도의 화려한 모습을 상상하며 들떠 있었다.

"왕도 사람들은 다들 세련되고 멋지다던데."

"거리를 걸으면 우리가 시골에서 왔다는 걸 단번에 들키는 거 아냐?"

"우리가 뭐 어때서?"

"그걸 몰라서 묻냐? 네 머리를 좀 봐. 그게 어디 최신 유행에 맞긴 한지."

"맞아. 완전 촌스러워. 왕도에 간다고 멋이라도 부린 거야?"

"……이 머리 우리 어머니가 잘라 주신 건데."

라이오넬을 놀리던 두 기사가 잠시 침묵했다가 어색한 웃음을 터트렸다.

"야. 너희 어머니가 센스가 있으시네. 안 봐도 이게 왕도 유행이라는 걸 알겠어."

"그러게. 왕도에서 라이오넬 이놈만 돋보이게 생겼어."

두 기사가 서둘러 사태를 수습하는 동안, 잔뜩 들뜬 엠마도 상기한 얼굴로 두 손을 그러쥐고 있었다. 그녀는 드디어 왕도의 최신 유행을 체험할 수 있게 됐다며, 왕도에서 내 화장품과 의상을 잔뜩 구매하려고 벼르고 있었다.

"어차피 그런 걸 사 와도 쓸 일이 없는걸."

"무슨 말씀이세요. 사 두면 다 쓸데가 있어요."

"그거 불합리한 소비를 정당화하는 사람들의 안일한 논리야."

"괜찮아요. 전 원래 안일하니까요!"

이래저래 들뜬 일행 사이에서 시큰둥한 사람은 나와 해리뿐이었다. 나는 왕도에 돌아가면 귀찮은 사람들과 마주칠 것이 짜증스러웠고, 해리는 왕도 하면 첫 계약자였던 머저리 놈이 생각난다며 부루퉁했다. 하지만 왕도로 떠나는 걸 더 이상 미룰 수는 없었다.

'인세티아 남작의 말처럼 출장 다녀오는 거라고 생각하지 뭐.'

그렇게 생각하니 마음이 좀 편했다.

일행은 와이번 세 마리에 나눠 탔다. 인원수에 맞춰 더 많은 와이번을 타고 갈 수도 있었지만, 수많은 저택이 빽빽하게 들어선 왕도에 이보다 더 많은 와이번을 데려가는 건 민폐일 것 같아 수를 줄이기로 했다. 자연스럽게 나와 해리가 같은 와이번에 타고, 엠마와 라이오넬, 데인과 리제토가 한 조가 되었다. 짐도 적당히 삼등분해서 각각의 등에 나눠 실었다.

"그럼 조심히 다녀오십시오."

인세티아 남작을 비롯한 저택 사람들이 모두 밖으로 나와 우리를 배웅했다. 열을 맞춰 서서 배웅하는 사람들을 보고 있으니 기분이 이상해졌다.

'왕도를 떠날 때 저택 분위기는 이렇지 않았는데.'

야반도주를 하는 것처럼 다급하게, 누구의 배웅도 없이 단출한 짐만 챙겨서 저택을 빠져나왔었다. 그렇게 떠났으니 다시 왕도로 돌아갈 수 있을 거라는 생각도 하지 않았다.

'그런데 이렇게 위풍당당하게 돌아가다니.'

정말 사람 일은 어찌 될지 모르는 것인가 보다.

"그럼 다녀올게요. 혹시 무슨 일 생기면 곧바로 연락해 줘요."

"걱정 마십시오. 겨우 몇 달인데요. 별일 없을 겁니다."

내 말에 남작이 고개를 숙였다.

"저희 모두 여기에서 영주님이 돌아오시길 기다리고 있겠습니다."

남작의 마지막 인사와 함께 와이번이 날갯짓을 시작했다. 그 몇 번의 날갯짓으로 와이번이 하늘 위로 떠올랐다.

목적지는 왕도의 오베론 저택이었다.

※

"아버지, 하늘에 와이번이 보입니다."

오베론가의 소공작 아치볼드는 창밖을 보며 여동생의 도착을 미리 알아챘다. 조금 먼 하늘에서 날아오는 세 마리의 와이번이 상당히 빠른 속도로 저택에 가까워지고 있었다.

"그래. 준비는?"

"와이번이 착륙할 수 있도록 정원을 비워두라고 했습니다."

"그래."

담담한 얼굴로 대답하고 있지만, 아치볼드는 아버지가 꽤 들떠 있다는 사실을 알았다.

'벌써 22년이나 지켜봤는걸.'

눈치 없는 여동생은 아버지의 표정을 읽는 재주가 영 없었으나, 다행히 아치볼드는 그런 쪽의 눈치가 빠른 편이었다.

'이브리아가 납치당했다는 소식을 듣고 안절부절못하셨지.'

물론 이것도 아치볼드만 눈치챈 사실이었다. 오베론 저택의 고용인들은 이브리아가 사고를 쳐서 공작님이 화가 났다며 수군거렸다. 평소보다 배로 험악해진 공작의 기세 때문이었다.

'아버지는 걱정하거나 기분 좋을 때 얼굴이 험악해지는 이상한 특징이 있으니……'

잘 모르는 사람들이 오해하는 건 당연했다. 문제는 그런 오해를 당사자인 이브리아도 해 버렸다는 것이다.

'그게 너무 좋아서 어쩔 줄 모르는 표정인 줄도 모르고.'

제 여동생은 아버지가 자신을 미워한다고 철석같이 믿고 엇나가기 시작했다. 화사하게 웃으며 살랑거리던 왕세자 카시안에게 마음을 빼앗긴 것도, 그런 직설적인 애정 표현을 처음 받아서였는지도 모른다.

'그러다 뒤통수 제대로 맞았지만.'

사실 아치볼드는 여동생에게 큰 애정이 없었다. 제게는 무덤덤한 아버지가 여동생만 보면 어쩔 줄 몰라 쩔쩔매는 게 어린 마음에 밉기도 했고, 다섯 살이나 어린 여동생과 딱히 공감대를 형성하기도 힘들었다. 나이가 들면서 치기 어린 미움은 옅어졌지만, 그렇다고 갑자기 여동생이 귀엽게 느껴진다거나 사랑스럽게 보인다거나 하는 일은 없었다.

'원래 남매가 그런 거 아닌가?'

하지만 아무리 애정 없는 여동생이라도 밖에서 맞고 오면 열을 받는 법이다.

'처음부터 마음에 안 들었다고, 그 왕세자.'

카시안은 아치볼드에게 퍽 친절했다. 자신과 친해지고 싶어서 어쩔 줄 몰라 하는 게 눈에 보일 정도였다. 그게 '아치볼드 오베론'을 향한 호의가 아니라 '오베론 소공작'을 향한 호의라는 것도 뻔히 보이는 게 문제였지만.

"이브리아에게 저녁 식사를 함께하자고 할까요?"

아치볼드는 공작에게 슬쩍 기회를 줬다. 제가 손을 놓고 있으면, 이 답답한 아버지는 같이 밥이나 먹자는 이야기를 절대 하지 못할 것이다.

"그것도 나쁘지 않지."

대답하는 공작의 입꼬리가 씰룩거렸다. 얼핏 보기에는 분노를 참고 있는 것처럼 보였다.

'사실은 웃고 싶은 걸 참는 거지만.'

웃고 싶으면 그냥 웃으면 될 텐데, 왜 그걸 참으시는지 모를 일이었다.

"그럼 그렇게 전하겠습니다."

외모와 성격 모두 죽은 공작 부인을 닮은 오베론 소공작은, 정말로 제 아버지를 이해할 수가 없었다.

✧

와이번이 하늘을 크게 돌아 오베론 저택에 내려앉았다. 와이번이 온다는 소식에 구경을 나온 건지, 절대 나를 마중 나올 리 없는 사용인들이 줄을 맞춰 서 있었다.

"먼 길 오느라 고생했다."

신기한 얼굴로 와이번을 살피고 있는 사용인들 사이에서 눈에 띄는 미남이 튀어나왔다. 따뜻한 밀빛의 머리카락과 초록색 눈동자. 어딘가 무심힘이 느껴지는 표정의 남자. 오베론 공삭의 아늘이자 이브리아의 오빠, 오베론의 소공작 아치볼드였다.

"오라버니."

오랜만에 보는 혈육이지만 별로 감흥은 없었다. 어차피 나에게는 아치볼드가 진짜 혈육이라는 느낌도 없을뿐더러, 진짜 이브리아와 아치볼드도 썩 살가운 남매가 아니었다.

"최근에 안 좋은 일을 겪었다고?"

'그런 걸 물어볼 때는 걱정스러운 표정이라도 지어야 하는 거 아니냐?'

아치볼드는 여동생의 납치 사건을 언급하면서도 표정의 변화가 없었다.

'공작이 험악하게 무서운 쪽이면, 아치볼드는 너무 인형같이 표정이 없어서 무서운 쪽이라고.'

어느 쪽이나 무서운 건 똑같다는 게 제일 무서웠다.

'뭐, 무서운 얼굴은 오베론 가문의 전매특허니까.'

"그 일은 잘 해결했으니 걱정하지 않아도 돼요."

"그래? 다행이네."

그렇게 말하면서도 전혀 다행인 얼굴이 아니었다.

"네 방은 미리 정돈해 뒀다. 함께 온 사람들은……."

아치볼드가 내 뒤쪽으로 시선을 돌렸다. 눈이 마주친 기사들이 움찔거리며 우렁찬 목소리로 소공작에게 인사를 올렸다.

"제5 서리기사단의 라이오넬 딜프입니다!"

"같은 기사단의 데인입니다!"

"역시 같은 기사단의 리제토입니다!"

씩씩하게 인사를 올린 세 기사의 시선이 해리를 향했다. 왜 너는 인사를 안 올리냐는 듯한 눈빛이었다. 세 사람의 재촉에 해리가 내키지 않는 얼굴로 아치볼드에게 고개를 숙였다.

"해리입니다."

"아. 내 여동생의 호위라는."

아치볼드가 알 만하다는 표정으로 해리의 얼굴을 훑었다. 내가 해리를 호위로 둔 것이 왕도의 유행 때문이라고 생각하는 게 분명했다.

기사들의 모습을 모두 확인한 아치볼드의 시선이 이번에는 엠마를 향했다. 잘생긴 소공작을 처음 본 엠마는 긴장과 설렘으로 뺨이 살짝 붉어져 있었다.

"아가씨를 모시고 있는 엠마입니다, 소공작님."

아치볼드가 고개를 끄덕여 엠마의 인사를 받고 다시 내게로 눈을 돌렸다.

"이 사람들의 방도 준비하라고 하지."

"해리의 방은 제 방 옆으로 해 주세요."

내 요청에 아치볼드는 물론이고, 세 기사와 엠마의 표정까지 미묘해졌다.

'아. 뭔가 오해하기 좋은 말이었나?'

"호위니까, 방이 가까운 편이 낫잖아요."

나는 재빨리 오해를 정정했다. 하지만 그것도 별로 좋은 변명이 아니었다는 걸 금세 깨달았다.

'으. 왕도에서는 잘생긴 호위가 그렇고 그런 의미로 통하잖아.'

덕분에 나와 해리를 바라보는 사람들의 시선이 더 미묘해졌다.

'차라리 변명하지 말걸.'

나는 뒤늦게 후회하며 입을 다물었다. 다행히 아치볼드가 상황을 잘 넘겨 주었다.

"그래. 그게 편하겠지. 저녁 식사는 함께할 거지?"

내 의견을 묻는 것처럼 보이지만 사실은 이미 결정한 사항을 통보하는 것이었다. 나는 거기에 맞춰 고개를 끄덕이는 수밖에 없었다.

오베론 저택의 방은 오랜만이었다. 겨우 몇 달 만에 소탈한 축에 속하는 에렐의 방에 익숙해졌는지, 오베론 저택의 화려함에 잠시 눈이 어지러워졌다.

나는 그대로 침대에 몸을 던지고 눈을 감았다. 와이번을 타고 날아오느라 여정 자체는 길지 않았지만, 하늘을 나는 동안 긴장한 탓에 몸이 뻐근했다. 침대에 몸을 묻자마자 포근함이 온몸을 감쌌다. 안락한 침대 덕분에 완전히 잊고 있던 졸음이 끌려 나올 정도였다.

'역시 침대는 비싼 게 최고야.'

에렐의 침대도 좋은 편이었지만, 이 침대에 비할 바가 아니었다.

"자려고?"

해리가 기척도 없이 문을 열고 들어왔다. 나는 고개만 돌려 해리를 보며 입을 비죽였다.

"여기서는 좀 더 조심해야 돼요."

"왜?"

"보는 눈이 더 많으니까요. 소문도 훨씬 빠르고. 여러모로 피곤한 동네거든요."

다들 나를 좋아해 주는 에렐과 달리 이곳 사용인들은 나를 싫어했다. 내가 빙의하기 전 진짜 이브리아가 저질러 놓은 과거의 악행 탓이었다.

'그리고 난 그걸 굳이 수습하려고 하지 않았지.'

어차피 에렐로 튀어 버리고 다시는 돌아오지 않을 거라고 생각했으니까. 하지만 이렇게 돌아오게 될 줄 알았다면 조금은 수습해 볼 걸 그랬다.

귀족가의 사용인들과 소문은 떼려야 뗄 수 없는 불가분의 관계였다. 왕도의 모든 소문이 사용인들의 입을 통해 전해지기 때문에, 그들에게 밉보였다가는 이상한 소문의 주인공이 되기 딱 좋았다.

'이래서 그냥 에렐에 계속 있고 싶었던 건데.'

이브리아는 그런 식으로 괴이한 소문의 주인공이 된 적이 아주 많았다.

'내가 손가락을 잘라서 박제한다는 소문도 그렇고.'

이렇게 퍼진 소문은 바로잡기도 힘들었다.

"그러니까 애초에 소문이 될 만한 일을 만들면 안 돼요."

"그냥 난 네 방에 들어왔을 뿐인데?"

"그게 문제라니까요. 내가 잘생긴 호위랑 진득하게 붙어먹는 줄 알거란 말이에요."

이런 종류의 소문은 특히 사용인들 사이에서 인기가 좋았다. 오베론가의 아가씨가 왕도로 돌아오자마자 잘생긴 호위를 끼고 문란한 생활을 즐기고 있다! 이 얼마나 흥미로운 주제인가. 아마 며칠도 지나지 않아 왕도 전체에 소문이 퍼질 것이다.

"소문이 나면 어때서?"

"난 싫어요. 그런 소문이 나면 별 이상한 놈들이 접근해서는 치근덕거린단 말이에요."

남자들은 여자가 누군가와 밤의 유희를 즐기면, 자신과도 기꺼이 밤의 즐거움을 나눌 거라는 이상한 착각에 빠져 사는 경우가 많았다. 그러니 내가 호위와 문란한 사생활을 즐기고 있다는 소문이 퍼진다면…… 개나 소나 '내가 당신의 밤 파트너가 되어 주지!'라며 느끼한 미소를 지은 채 접근할 것이 분명했다.

'그런 거 너무 싫어.'

하지만 질색하는 나와 달리 해리는 대수롭지 않게 어깨를 으쓱거렸다.

"그런 놈들이 다가오면 내가 불알을 터트려 주면 되잖아."

"불……."

너무 직접적인 단어에 얼이 빠졌다. 그런 나를 보고 해리가 팔짱을 낀 채 고개를 한쪽으로 기울였다.

"왜? 왕도니까 좀 더 귀족적으로 말해 줘?"

"가능하다면요."

"그럼, 고귀한 귀족 나리의 소중한 고환을 다시는 못 쓰게 해 주겠다, 이건 어때?"

"뭐, 불알 터트린다는 말보다는 조금 더 낫네요."

나는 한숨을 내쉬며 침대에서 몸을 일으켰다.

"그러고 보니 그건 어때요?"

"그거?"

"해리의 본능이요. 와이번 사냥을 한 지도 한참 됐잖아요. 슬슬 약 기운이 떨어질 때 아니에요?"

처음 해리가 폭주한 기간을 계산하면 벌써 한계에 다다랐을 시간이었다.

"어, 그렇긴 한데……."

내 질문에 해리가 애매한 얼굴로 웃었다.

"분명히 시기를 계산하면 문제가 생겨야 맞거든."

"그렇죠. 와이번들 잡으러 다닌 것도 벌써 한참 전이니까요."

"그런데 생각보다 견딜 만해."

해리 자신도 지금의 상황이 잘 이해가 되지 않는 것 같았다.

"정말요? 그렇게 말하다가 또 전처럼 폭주하는 거 아니에요?"

내가 의심스러운 눈으로 쳐다보자 해리가 두 손을 들어 결백을 주장했다.

"나도 폭주하는 거 싫어. 몸이 통제도 안 되고 내 마음대로 움직이는 거 기분 나쁘단 말이야."

해리가 거짓말을 하는 것 같지는 않았다.

'그럼 그사이에 쾌락을 채워 준 뭔가가 있었다는 건데.'

아무리 떠올려 봐도 짐작 가는 부분이 없었다. 해리가 나 몰래 누군가를 학살하고 다녔다면 벌써 낌새가 느껴졌을 것이다. 그러니 이 가정은 탈락.

'나 말고 다른 인간은 역겹댔으니까, 다른 사람이랑 뭘 한 것도 아닐 텐데.'

나랑 뭔가를 했다면 두 번의 입맞춤뿐이었다. 서로가 역겹지는 않은지 확인하자며 한 번, 해리가 날 놀라게 해주겠다며 또 한 번 입을 맞췄었다.

'어? 설마?'

머릿속에 불이 번쩍 들어오는 것 같은 기분이었다.

"해리, 혹시 그걸로 채워진 거 아니에요? 그때 우리 키스했던 거요! 어쩌다 보니 두 번이나 했잖아요."

내 말에 해리도 설마 하는 표정으로 고개를 갸웃거렸다.

"겨우 그걸로? 악마가 고작 키스로 쾌락을 얻었다는 이야기는 못 들어 봤어."

"그것도 악마마다 기준이 다른 게 아닐까요? 아무리 생각해도 그것뿐이에요."

"그렇긴 하지만, 아무리 그래도 고작 그걸로?"

"쾌락이 별건가요? 해서 기분 좋으면 쾌락을 얻은 거지. 나랑 했을 때 어땠는데요? 기분 좋았어요?"

내 질문에 해리가 꿀 먹은 벙어리가 되었다.

"어땠냐니까요?"

나는 답답해져서 해리의 팔을 끌어당겼다.

"그…… 기분 좋긴 했는데……."

머뭇거리며 대답하는 해리의 귀가 살짝 붉어져 있었다.

"그쵸? 역시 그거라니까."

나는 확신했다. 그게 아니라면 다른 이유가 없었다.

"그런 거면 지금 다시 충전해 둘까요?"

"뭐?"

"쾌락이 찬 수치가 눈으로 보이는 것도 아니고, 갑자기 게이지가 뚝 떨어질 수도 있잖아요."

입 맞추는 게 간단한 것처럼 보여도 아무 때나 할 수 있는 게 아니었다. 내가 납치를 당했을 때처럼, 생각지도 못한 이유로 제때 충전을 못 할 수도 있었다. 만약 그런 사태가 발생하면 해리는 그대로 폭주. 누구도 상상하지 못한 재앙이 찾아올지도 모른다.

"그런데 조금씩 자주 충전해 두면 갑자기 쾌락이 바닥나서 폭주할 일은 없을 거 아니에요? 그러니까 지금처럼 해 둘 수 있을 때 많이 해 놓죠."

"……해 둘 수 있을 때, 많이?"

"네. 지금이 딱 맞잖아요. 보는 눈도 없고."

주변은 고요했고, 이 방에는 나와 해리 단둘뿐이었다. 이보다 좋은 기회는 없었다. 해리의 팔을 쥔 손에 힘을 주어 잡아당기자, 그가 쓰러지듯 침대 위에 몸을 기울였다. 해리의 두 팔이 침대를 짚었다. 나는 그사이에 갇혀 해리를 올려다보았다. 붉어진 그의 얼굴에서 미세한 긴장감이 느껴졌다.

'처음도 아니면서 왜 이래?'

상대가 부끄러워하자 괜히 나까지 어색해졌다.

'부끄러움도 전염이 되는 건가?'

나는 애써 태연한 척하며 침대 시트를 꽉 쥐었다. 살짝 벌어진 입술에 시선이 갔다.

"내가 먼저 할까요, 아니면 해리가 먼저 할래요?"

"……이번엔 내가 먼저 할래."

"그래요. 하세요, 먼저."

해리가 나를 바라보며 침을 꿀꺽 삼키자, 목울대가 느리게 일렁였다.

'상대가 키스해 주길 기다리면서 관찰하는 것도 꽤 좋은데?'

해리가 천천히 고개를 숙여 나와 가까워졌다. 그의 머리카락이 이마를 간질여 설핏 웃음이 흘러나왔다.

"해리. 머리카락이 닿아서 간지럽……."

내가 미처 말을 끝내기도 전에 해리의 입술이 내 입에 닿았다. 잠시 맞닿았던 입술 사이로 숨이 섞이자, 허공으로 쏟아지려던 말이 해리의 입속으로 빨려 들어갔다. 침대를 짚고 있던 해리의 손이 어느새 내 뺨을 쓰다듬고 있었다.

커다란 손이 여린 뺨을 간질이자 뺨이 간지러워져서, 나는 해리의 옷깃을 더 강하게 잡아당겼다. 그러자 맞닿은 부분이 더욱 깊어졌다. 해리의 몸이 내 쪽으로 더 기울고, 나는 무게를 이기지 못해 뒤로 넘어갔다. 그 위로 쏟아지듯 해리의 몸이 겹쳐졌다. 몸을 짓누르는 무게 감에 나도 모르게 해리의 혀를 깨물자, 그가 미간을 찌푸리며 내게서 떨어졌다.

"아파."

해리가 투정을 부리듯 내게 말했다. 입안에서 피 비린 맛이 나는 걸 보니 내가 그의 혀를 제대로 깨문 모양이었다.

"아프기만?"

내 질문에 불만스럽게 찌푸려져 있던 해리의 얼굴이 슬며시 풀어졌다.

"뭐, 좋기도 하고."

"나는 해리가 너무 무거운데."

"그렇게 말하면 더 괴롭히고 싶어지는 게 또 악마라."

해리가 내 몸을 짓누른 상태 그대로 나를 끌어안았다. 강한 압박감 과 함께 기묘한 충족감이 느껴졌다.

'이 충전, 해리한테만 효과가 있는 게 아니라 나한테도 적용이 되는 건가?'

느긋하게 그런 생각을 하며 해리의 체온을 즐기고 있으니 잊고 있 던 존재가 슬그머니 말을 걸었다.

[주인님께서는 제가 있다는 걸 자주 잊으시는 것 같습니다. 저 지금 여기 있습니다, 주인님.]

"이렇게 네 존재감을 뽐낼 필요는 없어, 이 망할 성검."

유피테르의 목소리에 해리가 불만스럽게 투덜거리며 몸을 일으켰 다. 덕분에 나는 내 몸을 짓누르던 해리에게서 해방될 수 있었다. 침 대 앞에 똑바로 선 해리가 여전히 누워 있는 나를 보며 말했다.

"해 보니까 확실히 알겠어."

"뭘요?"

"이걸로도 차는 것 같아."

"그래요? 해리가 소박한 악마라서 얼마나 다행인지 몰라요."

나는 해리를 따라 몸을 일으키며 흐트러진 옷을 정돈했다. 별로 한 것도 없는데, 침대에 한 번 드러누웠다고 옷이 아주 엉망이었다.

"아가씨, 엠마입니다."

그때 밖에서 엠마가 나를 불렀다. 설마 하는 마음으로 슬쩍 시간을 보니 벌써 저녁 시간이 다가와 있었다. 엠마가 그 준비를 돕기 위해 온 모양이었다.

"들어와."

내 허락에 안으로 들어선 엠마가 방 안의 풍경을 보고 잠시 멈칫했다. 아직 방 안에는 가시지 않은 열기가 남아 있었다. 나는 옷매무새를 정돈하고 있었고, 해리의 얼굴은 어쩐지 상기한 채였다.

'보이진 않지만 내 얼굴도 멀쩡하진 않을 거고.'

하지만 엠마는 훌륭한 하녀답게 금세 표정을 갈무리하며 내게 다가왔다.

"저택 지리는 익혔어?"

내 질문에 엠마가 부드럽게 웃었다.

"예."

"에렐에 비하면 상당히 복잡할 텐데."

"저택은 대부분 구조가 비슷하니까요. 규모가 조금 더 크긴 하지만, 외우는 게 그리 어렵지는 않았습니다."

한동안 에렐 저택이 낯설어 길을 헤맸던 내가 민망해지는 발언이었다.

"식사는 만찬장에서 가족들과 같이할 거야."

가족이라고 해 봐야 공작과 아치볼드뿐이지만 말이다.

"네. 가족들과 함께하시는 자리니, 치장은 간단하게만 해도 될 것 같습니다."

"응. 부탁할게."

내 대답에 공손하게 머리를 조아린 엠마가 완전히 돌변해서 해리를 돌아보았다.

"개 요정님."

엠마의 사나운 기세에 해리가 당황한 얼굴로 입을 벌렸다.

"어, 응?"

"아가씨는 옷을 갈아입으셔야 하니 나가 주시겠어요?"

엠마가 코웃음을 흘리며 고개를 휙 돌렸다. 누가 봐도 심통을 부리고 있었다. 해리가 얼떨떨한 얼굴로 방을 나서며 내게 속삭였다.

[나, 네 하녀한테 견제당한 거야? 내 아가씨 뺏어 가지 마라, 뭐 그런 눈빛인데?]

♬

'으. 숨 막혀.'

만찬이 진행되는 홀은 침묵으로 가득했다. 그렇지 않아도 커다란 공간에 단 세 사람뿐이라 허전한 느낌인데. 가족의 식사 시간이면 으레 들려오는 대화 소리까지 없으니 공허한 식기 소리만 종종 공간을 울렸다.

그냥 끝까지 이렇게 식사 시간이 지나가나 보다 생각했을 무렵, 만찬의 마지막 단계인 디저트가 식탁에 올라오자 공작이 겨우 입을 열었다.

"에렐에서 큰일이 있었다고?"

큰일이라면 여러 가지가 있었다. 나는 공작이 도대체 어떤 '큰일'을 말하는 건지 알 수 없어서 고민하다가, 왠지 이거일 것 같다 싶은 일을 입에 올렸다.

"예. 새로운 온천이 개발된 건 저도 놀랐습니다. 지질학자들이 제대로 일을 한 거지요."

"으음……"

그런데 공작의 표정이 좋지 않았다. 그가 말했던 '큰일'이 이게 아니었나 보다. 나는 서둘러 또 다른 '큰일'을 떠올렸다.

'역시 '큰일'이라면 이거지!'

"나타 백작령의 일에 멋대로 개입한 건 죄송합니다. 하지만 그 덕에 그쪽과 담합을 할 수 있게 됐으니까요."

"흐으음……"

아니, 이번에도 공작의 반응이 좋지 않았다. 이 '큰일'도 공작의 의도가 아니었던 것 같다.

'그럼 용기사들의 데뷔를 화려하게 성공한 걸 말하는 건가?'

내가 다른 '큰일'이 무엇인지 고민하는 사이, 아치볼드가 슬쩍 힌트를 흘렸다.

"납치 사건은 무사히 해결됐으니 너무 걱정 마십시오, 아버지. 이브리아도 무사하잖습니까."

"흠."

아치볼드의 '큰일'이 정답이었는지 공작이 고개를 끄덕였다.

"이브리아의 말대로 그 일 덕분에 나타 백작령과 좋은 관계도 맺게 됐고, 그 문제가 많던 전 백작은 반신불수가 되었다는군요."

'응?'

이건 나도 처음 듣는 소리였다. 놀라서 아치볼드를 보자 그가 여전히 무심한 얼굴로 이야기를 이어 갔다.

"지하 감옥에 괴한이 들이닥쳐서 허리를 똑 부러뜨렸답니다. 덕분에 하반신에 마비가 와서 똥오줌도 혼자 못 가린다고 하던데요."

"지하 감옥에 괴한이 들이닥쳐?"

공작이 의아하다는 듯 물었다. 영지의 죄수를 모아 두는 지하 감옥은 탈옥을 막기 위해 방비가 철저하기 마련이었다. 그런 곳에 괴한이 들이닥쳤다니 이상하게 느껴진 모양이었다. 나 역시 공작과 비슷한 생각이었지만 아치볼드는 대수롭지 않게 어깨를 으쓱할 뿐이었다.

"아무래도 변방이니, 저희와 달리 감옥의 방비가 허술했던 것 같습니다."

그러고 보니 내가 탈출했던 비밀 감옥에도 간수가 하나뿐이었다.

'쯧쯧. 그렇게 방비가 허술해서야. 브라이언에게 감옥의 경비를 강화하라고 조언해 줘야겠어.'

속으로 혀를 끌끌 차고 있으니 공작의 시선이 다시 내게 닿았다.

"네 앞으로 온 초대장이 몇 개 있다."

"저한테 초대장이요?"

'불미스러운 일로 왕도를 떠난 사람에게 먼저 초대장을 보낼 간 큰 인간이 누구지?'

나는 의아해져 먹던 푸딩도 내려놓고 공작을 바라보았다. 내 시선이 닿자 공작이 싸늘한 얼굴로 입꼬리를 씰룩거렸다.

'아. 속 터지는 얼굴을 봐서 짜증 났나 보다.'

그렇게 생각하며 재빨리 고개를 숙이자, 맞은편에 앉은 아치볼드가 답답해 죽겠다고 중얼거리며 작게 한숨을 내쉬었다.

"……평범한 티 파티 초대장들이지. 그런데 그중에 1왕자가 보낸 초대장이 있더구나."

"왕자님이요?"

에렐에서 마지막으로 인사를 나눈 후 그에게서 짧은 편지를 받은 적은 있었다. 와이번 문제를 국왕께 잘 보고했다는 내용의 편지였다. 나는 감사하다고 답장을 했고, 그걸로 끝이었다. 그렇게 인연이 잘 끊어졌다고 생각했다.

'아. 혹시 그 백지 수표 때문인가?'

드워프를 찾으려고 리던이 내게 줬던 수표를 루크에게 지급했다. 그게 내가 발급한 수표라고 생각한 루크가 엄청난 금액을 적었다면, 리던이 내게 만남을 청할 이유가 된다.

'왜 이렇게 큰 금액을 썼냐고, 일부는 돌려 달라고 따지려는 걸지도.'

그렇게 생각하니 상당히 억울했다.

'아니, 백지 수표가 뭐야? 쓰고 싶은 만큼 쓰라고 백지 수표인데, 그걸 줘 놓고 인제 와서 따진다고?'

그런 쪼잔한 만남에 응할 필요는 없었다.

"초대는 전부 거절하려고요. 불미스러운 일로 사교계를 떠나 있었으니, 다시 복귀할 때는 집에서 열리는 파티로 돌아오는 게 좋을 것 같아서요."

싸움에서는 원정보다는 홈경기가 훨씬 유리했다. 굳이 사교계 복귀를 원정 경기로 치를 필요는 없었다.

"나도 그 말에는 동의한다만……."

공작이 조금 난처한 듯 말끝을 흐렸다.

"국왕께서 널 한번 보고 싶다고 하시는구나. 이건 공식적인 초청이 아닌, 뒤쪽의 초대다."

"국왕 폐하께서요?"

"그래. 네가 왕도에 왔다는 소식을 들으셨다며 만남을 주선해 달라고 하셨다."

다른 사람이라면 몰라도 국왕에게는 찔리는 것이 있었다.

'나, 청요석 팔겠다고 국왕한테 협박 편지 보냈었지……'

그때는 에렐에 틀어박혀 평생 국왕 얼굴을 못 볼 줄 알고 벌인 일이었다. 그런데 이렇게 왕도로 돌아와 직접 국왕의 호출을 받게 되다니.

'일진한테 너 옥상으로 따라오라는 소리를 들은 것 같은 이 기분.'

다른 사람의 초청이라면 몰라도 국왕의 초대는 무슨 핑계를 대더라도 거절하기 힘들었다.

"폐하께서 만남을 청하시니, 당연히 찾아뵈어야죠."

"곧 날짜와 시간을 정해 사람을 보내겠다고 하셨다."

역시 국왕도 나의 거절 따위는 생각도 하지 않고 있었다.

'좀 더 착하게 살 걸 그랬나? 그럴 걸 그랬나 봐.'

나는 속으로 한숨을 삼키며 막 나갔던 과거의 나를 질책했다.

❧

약속대로 국왕은 은밀하게 오베론 저택으로 사람을 보내 나를 왕궁으로 초대했다. '뒤쪽의 초대'라는 말에 걸맞게, 나는 누구와도 마주치지 않은 채 국왕의 개인 공간이라는 유리 온실로 안내되었다. 유리 온실은 마도구를 이용하여 사계절 내내 적절한 온도를 유지하는 공간이었다. 당연하게도 마정석이 필요했다.

'혹시 우리 걸 쓰고 있나?'

나는 마정석이 박혀 있어야 할 자리를 슬쩍 눈으로 훑었다. 파란색의 영롱한 보석. 마정석을 대신해 청요석이 반짝이고 있었다.

"그대가 우리에게 판 청요석이지."

뿌듯하게 천장을 바라보는데 내 곁에 인기척도 없이 사람이 나타났다. 국왕의 개인 공간에 이처럼 자연스럽게 나타날 사람은 이 공간의 주인, 국왕뿐이었다. 나는 서둘러 고개 숙여 그에게 인사했다.

"제레인트의 불꽃, 국왕 폐하께 오베론의 이브리아가 인사 올립니다."

"하하. 됐네. 공식적인 만남도 아니고, 좀 더 편안하게 대화하자고 만든 자리니."

국왕이 시원하게 웃으며 손을 내저었다.

"너무 얼지 말고 편하게 생각하게."

'폐하께선 그게 참 쉬우시겠죠. 하지만 전 아니거든요……'

윗사람은 아랫사람을 편하게 대할 수 있어도, 아랫사람은 윗사람을 편하게 대할 수 없는 법이었다. 하지만 어쩌겠는가? 윗사람이 하라는데. 진짜 편하게 대하진 못해도, 편하게 대하는 척은 할 수 있었다.

"그렇게 말씀해 주시니 아버지를 뵙는다 생각하고 편하게 인사드리겠습니다."

나는 치맛자락을 가볍게 들어 올려 인사했다. 국왕에게 올리는 정식 인사는 아니었지만, 그는 그게 썩 마음에 들었는지 다시 한번 시원하게 웃음을 흘렸다.

"그래, 그렇게 하면 돼."

국왕은 손짓으로 자리를 권했다. 테이블에는 이미 차와 다과가 준비되어 있었다.

"여기서 직접 기른 허브로 우린 차야. 귀족들은 보통 홍차를 마시지만, 나는 이쪽이 더 좋더군."

"좀 더 깔끔한 맛이 있지요."

"그래. 공녀가 차 맛을 아는군."

그런 식으로 한동안 시시콜콜한 귀족들의 대화가 이어졌다. 차 맛이 어떻더라, 요즘 어떤 책이 읽기 좋더라, 음악은 뭐가 유행이더라. 본론으로 들어가기 위한 길고 긴 대화를 마친 끝에 국왕이 비로소 하고 싶었던 말을 꺼냈다.

"왕세자와의 파혼을 먼저 요청했다지."

"예, 폐하."

"그래. 카시안이 경솔한 면이 있었어. 약혼에 충실하지 않고 다른 여인을 곁에 뒀지. 그건 공녀에게 참으로 미안하게 생각해."

"아닙니다. 사람의 마음은 언제든 바뀔 수 있는 것이고, 저는 그 문제에 개의치 않습니다."

"그런가?"

입은 웃고 있는데, 눈은 차가웠다. 날카로운 국왕의 시선이 나를 찔렀다.

"북방에서 일어난 작은 파도가 해일이 되어 왕도까지 밀려왔네. 그게 진정 공녀가 의도한 일이 아니다, 이 말인가?"

"저는 에렐을 발전시켜 영지민들의 사정이 나아지기를 바랐을 뿐입니다."

"내게 그 말을 믿으라……."

국왕이 눈을 내리깔고 작게 중얼거렸다.

"공녀, 내게는 많은 형제가 있었네. 나는 왕세자가 아니었고, 왕이 되기 위해 많은 형제들을 죽였지. 참으로 비극이었어. 하지만 그런 일은 더 이상 반복되지 않는 것이 옳지 않겠나?"

국왕이 참으로 안타깝다는 듯 혀를 찼다. 마치 자신이 아니라 다른 사람이 저지른 비극을 바라보듯이.

"폐하, 저는 정말 왕위 싸움에 관심이 없습니다."

"왕세자와 혼인해 왕비가 되려는 야망이 있지 않았나?"

"그건 카시안을 사랑했기 때문이었죠."

진짜 이브리아가.

"하지만 그때의 저는 죽었습니다."

그리고 내가 새로운 이브리아가 됐다.

"이제 제 바람은 제가 잘 먹고 잘사는 것뿐입니다. 복잡한 일에 엮이면 그게 힘들어진다는 것도 알고요. 그리고……."

"그리고?"

"폐하께 협박 편지를 보내서 죄송했습니다. 하지만 청요석을 정말 팔고 싶었거든요. 그래야 에렐의 사정이 좀 나아질 것 같아서요."

내 말에 날카롭던 국왕의 눈빛이 순간 흐려졌다.

"……뭐?"

"다시는 폐하를 뵐 일이 없을 줄 알고 그런 편지를 보냈던 건데, 앞으로 계속 보게 될 것 같아서 이렇게 사죄드리는 겁니다. 앞으로 협박 편지 같은 건 안 보낼게요."

"다시 안 만날 것 같았으면, 그런 협박 편지를 또 보낼 생각이었나?"

"……필요하다면, 아마도요."

내 말에 멍한 표정을 짓고 있던 국왕이 곧 웃음을 터트렸다.

"내게 또 그런 협박 편지를 보낼 생각이었다니……. 내 생각보다 더 재미있는 사람이었군, 오베론 공녀."

⁂

기운 빠져. 지쳤어. 능구렁이 할아버지 상대하는 건 힘들어.

나는 저택으로 돌아오자마자 침대에 몸을 던졌다.

'최대한 태연한 척했지만, 사실은 엄청나게 긴장했어.'

능구렁이 같은 인간을 상대할 때 가장 좋은 방법은 최대한 천진한 척, 솔직하게 모든 것을 털어놓는 것이다. 아무리 상대가 이리저리 비비 꼬아도 내가 직선으로 나가면 절대 말려들지 않는다. 문제는 이게 엄청나게 정신력을 소모하는 일이라는 거였다.

'국왕 그 사람, 진짜 인간 꽈배기가 틀림없어.'

국왕의 비비 꼬인 말에 말려들지 않기 위해 계속 머리를 굴렸더니 뇌에 쥐가 날 것 같았다. 힐링이 필요한 순간이었다.

[해리이이이이…….]

나는 잔뜩 지친 목소리로 해리를 불렀다. 국왕을 만나러 갈 때는 호위를 데려갈 수 없었기 때문에, 그는 지금 방에서 휴식을 취하는 중이었다.

[무슨 일인데?]

[나 지금 저택에 돌아왔거든요. 그런데…….]

내 말이 끝나기도 전에 문이 벌컥 열리고 해리가 들어왔다.

"해리!"

나는 그에게 반갑게 손을 뻗었다. 순식간에 내 앞으로 달려온 해리가 내 손을 맞잡았지만, 내가 바란 건 이게 아니었다.

"이 해리 말고, 개 해리가 필요해요."

"……왜?"

"지금은 애니멀 테라피가 필요하거든요."

내 말에 해리의 얼굴이 일그러졌다.

"야. 내가 개만도 못하다 이거냐?"

"어차피 해리가 그 개잖아요."

"그래도!"

"변신해 줄 거예요, 말 거예요?"

내 재촉에 해리가 짜증스럽게 제 머리를 헤집었다.

"예, 예. 이 충성스러운 개는 분부대로 따라야지요, 주인님."

해리가 투덜거리며 개의 모습으로 변했다. 나는 당장 커다란 솜뭉치 같은 개를 끌어안고 침대를 위를 뒹굴거렸다.

"왕궁에서 뭐 안 좋은 일 있었어?"

"아뇨. 그냥 능구렁이 할아버지를 상대했더니 좀 피곤해서. 제가 제일 힘들어하는 타입이거든요."

무역 회사에서 일할 때도 이런 쪽의 클라이언트가 제일 까다로웠다. 워낙 꼬아서 말하는 경우가 많아 제대로 된 의도를 알아차리기 위해 계속 머리를 굴려야 했다.

"능구렁이 할아버지? 내가 죽여 줄까?"

진짜 오랜만에 듣는 소리였다. 언제부턴가 해리는 누굴 죽이자거나, 전쟁을 하자는 말을 잘 하지 않았다.

"그 능구렁이 할아버지가 국왕이라서, 그랬다간 완전히 반역이거든요. 난 오래 살고 싶으니까 됐어요."

"반역이 걱정이면 아예 이 나라를 다 쓸어버리면 되는데? 나라가 없으면 반역도 성립이 안 돼."

"내가 사는 나라를 쓸어버리면 어떡해요!"

"네가 새 나라를 세워서 왕이 되면 되겠네."

"와. 그건 진짜 반역이다."

나는 웃으며 해리의 털에 얼굴을 묻었다.

"아. 해리는 혹시 그 이야기 알아요? 전 나타 백작이요."

"……그 사람이 왜?"

"감옥에 갇혀 있다가 괴한의 습격을 받아서 허리가 똑 부러졌대요. 저 말고도 원한을 가진 사람이 많았나 봐요."

"……뭐, 그런 인간이라는 건 처음부터 알았잖아."

어째 해리의 반응이 아까부터 한 박자씩 느렸다. 나는 해리의 털에 파묻었던 얼굴을 번쩍 들었다.

"해리. 혹시……."

"나 아무것도 안 했어."

"나 아직 아무것도 안 물어봤는데요."

"……그랬지. 그런데 아무튼, 네가 뭘 물어봐도 난 아무것도 안 했어."

당황해서 횡설수설하는 해리를 보니 확실해졌다.

'이 악마, 저질렀구나!'

"요새 얌전히 지낸다 했더니, 그 사람을 반쯤 죽여 놔서 그런 거였어요? 충전도 키스 때문이 아니라 그것 때문에 됐던 거네!"

"아냐!"

해리가 재빨리 반박하며 펄쩍 뛰어올랐다.

"아니긴 뭐가 아니에요? 이때다 싶어서 반쯤 죽여 놓은 거죠? 내가 방법 찾아 줄 테니까 조금만 참으라고 했는데, 그걸 못 참고 나 몰래……."

"그런 거 아니라고 했잖아!"

해리가 씩씩거리며 내 말을 막았다. 그의 빨간 눈이 평소보다 더 짙게 변해 있었다. 드물게 화가 난 모습이라, 나는 놀라서 입을 꾹 다물었다. 해리와 장난으로 투덕거린 적은 있었지만, 그가 이렇게 진심으로 화를 낸 건 처음이었다. 놀라서 굳어 버린 나를 보며 해리가 힘을 풀고 침대에 축 늘어졌다. 얼굴을 이불에 묻은 그가 작게 낑낑대는 소리를 냈다.

"왜 무서워하는데? 난 네 개인데. 너 안 무는데."

"알아요. 안 무서워했어요. 그냥 놀란 거지."

"거짓말. 무서워했으면서."

해리가 낮게 으르렁거렸다. 나는 이불에 파묻은 해리의 얼굴을 들어 올려 그와 눈을 맞추었다.

"나 해리 안 무서워요. 정말이에요."

내 말에 해리가 또다시 으르렁거리며 내 몸 위에 올라탔다. 개의 날카로운 이빨이 머리 위에서 반짝였다.

"날 안 무서워하는 인간은 없어."

"난 안 무섭다니까요. 나 안 해친다고 약속했잖아요."

"그 약속을 믿어?"

"안 믿으면요?"

어차피 해리가 마음만 먹으면 날 죽이는 건 쉬웠다. 그는 강한 악마고, 나는 평범한, 아니, 평범보다 더 아래에 있는 하찮은 인간이니까. 그런 상황에서 해리를 의심하고 두려워하는 건 내 손해였다.

"넌 진짜 이상한 인간이야."

나를 빤히 바라보던 해리가 내 목덜미를 깨물었다. 아픔에 절로 미간이 찌푸려졌다.

"윽!"

그러나 아픔으로 신음을 흘리자마자 해리가 멈칫했다. 그는 물었던 것을 사과하듯 자신이 물었던 부분을 혀로 할짝거리기 시작했다. 간지러움에 몸이 절로 비틀렸다.

"해리. 병 주고 약 주는 거예요?"

나는 웃음을 참으며 겨우 해리를 밀어냈다. 위협적인 기세로 내 위에 올라탔던 해리가 싱겁게 내 손에 밀려났다. 풀이 죽었는지 귀가 축 늘어져 있었다.

"그 인간이 너 다치게 했잖아."

"……나타 백작이요?"

"응. 그래서 혼내 준 거야. 사람 죽이고 싶어서, 재미로 그런 거 아냐."

"그랬구나. 오해해서 미안해요."

"뭐, 이제라도 알았으면 됐어."

해리가 퉁명스럽게 대답하면서도 내 품으로 파고들었다. 나는 낑낑대며 내 품에 자리 잡은 해리의 등을 토닥이며 눈을 껌뻑였다.

'진짜 보모가 된 것 같은데. 아니, 개를 돌보는 거니까 조련사인가?'

따뜻한 동물을 껴안고 있으니 금세 잠이 쏟아졌다. 나는 해리를 안은 채 그대로 깊은 잠에 빠져들었다.

꿈속의 나는 빨간 보석이 박힌 반지를 낀 채 거리를 걷고 있었다. 길은 기묘했다. 앞으로, 오른쪽으로, 왼쪽으로 걸어가도 눈에 보이는 풍경이 전부 똑같았다. 마치 제자리에서 걷고 있는 듯한 기분이 들었다. 귓가에는 이상한 소리가 윙윙 울리고 있었다. 익숙하면서도, 낯선 소리였다.

'으, 시끄러워.'

꿈속의 나는 귀를 틀어막았다. 이 소리를 들으면 안 된다는 생각이 본능적으로 들었다. 그 깨달음과 동시에 눈이 번쩍 뜨였다.

'뭐지.'

나는 조심스럽게 눈을 굴렸다. 분명 눈을 떴는데, 눈앞이 어두웠다. 손을 들어 눈을 비비려고 해 봤지만 팔도 움직이지 않았다.

'아직도 꿈인가?'

하지만 그렇다기엔 귓가에서 들려오는 숨소리가 너무 현실적이었다.

'숨소리?'

나는 몸을 겨우 비틀어 머리 위로 시선을 돌렸다. 그곳엔 어느새 사람이 된 해리의 얼굴이 있었다.

"해리?"

불러 보았지만 반응이 없었다. 아마 깊은 잠에 빠진 것 같았다. 해리는 나를 꼭 껴안은 채 잠들어 있었다.

'분명히 내가 해리를 안고 잔 것 같은데.'

어느새 이렇게 전세가 역전됐는지 모를 일이다. 나는 해리의 품에서 벗어나려고 몇 번이나 시도하다가, 단단한 힘을 풀어 벗어나기는 힘들다는 것을 깨닫고 몸에 힘을 뺐다.

'그냥 해리가 일어날 때까지 기다려야겠다.'

나는 해리의 얼굴을 관찰하며 그가 깨어나기를 기다렸다. 하얀 얼굴에 가지런한 눈썹. 속눈썹도 예쁘고, 코는 유려하게 뻗었다. 그리고 무심하게 닫힌 입술은…….

"뭘 그렇게 봐?"

내가 해리의 입술을 뚫어지라 바라보는 사이 그가 눈을 떴다.

"오해하지 말아요. 입술 본 거 아니에요. 아니, 입술 본 건 맞는데, 다른 거 다 보고 마지막으로 본 거예요."

"……누가 뭐래?"

해리가 어이없다는 듯 나를 바라보며 몸을 일으켰다. 서둘러 침대에서 내려가는 게 꼭 도망가는 모양새였다.

"왜 그렇게 급하게 가요?"

"네가 나 덮칠까 봐 무서워서 도망가는데."

"내가 해리를 왜 덮쳐요?"

"조금 전까지 내 입술 빤히 쳐다봤잖아. 분명 욕망이 담긴 눈빛이었어."

해리가 한숨을 내쉬며 도리질했다. 완전히 나를 가해자로 보는 눈이었다.

"나 진짜 아무 생각 안 했다니까요. 그냥 내 개가 참 잘생겼구나, 하고 감탄했을 뿐이지."

"그래. 하필 그 감탄을 내 입술을 보면서 했구나. 내 계약자가 악마보다 더한 욕망덩어리인 줄은 몰랐네."

"익. 그런 거 아니라니까요!"

"왜 그래, 계약자? 욕망은 부끄러운 게 아냐. 원초적인 감정이라고."

해리가 전부 이해한다는 듯 고개를 끄덕였다. 나는 열이 받아 해리에게 베개를 집어 던졌다.

"계속 헛소리할 거면 나가요!"

"뭐 뀐 사람이 성낸다더니."

"나 아무것도 안 뀌었어요!"

내 요란한 외침과 함께 해리가 방을 나서자, 조용히 이 사태를 구경하고 있던 유피테르가 껄껄 웃음을 터트렸다.

[허허허.]

어떤 경지에 이르러 해탈한 사람의 웃음이었다.

[언제 봐도 두 분은 사이가 참 좋으십니다.]

"……도대체 어디가요?"

⚜

나는 왕도에서도 편지로 에렐의 상황을 보고받았다. 몇몇 사안의 경우 내 의견 없이 진행하기가 힘들었기 때문에, 복잡해도 이런 절차를 거치는 수밖에 없었다.

내가 자리를 비운 동안 에렐에 큰비가 내렸다. 이후에도 작은 비가 내리고 그치기를 반복했다. 에렐의 우기였다. 민가에 피해는 없었지만, 검은 숲의 땅이 늪처럼 질척해진 게 문제였다. 안으로 들어서면 발이 푹푹 빠지는 통에 제대로 흑철목 수액 채취를 하기 힘들다고 했다.

'한동안 청요석 생산량이 줄어들겠구나.'

그동안 열심히 작업장을 돌려 여분의 청요석을 만들어 둔 게 다행이었다.

'하지만 매년 이런다면 조금 걱정인데.'

우기를 고려해서 생산 계획을 다시 잡아야 할 것 같았다.

"아가씨."

꼼꼼하게 편지를 살피고 있는 내게 엠마가 조심스럽게 다가왔다.

"방해해서 죄송합니다만, 손님이 찾아오셨습니다."

"손님?"

에렐이라면 라파쉬나 인세티아 남작이 나를 찾아왔을 테지만, 왕도에는 집까지 방문할 손님이 없었다.

'예전에 사교계에서 친하게 지내던 사람들은 살인 미수 사건 이후에 전부 멀어졌고.'

아무리 생각해도 떠오르는 사람이 없었다.

"누군데?"

"왕자님이세요."

엠마가 눈을 반짝이며 대답했다. 아직 아가씨와 왕자님의 아름다운 로맨스에 대한 환상을 버리지 못한 게 분명했다.

"엠마는 아가씨와 기사님의 로맨스를 지지하는 쪽 아니었어?"

"정석은 왕자님이죠."

엠마가 웃으며 내 손에서 편지를 빼앗았다.

"너무 일만 하지 마시고 새로운 사랑을 찾으셔야 해요, 아가씨."

"그게 지금 오신 왕자님이고?"

"왕자님은 모든 소녀의 로망이라고요."

"로망을 찾기에는 너무 늦지 않았어?"

"무슨 애늙은이 같은 소리를 하세요? 아직 성년식도 안 치르신 분께서."

아차. 이브리아는 그랬지. 딴청을 부리는 나를 보며 엠마가 웃었다.

"그리고 여자는 아무리 나이가 들어도 소녀예요."

"설마 그것도 마담 루이제의 지론이야?"

"아뇨, 이건 제 지론이요!"

엠마가 당당하게 외치며 내 어깨를 떠밀었다.

"왕자님은 응접실로 안내했어요. 나가시기 전에 간단하게 꾸며 드릴게요."

나는 알고 있었다. 엠마의 '간단하게'는 내가 아는 '간단하게'와 엄청난 차이가 있다는 것을.

'하지만 이 문제에선 엠마를 이길 수가 없단 말이야.'

나는 한숨을 내쉬며 엠마의 손길에 몸을 맡겼다.

응접실로 나가자 엠마의 말처럼 리던이 나를 기다리고 있었다.

'초대를 거절했더니, 이렇게 직접 나타나냐.'

루크가 백지 수표에 정말로 엄청난 금액을 쓴 게 틀림없었다.

"도대체 루크가 얼마를 썼어요?"

"루크? 얼마를 써?"

내 말에 리던이 영문을 모르겠다는 듯 고개를 갸웃거렸다.

"모르는 척하지 마세요. 백지 수표에 엄청난 금액을 써서, 그걸 따지러 온 거 아니에요?"

"아. 백지 수표."

"그런데 그게 얼마든 내가 쓴 금액이 아니거든요. 따질 거면 루크의 목을 짤짤 흔드세요."

내 말에 리던이 불만스럽게 미간을 찌푸렸다.

"어쩐지 이상하다 했지. 왜 네 손에 그런 백지 수표가 있나 했더니."

리던이 평소와 다르게 흐트러진 자세로 의자에 기대며 턱을 괴었다.

"그게 리던이 준 수표였어?"

리던의 얼굴을 하고 그런 걸 물으시면 저한테 어쩌라는 거죠? 나는 황당해져 눈을 깜빡였다가 곧 돌아가는 상황을 깨달았다. 나는 손가락으로 눈앞의 남자를 가리켰다.

"설마, 루크?"

"왕자에게 그렇게 손가락질하는 거, 엄청난 결례야."

"왕자 아니잖아요."

나는 편하게 리던, 아니, 리던의 모습을 한 루크의 맞은편에 앉았다.

"계속 그렇게 왕족 행세하면 왕족 사칭죄로 잡혀가요."

"내가? 설마."

루크가 여유롭게 웃었다. 그의 말처럼, 그가 왕족 사칭죄로 잡혀갈 일은 전혀 없을 터였다.

"에렐에서는 그럴 수 있다고 쳐요. 그런데 왕도에서까지 왕자 행세라니. 정말 배짱 좋네요."

"그런 배짱이 없으면 이쪽 장사는 하기 힘드니까."

루크가 어깨를 으쓱거리며 웃었다.

"그런데 이거 사기당한 기분인데. 그 백지 수표가 리던 거였다니."

"왕자님이 저한테 지불하신 값이니까 제 수표가 맞긴 해요. 발행한 건 왕자님이니까, 루크가 쓴 금액을 왕자님이 내긴 했겠지만요."

"그러니까, 넌 돈 한 푼도 안 쓰고 날 부린 셈이잖아. 손해 본 기분인데."

루크가 미간을 찌푸리며 손가락으로 테이블을 두드렸다.

"난 그런 줄도 모르고 초과 의뢰까지 해 줬는데."

"아."

내가 납치당했을 때, 나타 백작령으로 들어갈 수 있는 비밀 통로를 알려 준 걸 말하는 게 분명했다.

"그건 고마웠어요. 덕분에 편하게 잘 빠져나왔어요."

"그래. 보니까 무사히 잘 나온 것 같네."

루크가 천천히 내 모습을 훑었다. 머리부터 발끝까지, 그의 시선이 아래로 떨어졌다가 다시 내 얼굴로 돌아왔다.

"무사한 걸 봤으니 됐어."

루크가 자리에서 일어섰다. 별다른 이야기도 하기 전이었다.

"가려고요?"

"그럴 건데."

도무지 이해할 수가 없었다. 방문한 지 10분도 되지 않아 돌아갈 거라면, 왜 리던으로 변장하고 여기까지 왔단 말인가?

"……도대체 여기에는 왜 온 거예요? 왕자님으로 변장은 왜 했고요?"

"오베론 저택의 보안은 수준이 높아서 아무나 들여보내지 않거든. 왕자님 정도가 아니라면."

확실히 오베론 저택의 보안은 에렐과 비교할 수 없을 정도로 철저했다.

"그럼 변장은 그렇다 치고. 뭐 하러 날 찾아온 건데요?"

나는 루크의 꿍꿍이를 파헤치기 위해 그에게로 다가섰다. 하지만 루크는 그런 나를 피해 몸을 뒤로 빼며 고개를 모로 기울었다.

"정보를 줬으면, 사후 결과까지 확실히 알아 두자는 게 내 철칙이라."

"그런 철칙을 가지고 있다는 건 처음 듣는데요?"

"네가 나에 대해 뭘 아는데?"

물론 나는 루크에 대해 아주 많은 것을 알고 있었다.

'책에서 다 봤거든.'

거기에 루크가 정보 제공의 결과까지 관리한다는 이야기는 없었다.

'오히려 정보만 팔면 끝이라는 마인드 아니었어?'

내가 의심스러운 눈초리로 바라보자 루크가 내 눈을 피하며 한 걸음 뒤로 물러섰다.

"혹시 리던 이름으로 온 초대장도 루크가 보낸 거예요?"

"……리던이 너한테 초대장을 보냈다고?"

"모르는 걸 보니 그건 정말 왕자님이 보낸 건가 보네요. 도대체 수표에 얼마를 썼기에 리던이 이래요?"

"……아직 안 썼어. 은행에 갈 시간이 없어서."

"은행 갈 시간이 없어서 수표를 안 바꿨다고요? 여기서 이럴 시간에 충분히 바꿨을 것 같은데요."

내 말에 루크가 입을 꾹 다물었다. 말로 먹고사는 정보 길드 수장의 입을 틀어막는 건, 정말 흔한 일이 아니었다.

"아무튼 난 제대로 확인했으니까 가겠어."

"정말 그냥 나 확인하러 온 거라고요?"

루크는 대답하지 않고 서둘러 방을 떠났다. 덩그러니 남은 나는 정말로 황당해졌다.

ᘓᕲᘗ

수많은 사교계의 초대장을 거절한 대신, 나는 왕도의 거리를 탐방하기로 결정했다.

'유행은 확실히 왕도가 빠르니까.'

장사를 하는 사람으로서 왕도의 사정을 제대로 파악할 필요가 있었다. 나는 엠마의 도움을 받아 평민들이 입는 옷을 차려입고 해리와 함께 외출에 나섰다. 해리도 용기사단의 제복을 벗고 평범한 평민 청년처럼 옷을 갖춰 입었다.

저택을 나설 때까지만 해도 나는 그게 썩 훌륭한 위장이라고 생각했다. 거리의 모든 사람들이 해리의 외모에 입을 떡 벌리기 전까지는 말이다.

'그래. 내가 어떻게 이 얼굴을 간과했지?'

이 얼굴은 어디에 서 있어도 단번에 눈에 띌 외모였다. 매일 보다 보니 너무 익숙해져서, 그 사실을 완전히 잊어 버렸다. 나는 해리의 얼굴을 한 번 보고, 주변을 지나가는 남자들의 얼굴을 쳐다보았다. 몇 번을 봐도 오징어였다. 그 사이에서 해리는 아무리 봐도 평민들의 생활을 즐기기 위해 위장하고 나온 귀족 도련님처럼 보였다.

'진짜 귀족인 나는 하녀처럼 보이는데 말이야.'

흔한 적갈색 머리를 질끈 묶고 엠마의 옷을 빌려 입은 나는 평범한 사람들 틈에 제법 잘 섞여 들었다. 아마 해리가 아니었다면, 평범하게 왕도 탐방을 즐길 수 있었을 것이다.

"해리 때문에 다 망했어요. 이렇게까지 잘생길 건 뭐예요?"

"얼굴이 잘생기면 어디든 쓸데가 있다고 하지 않았어?"

"지금은 아니에요."

나는 한숨을 내쉬며 앞으로 걸어 나갔다.

'어쩔 수 없지. 그냥 평민으로 위장한 귀족 나리를 모시는 하녀 행세나 해야지.'

해리에게 시선이 쏠린 덕분인지 상대적으로 내게는 관심이 덜했다.

'덕분에 자유롭게 움직일 수 있으니까 오히려 잘된 건가?'

나는 최대한 긍정적으로 상황을 해석하며 거리를 살폈다. 에렐의 시장도 활발했지만, 왕도의 시장은 그와 비교하기 힘든 활기가 있었다.

'우선 사람 수부터 다르지.'

에렐의 열 배 정도일까? 아니, 그 이상일지도 모른다. 활기찬 대도시는 그만의 매력이 있었다. 사람들에게 떠밀려 이리저리 움직이는 게 정신 사납기는 해도, 가끔은 이런 분주함을 즐기고 싶은 법이었다.

나는 거래하는 사람들을 집중적으로 관찰했다. 사람들이 어떤 물건에 더 많이 눈길을 두는지, 어떤 물건에 주머니를 여는지 등을 살폈다.

'단순히 짐작으로 사람들의 생각을 추측하는 것보다는, 실제로 관찰하는 쪽이 더 확실하지.'

원래도 나는 사람 관찰하는 걸 좋아하는 편이었다. 휴일에는 커다란 창이 있는 카페에 앉아 지나가는 사람을 보며 그 사람의 인생이나 사연을 상상하는 놀이를 했다.

하지만 즐거운 나에 비해 해리는 사람들의 시선이 영 괴로운 눈치였다.

"토할 것 같아."

해리가 미간을 찌푸리며 억누른 목소리로 말했다. 나는 그제야 해리가 인간을 역겨워한다는 걸 떠올렸다.

"괜찮아요? 잠깐 골목으로 들어가서 쉴까요?"

"됐어. 너 하고 싶은 대로 해."

"난 해리랑 같이 쉬고 싶어요. 됐죠?"

나는 해리의 팔을 잡아끌고 인적이 드문 골목으로 걸음을 옮겼다. 하지만 해리는 사람들 틈을 빠져나온 뒤에도 얼굴이 하얗게 질려 있었다.

"많이 힘들어요?"

나는 벽에 기대 눈을 감은 해리를 걱정스럽게 바라보았다. 이만큼 사람이 많은 곳에 같이 와 본 적이 없어서, 이렇게 힘들어할 거라고는 생각을 못 했다.

"말했으면 다른 사람을 데리고 나왔을 거예요."

라이오넬에게 부탁했다면, 잔뜩 신이 나서 나를 따라나섰을 것이다.

"그게 싫어서 말 안 한 거잖아."

"네?"

"날 두고 왜 다른 놈을 데리고 나가는데? 그 어설픈 녀석들의 뭘 믿고?"

"다들 이제 많이 늘었잖아요."

"그래도 안 돼. 못 맡겨."

해리가 고집스럽게 고개를 저었다. 나는 어떻게 하면 해리의 상태가 나아질까 고민하며 그의 얼굴을 살폈다. 눈을 뜬 해리가 걱정스럽게 자신을 바라보는 나를 발견하고는 아이처럼 칭얼거리며 두 팔을 벌렸다.

"안아 줘. 네 냄새 맡게 해 줘."

"그럼 좀 나아지겠어요?"

"응. 역겨운 인간들 냄새 말고, 네 냄새가 필요해."

나는 골목 바깥을 힐끗거렸다. 사람들이 많이 오가는 큰길이지만, 좁은 골목에까지 관심을 가지는 사람은 없었다.

'뭐, 괜찮겠지.'

나는 두 팔을 벌린 해리의 품으로 들어가 그를 꼭 껴안았다. 그러자 해리가 나를 마주 안으며 내 어깨에 얼굴을 묻었다. 해리의 고른 숨이 목덜미를 간질였다.

"살 것 같아."

"음. 지금 상당히 변태같이 보이지만, 살 것 같다니 다행이네요."

내 말에 해리가 픽 웃었다. 여자 목덜미에 얼굴을 묻고 냄새를 맡는 게, 자기가 생각해도 조금 변태 같긴 한가 보다.

"이제 좀 괜찮아졌어요?"

"응."

해리가 고개를 끄덕이며 나를 놓아주었다. 여전히 창백하긴 했지만, 얼굴에 혈색이 조금 돌아와 있었다.

"잠깐만 여기서 기다릴래요?"

"어디 가려고?"

"잠깐 마실 것 좀 사 올게요. 뭘 마시면 토할 것 같은 게 좀 나을 수도 있잖아요."

"나도 같이 갈래."

"저긴 사람이 너무 많아요. 또 상태 안 좋아지면 어떡해요? 내가 금방 다녀올 테니까, 여기서 기다려요."

혼자 남겨지긴 싫은지 해리가 입을 꾹 다물었다.

"달콤한 거 좋아하잖아요. 달달하고 시원한 거 사 올게요."

"달콤한 거?"

달콤한 것엔 혹하는지 해리가 눈을 빛냈다. 나는 해리의 생각이 바뀌기 전에 재빨리 고개를 끄덕였다.

"네. 달콤한 거 사 올게요."

"알았어. 여기서 얌전히 기다릴게."

"네. 착하게 기다리고 있어요."

나는 해리의 머리를 쓰다듬고 큰길로 걸음을 옮겼다. 지나오는 길에 시원한 과일 주스를 파는 곳을 봤다. 나는 과일 주스 장수 앞에

서서 차례를 기다렸다.

"바난다 주스 두 개 줘요."

바난다는 이 세계 사람들이 즐겨 먹는 과일로, 딸기와 바나나를 합친 것 같은 맛이 났다. 센스 좋은 엠마가 미리 작은 단위의 동전을 준비해 줬기 때문에, 나는 별 무리 없이 원하는 주스를 구매할 수 있었다. 내 얼굴을 본 상인이 '히익!' 하고 질겁하기는 했지만. 이상하게 다른 사람보다 더 많은 양을 담아 주기는 했지만.

'뭐 어때!'

이런 현상은 이제 익숙했다. 나는 값을 치른 주스 두 잔을 들고 해리가 기다리고 있는 골목으로 걸음을 옮겼다. 해리가 없으니 확실히 내게 꽂히는 시선도 별로 없었다. 나는 여유롭게 사람들을 지나쳐 해리가 기다리고 있는 골목으로 돌아왔다.

하지만 골목에는 해리 혼자만 있는 게 아니었다. 후드를 눌러쓴 누군가가 내게 등을 보인 채 해리의 앞에 서 있었다. 얼굴은 보이지 않지만 체구를 보면 여자인 것 같았다. 여자가 해리에게 무어라 말을 걸고 있는 듯했지만, 거리가 멀어서인지 목소리는 들리지 않았다. 나는 조금 더 가까이 다가갔다. 그러자 찌푸린 해리의 얼굴이 선명해졌다.

"괜찮아요? 얼굴이 안 좋은데."

해리의 앞에 선 여자가 걱정스럽게 물었다. 그 목소리가 어딘가 익숙했다.

'내가 이걸 어디에서 들었더라?'

나는 기억을 더듬으며 앞으로 걸었다. 기억이 날 듯 말 듯 머릿속에서 맴돌았다.

"저기, 나 나쁜 사람 아니에요. 도와주려고 그러는 건데. 많이 아픈

거면 의사한테 같이 가요. 네?"

여자가 친절하게 말하며 해리에게 손을 뻗었다. 해리는 여전히 부루퉁한 얼굴로 여자의 손을 쳐 냈다.

"손대지 마."

살벌한 경고에 여자가 잠시 멈칫했다.

"허락도 없이 만지려고 해서 미안해요. 그쪽이 애완동물도 아닌데, 기분 나빴죠? 하지만 나쁜 의도로 그런 건 정말 아니에요. 나랑 같이 의사한테 가는 게 싫으면, 여기로 의사를 불러 줄게요. 그건 괜찮죠?"

"됐으니까, 그냥 꺼져."

"하지만 얼굴이 너무 창백해서……."

"야, 넌 원래 그렇게 오지랖이 넓어? 그냥 가라고. 토할 것 같으니까."

해리가 입을 틀어막으며 여자에게서 고개를 돌렸다. 오지랖. 해리의 입에서 나온 그 소리에 머릿속이 차르륵 돌아가며 퍼즐이 맞춰지기 시작했다.

'아. 맞아.'

저 상냥한 목소리. 누구에게나 친절한 태도.

'내가 어떻게 저걸 잊을 수가 있지?'

나도 모르게 손으로 입을 틀어막았다. 손에 들고 있던 주스가 바닥에 떨어지고, 요란한 소리에 해리의 시선이 나를 향했다.

"이브리아!"

해리가 반갑게 웃으며 나를 불렀다.

"이브리아?"

해리의 입에서 나온 이름에 여자가 돌아서 나를 쳐다보았다. 눈이 마주치는 순간 여자의 동공이 크게 확장됐다.

"이브리아."

여자가 내 이름을 부르며 후드를 벗었다. 화사한 분홍색 머리에 빛나는 황금빛 눈동자.

"캐서린 우드베르슨."

이 세계의 주인공. 바로 그녀였다.

'등장이다. 주인공이 등장했다!'

"왕도에 왔다는 이야기는 들었는데, 여기에서 이렇게 만날 줄은 몰랐네요."

캐서린이 화사하게 웃으며 내게 다가왔다.

"저분께서 상태가 안 좋아 보이셔서 말을 걸었거든요. 이브리아와 아는 분인 줄은 몰랐어요."

캐서린이 의아한 얼굴로 나와 그녀를 바라보는 해리를 힐끗거렸다.

"처음 뵙는 분인 걸 보면, 에렐에서 사귄 친구분이신가요?"

"캐서린, 우리가 태연하게 대화를 나눌 사이는 아니지 않아요?"

"저 때문에 곤란을 겪으셨다고 들었어요. 그것 때문에 제가 불편하시다면……."

내 말에 캐서린이 흠칫 떨며 말끝을 흐렸다. 한 떨기 꽃 같은 얼굴에 그늘이 졌다.

"캐서린? 여기 있었나?"

그때 골목 입구에서 누군가가 헐떡이며 나타났다.

'뭐, 이런 상황에 나타날 사람은 하나뿐이지.'

캐서린의 히어로 카시안이었다.

"이브리아 오베론? 그대는 왜 여기에……?"

카시안이 혼란스러운 얼굴로 다가왔다가, 덜덜 떨고 있는 캐서린을 보며 표정을 굳혔다.

"왕도에 오자마자 또 이러는 건가요? 지겹지도 않습니까?"

날 선 비난이 곧장 나를 향했다. 나는 어이가 없어졌다.

'아니, 내가 도대체 뭘 했다고?'

일방적으로 친한 척을 하더니, 갑자기 혼자 벌벌 떠는 이 여자에게, 내가 뭘 했다고? 황당한 기분 그대로 카시안을 쳐다보니 그가 이를 바드득 갈았다.

"정말 지긋지긋하군요. 여긴 또 어떻게 쫓아온 겁니까? 그 스토킹 기질은 여전하네요."

"쫓아온 거 아닙니다. 저와 제 일행이 있는 자리에 우드베르슨 영애가 오신 거예요."

"우연히 만났다고, 그 어이없는 말을 믿으라는 겁니까? 내게 미련이 없다고 그렇게 큰소리를 치기에 혹시나 했는데……."

카시안의 눈에 경멸의 빛이 스쳐 갔다.

"역시 그것도 내 관심을 돌려 보려는 수작이었군요. 그럴 줄 알았습니다. 마정석 광산에 손을 쓴 것도, 다 내 관심을 얻기 위해서겠죠."

'아니, 내가 마정석 광산에 손을 뻗은 게 그렇게도 해석되나?'

정말이지 자기 편리할 대로 해석을 잘하는 남자였다.

'머리가 꽃밭인 건 주인공들의 특성인가 봐.'

나는 한숨을 내쉬며 카시안과 캐서린에게서 몸을 돌렸다.

"해리, 나도 갑자기 역겨워지기 시작했으니까 그만 저택으로 돌아……."

하지만 말을 끝내기도 전에 팔을 붙잡혔다. 강한 힘에 절로 미간이 찌푸려졌다.

"지금 뭐 하시는 거죠?"

"어딜 가려는 겁니까?"

"우리 서로 꼴 보기 싫은 사이인 것 같은데, 그럼 여기서 깔끔하게 돌아서는 게 낫잖아요?"

"하. 일을 치고 또 도망가겠다는 겁니까? 그게 당신 특기죠?"

"그러니까 제가 무슨 일을 쳤는데요?"

"또 캐서린을 괴롭히고 있었잖습니까!"

카시안의 외침에 캐서린이 고개를 저으며 그의 팔을 잡아끌었다.

"그러지 말아요, 시안."

캐서린이 친근하게 카시안의 애칭을 부르며 그를 말렸다.

'와, 이것 봐라. 그러면서도 내가 안 괴롭혔다는 말은 절대 안 하네?'

연약한 소동물 같은 캐서린의 만류에 카시안의 눈이 더 어두워졌다.

"도대체 무슨 짓을 했기에 캐서린이 이렇게 덜덜 떠는 겁니까!"

"빨리 제 팔 놓아주시고, 그건 본인에게 물어보세요. 날씨가 많이 추운가 보죠. 겉옷이라도 벗어 주시든가요."

나는 코웃음을 흘리며 해리가 있는 방향을 바라보았다. 어서 돌아가자는 말을 하기 위해서였다. 하지만 조금 전까지 해리가 서 있던 곳이 텅 비어 있었다.

"악!"

그걸 깨달음과 동시에 귓가에서 카시안의 비명이 울렸다. 내 팔을 꽉 붙잡고 있던 그의 손이 해리에게 틀어 잡혀 손목이 꺾여 있었다. 해리는 고통에 신음하는 카시안을 향해 비웃음을 날려 준 뒤, 그의 팔을 내팽개쳤다. 그러자 카시안의 몸이 종잇장처럼 흩날리며 바닥에 꽂혀 버렸다.

"시, 시안!"

캐서린이 울상을 지으며 카시안의 곁으로 달려갔다. 카시안은 바닥에서 일어나지도 못하고 끙끙댔다.

"별 어이없는 것들이 내 주인님을 건드리네."

해리가 싸늘하게 두 사람을 내려다보았다. 그의 시선을 받은 캐서린이 놀라서 딸꾹질을 하기 시작했다.

"힉! 히끅! 힉!"

캐서린의 습관이었다. 그녀는 놀라면 꼭 지금처럼 딸꾹질을 했다.

'그러면 물고기들이 귀엽다면서 캐서린의 딸꾹질을 멈추게 해 줬지.'

하지만 해리는 여전히 싸늘하게 그녀를 쳐다볼 뿐이었다.

"한 번 더 내 주인을 건드려 봐. 바닥에 내던지는 걸로 끝내지는 않을 테니까."

해리가 이를 바드득 갈고 내 손을 잡아끌었다.

"가자, 이브리아."

"어? 으응……."

나는 바닥에 쓰러진 채 우리를 노려보는 카시안과 여전히 딸꾹질을 멈추지 못하는 캐서린을 바라보았다.

'아무리 그래도 왕세자인데 너무 심했나?'

하지만 걱정은 금방 사라졌다. 카시안은 자존심이 강한 캐릭터였다.

'한 손에 내던져져서 바닥을 뒹군 게 부끄러워서 오늘 일은 절대 말 못 하겠지 뭐.'

나는 그들에게서 고개를 돌리고 해리의 손을 꽉 붙잡았다.

"역시 에렐에서 그 머저리 놈의 후손을 없애 버렸어야 했어."

씩씩대며 저택으로 돌아온 해리의 분노는 쉽게 가시지 않았다.

"그 자식, 널 완전히 개무시했다고. 자기가 뭐라고 내 계약자를 우습게 봐?"

이제 해리는 분노에 차 발까지 쿵쿵 굴렀다. 그 모습을 보며 나는 새삼스러운 기분에 빠져들었다.

나는 카시안이나 캐서린을 보며 분노한 적이 없었다. 그들을 향한 나의 감상은 단순했다.

어이없다, 귀찮다, 짜증 난다.

그 이상의 감정은 없었다. 어차피 그들은 책 속의 인물이고, 이브리아를 미워하고 원망하는 건 그들에게 부여된 속성이었다. 캐서린이 어떤 짓을 해도 이 세상 사람들이 그녀를 사랑하는 것처럼, 내가 어떤 짓을 해도 이 세상 사람들이 나를 미워하는 건 당연한 일이었다.

'그 속성에 대고 분노할 수는 없잖아.'

거기에 대고 화를 낸다고 달라지는 건 없었다. 그러니 분노해 봤자 내 마음만 상할 뿐이다. 그래서 나는 그냥 그들의 미움을 포기하고 살기로 마음먹었다. 아. 이 세상에서 나는 미움받을 수밖에 없는 설정을 가지고 있는 캐릭터니까. 그렇게 생각하면 다른 사람들의 비난이나 조롱도 가볍게 들어 넘길 수 있었다.

'물론 그걸 듣는 게 마냥 기분 좋은 건 아니니 피해 다니긴 했지만.'

그런데 해리는 나를 향한 비난과 조롱에 분노해 줬다. 마치 내가 그의 가장 소중한 사람이라는 듯. 참 신기한 기분이었다. 이브리아는, 이 세상의 나는, 누구에게도 가장 소중한 사람이 되지 못했었다.

'그게 악역 조연의 운명이지.'

하지만 원작의 스토리에 직접적으로 등장하지 않는 캐릭터이기 때문일까? 해리는 나를 그 운명과 다르게 대했다.

"이거 생각보다 기분 좋네요."

"넌 그런 취급을 당하고 와서는 뭐가 기분 좋아?"

해리가 어이없다는 듯 나를 쳐다보았다. 나는 그의 시선에 그만 웃어 버리고 말았다.

"해리가 나 대신 화를 내 주잖아요. 누가 나 대신 화를 내 주는 게 이렇게 기분 좋은 일인 줄 몰랐어요."

내 말에 해리가 귀가 벌게져서는 굳어 버렸다. 여태까지 화를 내던 것도 잊었는지 어딘가 멍한 얼굴이었다.

"……그건, 네가 화를 안 내니까 그렇지."

해리가 중얼거리며 내 시선을 피했다. 나는 그런 해리의 시선을 따라 그 앞에서 얼쩡거렸다. 왼쪽으로, 오른쪽으로. 몇 번이나 나를 피하던 해리가 버럭 소리를 질렀다.

"아, 왜 자꾸 따라와!"

해리가 짜증을 내는데도 계속 웃음이 나왔다. 내가 대꾸도 없이 계속 웃기만 하자 해리가 얼빠진 얼굴로 입을 떡 벌렸다.

"……계약자. 정말 미쳐 버린 거야?"

그리고 해리의 의견에 지금까지 조용하던 유피테르가 동의했다.

[처음으로 저와 생각이 일치하는군요, 악마.]

8장
생일

예상했던 것처럼, 카시안은 해리에게 호되게 당했던 그날의 일을 누구에게도 말하지 않았다. 해리를 찾아내 왕족 폭행죄로 처벌하는 것보다 자신의 자존심을 지키기로 한 것이다.

그러는 동안 나의 열여덟 번째 생일도 다가오고 있었다. 성대한 파티를 준비한다는 이유로 오베론 저택이 떠들썩했다. 파티장이 될 대연회장에는 벌써 다양한 장식품들이 쉴 새 없이 옮겨지고 있었다.

내가 할 일은 참석자들의 명단을 확정하는 것이었다. 필요한 사람은 초대하고, 그렇지 않은 사람은 제외하는 것. 파티를 주최하는 호스트의 중요한 능력 중 하나였다.

'하지만 나는 그 능력이 꽝이지.'

나는 왕국의 모든 귀족 가문의 가계도가 실려 있는 귀족 도감을 뒤적이며 고민에 빠졌다.

'이 사람도 적, 저 사람도 적.'

페이지를 넘길 때마다 사이가 틀어진 사람들뿐이니 도무지 누구를 초대해야 좋을지 알 수 없었다.

'이브리아, 너 과거에 왜 이렇게 막산 거야?'

나는 한숨을 내쉬며 다시 귀족 도감의 첫 페이지로 돌아갔다.

'친분으로 가르면 초대할 사람이 하나도 없겠어.'

나는 결국 지위와 명성에 따라 참석자를 결정하기로 마음먹었다. 오베론 가문의 인장이 찍힌 초대장을 받는다면, 아무리 나와 사이가 나쁘더라도 참석은 할 것이다. 그러면 파티장이 그렇게 썰렁하지는 않을 터였다.

'그런데 꼭 왕도 귀족들만 초대해야 하나?'

그런 건 아닐 것이다. 나는 초대장을 받을 사람 목록에 슬그머니 인세티아 남작과 나타 백작의 이름을 집어넣었다. 드워프인 라파쉬도 인간의 신분을 따르지 않는 이종족이니 어떻게 가능할 것 같았다.

'라파쉬에게는 다른 드워프들도 함께 초대하고 싶다고 전해야지.'

기사들도 문제없었다. 아무리 평민이라도 영지의 기사 작위를 수여받으면 준귀족으로 대우받았다.

'우리 훌륭한 와이번들도 초대하고 싶지만……'

그랬다가는 대연회장이 견디지 못하고 부서질 테니, 안타깝지만 제외했다.

'그런데 캐서린의 물고기들은 어쩌지?'

루크는 지하 세계의 사람이니 신경 쓸 필요가 없지만, 나머지 인원들이 문제였다. 왕세자인 카시안, 1왕자 리던, 왕립기사단장 엘, 재상 메이슨에게는 예의상으로라도 초대장을 보내야 했다.

'그건 캐서린에게도 마찬가지고.'

나 기분 좋으라고 하는 생일 파티인데, 왜 이렇게 피곤한 사람들 이름이 많이 보이는 건지.

'그냥 에렐에서 파티하고 싶다.'

에렐에서 생일 파티를 한다면 이런 격식은 신경 쓰지 않고 저택 사람들 모두 어울려 한바탕 즐겁게 보낼 수 있을 것이다. 야외 정원에 자리를 만든다면 훌륭한 우리의 와이번들도 한자리 차지할 수 있을 테고.

'아쉽지만 어쩔 수 없지. 그래도 생일은 매년 돌아오는 거니까.'

성년식의 생일은 왕도에서 하는 게 관례였다. 왕도에 저택이 없는 지방 귀족은 먼 친척의 집을 빌려서라도 파티를 열었다. 귀족 가문의 아이가 진정한 어른으로서 사교계에 소개되는 날. 그날은 국왕도 짧은 시간이나마 참석해 앞날을 축복해 주고는 했다. 그게 무슨 의미가 있나 싶지만, 평생 왕의 얼굴 한 번 보기 힘든 지방 귀족들은 그걸 평생의 영예로 여겼다.

나는 그다지 보고 싶지 않은 사람들의 이름으로 가득 찬 초대장 목록을 대충 마무리하고 서랍 속에 집어넣었다. 서랍 속에는 편지가 들어 있었다. 발신인은 왕립기사단장, 엘 로이츠였다.

그는 용기사들의 데뷔가 성공적으로 이뤄진 것을 축하한다며, 실례가 되지 않으면 완성한 용갑을 가까이에서 보고 싶다고 부탁해 왔다. 엘의 입장에서는 당연한 부탁이었다. 와이번에게 갑옷을 입혀 기사를 태우는 게 어떠하겠느냐는 의견을 처음 낸 사람이 그였으니까.

'아마 엘이 아니었으면 지금까지도 용기사단이 제대로 굴러가지 않았을 거야.'

게다가 아직 엘이 내게 빌려준 마갑 도감을 돌려주지 못했다.

'혹시 몰라서 왕도에 가져왔는데. 역시 돌려줄 기회가 있을 줄 알았어.'

나는 엘에게 기꺼이 그의 방문을 환영한다는 답장을 보냈다. 그러자 오래 지나지 않아 괜찮은 날짜와 시간을 묻는 편지가 왔고, 내가 적당한 날짜와 시간을 몇 가지 제의하자, 엘이 그중 하나를 골라 약속이 성사되었다. 그렇게 성사된 방문일이 바로 오늘이었다.

나는 마갑 도감을 챙겨 약속 장소인 대훈련장으로 향했다. 총 세 마리의 와이번 중 두 마리는 정원에서 휴식 중이었고, 남은 한 마리를 엘에게 소개할 생각이었다. 와이번을 탈 사람은 해리였다. 왕국 최고의 기사에게 어설픈 모습을 보일 수는 없으니, 최고의 기수가 나서기로 한 것이다.

대훈련장에 다다르니 해리가 먼저 도착해 와이번과 이야기를 나누고 있었다. 사실 이야기를 나눈다고 하기도 우스웠다. 해리가 일방적으로 이야기를 하면, 와이번은 고개를 젓거나 꼬리를 흔드는 것으로 의사를 표현하고 있을 뿐이었다.

'하지만 모르는 사람이 본다면 와이번과 대단한 교감을 하고 있는 줄 알겠지.'

게다가 해리는 그림이 좀 된다. 스쳐 지나가면서 힐끗 보기만 해도 멋진 용기사였다. 해리가 대훈련장에 나타난 탓인지, 근처를 배회하는 하녀들의 수가 부쩍 많아졌다.

'역시 내 개는 참 잘생겼다니까.'

다들 내 개를 예뻐해 주니 기분이 좋았다. 나는 해리를 구경하는 하녀들을 향해 흐뭇한 미소를 지었다. 그러자 하녀들이 뭔가 음산한 기운을 느낀 것처럼 흠칫하며 주위를 두리번거리더니, 웃고 있는 내 얼굴을 발견하고 숨을 들이켰다.

"아, 아, 아, 아가씨!"

"저, 저, 저, 저희가 죽을죄를 지었습니다!"

"요, 요, 요, 용서해 주십시오!"

하녀들이 하얗게 질린 얼굴로 나에게 사죄했다. 너무 익숙한 반응이라 이젠 억울하지도 않았다. 나는 최대한 무표정을 유지하며 고개를 끄덕였다. 그나마 무표정한 얼굴이 덜 무서웠다. 그러자 안심한 하녀들이 연신 감사하다는 인사를 하며 저 멀리 사라졌다.

덕분에 해리를 구경하던 하녀들로 가득하던 대훈련장 근처가 텅 비어 버렸다.

'음. 의도치 않게 해리를 독점하게 됐네.'

일부러 그런 건 아니지만, 나쁠 것도 없었다. 나는 웃으며 해리에게 다가갔다. 그는 내 악역 미소에도 별 감흥이 없는 몇 안 되는 사람 중 하나였다.

"해리!"

내 부름에 와이번과 이야기를 나누던 해리의 시선이 나를 향했다. 조금 전까지 훈련을 한 모양인지 그의 머리카락이 땀으로 젖어 있었다.

"훈련했어요?"

나는 의아해져서 물었다. 엄청난 힘을 가진 악마 해리는 훈련을 할 필요가 없었다.

"훈련이라기보다는, 가벼운 놀이?"

해리가 와이번의 꼬리를 쓰다듬으며 고개를 한쪽으로 기울였다.

"하늘에서 짧게 대련을 했지."

그 말에 와이번이 '끼유!' 하고 불쌍하게 울었다. 말이 대련이지, 일방적인 샌드백 노릇을 한 게 틀림없었다.

"너무 괴롭히지 말아요."

"같이 논 거라니까."

"해리 입장에서나 그렇겠죠."

나는 품에서 손수건을 꺼내 땀으로 젖은 해리의 머리를 털어 주었다.

"내가 애도 아니고……."

해리가 투덜거리며 내 손에서 손수건을 가져갔다. 손수건을 쥔 해리의 손끝이 붉었다.

'해리는 손도 예쁘네.'

길고, 하얗고, 그렇지만 연약해 보이지는 않았다.

"왜 쳐다봐?"

내가 빤히 쳐다보는 걸 알았는지 해리가 제 손을 슬그머니 손수건으로 감쌌다.

"치사하네요. 보면 닳는 것도 아니면서."

"치사할 정도야?"

"난 내 손 마음껏 보게 해 주잖아요."

나는 해리에게 내 손을 쭉 내밀었다. 가늘고 긴 편이라 형태는 봐줄 만했지만, 튼튼해 보이는 해리의 손과 달리 어딘가 파리하게 느껴졌다.

"난 네 손 보고 싶다고 한 적 없거든."

해리가 투덜거리면서도 내 손으로 슬쩍 시선을 돌렸다. 성의 없게 내 손을 들여다보던 해리가 곧 미간을 찌푸리며 손을 덥석 잡았다.

"뭐냐, 이건?"

"너무하잖아요. 사람 손을 보고 이건 뭐냐라니요."

"이게 사람 손이야? 창백해서 핏기가 하나도 없는데."

해리가 이리저리 돌려 가며 내 손을 살폈다. 손가락도 하나씩 만져 보고, 손톱도 모양을 따라 훑었다.

"너 요즘 밥을 제대로 먹긴 해?"

"그럼요. 주는 대로 잘 챙겨 먹어요."

"주는 것만 먹지 말고 네가 먼저 달라고도 해."

"그냥 주는 것만 먹어도 엄청 많은데요."

공작저는 기본적으로 모든 것이 공작과 아치볼드를 기준으로 돌아갔다. 식사량도 마찬가지였다. 덕분에 나는 매 끼니 배가 터져 죽을 것 같은 기분을 느끼고 있었다.

'아마 살도 쪘을 거야.'

에렐의 추위를 견뎌 내느라 조금 빠졌던 살이 다시 원상 복귀한 것 같았다. 에렐에서 입었던 옷이 조금 끼는 기분이었으니까 확실했다.

"살이 쪄서 큰일이에요."

식사량을 예전처럼 줄이면 될 일이지만, 음식이 너무 맛있어서 멈출 수가 없었다.

'역시 공작저의 주방장은 달라.'

왕도에서도 손에 꼽히는 실력자라고 했다. 나를 위해 애써 주는 에렐의 주방장에게는 조금 미안했지만, 이쪽의 음식은 정말 천상의 맛이었다.

"살이 쪄? 네가?"

해리가 믿을 수 없다는 듯 나를 바라보다 내 허리를 붙잡아 번쩍 들어 올렸다. 말 그대로, 번쩍. 두 다리가 허공에서 대롱대롱 흔들렸다. 힘 하나 들이지 않고 나를 들어 올린 해리가 기가 차다는 듯 보았다.

"아직도 이렇게 가벼운데?"

"기준이 너무 높은 거 아니에요? 해리가 못 들어 올릴 정도로 살이 찌려면 와이번보다 훨씬 더 무거워야 할 텐데."

그렇게 해리의 손에 들려 허공에 둥둥 떠 있는 내 뒤로 약속했던 사람의 목소리가 들려왔다.

"레이디 오베론?"

엘이 조금 놀란 목소리로 나를 불렀다. 해리가 눈만 돌려 내 뒤에서 다가오고 있는 남자를 확인하는 게 보였다.

"내려 줘요."

내가 가볍게 발버둥치자 해리가 조심스럽게 나를 땅에 내려 주었다.

'역시 두 발이 땅에 닿는 게 안정적이지.'

나는 두어 번 발을 굴러 땅의 감각을 느낀 뒤, 엘을 향해 돌아섰다.

"로이츠 경, 오셨군요."

"죄송합니다. 기사단 일정이 지체되어 조금 늦었습니다."

"괜찮아요. 그런데 헤매지 않고 잘 찾아오셨네요."

엘이 고개를 끄덕이며 대훈련장 입구를 바라보았다. 그곳에 엠마가 서 있었다.

'왜 엠마가 여기?'

의아해서 눈을 껌뻑이는데, 엠마가 내게 찡긋 윙크하더니 입을 크게 벌려 이야기를 전했다. 나는 천천히 엠마의 입 모양을 따라 읽었다.

아, 가, 씨, 로, 맨, 틱, 성, 공, 적!

'엠마, 아직 내 로맨스를 포기하지 않은 거니?'

왕자님과 기사님을 오가며 열심히 내 로맨스를 응원하는 엠마를 보고 있자니 눈이 흐려졌다.

'엠마, 둘 다 나하고 로맨스를 하긴 글렀어.'

이미 캐서린의 어장에 풍덩 빠져 버린 물고기들과 무슨 로맨스를 추진할 수 있단 말인가?

"흠."

함께 엠마를 바라보고 있던 엘도 나처럼 그녀의 입 모양을 읽어 내렸는지, 민망한 헛기침을 두어 번 했다.

"죄송해요. 제 하녀가 좀 소녀다운 면이 있어서. 로맨스를 아주 좋아하거든요. 로이츠 경한테만 저러는 게 아니라, 다른 분들하고도 전부 엮으니까 너무 기분 나빠하지 않으셔도 돼요."

"아……."

내 말에 엘이 할 말이 많은 눈으로 나를 쳐다보았다. 잠시 눈을 굴리던 그가 할 말을 정한 듯 입을 떼는데, 해리가 더 빠르게 치고 나왔다.

"해리입니다. 에렐의 서리기사단, 최근에는 용기사단으로 불리고 있죠."

해리가 엘에게 손을 내밀어 악수를 청했다.

'그러고 보니 해리가 이 모습으로 엘을 만나는 건 처음인가?'

이렇게 상대에게 예의 바르게 나오는 해리의 모습은 여태까지 본 적이 없었다.

'참, 해리는 엘에게 호감이 있었지.'

엘처럼 강한 인간은 재미있다고, 재미있는 게 좋다고 말했었다.

'그럼 엘은 다른 인간처럼 역겹지는 않은 건가?'

먼저 악수를 청한 걸 보면 그럴지도 모른다.

"왕립기사단장 엘 로이츠."

엘이 해리의 손을 맞잡아 가볍게 흔들었다. 그의 시선이 해리를 떠날 줄 몰랐다.

"은발에 붉은 눈."

눈싸움이라도 하는 것처럼 오래 이어지던 대치는 엘의 목소리와 함께 마무리됐다.

"당신과 닮은 사람을 본 적이 있어."

"그럴 리가요."

무덤덤한 폭탄 발언에 해리의 눈썹이 꿈틀거렸다.

'해리를 어디에서 봤다는 거야? 설마 해리의 모습을 남긴 기록 같은 게 있나?'

거기까지는 생각을 못 했다. 사진 같은 게 있는 세계도 아니고, 나라가 건국되던 그 시기 해리의 모습이 남아 있을 리가 없다고 생각했다.

'아니면 다른 사람으로 착각했을 수도 있지.'

하지만 은발의 붉은 눈이 흔하지 않다는 게 마음에 걸렸다. 내게 성가신 성냥으로 격하되기는 했으나, 사실 그는 악마 테오하리스였다. 왕립기사단장이 그의 정체를 알고 있다면? 일이 그냥 귀찮은 것에서 끝나지 않을 것이 분명했다.

나는 조금 긴장한 기분으로, 하지만 겉으로는 최대한 평정심을 유지한 채 엘의 입이 열리길 기다렸다. 하지만 초조한 나와 달리 엘은 동요 하나 없는 얼굴로 무심하게 입을 뗐다.

"그림이 남아 있거든."

"그림?"

"젠 로이츠."

익숙한 이름에 해리의 입매가 굳었다.

"내 선조께서 그림을 잘 그리셨지. 집안에 그분의 그림이 남아 있고."

잠시 생각하던 엘이 해리에게 물었다.

"대마법사의 후손인가? 그림 속의 그 남자와 닮았군."

엘의 질문에 긴장이 탁 풀렸다.

'그렇지. 보통 이렇게 생각하지.'

오래된 그림에서 지금 살아 있는 사람과 꼭 닮은 얼굴을 발견한다면, 그림 속의 사람이 선조라고 생각하는 게 일반적이었다.

'게다가 제레인트의 시조는 해리가 악마라는 걸 누구에게도 안 밝

혔어. 과거의 해리는 모두에게 위대한 대마법사로 기억되고 있지.'

건국 신화 속 푸른 불꽃의 대마법사가 악마라는 사실만 알려지지 않으면 된다. 그러면 과거의 그림 때문에 해리의 정체가 탄로 날 일도 없었다.

"뭐, 제 선조께서 마법을 쓰긴 하셨죠."

해리가 그렇게 대답하며 악수하던 엘의 손을 놓았다.

"와이번 타는 모습을 보러 오셨다고요?"

"그렇다."

엘이 여전히 해리의 얼굴을 빤히 쳐다보며 대답했다. 그 시선이 불편했는지, 해리가 한 손으로 제 얼굴을 쓸어내리며 와이번을 가리켰다.

"단순히 구경만 하는 건 재미없지 않습니까? 한번 타 보시죠."

해리의 시선 돌리기가 성공했는지 그에게서 떨어질 줄 모르던 엘의 눈이 와이번으로 향했다.

"왕국 최고의 기사라는 왕립기사단장님 정도면 하실 수 있을 것 같은데요."

해리의 시선을 받은 와이번이 길게 울며 날개를 흔들었다. 거대한 모래바람과 함께 머리카락이 흩날렸다.

"괜찮겠습니까?"

엘이 엉망이 된 머리를 정돈하고 있는 내게 물었다.

"원하신다면요. 그런데 대부분은 안 원하시더라고요."

와이번은 지붕이 없는 비행기와 비슷했다. 라파쉬가 만든 안장에 안전벨트 역할을 하는 장치가 있긴 했지만, 말이 안전벨트지 추락하면 소용이 없었다. 추락과 함께 머리가 깨져서 즉사. 즉사가 아니라면 반신불수가 유력했다.

'우리 와이번들은 자기 등에 탄 사람을 거칠게 집어 던지지 않지만 말이야.'

하지만 아무리 그렇게 설명해도 못 미더워하는 사람이 많았다.

'대표적으로는 인세티아 남작이 그렇지.'

그는 아무리 와이번이 안전하다고 말해도 절대 위에 올라타지 않았다. 소중한 자기 목숨을 이런 불확실한 이동 수단에 맡길 수 없다나? 자신이 와이번을 타고 이동하는 일은 평생 없을 거라고 단언하기까지 했다.

그러나 안전 제일주의인 인세티아 남작과 달리 모험을 즐기는 부류도 있는 법.

"그렇다면 사양하지 않겠습니다."

용감한 왕립기사단장님은 기꺼이 와이번 위에 올라타기를 선택했다.

"처음부터 조종은 힘듭니다. 제가 앞에 앉아 조종하죠."

오늘따라 친절한 해리가 앞장서서 와이번 위에 올라타자, 엘 역시 가벼운 동작으로 그 뒤에 자리를 잡았다.

'와! 우리 기사들은 올라타는 것만 한 달을 연습했는데.'

해리의 동작을 보자마자 바로 따라 하는 게 엄청난 실력자다웠다.

"그럼 출발하겠습니다."

해리가 그렇게 외치며 씩 웃었다.

'어째 불안한데.'

나는 알고 있었다. 해리가 저런 식으로 웃을 때면 속에 이상한 꿍꿍이를 숨기고 있다는 걸. 나의 불안함과 함께 와이번이 하늘 위로 날아올랐다.

✿

'평소랑은 좀 다른데?'

나는 하늘 위를 자유자재로 노니는 와이번을 보며 입을 쩍 벌렸다. 와이번은 서커스에서나 볼 수 있는 화려한 곡예를 선보이고 있었다. 급격하게 방향을 바꾸고, 위아래를 뒤집고, 거기에 5연속 회전까지.

'밑에서 보기에는 참 좋은데……'

와이번 위에 타고 있는 사람은 제대로 멀미를 할 것 같았다. 악마가 멀미를 한다는 소리는 듣지 못했으니 해리는 예외로 치더라도, 엘은 땅에 내려오자마자 구토를 할지도 모른다.

'아무리 대단한 기사여도 공중에서 저렇게 빙빙 돌면 못 견딜걸.'

그렇게 생각하는 순간 이번에는 와이번이 급격히 속도를 높이며 아래로 수직 강하했다. 속도를 줄이지 않고 지면 가까이 날아온 와이번은 바닥에 부딪히기 직전 날갯짓으로 땅과의 거리를 벌렸다. 그리고 마침내 착륙.

"이야, 정말 즐거운 비행이었습니다."

해리가 천연덕스럽게 웃으며 와이번 위에서 내려왔다. 그에 비해 엘의 몰골은 엉망이었다. 내 예상대로 심하게 멀미했는지 얼굴이 창백하다 못해 파란빛을 띠고 있었다.

"로이츠 경, 괜찮으세요?"

"괜찮…… 습니다……"

엘이 그렇게 말하며 입을 틀어막았다. 땅에 발을 디딜 때는 잠시 휘청거리기까지 했다. 나는 이 사태의 원흉인 해리를 슬쩍 노려보았다. 아무리 생각해도 이건 해리의 심술이었다. 하지만 나와 눈을 마주친 해리는 딴청을 부리며 휘파람을 불었다.

"많이 어지러우실 거예요. 잠시 차 한잔 하면서 쉬는 게 좋을 것 같아요."

"아닙…… 니다. 다시 왕궁으로 복귀해야 합니다."

"왕궁이요?"

나는 극구 티타임을 사양하는 엘을 보며 고개를 갸웃거렸다. 처음 대훈련장에 나타날 때도 기사단 일이 지체되어 약속에 늦었다고 했다.

"기사단에 무슨 일이라도 생긴 건가요? 기밀이라 말하기 힘들다면 말 안 하셔도 괜찮아요."

"아닙니다. 이미 주요 귀족들 사이에는 퍼진 이야기라, 오베론 공작 각하께서도 알고 계시고……."

땅에 두 발을 디디고 조금 사정이 나아진 엘이 깊게 숨을 들이마셨다. 어느새 그의 얼굴이 평소와 비슷한 혈색이 되어 있었다.

'역시 엄청난 실력자라 회복도 빠르구나.'

"혹시 안개산에 꽂혀 있는 성검에 대해 아십니까?"

엘의 말에 심장이 덜컹했다.

'그냥 잘 아는 게 아니라, 그걸 내가 뽑았는데요.'

나는 진실을 속으로 삼키며 태연한 척 고개를 끄덕였다.

"성검에 대해 모르는 사람도 있나요? 당연히 들어 봤죠."

"그 성검이 뽑혔습니다."

누구보다 잘 알고 있는 사실이었다. 하지만 나는 이번에도 모르는 척 감탄성을 흘렸다.

"그건 아무도 못 뽑는다고 들었는데요."

"예. 다들 그런 줄 알았습니다. 그런데 얼마 전 안개산을 찾은 도전자가 이미 성검이 뽑히고 없다는 것을 발견했습니다."

"그렇군요."

"저희는 사라진 성검을 추적하고 있습니다. 성검을 뽑은 사람도 함께요."

"힘들겠네요."

나는 적당히 동조하며 엘의 안색을 살폈다. 성검이 뽑힌 것은 충분히 놀라운 사건이었다. 아무리 뽑으려고 시도해도 꿈쩍하지 않던 검이 뽑혔으니, 엄청난 관심사겠지. 하지만 고작 그거 아닌가? 어째서 왕립기사단이 성검과 성검의 주인을 추적하는 것인지 알 수 없었다.

"그런데 왕립기사단이 왜 성검을⋯⋯?"

슬쩍 건넨 질문에 오히려 엘이 이상하다는 듯 내게 물었다.

"성검의 전설에 대해 모르십니까?"

"전설이요? 그냥 그게 잘 안 뽑힌다는 것밖에는⋯⋯."

나는 말끝을 흐리며 해리를 쳐다보았다. 혹시 그라면 아는 것이 있을지도 모른다. 하지만 해리 역시 지난번에 이야기한 것이 제가 아는 전부라는 듯 어깨를 으쓱했다.

"하긴. 왕실과 가깝지 않은 자라면 모를 수도 있겠죠. 이건 왕실에 전해 내려오는 이야기이니 말입니다."

엘이 곧 이해한다는 듯 고개를 끄덕이며 이야기를 이었다.

"성검은 제레인트의 왕과 밀접한 관련이 있습니다."

"성검과 제레인트의 왕이요?"

제레인트의 시조, 초대 왕 에프론이 성검을 뽑으려고 시도했다는 것은 안다. 하지만 그는 결국 성검을 뽑지 못하고 쓸쓸하게 돌아갔다. 해리가 옆에서 지켜봤다고 했으니 확실했다.

'초대 왕이 노력했으나 안타깝게도 성검을 뽑지 못했습니다, 라는

이야기로 유명한 건 아닐 테고.'

의아해하는 내게 엘이 진지한 얼굴로 말했다.

"성검은, 곧 제레인트의 왕위 계승을 의미합니다."

"네?"

뭐라고요? 왕위 계승? 그게 왜 갑자기 여기서 튀어나와?

왕실에 전해지는 성검의 전설은 이러하다.

오래전, 왕국의 위대한 시조이자 용맹한 초대 왕, 에프론 제레인트
는 안개산에 꽂힌 성검을 뽑는 데 성공한다.

**나는 성검의 주인, 위대한 왕이 되어 나라의 번영과 평화를 가져올
에프론 제레인트다!**

제레인트의 시조는 성검을 하늘 높이 들어 만천하에 자신이 성검의
주인임을 알렸다. 태양 아래에서 고귀한 성검의 길고 유려한 검신이
아름답게 반짝였다.

**그러나 나는 검으로 나라를 세우지 않겠다. 인의와 신의, 나의 무기
는 그것이니. 이 검은 나의 후손을 위하여 남겨 둘 것이다.**

에프론 제레인트는 비장한 표정으로 자신이 뽑았던 성검을 다시 바
위에 꽂아 넣었다.

**후손들이여, 이 검을 뽑아라. 만약 나를 이어 이 성검을 뽑는 자가 나
타난다면, 그자는 건국왕 에프론 제레인트의 재림으로, 흔들리는 나라**

의 운명을 바로잡아 새 번영의 시대를 가져올 태양왕이 될지니!

그리하여 건국왕은 위대한 성검을 안개산에 놓아두고 의연히 하산했다는 그런 이야기인데.

'와. 완전 새빨간 거짓말.'

에프론 제레인트는 성검을 뽑았다가 다시 돌려놓은 게 아니었다. 그는 애초에 검을 뽑지도 못했다.

'그러니까 성검이 장검이 아니라 단검인 것도 몰랐지.'

태양 아래 아름답게 빛나는 길고 유려한 검신이라니. 진짜 성검을 봤다면 절대 나올 수 없는 묘사였다. 그런 내 생각을 알 리 없는 엘은 여전히 진지한 얼굴로 상황을 전했다.

"왕실은 그 전설을 계승하고 있습니다. 그래서 성검을 뽑는 자에게 1순위 왕위 계승권을 부여하고 있지요."

"고작 검 하나 뽑았다고, 1순위 왕위 계승권을요?"

"그 검이 성검이니까요."

엘이 단호하게 대답했다. 아무래도 내 생각보다 성검의 의미가 큰 것 같았다.

"그럼 왕립기사단이 성검의 주인을 찾고 있는 이유는……."

"당연히 그분을 보호하기 위해서입니다. 1순위 왕위 계승권을 가지면 왕위를 노리는 모든 이의 표적이 되니까요. 우선 성검이 있던 안개산부터 수색하고 있습니다."

나는 침을 꿀꺽 삼켰다. 그냥 산에 무단 투기된 쓰레기가 있어서, 그게 위험하게 땅에 꽂혀 있기에, 다른 사람도 나처럼 걸려 넘어질까 봐 치워 주려고 한 죄밖에 없는데. 1순위 왕위 계승권이요? 목숨을 노려?

머릿속이 빙글 돌았다.

⚜

나는 탁자 위에 올려 둔 유피테르와 그 옆에 태평하게 선 해리를 노려보며 깊은 한숨을 내쉬었다. 오른손에는 성검을, 왼손에는 푸른 불꽃의 대마법사를. 어쩌다 보니 제레인트 건국왕의 풀 세트를 가지게 됐다.

'난 이런 거 바란 적 없는데.'

내가 큰 걸 바란 것도 아니고. 그냥 귀족의 딸로 호의호식 한번 하고 싶다고 했을 뿐인데.

'그거 하나 들어주기가 그렇게 힘들었냐!'

입에 주먹을 넣고 오열하고 싶은 기분이었다.

"안 들켜."

안절부절못하는 나와 달리 해리는 무척이나 태연했다.

"걔들은 성검이 어떻게 생겼는지도 모르잖아. 모습도 모르는 검을 어떻게 찾겠어?"

"예전에 드워프들이 성검에 반응하는 검집을 가지고 있었잖아요. 왕립기사단도 그런 비슷한 물건을 가지고 있을 수도 있죠."

설마 왕립기사단씩이나 되는 사람들이 무작정 수색에 나서지는 않았을 거다. 분명 자신들만의 방법이 있지 않을까?

"그런 게 있으면 오작동한 것 같다고 잡아떼. 걔들도 너 같은 어린 여자애가 성검을 뽑았다고는 생각 못 할 거 아냐?"

"잡아떼서 넘어갈 수 있는 일이 있고, 없는 일이 있잖아요."

이건 아무리 봐도 없는 일이다.

"유피테르는 어떻게 생각해요?"

[드디어 제게 물어봐 주시는 거군요. 언제 나서야 하나 고민하고 있었습니다.]

유피테르가 기다렸다는 듯 빠르게 대답했다.

"뭔가 알고 있어요?"

[제가 알기로, 저의 기운에 반응하는 도구는 드워프 마을에 있는 검집뿐입니다. 더 확실히 하려면 드워프들에게 물어보면 되지 않겠습니까?]

그랬다. 당사자에게 묻는 방법이 있었다.

"당장 리쉬에게 편지를 보내야겠어요."

나는 재빨리 책상 위에 앉아 라파쉬에게 조언을 구하는 편지를 쓰기 시작했다. 오늘 들었던 황당한 이야기와 함께 걱정스러운 부분에 대한 조언까지 요청하니 금세 편지지가 가득 찼다.

나는 완성한 편지를 봉투에 넣어 봉하고, 종을 울려 엠마를 불렀다. 원래 완성한 편지는 책상 위의 쟁반에 올려 두면 매일 아침 엠마가 수거해 발송하고 있었지만, 지금은 긴급 상황이었다.

"필요한 게 있으신가요, 아가씨?"

내 부름에 빠르게 응답한 엠마가 웃으며 안으로 들어왔다가, 심각한 내 얼굴을 보며 얼굴을 굳혔다.

"뭔가 안 좋은 일이 생긴 건가요?"

"아냐. 급하게 알아보고 싶은 게 있어서 그래. 이걸 리쉬에게 보내줄래?"

"라파쉬 님에게요? 많이 급하신 거라면, 라이오넬 경에게 부탁해 볼까요?"

엠마의 입에서 의외의 이름이 튀어나왔다.

"라이오넬 경에게?"

"네. 우편으로 보내면 주고받는 데 시간이 오래 걸리잖아요. 라이오넬 경이 와이번을 타고 에렐에 다녀오면, 오늘, 늦어도 내일 중으로는 라파쉬 님의 답변을 받을 수 있을 것 같아서요."

좋은 생각이었다. 라이오넬을 에렐로 보내 라파쉬에게 편지를 전하고, 그 자리에서 바로 답장을 받아 돌아오라고 하면 된다.

"그런데 엠마."

"예, 아가씨."

"왜 하필 라이오넬 경이야?"

"예?"

"아니, 그렇잖아. 와이번을 탈 수 있는 사람이 라이오넬 경만 있는 것도 아닌데."

함께 왕도에 온 용기사단이라면 데인과 리제토도 있었다. 무엇보다 바로 눈앞에 해리가 있지 않은가?

'이런 건 보통 눈앞에 있는 사람을 먼저 말하게 되지 않아?'

하지만 엠마는 제일 먼저 라이오넬을 지목했다.

"특별히 라이오넬 경을 떠올린 이유가 뭐야?"

나는 턱을 괴고 눈을 가늘게 떴다. 내 시선에 엠마가 당황하며 얼굴을 붉혔다.

"그게, 기사분들 중에서는 라이오넬 경이 아가씨와 가장 가까우시니까……."

"난 여기 있는 해리와 가장 가까운데?"

"요정님은 아가씨의 호위니까요. 24시간 곁에 붙어서 안전하게 아가씨를 호위해야죠. 편지 심부름 같은 잡다한 일은 라이오넬 경이 딱이에요. 네."

엠마가 눈을 굴리며 열심히 변명을 쏟아 냈다.

'로맨스는 내가 아니라 이쪽에서 쓰고 있었군.'

나는 필사적인 엠마를 보며 이쯤에서 속아 넘어가 주기로 결정했다.

"뭐, 듣고 보니 그렇네."

"역시 그렇죠?"

내가 대충 고개를 끄덕이자 엠마가 반색하며 동조했다.

"그럼 전 부탁하신 편지를 라이오넬 경에게 전하고 오겠습니다!"

엠마가 내 손의 편지를 낚아채듯 빠르게 가져가 설레는 표정으로 방을 나섰다.

"봄이로구나, 봄이야."

[그렇습니다. 봄이네요.]

흐뭇하게 웃으며 엠마의 로맨스를 응원하는 나와 유피테르에게 해리가 물었다.

"갑자기 웬 봄 타령이야?"

눈을 껌뻑이는 해리를 보며 나와 유피테르가 차게 식었다. 이 녀석, 정말 눈치가 없었다.

ᚲᚲᚲ

라이오넬은 곧장 에렐로 날아가 라파쉬에게 내 편지를 전하고, 답장까지 받아 공작저로 돌아왔다.

라파쉬는 직접적으로 성검의 기운을 감지할 수 있는 도구는 처음 성검을 만들 때 세트로 만든 검집뿐이라고 확인해 주었다. 하지만 성검이 기본적으로 마법의 힘을 담고 있으므로, 마법을 감지하는 장치에는 반응할 수도 있다고도 덧붙였다.

그 편지를 읽고 나는 불안함을 조금 내려놓을 수 있었다. 검에 마법 반응이 있는 것만으로는 누구도 유피테르가 성검이라고 확신할 수가 없었다.

'마법을 각인한 검이 세상에 얼마나 많은데.'

직접적으로 성검의 기운을 감지하는 도구가 드워프 마을의 검집뿐이라면, 내가 가진 단검이 성검인 것을 들킬 일은 없었다.

'사실 가장 안전한 방법은 유피테르를 잠시 다른 곳에 맡겨 두는 건데……'

딱히 믿을 만한 사람이 없다는 게 문제였다. 그나마 안개산 깊은 곳에 숨어 있는 드워프 마을이 가장 좋은 후보였다. 하지만 지금은 왕립기사단이 안개산을 열심히 수색하고 있었다. 성검을 맡기러 갔다가 왕립기사단에게 수상한 눈초리를 받으면 괜히 긁어 부스럼을 만드는 격이었다.

'우선 최대한 안 들키게 가지고 있다가, 의심을 받으면 해리 말대로 아니라고 우기는 수밖에 없겠네.'

단순 무식한 방법이지만 어쩔 수 없었다. 나는 혹시 몰라 성검 이야기로 가득한 라파쉬의 편지를 벽난로에 넣어 태워 버리고 책상 서랍을 열었다. 평범한 서랍처럼 보이지만, 안쪽 구멍에 열쇠를 넣고 돌리면 바닥이 열려 작은 공간이 나타나는 장치가 되어 있었다. 나는 열쇠로 비밀 공간을 열어 그 안에 유피테르를 넣었다.

"유피테르, 상황이 이래서 한동안 가지고 다니지 못할 것 같아요."

[이해합니다, 주인님. 떨어져 있는 것은 아쉽지만 주인님의 평안이

저의 가장 큰 기쁨이니까요.]

유피테르가 의젓하게 말했다.

[부디 제가 없는 동안 몸 건강히 지내십시오. 악마 놈은 눈치가 없고 다혈질이라 사람을 피곤하게 하지만, 힘 하나는 확실하니 위험할 땐 그 곁에 꼭 붙어 있으시면 됩니다.]

"다시 꺼내는 날에 열심히 닦아서 광을 내 줄게요."

[벌써 그날이 기대되는군요. 저는 잠시 잠들어 있겠습니다.]

'다시 만나는 건 아마 에렐로 돌아갈 때쯤이겠지.'

나는 유피테르와 마지막 인사를 나누고 비밀 서랍을 닫아 열쇠로 단단히 걸어 잠갔다.

✦✦✦

다음 날 의외의 손님이 나를 찾아왔다. 오베론의 소공작이자 이브리아의 하나뿐인 오빠, 아치볼드였다.

아치볼드와 이브리아의 사이를 정의하자면, 뭐, 그냥 흔한 현실 남매였다. 서로의 존재는 인식하고 있지만 딱히 서로의 삶에 관여하지 않고 자기 갈 길을 가는 사이라고나 할까.

아치볼드는 이브리아가 무슨 사고를 쳐도 무심했다. 제 여동생이 밖에서 뭘 하고 다니든 상관없다는 태도였다. 이브리아가 살인 미수라는 엄청난 사건을 저질렀을 때도 마찬가지였다. 귀족 사회가 발칵 뒤집힌 그 사건에서, 그는 캐서린의 편에도 이브리아의 편에도 서지 않았다.

'약간 괴짜 같은 사람으로 나왔던 것 같은데.'

어쨌든 결론은 이거였다. 아치볼드와 이브리아는 별일도 없이 찾아와서 시답잖은 이야기를 나눌 만한 사이가 아니라는 것.

"여동생, 너 생일 선물로 뭐 받고 싶어?"

그러니까, 이런 종류의 대화 말이다.

"생일 선물…… 말인가요."

약속도 없이 갑자기 들이닥쳐서는 갑자기 생일 선물 타령이라니.

"그걸 물어보려고 오신 거예요?"

"그래. 곧 네 생일이잖아. 갖고 싶은 거 있으면 말해 줘. 네 생일 선물 때문에 책 읽을 시간을 빼앗기긴 싫거든."

아치볼드가 길게 하품하며 의자에 몸을 기댔다.

"갖고 싶은 걸 목록으로 정리해 주면 그중에 하나를 골라서 선물하면 되겠지."

"목록으로 정리해 달라니……."

뭐, 이런 건가? 저는 생일 선물로 아래의 품목 중 하나를 원하오니, 검토 후 결재 부탁드립니다. 기안자, 이브리아 오베론. 결재자, 아치볼드 오베론.

'무슨 품의서 쓰는 것도 아니고. 세상에 누가 이런 식으로 선물을 줘?'

아무튼 이해하기 힘든 캐릭터였다.

"오라버니께서 주고 싶은 걸 주시면 돼요. 선물은 뭘 받아도 기쁘니까요."

"아니. 난 목록이 필요해."

아치볼드가 나른한 얼굴에 어울리지 않는 단호한 목소리로 말했다.

"네 선물 때문에 미결재 서류가 쌓이고 있어. 그럼 그 서류가 다 어디로 가겠어?"

애초에 내 선물 때문에 미결재 서류가 쌓이는 이유도 모르겠는데, 그 서류가 어디로 가는지는 어떻게 알겠는가?

"글쎄요……?"

"바로 나다."

아치볼드가 표정 하나 바꾸지 않고 손가락으로 자신을 가리켰다.

"집사가 울면서 내게 서류를 가져온다고. 그걸 대신 처리하느라 책 읽을 시간이 사라졌어. 덕분에 나는 사흘째 진도를 못 나가고 있고."

어쩐지 위로를 해야 할 타이밍 같았다. 나는 내 직감을 믿고 아치볼드에게 위로의 말을 건넸다.

"어…… 그거 참 안됐네요."

"그렇지? 그러니까 최대한 빨리 목록을 정리해 줬으면 해. 최소 30개 이상으로, 웬만하면 왕국 내에서 구할 수 있는 거였으면 좋겠다."

"네? 30개나요?"

"그 정도는 돼야 충분히 네 생각을 알게 됐다고 생각할 분이시라서."

아치볼드가 질린 얼굴로 어깨를 으쓱했다. 아무래도 그 목록은 아치볼드가 아니라 다른 사람이 보게 될 모양이었다.

'이브리아의 생일 선물로 고민할 만한 아치볼드 주변 사람이라면……'

아무리 생각해도 공작뿐이었다. 하지만 딸의 생일 선물로 뭘 줘야 할지 몰라 끙끙대는 공작이라니. 상상이 안 된다.

'뭐, 나야 목록을 받을 사람이 누군지는 상관없으니까.'

"제가 목록을 채워 주면 뭘 해 주실 건데요?"

내 질문에 아치볼드가 미간을 찌푸렸다.

"내가 뭔가를 해 줘야 하나?"

"당연하죠. 부탁을 할 때는 그에 합당한 대가가 있어야 하는 법이니까요."

"넌 그 대가로 네가 원하는 선물을 받을 수 있겠지."

"전 어떤 선물을 받든 상관없어요. 굳이 목록을 작성하는 수고를 할 필요가 없다는 뜻이죠."

아치볼드는 빠르게 내 의도를 알아챘다.

"그러니까 네 말은, 목록을 받고 싶으면 대가를 달라?"

"뭐, 그런 이야기죠."

잠시 고민하던 아치볼드가 곧 결론을 내렸다.

"좋다. 목록의 대가로 뭘 받고 싶지?"

"오라버니의 하루요."

"……뭐?"

"오라버니의 하루를 제게 주세요. 그럼 목록을 작성해 드릴게요."

현재 청요석의 납품처는 단 두 곳. 왕실과 마법사 협회뿐이었다. 마법사 협회는 가격 협상으로 장기 계약을 체결했지만, 왕실에 납품한 건 단발성 계약이었다. 결국, 제대로 된 청요석 거래처가 마법사 협회 한 곳뿐이라는 소리였다. 엄청난 물량의 납품을 장기로 계약해 줬으니 이보다 고마운 거래처가 없었다.

단발성 계약이지만, 왕실도 엄청난 양의 청요석을 주문했다. 한 번에 그 물량을 맞출 수가 없어 아직도 바쁘게 작업장을 돌리고 있었다. 하지만 거래처 수가 적은 건 너무 위험했다.

'어쩌다 거래가 틀어졌을 때 우리가 받는 타격이 너무 커.'

거래처 백 곳 중 한 곳과 틀어지는 것과 거래처 열 곳 중 한 곳과 틀어지는 것. 당연히 후자의 타격이 훨씬 크다. 그러니 안정적으로 청요석을 판매하려면 지금보다 훨씬 많은 거래처를 보유해야만 했다. 그래서 인세티아 남작이 왕도에서 새 판로를 개척해 오라 신신당부를 했던 것이다.

하지만 내가 직접 나서서 청요석을 홍보하고 거래처를 확보하기는 어려웠다. 내 악명 때문이었다.

살인 미수 사건에 이은 왕세자와의 파혼으로 왕도에서 내 이미지는 최악이었다. 그런 사람이 파는 물건? 그게 무엇이든 별로 사고 싶지 않을 것이다.

그래서 청요석을 판매할 때도 내가 직접 나서지 않았다. 모든 거래는 에렐의 이름으로 진행되어, 그 뒤에 내가 있다는 사실을 아는 사람이 거의 없었다.

'에렐에서 가까운 지방 귀족들은 많이들 알고 있지만, 에렐에서 멀리 떨어진 왕도 귀족들은 아직도 인세티아 남작이 에렐 영주라고 생각하고 있을 거야.'

내가 에렐에서 영주 역할을 하고 있지만, 정식으로 임명식을 하고 왕실에 등록한 것은 아니었다. 아마 왕실의 공식 서류를 살피면 아직도 인세티아 남작이 에렐의 영주로 기록되어 있을 것이다.

공식적인 영주와 실질적인 영주를 따로 두는 것. 귀족들이 자신의 후계자를 교육할 때 많이 쓰는 방법이었다. 실질적인 영주인 후계자가 영지 운영상의 실수를 해도, 그 벌은 공식적인 영주가 받게 되어 있다. 이를 에렐에 적용하면, 실질적인 영주는 나이고, 공식적인 영주는 인세티아 남작이었다.

'내가 영주로서 잘못을 저질러도 그걸 전부 인세티아 남작이 뒤집 어쓴다는 뜻이지.'

그렇게 생각하면 인세티아 남작이 이런 역할을 받아들인 것이 신기 했다.

'나라면 절대로 맡지 않았을 텐데.'

다른 사람이 한 짓 때문에 내가 벌을 받는 건 역시 억울했다.

어쨌든 그런 이유로 내가 직접 나서서 청요석을 홍보하고 판로를 개 척하는 건 어려웠다. 나를 대신해 내세울 사람이 필요했다.

'그게 오베론 소공작 아치볼드라면, 아주 효과가 좋겠지.'

나는 다소 불만스러운 표정으로 내 앞에 서 있는 아치볼드를 바라보 았다. 신경 써서 차려입은 옷에 에렐에서 가져온 청요석 브로치가 달려 반짝이고 있었다. 브로치 가운데 장착된 청요석은 오베론 가문의 문장 형태로 가공했다. 섬세한 작업이지만, 라파쉬는 어렵지 않게 해냈다.

"생각했던 대로예요. 역시 잘 어울려요."

아침부터 열심히 준비한 보람이 있었다. 하지만 내 칭찬에도 아치 볼드의 표정은 여전히 불만스러웠다.

"아침 일찍 들이닥쳐서는 갑자기 이게 뭐지?"

"오라버니의 하루를 제게 주기로 하셨잖아요."

"그랬지. 하지만 내 하루를 주는 것과 이렇게 꾸미는 게 무슨 상관 이 있나?"

"엄청난 연관성이 있죠."

나는 눈에 졸음을 담고 있는 아치볼드에게 봉투 다섯 개를 내밀었다.

"이게 뭐지?"

"파티 초대장이에요. 오늘 오전부터 밤까지 아주 다양한 파티가 열리더라고요."

"그래서?"

"오라버니께서 여기에 참석해 주시면 돼요. 그럼 제가 드릴 생일 선물 목록의 대가를 지급하시는 거예요."

"뭐?"

아치볼드가 내 손에서 봉투를 가져가 빠르게 내용을 확인했다. 이른 아침부터 늦은 밤까지, 하루를 가득 채운 파티 초대장들이었다.

"오라버니의 24시간을 모두 써야 합당한 거래지만, 관대함을 발휘해 딱 12시간만 오라버니의 시간을 받을게요."

"퍽이나 관대하구나."

아치볼드가 황당하다는 듯 웃음을 흘리며 품속에 초대장을 욱여넣었다.

"하루에 파티 다섯 개라니, 듣도 보도 못 했다."

확실히 흔한 일은 아니었다. 여러 파티가 겹치면 가장 중요한 것을 선별해 그곳에만 참석하는 게 일반적이었다.

"오래 머무르진 않으셔도 돼요. 파티장을 두어 바퀴 정도 돌고 나오시면 충분해요."

"더 있고 싶어도 시간이 이래서야 그럴 수도 없어."

아치볼드의 말이 맞았다. 파티 장소 사이의 이동 시간을 고려하면, 한 파티에 머무를 수 있는 시간은 고작해야 한 시간 정도였다.

"파티에 참석만 하면 된다는 거지?"

"네. 조건이 두 개 더 있지만요."

"하나도 아니고, 두 개씩이나?"

"그렇게 어렵진 않아요."

나는 어깨를 으쓱하고 뒤에 서 있던 해리를 가리켰다.

"조건 하나는, 이 사람과 함께 다니는 거예요."

"제대로 파티에 참석하는지 감시하는 건가?"

"그런 것도 있지만, 꽃다발 효과를 노리는 거죠."

"꽃다발?"

"예쁜 꽃이 같이 모여 있으면 더 예쁘게 보이니까요."

눈이 번쩍 뜨일 정도로 잘생긴 해리와 절로 미소가 나올 정도로 훈훈한 아치볼드. 두 사람이 나란히 서서 길을 걸으면 모두의 시선이 그들에게 집중될 것이다.

'에렘의 청요석을 홍보해 줄 대단히 훌륭한 모델들이지.'

내가 눈짓으로 신호하자 해리가 아치볼드의 뒤에 섰다. 해리는 용기사단의 새하얀 제복을 입고 있었는데, 그의 가슴팍에도 아치볼드가 한 것과 같은 청요석 브로치가 달려 있었다. 역시, 그림이 훌륭했다.

"두 번째 조건은 뭐야?"

"그건……."

나는 아치볼드와 해리의 가슴에 달린 브로치를 활성화했다. 그러자 두 사람의 몸에서 은은하게 향기가 나기 시작했다.

"꽃에는 향기가 필요하죠. 파티 내내 이 브로치를 활성화한 채로 있어 주세요. 제 조건은 그게 끝이에요."

은은한 향기의 정체는 브로치에 각인한 마법이었다.

'유피테르가 가진 악취 제거 마법에서 아이디어를 얻었지.'

몸에서 나는 은은한 향기는 사람의 호감을 불러온다. 그래서 귀족들은 대부분 비싼 향유로 목욕을 하거나 강한 향수를 뿌렸다. 하지만 그런 향기는 일시적이었다. 유지 시간이 반나절도 되지 않아 쉴 새 없이 향수를 뿌려 대거나, 아주 강한 향수를 써야만 했다.

하지만 청요석 브로치에 각인한 마법은 다르다. 청요석의 힘이 다할 때까지 같은 향기를 오랫동안 계속 발산할 수 있었다. 각인할 향기도 개인의 취향에 따라 선택이 가능했다. 우선 아치볼드의 것에는 시원한 숲의 향기를, 해리의 것에는 비누 향기를 각인해 두었다.

'마도구를 이렇게 하찮게 사용하는 사람은 없을 거야.'

마도구는 굉장히 비싼 물건이었다. 고작 몸에서 향기를 내는 데 그렇게 비싼 돈을 낼 사람은 없었다.

하지만 우리는 마법사 협회에 청요석을 조금 싸게 판매하는 대신, 마법 각인 비용을 할인받기로 협약을 맺었다. 게다가 청요석도 자체 생산 중이니 파격적인 가격으로 향기 나는 브로치 제작이 가능했다.

'드레스 다섯 벌 가격이면 충분히 이 브로치에 지갑을 열 거야.'

아치볼드가 내게 지불할 진짜 대가는 이 브로치의 홍보였다. 따로 호객 행위를 할 필요도 없었다. 아치볼드와 해리가 이 브로치를 달고 몇 개의 파티장을 활보하고 나면, 게임은 끝이었다.

'다들 향기 나는 브로치를 사고 싶어서 안달이 나겠지.'

⸙

내 예상은 적중했다. 아치볼드가 파티장 다섯 곳을 배회하고 온 뒤, 일주일 만에 에렐로 엄청난 수의 편지가 날아들었다. 모두 브로치 제작을 의뢰하는 편지였다.

'청요석을 가문의 문장 형태로 만든 게 생각보다 잘 먹혔어.'

향기가 나는 기능도 물론 훌륭했지만, 드워프의 손으로 만들어 낸 가문의 문장은 그 형태만으로도 아름다웠다. 수작업으로 만드는 제작 과정의 특성상 한 번에 많은 물량을 제공할 수 없다는 것도 귀족들의 구매욕을 불러일으켰다. 저 특별한 물건을 남들보다 더 빨리 갖고 싶다는 사람들이 넘쳐 났다.

그때 나는 슬그머니 추가 비용 카드를 내밀었다. 빠른 작업을 위한 추가 비용을 내면, 제작 순서를 앞당겨 준다는 것이었다. 그러자 사람들은 조금이라도 더 빠른 순서를 차지하기 위해 엄청난 돈을 지불했다. 1골드를 낸 사람보다 앞에 가기 위해 10골드를, 10골드를 낸 사람보다 앞에 가기 위해 100골드를 냈다.

그러다 보니 브로치는 당초 책정한 것보다 훨씬 높은 가격으로 팔리게 됐다. 그런데도 귀족들은 브로치를 사겠다고 돈뭉치를 들고 달려들었다.

인세티아 남작은 행복한 비명을 질렀다. 도대체 무슨 마법을 부린 거냐고, 잔뜩 흥분해서 편지를 보냈다.

'브로치가 많이 팔려서 인기가 시들해지면, 그다음 타자를 내보내면 되겠지.'

아직 반지와 팔찌, 커프스단추가 남아 있었다.

'이건 영향력 있는 귀족들에게 선물로 보내서 그들이 착용하게 하면 광고가 될 거야.'

연예인에게 협찬을 해 주는 것과 비슷했다.

'그런데 이런 식으로 액세서리 판매가 늘어나면 라파쉬 혼자서는 감당이 안 되겠는걸……'

아무래도 드워프를 추가로 고용해야 할 것 같았다.

'드워프 마을에서 나오는 게 부담스럽다면 외주 형태로 주문을 넣

는 것도 가능해.'

에렐로 돌아가면 라파쉬의 의견을 들어 봐야 할 것 같았다.

"오라버니의 하루를 산 비용을 지불하러 왔어요."

나는 아치볼드를 찾아 그에게 생일 선물 목록을 내밀었다.

"늦었다. 일주일이나 걸리다니."

"전 다음 날 바로 드렸어요. 그랬더니 그건 안 된다고 하셨잖아요."

나는 분명히 약속을 지켰다. 아치볼드가 파티장에 다녀온 다음 날, 그가 말했던 것처럼 원하는 선물 30개를 적은 목록을 들고 찾아갔다. 하지만 내가 쓴 목록을 본 아치볼드는 종이를 구겨 곧장 쓰레기통에 던져 버렸다.

"반지, 목걸이, 팔찌…… 그런 식으로 대충 쓰면 목록을 작성하는 의미가 없잖아."

그는 품목이 구체적이지 않다며 내 목록을 반려하고, 다시 목록을 작성해 오라고 말했다. 그 뒤로도 두 번이나 더 목록을 거절당했고, 오늘이 네 번째 방문이었다.

'정말 상사한테 품의서 결재받는 기분이야.'

아치볼드는 꼼꼼하게 내가 건넨 목록을 살펴보았다. 나는 이번에도 반려낭할 수는 없다는 생각으로 내가 작성한 목록이 얼마나 훌륭한 지를 설명했다.

"제품 이름, 판매하는 곳, 가격까지 다 썼어요. 이것보다 더 구체적으로 만들어 오라는 건 말이 안 돼요."

"그래. 이번엔 훌륭하군."

드디어 통과였다.

"정말이죠? 다시 작성해 오라고 안 하는 거죠?"

불안한 마음에 재차 확인하자 아치볼드가 특유의 나른한 얼굴로 내가 제출한 목록을 흔들었다.

"다시 작성하고 싶은가 봐? 그렇게 계속 물어보는 걸 보면. 다시 쓸래?"

"무슨 그런 서운한 말씀을."

나는 무슨 말을 할지 모르는 아치볼드의 입을 막기 위해 재빨리 준비해 온 선물을 내밀었다.

"이거 받으세요."

"이게 뭔데?"

"선물이에요."

"선물 목록을 써 오랬더니, 왜 나한테 선물을 주는 거지?"

아치볼드가 이해할 수 없다는 듯 나를 보면서도 내가 내민 상자를 열었다. 상자 안에는 청요석 커프스단추가 들어 있었다.

"이것도 마도구?"

아치볼드는 커프스단추에 장착된 청요석을 보고 단번에 정체를 알아맞혔다.

"네. 클린 마법이 각인돼 있어요."

나는 상자에서 커프스단추를 꺼내 그의 셔츠에 직접 달아 주며 사용법을 알려 주었다.

"청요석에 3초간 손을 대고 있으면 클린 마법이 활성화돼요. 그러면 셔츠가 깨끗해지죠."

나는 시범 삼아 아치볼드의 셔츠에 달린 커프스단추를 활성했다.

그러자 서류를 살피느라 검은 얼룩이 묻어 있던 그의 셔츠 소매가 새하얗게 돌아왔다. 마치 새 셔츠를 보는 것 같은 깔끔함이었다.

"이건 꽤 편리하겠네."

향기로운 브로치에는 별다른 감흥이 없던 아치볼드가 만족스러운 눈으로 커프스단추를 바라보았다.

"이것도 에렐에서 개발한 건가?"

"네. 시제품으로 몇 개 가져왔는데, 오라버니께 유용할 것 같아서요."

"단순히 그것뿐만은 아닌 것 같은데."

아치볼드가 내 의도를 다 알고 있다는 듯 고개를 모로 기울였다.

"이것도 브로치처럼 파티장에서 열심히 보여 주고 다니라는 뜻 아닌가?"

"솔직하게 말하자면, 네. 그런 의도도 있죠."

"난 부탁을 할 때는 그에 합당한 대가가 있어야 하는 법이라고 들었는데."

어딘가 익숙하다 했더니. 내가 생일 선물 목록 작성을 대가로 아치볼드의 하루를 요구하며 한 말이었다. 그걸 기억하고 그대로 말하다니.

'발뺌도 못 하겠네.'

아치볼드는 아주 훌륭한 모델이었다. 그가 브로치처럼 커프스단추도 홍보해 준다면, 어느 정도의 대가는 충분히 치를 만했다.

"무슨 대가를 원하시는데요?"

"이거."

아치볼드가 팔을 들어 커프스단추를 가리켰다.

"시제품으로 가져온 게 더 있다고 했지?"

"네. 다섯 개 가져왔고, 오라버니께 하나 드렸으니, 이제 네 개가 남아 있어요."

"그럼 아버지께도 하나 선물하지 그래?"

"어려운 일은 아니지만……."

오베론 공작도 왕도에서 알아주는 유명 인사였다. 그가 공식 석상에서 커프스단추를 써 준다면 엄청난 홍보가 될 테니 내게는 나쁜 일이 아니었다.

"그냥 선물만 주고 오지 말고, 나한테 했던 것처럼 직접 달아 드려. 그게 내가 원하는 대가야."

"그거면 돼요?"

내 질문에 아치볼드가 고개를 끄덕였다.

"대신 지금 당장 가야 해. 왕궁에서 안 좋은 일이 있었는지 기분이 안 좋으시거든."

"……이게 무슨 벌칙 게임 같은 거예요? 기분이 안 좋으시면 그걸 피해서 가야죠."

나는 합리적인 불만을 제기했다. 하지만 아치볼드는 내 말을 한 귀로 흘려 버린 채 손가락으로 커프스단추를 톡톡 두드렸다.

"대가."

나는 깊게 숨을 들이마시고 공작의 집무실로 향했다. 집사의 말로는 그가 왕궁에서 돌아오자마자 벌써 세 시간째 아무도 들이지 않고 이곳, 집무실에 틀어박혀 있다고 했다.

'어쩌면 나도 안 들여보내 줄지도 몰라.'

아마 그럴 가능성이 높았다.

'그래. 그럴 거야. 그랬으면 좋겠다.'

평소의 공작도 무서운데, 화난 상태의 공작은 또 얼마나 무서울지 상상이 되지 않았다. 무거운 발걸음을 겨우 옮겨 집무실 앞에 도착하니 어두운 표정의 보좌관이 문 앞을 서성이고 있었다. 이름은 모르지만, 에렐에서도 본 적이 있었다. 공작이 나를 찾아왔을 때 함께 왔던 사람이었다.

'이름을 모르니까 어떻게 불러야 할지 모르겠네.'

보좌관님? 경?

"아가씨?"

다행히 호칭을 고민하며 제자리에 우뚝 서 있는 나를 보좌관이 발견했다.

"아버지 안에 계신가요?"

"예. 계십니다. 그런데……."

보좌관이 난처한 얼굴로 집무실 안을 힐끗거렸다.

"분위기가 안 좋은가요?"

"예. 아주 많이."

조금 안 좋은 것도 아니고, 그냥 안 좋은 것도 아니고, 아주 많이 안 좋다니.

'이런 상황에 선물 증정식은 좀 아니지 않나?'

"그런데 아가씨께서는 무슨 일로 오셨습니까?"

"아버지께 드릴 것이 있어서요."

내 말에 보좌관의 시선이 상자로 향했다. 시제품으로 가져온 것이라 포장조차 안 되어 있는 투박한 상자였다.

"제가 전해 드릴까요? 지금은 아무래도 분위기가."

보좌관이 난처하게 웃었다.

'아치볼드는 직접 달아 주라고 했는데.'

어차피 아치볼드가 두 눈을 똑바로 뜨고 선물 증정 현장을 관찰하는 게 아니었다.

'뭐, 선물을 줬다는 게 중요한 거니까.'

직접 줬냐고 물으면 그때 사정을 이야기해도 될 것 같았다. 이런 상황이라면 아치볼드도 이해할 것이다. 나는 결론을 내리고 보좌관에게 상자를 내밀었다.

"그럼 부탁할게요. 안에 든 건 커프스단추인데……."

내가 보좌관에게 선물과 함께 사용법을 대신 전하려는 그때, 굳게 닫혀 있던 집무실의 문이 열렸다.

"무슨 일이지?"

공작이 열린 문 사이에서 우리 두 사람을 바라보고 있었다. 공작의 싸늘한 시선이 내 손, 정확히는 내가 보좌관에게 내미는 상자로 향해 있었다.

"아, 그게, 아가씨께서……."

"들어와라."

보좌관이 상황을 설명하려고 했지만, 공작이 그의 말을 끊는 게 먼저였다.

"다행이네요, 아가씨. 안으로 들어오시랍니다."

함께 공작의 싸늘한 표정을 봐 놓고 뭐가 다행이라는 건지. 나는 도살장에 끌려가는 소의 심정으로 공작의 집무실 안으로 들어섰다.

공작의 집무실은 생각보다 작았다. 아마 벽면 전체를 둘러싸고 있는 책장 때문인 것 같았다. 심지어 책장에는 빈 공간도 없이 자료들이 빼곡했다.

"앉아라."

공작이 집무실을 둘러보고 있는 내게 자리를 권했다. 하지만 나는 금방 집무실을 떠날 생각이라 자리에 앉을 필요가 없었다.

"아니에요. 이것만 드리고 돌아갈 거라서요."

나는 공작에게 상자를 내밀었다. 그가 멀뚱거리며 상자를 빤히 쳐다보았다.

"……안 받으세요?"

그렇게 물었는데도 공작은 말이 없었다.

'받기 싫으신가?'

나는 머쓱해져서 슬그머니 상자를 그의 책상 위에 올려놓았다.

"별로 대단한 건 아니에요. 청요석으로 만든 커프스단추인데, 클린 마법을 각인한 거라 일할 때 입는 옷에 다시면 좋을 것 같아요."

여전히 공작은 아무 말이 없었다. 좋으면 좋다, 싫으면 싫다, 뭐라도 반응이 있어야 대처를 할 거 아닌가? 하지만 공작은 내가 앞에 있는 걸 잊은 사람처럼 입을 꾹 다물고 있을 뿐이었다.

'마치 방 안의 공기가 된 것 같은 이 기분.'

나는 점점 더 머쓱해졌다.

"어, 그러니까, 달아 드릴까요?"

나는 마지막으로 공작에게 말을 걸었다.

'어차피 이번에도 무시하겠지.'

그걸 알면서도 질문한 건 정당성을 확보하기 위해서였다. 아치볼드는 내게 공작의 셔츠에 커프스단추를 직접 달아 주라고 말했지만, 공작이 거부하면 나는 방법이 없었다.

'공작의 팔을 억지로 붙잡고 커프스단추를 달 수는 없는 노릇이잖아.'

나는 시도했고, 공작은 거부했다. 이 얼마나 깔끔한 상황 정리인가? 그러면 아치볼드에게도 그가 제시한 조건을 수행하기 위해 최선을 다했노라고 떳떳하게 말할 수 있었다.

"……그래."

그런데 이번에는 공작이 대답했다. 혹시 잘못 들었나 싶어 그를 바라보자, 같은 말이 한 번 더 그의 입에서 흘러나왔다.

"그래."

지금까지 굳게 침묵을 지키고 있었으면서. 다시 한번 흘러나온 말은 상당히 다급한 구석이 있었다.

"어……. 그러니까, 달아 달라는 말씀이시죠?"

공작이 고개를 끄덕여 내 질문에 긍정했다. 이렇게 긍정적인 답변을 받을 줄은 몰랐던 터라 나는 조금 얼떨떨한 기분으로 상자를 열었다. 커프스단추를 꺼내 공작을 바라보니 그가 차렷 자세를 유지한 채 내 앞에 있었다.

'팔을 내밀어 줘야 이걸 끼우는데.'

커프스단추를 만지작거리며 신호를 줬는데도 그는 전혀 눈치채지 못했다.

"아버지, 팔이요."

"아."

짧고 간단한 요청에 공작이 주먹을 쥔 채 양쪽 팔을 모두 내 앞으로 내밀었다.

"한쪽 팔만 먼저 주셔도 되는데……."

"아."

공작이 다시 짧은 침음을 흘리고 슬그머니 왼팔을 내렸다.

'시중받는 게 안 익숙한가? 공작이면 매일 이런 시중 받는 거 아냐?'

그런 사람치고는 시중을 받는 자세가 너무 뻣뻣했다. 나는 마음속으로 의문을 품고 공작의 셔츠에 커프스단추를 달기 시작했다. 오른쪽은 간단하게 해냈지만, 왼쪽은 단추가 제대로 결합이 되지 않았다.

'왜 이렇게 안 잠겨?'

낑낑대는 내 모습을 보는 공작의 입매가 파르르 떨리고 있었다. 엄청나게 무서운 얼굴이었다.

'윽. 빨리빨리!'

속으로 비명을 지르고 있는 내 머리 위로 공작의 목소리가 들려왔다.

"약혼식을 한다는군."

"누가요?"

그렇게 묻는 순간 겨우 단추가 부드럽게 결합됐다.

'드디어!'

불편한 할 일이 겨우 끝났다.

"누가 약혼식을 하는데요?"

나는 큰 짐을 덜어 내고 가벼운 마음으로 고개를 들어 공작을 바라보았다. 하지만 그의 얼굴은 아주 어두웠다.

"왕세자."

"어……. 캐서린 우드베르슨 양과요?"

"그래."

두 사람의 약혼식이라면 원작의 중후반부에나 등장하는 사건이었다.

'벌써 이야기가 거기까지 흘러간 모양이네.'

진짜 이브리아라면 이 소식을 듣자마자 대성통곡을 했을 것이다. 하지만 나는 오히려 속이 시원했다. 예상하고 있던 일이라 놀라울 것도 없었다.

'오히려 두 사람이 아직도 약혼을 안 했던가 싶을 정도라고.'

그러나 공작의 기분이 이처럼 저조한 이유가 더 있었다.

"약혼식 날짜가 네 생일 파티 날짜와 같다."

"네?"

"벌써 왕도 곳곳에 안내문이 붙었다. 약혼식 날짜가 변경될 일은 없을 거다."

"생일 파티는 애초에 날짜를 바꿀 수 있는 게 아니니까, 그럼……."

왕세자의 약혼식과 공작 영애의 생일. 어떤 사람이라도 약혼식의 손님이 되기를 원할 것이다.

"제 생일 파티에는 손님이 거의 없겠네요."

거의 없는 수준이 아니라 파티장이 텅텅 빌 것 같았다.

'약혼식이 끝나면 축하연을 하게 되니까, 다들 거기에 갈 거야.'

우연히 겹쳤다기에는 너무 공교로웠다.

"일부러 그런 게 틀림없다. 이런 식으로 우리 쪽을 망신 주려는 거겠지."

나는 그제야 공작의 기분이 나빴던 이유를 알아챘다.

'오늘 왕궁에 가서 왕세자가 굳이 내 생일을 골라 약혼식을 올린다는 이야기를 들은 거구나.'

왕도의 귀족은 손에 꼽을 정도로 그 수가 적었다. 그러니 어떤 집안에 어떤 행사가 있는지는 서로가 뻔히 알고 있었다. 참석할 손님들도 거기서 거기였다. 만약 파티가 겹치면 양쪽 모두 참석할 손님이 줄어

곤란해지므로, 서로 잘 피해서 잡는 게 예의였다. 우연히 파티가 겹치면 나중에 초대장을 발송한 쪽이 날짜를 바꾸는 게 불문율이었다.

우리 쪽은 이미 초대장을 발송했다. 왕실에도 분명 초대장이 도착했을 것이다. 그런데도 똑같은 날짜를 선택했다.

'대놓고 엿 먹으라는 거네.'

국왕의 의견인지, 카시안의 의견인지는 알 수 없었다. 하지만 어느 쪽이든 엿 같기는 마찬가지였다. 국왕이라면 이 기회에 오베론 가문의 기를 눌러 놓으려고 한 것일 테고, 카시안이라면 마정석 광산 개발이 완전히 날아간 것에 대한 복수일 것이다.

'하지만 난 손님이 별로 없어도 괜찮은데.'

어차피 '내' 생일이 아닌 이브리아의 생일이었다. 다들 성년이 되는 중요한 생일이라고 말하지만, 정신적으로는 한참 전에 성인이 된 내게는 그리 큰 감흥이 없었다.

"소박한 생일 파티가 되겠네요."

내 말에 공작의 표정이 이상해졌다. 실로 말로 표현하기 힘든 얼굴이었다.

'뭐라고 할까, 얼음이 쩍 소리를 내면서 갈라지는 것 같은 표정인데.'

"……반응은 그게 전부인가?"

"전부인데요."

"그게, 정말로 전부라고?"

"네."

내 말에 공작의 입이 일자로 곧게 다물렸다. 또다시 그의 입매가 파르르 떨렸다.

"……그래도 손님이 아예 없지는 않을 거다."

'왕세자가 아니라 1왕자를 지지하는 쪽이라면, 약혼 축하 파티에서 빠져나와 내 생일 파티에 올 수도 있겠지.'

나는 작게 고개를 끄덕였다. 그러자 나를 빤히 쳐다보던 공작이 내 머리 위에 손을 얹어 위로하듯 가볍게 쓰다듬었다.

내 머리를 쓰다듬는 공작도, 그 손길을 받고 있는 나도, 서로 어색해서 어쩔 줄 모르는 게 느껴졌다. 하지만 공작이 금세 내 머리에서 손을 떼 나는 이 엄청난 어색함에서 생각보다 빨리 해방될 수 있었다.

"약혼식도 그들의 생각만큼 아름답게 치를 순 없을 거다."

공작이 음산한 목소리로 이를 바드득 갈았다.

"이쪽 파티에 찬물을 끼얹었으면, 그쪽 파티에도 찬물을 부어 드려야 공평하겠지."

싸늘한 공작의 목소리에 주변의 온도가 순식간에 5도 아래로 내려갔다.

'무서워……'

역시 이 세계에서 제일 무서운 사람은 공작이었다.

❧

평소라면 홀로 집중 조명을 받았을 두 개의 파티가 같은 날 열린다는 사실은 금세 사교계에 퍼졌다. 엠마의 이야기로는 사람 둘만 모여도 그날 누가, 어느 파티에 갈 것인지를 속살댄다고 했다.

왕세자의 약혼 파티냐, 오베론 공작 영애의 성년식이냐?

도박이 성행하는 클럽 하우스에서는 누가 어디에 갈지를 두고 돈을 거는 내기판까지 생겼다고 한다. 내 예상대로, 1왕자를 지지하는 쪽은 성년식을 겸하는 내 생일 파티를 많이 선택했다.

'참석 확정을 알리는 답장만 봐도 그래. 전부 1왕자파인걸.'

둘 중 내 파티를 선택해 준 건 고마웠지만, 그들의 목적이 진심으로 내 생일을 축하해 주기 위함은 아닐 것이다.

'그냥 왕세자파와 대립하기 위한 수단인 거지.'

그러다 보니 분위기가 상당히 미묘해졌다. 아마도 카시안을 지지하는 자들은 왕세자의 약혼 파티에, 리던을 지지하는 자들은 내 생일 파티에 참석한다. 어떤 파티에 참석하느냐에 따라 자신이 지지하는 사람이 누구인지가 여실히 드러나는 것이다.

이 지점에서 소위 말하는 중립파의 입장이 애매해졌다. 어쩔 수 없이 두 파티 중 하나를 선택해야 하는데, 그러면 지금까지 고수했던 중립은 끝이었다. 그런 사정으로 내 생일 파티는 단순한 파티 이상의 의미를 갖게 됐다.

'난 이런 거 바라지 않았는데.'

나도 모르는 사이 치열하고 첨예한 왕위 계승 전쟁의 소용돌이 속에 들어와 버렸다. 조용히 생일 파티를 치르고, 다시 조용히 에렐로 돌아간다는 나의 계획도 완전히 물거품이 되었다.

이런 상황을 누구보다 잘 아는 건, 소문에 빠른 사용인들이었다. 엠마는 비장한 얼굴로 나를 보며 두 주먹을 불끈 쥐었다.

"왕도 귀족 모두의 관심이 아가씨에게 쏠려 있어요. 그 눈들을 충족하려면, 보통 준비로는 힘들죠."

"엠마, 어쩌다 내 파티가 폭풍의 눈이 되고 말았지만, 다들 나한테 관심 있는 건 아냐."

사람들이 궁금한 건 내가 어떤 모습으로 파티에 나타날 것인지가 아니라, 누가 내 파티에 참석할 것인가 하는 부분이었다. 하지만 엠마의 생각은 달랐다.

"이렇게 유명한 파티라면 그날의 모든 것이 화제가 된다고요. 주인공인 아가씨의 모습도 마찬가지예요."

"그냥 평범하게 파티 준비를 하면……."

"절대 안 됩니다."

엠마가 단호하게 말하며 박수를 두 번 쳤다. 그러자 이 소리가 들려오길 기다렸다는 듯 세 사람이 내 방으로 들이닥쳤다.

"소개해 드리겠습니다, 아가씨. 오른쪽부터 차례대로 라나, 데이지, 제니입니다."

세 사람은 엠마가 자신의 이름을 언급하는 데 맞춰 내게 정중한 인사를 건넸다.

'그래서 이 사람들이 도대체 뭐 하는 자들인데?'

다행히도 엠마가 금세 내 의문을 해결해 주었다.

"각각 의상 디자이너, 헤어 디자이너, 메이크업 디자이너랍니다."

"뭐?"

의상은 이해할 수 있었다. 원래 귀족들에게 파티용 드레스는 일회용이었다. 한 번 입은 드레스를 다시 착용하는 건 굉장히 우스운 일이라고 생각해서, 파티가 있을 때마다 의상을 새로 맞췄다. 하지만.

"머리와 화장은 엠마가 해 주는 것으로 충분한데."

"절대 안 됩니다."

엠마가 또다시 단호하게 고개를 저었다.

"그날 아가씨는 누구보다 아름다우셔야 해요. 같은 시간에 파티를 여는 왕세자 전하의 약혼녀보다 더요. 전 우리 아가씨가 지는 건 절대 못 봐요."

아. 그렇게 말하니까 나도 지고 싶지는 않다. 내 눈빛이 변한 걸 알아챘는지 엠마가 웃으며 세 사람에게 지시를 내렸다.

"그럼 시작하지요."

"피부는 밝고 잡티도 없는 편이지만, 전체적으로 수분이 부족하네요. 남은 시간 동안 수분 케어를 집중적으로 하겠습니다."

제니가 얼굴에 정체불명의 하얀 크림을 얹으며 한숨을 내쉬었다. 그녀의 한숨에 땅이 꺼질 것 같았다. 그러나 뒤에서 머리카락을 매만지던 데이지의 한숨이 그보다 더 컸다.

"머리카락은, 세상에 이렇게 푸석푸석할 수가……. 머리카락 끝이 전부 갈라졌어요."

상태를 살피기 위해 빗질을 시작하자 얼마 가지 않아 빗이 머리카락에 박혀 버렸다.

"악!"

머리가 당겨 눈물이 찔끔 나왔다.

"……엉켜서 빗질도 제대로 안 되네요. 특단의 조치를 취하겠습니다."

데이지가 가위로 상한 부분을 모두 잘라 냈다. 금세 바닥에 푸석푸석한 머리카락이 수북하게 쌓여 먼지처럼 나뒹굴었다.

"두 사람이 관리를 해 드릴 동안 저와 디자인 북을 보시죠, 아가씨."

라나가 앞에서 커다란 디자인 북을 펼쳤다. 첫 번째 페이지에는 웨딩드레스를 연상시키는 새하얀 드레스가 그려져 있었다.

"성년식의 생일 파티에는 하얀 드레스를 입는 게 보통입니다. 하지만……."

라나가 빠르게 내 모습을 훑더니 고개를 저었다.

"아가씨께는 짙은 계열이 잘 어울릴 것 같습니다. 하얀 피부가 더 돋보이실 거예요."

게다가 하얀색이라면 같은 날 약혼식을 올리는 캐서린과도 겹친다. 색이 겹치는 것이야 상관없지만, 내가 카시안에게 아직 미련이 남아서 웨딩드레스 같은 흰색을 입었다더라 같은 헛소문에 시달리고 싶지는 않았다.

"그래. 나도 짙은 계열이 좋아. 푸른색은 어떨까?"

"그보다, 붉은색은 어떠신가요?"

"너무 성숙한 느낌 아닐까?"

"성년식이니까요. 오히려 이미지가 잘 맞을 겁니다."

라나가 빠르게 페이지를 넘겨 붉은색의 드레스를 찾아냈다.

"목과 가슴은 단정하게 감싸고, 대신 뒤쪽의 선을 깊게 파서 과감하게 등을 드러내는 겁니다. 앞에서 보면 단아한 숙녀 같지만, 뒤에서 보면 과감한 여인이 된답니다. 반전이 있는 거지요."

"뒤를 강조하실 거라면 머리를 단정하게 틀어 올리시는 게 좋겠네요."

머리카락을 잘라 내고 향유를 치덕치덕 바르고 있던 데이지가 라나의 말을 거들었다.

"아니면 같은 디자인으로 청록색도 잘 어울릴 것 같아요."

"음. 결정이 쉽진 않네."

고민하는 나를 보며 데이지가 물었다.

"에스코트는 어떤 신사분께서 하실 건가요? 그분과 의상 콘셉트를 통일하셔야 하니, 그분께 어울리는 색으로 결정하시면 더 좋지요."

"아, 그렇구나."

파티에 참석하는 파트너들끼리는 미리 드레스 코드를 논의해 색상을 맞추는 편이었다. 그렇다면 나뿐만이 아니라 내 파트너에게도 어울리는 색으로 드레스를 맞추는 게 좋을 것 같았다.

"파트너는 내 호위 기사가 맡을 거야."

내 말에 엠마와 세 여인의 시선이 순식간에 해리에게로 향했다. 지겨운 얼굴로 방 한쪽에 서서 내가 관리받는 모습을 지켜보던 해리가 갑작스러운 시선에 자세를 바로 했다.

"어머나, 세상에."

"저 제복은 에렐에서 오셨다는 그 용기사님……."

"용기사님 중 아주 빼어나신 분이 있다는 소문이 정말이었군요."

"그런데 저분이 아가씨의 호위……."

해리를 바라보며 속닥거리던 세 여인의 얼굴이 단번에 붉어졌다.

'왕도에서 유행하는 의미의 그 호위로 받아들인 거군.'

이것 역시 너무 익숙한 오해라, 나는 익숙하게 사실을 바로잡아 주었다.

"그런 의미의 호위가 아냐. 해리 경은 정말 뛰어난 기사니까."

"이름이 해리 경이셨군요."

"저 은발, 제가 다듬어 드려도 될까요?"

"이분께는 어떤 색의 옷도 잘 어울릴 것 같습니다. 도무지 어떤 색을 골라야 할지 저로서는 전혀……."

세 여인은 내 말을 귓등으로도 듣지 않고 제 할 말만 쏟아 냈다. 그나마 이름이라도 제대로 들어 준 게 고마울 정도였다.

[난 에스코트 같은 이야기 못 들었는데?]

세 여인의 목소리를 뚫고 해리의 목소리가 머릿속을 울렸다.

[당연히 못 들었겠죠. 지금 처음 말하는 거니까요.]

[그렇게 멋대로 정하는 법이 어디 있어?]

[왜요? 파티에 가는 거 싫어요? 다른 사람하고 갈까요? 난 당연히 해리를 생각했는데…….]

그러고 보니 그는 인간을 역겨워했다. 사람 많은 파티장은 당연히 싫을 것이다.

'시장에 나갔다가 그 난리를 겪어 놓고는 또 깜빡했네.'

그렇다면 다른 사람을 데려가는 게 좋을 것 같았다. 달리 파트너를 할 만한 사람이 없는 것도 아니었다.

'가장 가깝게는 공작이나 아치볼드가 있지.'

실제로 많은 사람들이 자기 가족과 함께 파티에 참석하곤 했다. 하지만 성인이 되었음을 축하하는 자리에서까지 가족의 에스코트를 받으면, '나는 아직도 어린애니까!'라는 뜻으로 받아들여졌다.

'절대 그렇게 보이고 싶진 않아.'

그렇다면 에렐에서 함께 온 기사들도 좋은 대안이었다. 특히 라이오넬은 귀족 출신이기도 하니 예법을 따로 익힐 필요도 없었다.

[누가 안 간대?]

[하지만 사람 많은 곳 싫잖아요. 시장에서도 엄청 힘들어했고. 무리하지 않아도 돼요. 라이오넬이랑 같이 가면 되니까.]

내가 제안하면 라이오넬은 절대 거절하지 않을 것이다.

[라이오넬?]

해리의 눈썹이 꿈틀거렸다.

[그 어설픈 기사를 데려갔다간 망신만 당할걸.]

[요새는 어설픈 것도 많이 나아졌어요. 유피테르가 열심히 가르쳐 준 덕분에 제법 늠름한 기사 태가 난다고요.]

[아직 부족해.]

[하지만 데인과 리제토는 평민이라 예법을 새로 배워야 하거든요.]

[뭐, 그렇다면 어쩔 수 없네.]

해리가 한숨을 내쉬었다. 역시 답은 하나뿐이었다.

[역시 라이오넬이 낫겠죠?]

[내가 같이 가 줘야지.]

나와 해리가 동시에 말했다. 나는 눈을 동그랗게 떴고, 해리는 미 간을 찌푸렸다.

[왜 결론이 그렇게 나는데?]

[해리는 안 간다고 했잖아요.]

[내가 언제?]

나는 재빨리 해리와의 대화를 복기했다. 정확하게 안 간다는 말은 안 했던 것 같았다.

[어……. 그런 말 안 했나?]

[안 했어.]

해리가 조금 누그러진 목소리로 대답했다.

[그러니까 나랑 같이 가.]

해리가 그렇게 말하는 깃과 동시에 라나도 결론을 내렸다.

"붉은색으로 하세요. 기사님의 눈동자가 붉은색이라, 그게 좋을 것 같아요."

"그렇다면 붉은색으로 할게."

"훌륭한 선택이십니다, 아가씨. 기사님의 옷도 함께 맞추실 거지요?"

"음. 제복을 입고, 붉은색으로 포인트만 주면 어떨까?"

용기사를 제대로 홍보하기 위해 만든 옷이니 많은 사람에게 선보일 수 있는 자리에선 제복을 입는 게 좋을 것 같았다. 하지만 그런 이유를 떠나서라도, 해리에게는 제복이 무척이나 잘 어울렸다.

'뭐, 어떤 옷이 안 어울릴까 싶긴 하지만.'

"그렇다면 한쪽 어깨에 붉은 망토를 걸치는 게 좋겠습니다."

"아. 그거 좋은 생각이네."

"그럼 치수는 아가씨만 재면 되겠네요. 오늘 잰 치수로 가봉을 하고, 파티 사흘 전에 다시 치수를 재서 몸에 꼭 맞는 아가씨만의 드레스를 만들 겁니다."

내가 라나의 계획을 들으며 고개를 끄덕이자 제니와 데이지도 자신의 계획을 짧게 브리핑했다.

"저는 매일 와서 피부를 관리해 드리겠습니다. 등을 드러내시니까, 얼굴과 함께 보디 케어도 받으셔야 해요. 시간이 정말 촉박하네요."

"저는 이틀에 한 번씩 오겠습니다. 특제 헤어 팩을 만들어 올 테니 기대해 주세요."

"뭐? 그렇게 자주 오겠다고?"

내가 기겁을 하자 제니와 데이지가 엄격한 얼굴로 내게 말했다.

"그러니 평소에 관리를 잘해 주셨어야지요, 아가씨."

"에렐에서는 완전히 관리에 손을 놓고 계셨죠?"

그랬다. 에렐에서는 이런 파티도 없고, 열심히 관리하고 꾸며 봐야 며칠 밤낮을 서류만 뚫어지라 보고 있을 뿐이었다.

"상태를 최상으로 끌어올리려면 어쩔 수 없습니다, 아가씨."

데이지가 그렇게 말하자 제니와 라나도 동의한다는 듯 빙긋 웃었다.

"저희가 아가씨를 최고의 레이디로 만들어 드리겠어요."

'세상에. 엠마 같은 사람이 셋이나 더 있었어.'

나는 절대 그들을 이길 수 없을 것이라 직감했다.

드디어 대망의 생일 파티였다. 나는 그동안 최고의 레이디 조작단─세 사람은 스스로를 그렇게 불렀다─과 엠마에게 휘둘리며 정신없는 시간을 보냈다.

'이것도 오늘로 끝이야.'

이 성년식 파티가 지나고 나면 나는 완전히 자유였다. 끝없는 피부와 헤어 관리도, 왕도의 답답한 생활도 모두 끝이었다.

파티가 열리는 건 저녁이지만 공작저는 아침부터 분주했다. 어딘가 긴장감이 흐르는 것 같기도 했다. 하지만 나는 그런 기운을 제대로 느끼지도 못할 정도로 바빴다.

"결전의 날입니다, 아가씨."

최고의 레이디 조작단이 전쟁터에 나가는 기사처럼 비장한 얼굴로 내 앞에 섰다.

"저희가 갈고닦은 모든 걸 발휘하겠습니다."

"응. 하지만 너무 노력하지는 않아도 돼."

'그러면 내가 힘드니까.'

하지만 이번에도 최고의 레이디 조작단은 내 말을 한 귀로 듣고 한 귀로 흘려 버렸다.

"시작은 목욕입니다. 장미 향이 나는 향유를 준비해 뒀지요."

제니를 시작으로 데이지와 라나가 바쁘게 오늘의 계획을 설명하기 시작했지만, 내 귀에는 하나도 제대로 들리지 않았다.

'어차피 알아서 다 해 줄 텐데 뭐.'

내가 할 일은 얌전히 이들에게 몸을 맡기는 것뿐이었다.

'아침 일찍 일어나서 너무 졸려.'

나는 따뜻한 욕조에 몸을 담그며 눈을 감았다.

⸎

그렇게 깜빡 잠이 들었다가 다시 눈을 떴더니, 모든 것이 달라져 있었다.

"……이게 누구?"

나는 거울 속에 비친 여자를 보며 입을 떡 벌렸다. 하얀 피부에서는 광채가 뿜어져 나왔고, 단정하게 틀어 올린 적갈색 머리는 윤기가 자르르 흘렀다. 우아하게 떨어지는 붉은색 드레스는 말할 것도 없이 아름다웠다.

한마디로, 오늘의 나는 엄청나게 예뻤다. 손발이 오그라드는 자화자찬이지만 이렇게밖에 말할 수가 없었다.

'뭐지, 이 미친 미모는?'

최고의 레이디 조작단과 엠마 역시 완성된 내 모습을 보며 감격의 박수를 치고 있었다.

"정말 아름다우십니다, 아가씨."

엠마는 찔끔 흘러나온 눈물을 손수건에 찍어 내기까지 했다.

사실 이브리아는 원래도 예쁜 얼굴이었다. 사납게 생긴 인상과 싸가지 없는 성격이 그걸 가렸을 뿐이지, 예쁘기는 더럽게 예뻤다.

그에 비해 여주인공 캐서린은 평범한 외모라는 묘사가 있었다. 하지만 화려하게 예쁜 이브리아와 달리 오래 보면 빠져들고, 어딘가 눈길을 사로잡는 묘한 매력이 있는 얼굴이라고 했다. 나이가 들수록 매력이 꽃피는 얼굴이라는 설명도 있었다.

'정말이지, 여주인공의 정석 같은 묘사라니까.'

"자, 아가씨. 이젠 해리 경에게 가셔야지요. 밖에서 기다리고 계신답니다."

엠마가 멍하니 거울을 보고 있는 나를 살짝 끌어당겼다.

"아. 그러고 보니 파티 시작이 얼마 안 남았지?"

"네. 하지만 주인공은 마지막에 등장하는 법이니 너무 서두르진 않으셔도 돼요."

나는 엠마의 손길에 따라 응접실로 걸음을 옮겼다. 문이 열리자, 평소보다 더 단정하게 차려입은 해리가 벽에 기대어 서서 나를 기다리고 있었다.

"해리 경."

엠마가 해리를 부르자, 다소 멍한 얼굴로 벽에 걸린 램프를 바라보고 있던 그가 내게로 시선을 돌렸다. 눈이 마주치자마자 해리가 그대로 굳어 버렸다. 굳게 닫혀 있던 해리의 입술이 서서히 열리고 눈동자가 사정없이 흔들렸다.

"흠흠."

그 모습을 본 엠마가 무척이나 만족스러운 얼굴로 내 귓가에 속삭였다.

"한 시간 정도 후에 파티장으로 출발하시면 됩니다. 충분히 이야기 나누고 오세요. 그렇다고 너무 깊은 대화는 하시면 안 되고요. 화장이나 머리가 흐트러지면 큰일이거든요."

"어?"

"저희도 눈치가 있으니 방해하지 않겠습니다, 아가씨."

"방해라니, 그런 거 아닌……."

내 항변에도 엠마가 최고의 레이디 조작단을 데리고 응접실을 빠져나갔다. 문을 열고 나서는 이들의 눈에서 의미 모를 응원의 기운이 느껴졌다.

"다들 왜 저러는지 모르겠어요."

나는 어깨를 으쓱하고 해리에게 다가섰다. 하지만 내가 그의 앞에 선 뒤에도 그는 아무런 반응이 없었다.

"해리?"

나는 손을 들어 그의 얼굴 앞에서 흔들었다.

"아……."

그제야 해리가 느리게 눈을 껌뻑였다. 어딘가 흐릿했던 눈동자도 제대로 초점을 되찾았다.

"오래 기다렸어요? 피곤한가?"

까치발을 들어 해리의 얼굴을 살피자 그의 얼굴이 순식간에 붉어졌다.

'사람 얼굴이 이렇게까지 빨리 빨개지는 건 처음 봤어.'

"와. 얼굴 터질 것 같아요, 해리."

신기해서 해리의 빨간 뺨을 손가락으로 쿡 찌르자, 더 붉어질 수 없을 것 같았던 그의 얼굴이 더 빨개졌다.

"하, 하지 마."

해리가 오른손을 들어 제 얼굴을 가렸다. 지금 보니 얼굴을 가린 손도 새빨갰다.

"해리, 오늘 내가 그렇게 예뻐요?"

거울을 보면서 그렇게 생각하긴 했지만, 이건 상상 이상의 파괴력이었다.

"……너무 자신감 넘치는 거 아냐?"

"하지만 예쁜 걸 어떡해요! 내가 봐도 내가 너무 예쁜데, 다른 사람들 눈에는 더 예쁘겠지 뭐."

평소라면 당장 타박이 들려왔을 말인데도 해리는 말이 없었다.

'와. 어떡해! 나 오늘 진짜 예쁜가 보다.'

내가 예쁘다는데 싫을 이유는 없었다. 기분이 좋아져서 절로 미소가 나왔다. 씩 웃는 나를 보고 해리가 고개를 휙 돌렸다.

"웃지 마."

"왜요?"

"아, 그냥 웃지 말라면 웃지 마."

나는 해리의 두 뺨을 감싸 쥐고 그의 고개를 정면으로 돌렸다. 눈이 마주치자 해리의 눈동자가 아주 크게 흔들렸다.

"왜요? 내가 웃는 거 보니까, 막 설레고, 떨리고 그래서?"

내 눈앞에서 악마가 당황하고 있었다. 그것도 아주 많이. 엄청나게 강한 존재가 내 손바닥 위에서 쩔쩔매고 있는 모습을 보는 건 꽤 즐거웠다.

'나한테 이런 변태 기질이 있을 줄이야…….'

하지만 이게 다 해리가 너무 귀여운 탓이었다.

"너, 저리 가."

해리가 나를 밀어내기 위해 팔을 뻗었다가, 내 어깨에 닿자마자 움찔하며 손을 뗐다.

"싫어요. 난 여기에 있을 건데?"

나는 해리의 요청대로 멀어지는 대신 오히려 한 걸음 더 앞으로 다가섰다. 코앞까지 다가온 나를 보며 해리가 크게 숨을 들이켰다. 그러고는 그대로 정지.

"……해리? 아무리 악마라도 숨 안 쉬면 죽는 거 아니에요?"

'내가 너무 놀렸나?'

나는 걱정스러워져서 해리의 팔뚝을 쿡 찔렀다. 그것이 신호가 되기라도 한 건지, 해리가 움찔하고는 내 어깨를 붙잡았다.

"읏!"

어깨가 붙잡힌 채로 몸이 빙글 돌아 등이 벽에 닿았다. 앞에는 내 어깨를 꽉 누르는 해리가 서 있었다. 조금 전과 완전히 반대의 상황이었다. 불과 10초 전만 해도 내가 해리를 벽에 몰아넣고 있었는데, 이제는 내가 그런 신세가 됐다.

"야, 너는."

해리가 나를 내려다보며 입술을 질끈 깨물었다. 어쩐지 열기가 느껴지는 해리의 눈빛에 나까지 기분이 이상해졌다. 나도 모르게 슬그머니 눈을 피했더니 해리가 깊은 한숨을 내쉬며 고개를 숙였다.

"너는 좀, 웃지 말라면 안 웃고, 저리 가라면 저리 가면 안 돼?"

해리의 이마가 내 어깨에 닿았다. 그의 깊은 한숨에 동그랗게 드러난 어깨가 간지러웠다.

"너는 날 좀 무서워할 필요가 있어. 나 진짜 엄청난 악마거든!"

"내가 해리를 안 무서워해서 좋은 거 아니었어요?"

"그랬지. 그랬는데……."

해리가 고개를 들어 나를 쳐다보았다.

"넌 내가 뭘 할 줄 알고 이렇게 겁이 없어?"

"왜요? 내가 무서워할 만한 일 하고 싶었어요? 나 별로 무서운 거 없어요. 죽는 것만 빼면."

"난 무서운 게 많아."

'악마는 무서운 게 없는 줄 알았는데.'

내가 의외라는 듯 해리를 보자 그가 내 왼쪽 가슴 위에 손을 얹었다. 규칙적으로 두근거리는 내 심장 소리가 해리의 손바닥을 울리는 게 느껴졌다. 안정적인 심장 소리에 해리의 눈이 깊어졌다.

"너, 내가 제멋대로 굴면 싫어할 거지?"

"음. 어느 정도로 제멋대로 굴 건데요? 정도에 따라서 답이 달라질 것 같아요."

"지금은 이 정도?"

해리가 그렇게 말하고 내 손에 깍지를 꼈다. 맞잡은 손이 단단했다.

'손잡는 것 정도야 뭐.'

초등학생들도 하는 일이었다.

"그 정도는 괜찮아요."

"그럼 이 정도는?"

해리가 맞잡은 손을 끌어당겨 나를 꼭 껴안았다.

'포옹? 이것도 뭐.'

"이것도 괜찮아요."

"그럼……."

"혹시 다음은 키스할 거예요?"

손잡고, 껴안고, 그다음에는 뭘 할지 뻔했다.

"그것도 괜찮긴 한데요. 지금은 화장이 지워지면 곤란하니까 안 했으면 좋겠어요."

"……그럼 평소에는 해도 된다는 뜻이야?"

"이미 몇 번이나 했잖아요. 새삼스럽게, 뭘. 틈틈이 쾌락 충전도 하고 좋죠."

게다가 해리와 입맞춤을 하면 기분이 좋았다. 키스만큼이나 묘하게 서툰 악마의 애정을 느끼는 기분이라고나 할까? 말로는 매일 투덜대면서, 입 맞추는 건 그렇게 조심스러운 걸 보면 해리는 말보다 몸이 더 솔직한 쪽이었다.

"너 혹시 다른 사람한테도 막 이렇게 쉽게 허락하고 그런 건 아니지?"

해리가 만족할 만한 대답이라고 생각했는데, 의외로 그가 씩씩대며 내게서 떨어져 나갔다.

"키스는, 아니, 껴안는 것도, 아니, 손잡는 것도! 전부 허락하면 안 돼!"

"그건 내 맘이죠."

"안 돼. 내가 허락 못 해."

"해리가 무슨 내 아버지예요? 아니, 아버지라도 그런 걸 허락하고 말고를 결정하진 못하거든요!"

"하지만 넌 내 계약자잖아!"

"악마랑 계약하면 다른 남자랑 손잡고 껴안고 키스하면 안 되는 거예요?"

"그, 그래! 그러면 아주 큰일 나!"

거짓말. 이리저리 눈을 굴리는 게 누가 봐도 거짓말이었다.

"그래요?"

"그렇다니까."

"흐음. 그렇구나."

나는 눈을 가늘게 뜨고 해리를 쳐다보았다. 거짓말하는 게 찔리긴 했는지 해리가 또 슬며시 시선을 피했다.

"그럼 어떤 큰일이 나는데요?"

"어?"

"내가 다른 남자랑 손잡고 껴안고 키스하면 큰일이 난다면서요? 어떤 큰일이 일어나는지 궁금해서요."

"어, 그건⋯⋯."

우물거리며 고민하던 해리가 곧 당당한 표정으로 외쳤다.

"그건 비밀이야! 그러니까 너한텐 못 알려 줘!"

"그렇군요. 비밀이군요?"

"그, 그렇다니까."

"그럼 다른 남자의 기준은 어디까지예요? 가족도 포함이에요? 손잡고 껴안는 건 아버지나 오라버니와도 하는데, 그것도 포함인가요?"

"⋯⋯어어?"

아무래도 거기까진 생각을 못 한 것 같았다. 해리가 맹한 표정을 지으며 입을 떡 벌렸다.

"어린애들은요? 지나가는 남자애가 귀여워서 손잡고 머리 쓰다듬어 주고 이럴 수도 있잖아요. 그것도 안 되는 서예요?"

"⋯⋯어어어?"

아무래도 이것 역시 생각을 못 한 모양이었다.

'이 어설픈 악마를 어쩌면 좋지?'

어떡하긴 어떡하겠어?

'이 힘한 세상 잘 이겨 낼 수 있게, 내가 품고 살아야지.'

나는 한숨을 내쉬며 해리의 팔을 붙잡았다.

"우선 파티장으로 가요. 이러다 늦겠어."

⊰❧⊱

오베론 저택의 대연회장은 왕궁의 중앙 연회장에 뒤처지지 않는 규모와 화려함을 자랑했다. 많게는 500명까지 수용할 수 있는 웅장한 곳이지만 오늘은 그 수의 5분의 1도 채우지 못했다.

"역시 다들 왕궁으로 갔나 봐요."

참석한 귀족들이 불안한 얼굴로 속삭였다. 이곳에 모인 이들은 대부분 1왕자를 지지하는 소수의 리던 일파였다. 여태까지 중립을 지키던 사람들도 일부 모습을 드러냈으나 다섯 손가락으로 셀 정도로 그 수가 적었다.

"역시 왕궁으로 갔어야 하는 거 아냐?"

누군가 그렇게 중얼거리는 소리가 고요한 대연회장을 울렸다. 아무리 둘러봐도 유명 인사는 한 명도 보이지 않았다. 웬만한 유력 귀족은 모두 왕세자를 지지하는 카시안 일파였기 때문이다.

"게다가 왕자님도 안 오셨잖아."

왕도의 유명 인사들이 왕궁으로 향한 것까지는 이해할 수 있었다. 하지만 일파의 상징이라고 할 수 있는 리던마저 모습이 보이지 않으니 불안감이 점점 더 커졌다.

"지금이라도 왕궁으로 가는 게 좋지 않을까요?"

대연회장이 불길한 기운에 휩싸였다.

그때 대연회장의 문이 열렸다. 안으로 들어선 건 인세티아 남작이었다.

'역시 썰렁하군.'

당초 그는 이브리아의 생일 파티에 참석하지 않고 에렐에 머무를 계획이었다. 실질적 영주가 자리를 비운 사이 자신마저 에렐을 떠나면 영지에 혼란이 올 수도 있다고 생각해서였다. 그래서 초대장을 받고는 위의 이유를 들어 정중하게 참석을 거절했다. 이브리아 역시 기분 좋게 이해해 줬고 말이다.

하지만 왕세자의 약혼식과 이브리아의 생일 파티 날짜가 겹치게 됐다는 걸 듣고는 가만히 있을 수가 없었다. 웬만한 사람은 모두 왕세자의 약혼 파티에 몰려갈 테니 이브리아의 파티장이 텅 비는 건 당연한 일.

'나라도 자리를 채워 주는 게 좋겠지.'

그래서 그렇게 질색하던 와이번을 타고 에렐에서 왕도까지 날아온 것이다.

"와! 저것 봐! 저기 와이번이 있어!"

"저 사람들이 그 유명한 용기사들인가 봐요."

뒤이어 하얀 제복을 입은 제5 서리기사단의 기사들이 대연회장으로 발을 들였다. 창밖에는 그들이 타고 온 와이번들이 저공비행을 하며 사람들의 시선을 끌고 있었다.

하얀 제복의 기사들 뒤를 따른 건 라파쉬를 선두로 한 한 무리의 드워프들이었다. 인간과의 교류를 꺼려서 드워프 마을에 틀어박혀 사는 그들이었지만, 이브리아가 곤란한 상황에 빠졌다는 소식을 듣고는 가만히 있을 수 없었다.

"드워프들이야."

"드워프들은 산속 깊은 곳에 숨어서 산다던데요?"

"평생 한 번 보기도 힘들다고 했어요."

사람들이 신기한 눈으로 드워프들을 바라보고 있는 사이, 다시 한 번 대연회장의 문이 열렸다. 지방의 유력 귀족, 나타 백작이었다.

"저 사람이 나타 백작이에요."

사람들이 재빨리 서로의 귓가에 속삭였다.

"그 마정석 광산을 가진?"

"그래. 이번에 제 아버지를 죽인 숙부를 몰아내고 백작이 됐잖아."

멀리 지방에서 들려온 나타 백작의 스토리는 왕도에서 크게 주목을 끌었다. 6년이나 감금되어 있다가 탈출해 작위를 돌려받은 것이 마치 소설 같다고, 사람들은 한동안 그에 대해 떠들었다.

"아직 파티는 시작 전인가?"

소란을 뚫고 천연덕스러운 목소리가 들려왔다. 사람들은 경악에 차서 대연회장의 입구를 바라보았다. 1왕자 리던 제레인트와 왕립기사단장 엘 로이츠가 왕궁이 아니라 이곳, 오베론 저택에 모습을 드러낸 것이다. 1왕자의 등장은 예상 가능했지만, 왕립기사단장까지 이곳을 찾을 줄은 몰랐다.

사람들은 자신이 틀린 선택을 한 것이 아니라며 안도의 한숨을 내쉬었다. 고위 귀족은 많이 빠졌지만, 이 정도면 제법 화려한 손님들이었다. 자신들은 그 화려한 목록 속에 조용히 묻혀 있을 수 있게 됐다.

파티 시간이 임박해 오베론 공작과 소공작 아치볼드까지 모습을 드러내자 연회장은 완전히 평화를 되찾았다. 연주는 훌륭했고, 음식도 맛있었다. 고급스러운 장식과 커다란 유리창으로 보이는 저녁 하늘도 무척이나 낭만적이었다.

모두가 파티를 즐기며 떠들고 있는 그때. 마지막으로 굳게 닫혀 있던 대연회장의 문이 열렸다. 이 시간에 대연회장 안으로 들어올 사람은 단 하나뿐이었다.

이브리아 오베론. 이 파티의 주인공이었다.

문이 열리자 뒤에서 빛이 쏟아졌다. 누가 일부러 비추고 있는 것이 아닐까 싶을 정도로 아주 눈부신 빛이었다. 그 빛을 뚫고 이브리아가 안으로 들어섰다. 그녀의 옆에는 용기사의 제복을 입은 해리가 함께였다.

"아⋯⋯."

"세상에."

사람들은 아름다운 남녀의 모습에 감탄했다. 그들은 마시고 있던 샴페인도 내려놓고 멍하니 두 사람을 좇았다.

붉은 드레스를 입은 이브리아는 타오르는 불꽃의 여신 같았다. 강렬한 붉은색의 드레스 덕분인지, 평소에는 매섭게만 보이던 인상도 고혹적으로 느껴졌다. 그녀를 에스코트하는 기사의 아름다움도 말로 설명하기 힘들었다. 하얀 제복에 붉은 망토를 두른 남자는 이 세상의 존재가 아닌 것처럼 보였다.

천천히 안으로 들어온 이브리아가 걸음을 멈추고 대연회장을 둘러보았다. 자신을 찾아준 손님을 모두 기억하겠다는 듯 모두와 눈을 맞춘 이브리아가 슬쩍 미소 짓자, 사람들의 입에서 탄성이 터졌다. 늘 무섭다고 생각했던 미소가 이지적이고 우아하게 느껴졌다.

'오베론 영애가 이렇게 아름다웠던가?'

이브리아는 언제나 오베론이라는 이름으로만 기억되었다. 그도 아니라면, 왕세자 카시안에게 일방적으로 애정 공세를 퍼붓는 그의 약혼녀로 불렸다. 카시안은 청순하고 가련한 여인들을 사랑했다. 그래서 이 브리아도 언제나 그런 옷을 입었다. 옅은 하늘색, 가련한 분홍색, 순수한 하얀색. 서늘한 이브리아의 얼굴에는 전부 어울리지 않는 색이었다. 그렇게 맞지 않는 옷을 입고 있었으니 미모가 가려진 건 당연했다.

하지만 오늘 이브리아는 달랐다. 비로소 진짜 이브리아 오베론의 모습이 소개되는 날이었다.

⊱✦⊰

[이건 과한 연출 아닐까요?]

나는 뒤에서 쏟아지는 후광을 느끼며 유피테르에게 물었다.

[아닙니다. 이 정도는 해 줘야 등장에 힘이 실립니다.]

오랜만에 만난 유피테르가 당당하게 주장했다. 서랍 속에 잠들어 있던 유피테르를 꺼내 온 건 해리였다.

─어차피 왕립기사단 놈들은 여기에 안 올 거잖아? 성검을 사용해도 안전해.

해리는 성검의 잡다한 기능이 멋진 등장에 효과가 있을 거라고 주장했고, 그의 생각은 정확히 맞아떨어졌다.

'모두들 완전히 넋이 나간 얼굴이었지.'

나는 후광을 헤치고 연회장 안에 들어섰을 때 사람들의 표정을 떠올리며 만족스럽게 웃었다. 오지 못할 것 같다던 인세티아 남작도, 기대하지 않았던 드워프들도, 제5 서리기사단원들도 모두 참석해 줘서 기분이 아주 좋았다.

그리고 왜인지 그 순간 사람들의 입에서 탄성이 터졌다.

'무슨 일이지?'

주위를 둘러보았지만 별다른 변화는 없었다. 어리둥절한 기분으로 제자리에 서 있는 내게 공작이 다가왔다.

"주인공다운 등장이었다, 이브리아."

공작이 팔을 내밀어 나를 에스코트했다. 파트너인 해리는 공작에게 나를 넘겨준 뒤 한쪽으로 비켜섰다. 공작은 평소보다 조금 더 화려한 정장을 입고 있었다. 소매에는 내가 선물했던 커프스단추가 달려 있었다.

'되게 마음에 들었나 보네.'

그러고 보니, 사용인들이 요즘 공작님께서 늘 같은 커프스단추만 고집하신다는 이야기를 했던 것도 같다. 나는 공작과 함께 대연회장 앞쪽의 단 위로 올라섰다.

"오늘은 내 딸 이브리아의 열여덟 번째 생일이오. 찾아 주신 모든 분께 감사드리오."

공작이 손님들을 향해 인사하고 사람들 앞에 나를 소개했다.

"이 아이가 나의 소중한 딸, 이브리아 오베론이오."

나는 소개에 맞춰 살짝 미소 지으며 고개를 숙였다. 그러자 사람들 속에서 다시 한번 탄성이 터져 나왔다.

'내가 제대로 인사를 하는 게 그렇게 놀라운가?'

내가 그런 고민을 하는 사이 공작이 내게 상자 하나를 내밀었다.

"이건 성인이 된 것을 축하하는 내 선물이다, 이브리아."

"감사합니다, 아버지."

나는 그의 선물을 받아 들어 그 자리에서 상자를 열었다. 성년식에서 받은 첫 선물은 받은 자리에서 모두에게 공개하는 것이 관례였다.

상자의 뚜껑이 열리고 안에 든 물건이 모습을 드러냈다. 언뜻 보기에도 화려한 목걸이였다.

'가운데 엄청 큰 보석이 박혀 있네.'

핑크빛이 감도는 보석을 빤히 보고 있으니 사람들 속에서 누군가가 소리쳤다.

"맙소사, 에드실라의 눈이잖아!"

'어……. 에드실라의 눈이라면…….'

나도 알고 있었다. 내가 직접 생일 선물 목록에 넣었으니까.

'그 목록이 결국 공작을 위한 거였던 거야?'

내가 놀라서 아치볼드를 쳐다보자 그가 뭐가 문제냐는 듯 어깨를 으쓱했다. 하지만 문제는 목록이 공작에게 넘어갔다는 사실이 아니었다.

'에드실라의 눈은…… 그건…….'

엄청나게 비싸잖아!

단순히 비싸기만 한 게 아니었다. 에드실라의 눈은 잃어버린 제레인트 왕가의 가보로, 전쟁 당시 제국으로 넘어가 그쪽의 박물관에 전시 중인 목걸이였다.

'아니, 지금은 여기 있으니까 전시 중이었다고 해야 하나?'

에드실라의 눈은 왕국의 첫 여왕이 대관식에서 사용했던 목걸이였다. 제레인트에서는 중요한 역사적 의미가 있는 물건이라 몇 번이나 되찾으려고 시도했지만, 제국이 막대한 금액을 요구해서 매번 실패한 전적이 있었다.

'그런데 그게 왜 여기 있냐?'

내가 생일 선물 목록에 에드실라의 눈을 적은 건 사실이었다. 하지만 정말로 그걸 원해서 쓴 것이 아니었다. 구체적인 물품을 30개나 쓰라고 해서, 그런데 도무지 채울 게 떠오르지 않아서, 옆에 있던 책을 뒤져 대충 쓴 것이 에드실라의 눈이었다. 그냥 자리 채우기용이었다는 뜻이다.

"진짜야? 진짜 에드실라의 눈이야?"

사람들은 이미 난리가 났다. 당연했다. 내가 저 구경꾼들 사이에 있었다면, 나부터 저 소란에 동참했을 것이다.

"목에 걸어 주마."

하지만 공작은 그 소란이 보이지 않는 사람처럼 태연했다.

"아버지, 이건 너무 비싸요."

"하지만 갖고 싶다고 하지 않았나?"

아니, 애가 갖고 싶다고 했다고 이렇게 비싼 걸 사 오면 어떡해! 오베론 공작 당신, 생각보다 대책 없는 사람이었구먼! 이걸 살 돈이면 웬만한 영지 하나를 살 수도 있을 것이다. 아니, 하나가 아니라 두 개를 살 수 있을지도 모른다.

"그건, 그렇지만, 그게 꼭 갖고 싶다는 건 아니었는데……."

당황해서 횡설수설하는 나를 보며 공작이 상자 속의 목걸이를 집어 들었다. 상자 밖으로 나온 목걸이의 영롱한 자태에 사람들이 더욱 술렁이기 시작했다. 공작은 모두의 시선을 무시한 채 나만을 바라보고 있었다.

"어른이 된 걸 축하한다, 이브리아."

공작이 축하 인사를 건네며 내 목에 에드실라의 눈을 걸어 주었다. 수많은 보석이 만들어 내는 광채가 빛의 조각이 되어 눈앞을 떠다녔다.

"……아버지."

그렇게 공작을 부르자 그가 드물게 미소를 지었다. 무섭지도, 서늘

하지도 않았다. 그건 그냥 미소였다. 제자리에 못 박혀 선 채 서로를 바라보고 있는 나와 공작에게 아치볼드가 다가왔다.

"너무하십니다, 아버지. 처음부터 그렇게 큰 선물을 주시면 다음 사람이 부담스럽습니다."

아치볼드가 나른하게 웃으며 내게 작은 상자를 내밀었다.

"줄리덴 상점의 에메랄드 귀걸이다. 이것도 목록에 있었지?"

그것도 목록을 채우기 위해 대충 집어넣은 거지만, 그걸 보고 정말로 선물을 사 온 것이 고마웠다.

"내가 이걸 줬으니, 다음에 선물을 건네는 사람들도 덜 민망하겠지."

"아버지가 엄청난 선물을 하실 줄 알았다는 이야기 같은데요."

"당연히 알았지. 그 목록에 있는 것 중 가장 비싸고 희귀한 것을 구하실 거라고 생각했다. 그게 에드실라의 눈일 줄은 몰랐지만."

아치볼드의 시선이 내 목에 걸린 에드실라의 눈으로 향했다.

"내 생일 땐 검을 주셨는데, 그건 왕도의 대장간에서 제작한 거였거든. 네 목걸이의 10분의 1도 안 되는 금액일 거다."

내 생일에만 좋은 선물을 준 것이 속상한 것일까? 나는 걱정스럽게 아치볼드의 눈치를 살폈다. 내 눈빛을 읽은 건지 그가 고개를 저었다.

"그런 눈으로 보지 마. 나는 작위를 받으니까. 다른 것들은 네게 많이 가는 게 맞다."

"그래도 차이가 너무 심하니까……."

"내가 공작이 되면 너한테 한 푼도 안 줄 테니까, 지금 아버지께 많이 받아 두라고."

"그건 농담을 가장한 진심이죠?"

"알아들었다면 다행이다."

아치볼드가 내 손에 상자를 쥐여 주며 한 걸음 뒤로 물러섰다.

"아무튼 제대로 어른이 된 걸 축하한다, 여동생. 이제 어리다고 봐주지 않아."

아치볼드가 단 아래로 내려가자, 다른 손님들이 차례로 찾아와 내게 선물을 내밀었다. 선물을 건넬 때마다 사람들은 내 목에 걸린 에드실라의 눈을 바라보며 어깨를 움츠렸다.

'확실히, 이런 대단한 선물을 앞에 두고 소박한 선물을 하는 건 민망하지.'

하지만 말이 소박하다는 것이지, 손님들이 건네는 선물들도 모두 고가였다.

'에드실라의 눈이 지나치게 비쌌을 뿐이라고.'

평범한 사람은 평생 구경도 하기 힘든 보석이나 장신구들이 내 선물로 들어왔다. 처음에는 감탄하며 받았지만 비슷한 물건들이 쌓여 갈수록 감흥도 점점 떨어졌다.

'이렇게 많은 금은보화를 두고 무슨 배부른 소리냐!'

내가 슬슬 선물 증정식에 지쳐 갈 때쯤, 마지막으로 라파쉬를 비롯한 드워프들이 앞으로 다가왔다. 어색하게 친절한 미소를 유지하느라 얼굴에 경련이 일어날 것 같았던 차에 편한 이들이 등장하니 반가워서 소리라도 지르고 싶은 심정이었다. 나를 보는 수십, 수백 쌍의 눈만 없었다면 정말 그랬을 것이다.

"리쉬!"

나는 반가워서 소리를 지르는 대신 라파쉬의 두 손을 꼭 잡았다. 고작 두 달 떨어져 있었을 뿐인데, 2년은 못 본 것 같은 기분이었다.

"이브리아가 이렇게 아름다운 줄 몰랐어요. 우리 막내는 이브리아를 보고 코피를 흘렸다니까요, 글쎄!"

라파쉬가 호탕하게 웃으며 제 옆에 선 어린 드워프의 등을 툭 쳤다. 어린 드워프는 얼굴이 벌게져서는 라파쉬의 뒤로 몸을 숨겼다.

"오늘 리쉬도 정말 예뻐요!"

늘 작업복만 입던 라파쉬도 오늘은 제대로 멋을 냈다. 드워프 마을 사람들도 마찬가지였다.

"오늘은 좀 봐 줄 만하죠? 드워프의 전통 복장이에요."

라파쉬가 자랑하듯 제자리에서 빙글 돌았다. 섬세한 문양이 빼곡하게 채워진 옷은 예술 작품이라고 해도 믿을 정도로 아름다웠다.

"정말 예뻐요."

"다음에 이브리아의 옷도 만들어 줄게요."

"나한테요? 드워프들의 전통 복장인데, 그래도 괜찮아요?"

"뭐, 우리 옷을 만들 때보다 더 많은 천이 들겠지만요. 추가 금액은 확실히 받을 거예요."

"물론이죠. 얼마든지 지불할게요."

라파쉬와 내가 농담을 주고받느라 낄낄거리고 있으니 드워프 마을의 수장 누안이 그녀의 옆구리를 쿡 찔렀다.

"아차. 선물."

그제야 정신을 차린 라파쉬가 웃으며 정중하게 인사했다. 두 팔을 양쪽으로 벌리고, 오른쪽 다리를 앞으로 해 허리를 살짝 숙이는 드워프식 인사였다.

"내 친구여, 열여덟 번째 생일을 맞아 성인이 된 것을 일족을 대표하여 축하합니다."

"감사합니다, 내 작은 친구들."

나는 라파쉬의 인사를 따라 하며 정중하게 인사했다. 커다란 사람이 자신들의 인사를 따라 하자 어린 드워프들이 깔깔대며 웃었다.

"우리도 선물을 준비했어요."

"멀리서 와 준 것만으로도 고마운데요."

"하지만 우리 드워프들은 예의를 알거든요!"

라파쉬가 그렇게 외치며 제 뒤에 선 드워프들을 바라보았다. 라파쉬의 신호에 드워프들이 품 안에서 작은 구슬을 꺼냈다. 푸른빛이 감도는 것을 보면 청요석인 것 같았다. 모두가 준비된 것을 확인한 라파쉬가 자신의 품에서도 청요석 구슬을 꺼냈다.

"이브리아에게 우주를 선물할게요."

"우주요?"

내가 의아해져서 고개를 갸웃거리자 라파쉬가 씩 웃으며 청요석 구슬을 천장으로 힘껏 집어 던졌다. 팔 힘이 좋기로 유명한 드워프답게 구슬은 천장에 닿을 듯 높이 떴다. 그녀를 따라 다른 드워프들도 차례로 청요석 구슬을 던졌다. 순식간에 천장을 채운 청요석 구슬들이 다시 아래로 떨어지려는 순간.

"아!"

공중에서 청요석 구슬이 터졌다. 하지만 그건 사고가 아니라 의도한 연출이었다. 차례로 펑펑 터지는 청요석 구슬들의 파편이 별처럼 아름답게 공간을 수놓았다.

조명의 빛에 반짝이는 조각들이 허공을 부유하며 아주 천천히 아래로 낙하했다. 그것은 하늘의 별처럼 보이기도, 쏟아지는 한겨울의 눈처럼 보이기도 했다. 정말 아름다웠다. 나는 넋을 잃고 천장을 바라보았다. 그것은 다른 사람들도 마찬가지였다.

"완전히 바닥에 떨어지려면 두 시간은 걸릴 거예요. 파티가 끝날 때까지 이 풍경을 즐길 수 있죠."

"도대체 어떻게 한 거예요? 마법은 아닌 것 같은데."

"드워프들의 기술이 이 정도랍니다."

라파쉬가 드워프식 인사를 하며 활짝 웃었다.

그 뒤로는 진짜 파티였다. 사람들은 음악에 맞춰 춤을 추고, 술을 마시고, 신나게 떠들었다. 공간을 별처럼 수놓은 청요석 가루가 사람들을 더욱 들뜨게 했다.

나는 그 속에서 첫 춤을 아버지와 함께 췄다. 두 번째는 아치볼드였다. 가족 모두와 춤을 췄으니 다음은 에스코트를 맡은 파트너 차례였다. 하지만 아무리 찾아도 해리가 보이지 않았다.

"해리를 찾으십니까?"

내가 해리를 찾느라 두리번거리자 데인이 내 옆으로 슬쩍 다가와 그의 위치를 알려 주었다.

"저쪽 테라스로 나가는 걸 봤습니다."

모두 신나게 즐기느라 테라스는 한산했다. 오로지 한 곳만 커튼이 내려진 채 굳게 차단되어 있었다. 저기구나. 덕분에 나는 쉽게 해리가 있는 곳을 알아차릴 수 있었다. 나는 내게 인사를 건네는 사람들에게 눈인사를 하며 해리가 있는 테라스로 들어섰다.

고작 커튼 하나 내렸을 뿐인데, 테라스의 밖은 안과 완전히 다른 분위기였다.

"해리."

나는 고요한 테라스 난간에 앉아 하늘을 바라보고 있는 해리를 불렀다.

"주인공이 왜 여기 있어?"

"이제 해리랑 춤을 출 차례거든요."

나는 웃으며 해리에게 손을 내밀었다. 하지만 그는 제자리에 앉은 채 고개를 저었다.

"밖은 싫어. 사람들이 많아서 냄새가 역겨워."

"그럼 여기서 추면 되죠."

테라스는 좁았지만 그리 움직임이 큰 춤이 아니라면 출 수도 있을 것 같았다. 나는 다시금 손을 뻗어 해리를 재촉했다.

"주인공은 자리 오래 비우면 안 된단 말이에요. 금방 다시 나가 봐야 해요. 그러니까 빨리 내 손 잡아요."

하지만 내 재촉에도 해리는 움직일 줄을 몰랐다.

"왜 그래요? 혹시 춤 못 쳐요?"

악마들의 교양에는 춤이 없을지도 모른다는 생각이 들었다.

"그래도 괜찮아요. 난 잘 추니까, 내가 리드하지 뭐."

나는 춤을 배운 적이 없었다. 하지만 이브리아의 몸에 남은 기억 덕분인지, 내가 의식하지 않아도 몸이 알아서 음악에 맞춰 움직였다.

"누가 누굴 리드한다고?"

나의 도발에 해리가 픽 웃으며 자리에서 일어섰다. 그는 자연스럽게 내 손을 잡고 내 몸을 끌어당겼다. 서로의 몸이 바짝 붙자 해리가 내 허리에 손을 얹었다가 깜짝 놀랐다.

"뭐야, 이건! 천 어디 갔어?"

"어디 가긴요. 원래 파여 있었어요."

"이렇게까지 깊게 파여 있었단 말이야?"

"에스코트하면서 다 봤잖아요. 인제 와서 새삼스럽게."

"그건, 그때는, 제대로 못 봐서……."

해리가 우물거리며 미간을 찌푸렸다. 그러고 보니 내가 이 옷으로 갈아입은 이후 해리가 날 제대로 보지 못하고 시선을 피했던 것이 생각났다.

"그러니까 보여 줄 때 잘 좀 보지. 괜히 어울리지도 않게 부끄럼 탄다고 좋은 구경도 못 했죠?"

"시끄러워."

해리가 이마로 내 이마를 가볍게 부딪고 몸을 움직이기 시작했다. 커튼 너머로 음악이 아주 작은 소리로 들려오고 있었다. 해리는 그 소리에 맞춰 조심스럽게 나를 리드했다. 음악 소리를 놓치지 않기 위해 나는 귀를 기울이고 청각에 집중했다. 그러자 이상하게도 마주 안은 해리의 심장 소리가 선명하게 들려왔다.

'이렇게 가깝다고 상대방 심장 소리가 들리나?'

나는 곧 그게 해리가 아닌 내 심장 소리라는 것을 깨달았다. 들뜬 분위기 때문인지 평소보다 박동이 빨랐다.

"해리, 춤 되게 잘 추네요."

나는 민망함을 떨치기 위해 해리에게 말을 걸었다.

"내가 건국왕의 마법사였다는 걸 잊지 말라고. 왕실과 귀족 문화에는 나도 일가견이 있어."

"그렇게 일가견이 있는 사람처럼은 안 보이거든요. 여러모로."

"뭐라고?"

해리가 불만스럽게 외치며 내 허리를 바짝 잡아당겼다.

"내가 진짜 예절도 모르는 망나니처럼 굴어 봐?"

"평소에도 늘 그러고 있거든요!"

"……망나니까지는 아니었을걸."

그렇게 말하면서도 확신은 없는 눈치였다. 그 모습이 우스워서 나도 모르게 웃음이 터졌다.

"생일 선물 줄까?"

웃고 있는 나를 보며 해리가 물었다.

"선물을 준비했어요?"

"왜 놀라? 나도 그 정도 예의는 있는 사람이야."

"몰라봐서 참 죄송하네요. 그런데 빈손 아니에요?"

나는 눈으로 해리의 모습을 훑었다. 아무리 봐도 그는 빈손이었다.

"손에 들고 올 수 있는 선물이 아니라서."

해리가 춤을 멈추고 제자리에 서서 내게 물었다.

"그래서, 받을 거야? 내가 주는 선물."

"선물은 사양하지 않는 거라고 배웠어요."

"다행이네."

해리가 설핏 웃으며 내게 몸을 기울였다. 가까워지는 얼굴과 선명해지는 숨결. 이미 익숙한 상황이라, 나는 그가 무엇을 하려는지 알아챘다.

"키스가 선물이에요?"

"아무튼 내 계약자는 성격도 급해서."

해리가 내 질문에 답을 주는 대신 부드럽게 입을 맞췄다. 뺨을 쓰다듬는 손길에 자연스럽게 입이 열렸다. 그 뒤는 언제나와 비슷했다. 서로의 모든 것이 뒤섞이는 기분. 기분 좋은 감각에 몸을 맡기고 있으니 입속으로 무엇인가가 밀려 들어왔다. 작고 동그란 구슬 같은 것.

'어? 이건 뭐지?'

놀라서 떨어지려고 했지만 해리가 내 뒤통수를 잡고 놓아주지 않았다. 당황하는 사이 구슬이 꿀꺽, 목구멍으로 넘어갔다. 내가 구슬을 완전히 삼키고 난 뒤에야 해리가 떨어져 나갔다. 나는 다소 얼떨떨한 기분이 되어 해리를 바라보았다.

"해리, 나 방금 뭐 삼켰어요."

"알아. 그게 내 선물이야."

"이 이상한 구슬이요?"

"이상한 구슬이라니. 내 영혼의 조각이거든!"

"영혼의 조각이요? 해리의?"

내 질문에 해리가 고개를 끄덕였다.

"예전에 네가 사라졌을 때 바로 찾지 못했잖아. 하지만 내 조각을 너한테 심어 두면, 언제 어디서든 찾아갈 수 있어. 네가 내 진짜 이름만 부른다면."

해리의 눈은 진지했다. 내가 납치됐을 때의 일을 떠올리는 건지 미미한 죄책감도 서려 있었다.

"해리."

"응."

"……이 좋은 걸 왜 처음부터 안 줬어요?"

"뭐?"

"부작용은 없어요? 이런 거 잘못 먹으면 부작용 생기고 그러던데."

"뭐, 라, 고?"

어두워지는 분위기가 싫어 농담을 건네자 해리의 얼굴이 보기 좋게 구겨졌다.

"이럴 거면 주지 말걸. 다시 내놔. 어서 내놔!"

해리가 당장 내 입을 찢을 기세로 손을 뻗었다. 나는 그의 손을 피해 몸을 뒤로 빼며 진심으로 감사 인사를 전했다.

"농담이에요. 고마워요, 해리."

내가 한결 진지해진 눈으로 말하자 길길이 날뛰던 해리가 진정하고 입을 꾹 다물었다.

"잘은 모르겠지만, 영혼의 조각을 주는 거, 쉽게 결심할 수 있는 일은 아니죠?"

내 질문에 해리가 머뭇거리다 고개를 살짝 끄덕였다.

"영혼의 조각은 서로에게 영향을 미치는 거라서, 아무래도."

"서로에게 영향을 미친다는 게 무슨 말이에요?"

"네가 다치면 나도 고통을 느끼게 된다는 것 정도?"

"뭐라고요?"

나는 놀라서 눈을 크게 떴다.

"설마 해리가 다치면 나한테도 고통이 오고 그래요?"

"아니. 그렇게 되려면 네 영혼의 조각을 내게 심어야 하는……."

진지하게 대답해 주던 해리가 무엇인가 이상한 것을 깨닫고 미간을 찌푸렸다.

"너 지금 그런 게 걱정이야?"

"당연히 걱정되죠. 영혼의 조각이 이렇게 대단한 건 줄은 몰랐어요."

"그러니까 생일 선물이지. 악마는 인간에게 평범한 걸 주지 않거든."

해리가 의기양양하게 웃었다. 하지만 나는 마음 한구석이 불안했다.

"저기, 해리."

"응."

"내가 다칠 때 해리에게 반응이 간다는 건, 내가 죽을 때도 해리에게 반응이 간다는 거예요?"

내 질문에 의기양양하게 웃던 해리의 입매가 굳었다.

"혹시 내가 죽으면 해리도 죽고 그런 거예요?"

"너 진짜 걱정 많네."

해리가 주먹으로 가볍게 내 이마를 두드렸다.

"악마는 강해. 인간의 부상이나 사망 따위가 내게 영향을 미칠 것 같아? 고작 작은 조각 하나라고."

"진짜예요? 진짜 해리한테 이상이 생기는 건 아니죠?"

"뭐, 네가 죽으면 그 조각만큼의 힘은 잃겠지."

"네?"

나는 놀라서 펄쩍 뛰었다.

"그럼 이거 안 받을래요. 그냥 다시 가져가요. 어떻게 하면 돌려줄 수 있어요?"

나는 목을 매만지며 해리가 준 영혼의 조각이 어디 있는지 찾으려고 애썼다. 하지만 이미 삼켜 버린 조각을 그렇게 해서 찾을 수 있을 리가 없었다.

"뭐 해요? 빨리 가져가라니까요!"

"싫어. 이미 준 걸 왜 가져가라는 건데?"

"나 때문에 해리가 약해지는 거 싫어요. 약해지면 위험할 수도 있잖아요."

나는 해리의 쾌락을 채워 줄 방법을 찾기 위해 읽었던, 악마의 습성과 세계를 설명했던 책을 떠올렸다. 악마의 세계는 약육강식이었다. 강한 것만 추구하고, 강한 자만 살아남는다. 조금이라도 약해지면? 그대로 도태되는 것밖에는 답이 없었다.

'그런데 왜 나한테 그런 구슬을 줘?'

인간의 수명은 짧았다. 오래 살아도 100년이나 될까? 하지만 그에 비해 악마는 몇천 년을 우습게 산다. 길어야 겨우 100년 함께할 나를 위해서 해리가 남은 몇천 년 동안 사용해야 할 힘을 희생할 필요는 없었다.

"그런 걸 주면서 무슨 선물이라고! 얼른 가져가요!"

"싫다니까. 정말 나한텐 아무런 타격도 없다고. 그 정도 힘을 잃는 건."

"그렇게 아무것도 아니면 왜 처음부터 안 줬는데요? 엄청난 거니까 이제야 주는 거지!"

몇 번이나 실랑이가 오갔지만 해리는 완고했다. 다시 영혼을 가져가지 않겠다고 끝까지 버텼다.

"빨리 가져가요!"

나는 해리의 두 뺨을 감싸 쥐고 그대로 입을 맞췄다.

'가져올 때도 이렇게 해서 가져왔으니까, 돌려줄 때도 이렇게 하면 되지 않을까?'

하지만 아무리 열심히 입을 맞춰도 삼켜 버린 구슬은 튀어나오지 않았다.

"그만해. 가져갈 생각 없다고 했잖아."

해리가 나를 밀어내며 팔로 입술을 슥 닦았다. 얼마나 열심히 했는지 그의 입술이 타액으로 가득했다.

"진짜, 난 이런 거 싫단 말이에요."

"어떤 거?"

"누굴 책임지는 거요."

"언제는 나 책임지겠다며?"

"그건 먹고 자는 걸 책임지겠다는 이야기였죠. 내가 해리의 목숨까지 책임질 수는 없어요."

"누가 너한테 내 목숨 책임지랬어? 그건 내가 알아서 챙겨."

"알아서 못 챙길 것 같으니까 그렇죠."

이기적인 척은 다 하면서. 자신만만한 척은 다 하면서. 결국 해리는 언제나 나한테 졌다. 하찮은 인간인 나도 못 이겨 먹는 악마가, 마계로 돌아가서는 또 얼마나 이리저리 치이고 살겠는가? 그런데 지금보다 힘도 없으면 정말 답이 없었다.

"이봐, 계약자. 너 진짜 날 너무 우습게 보는 거 아냐? 고작 그 작은 힘 없다고 내 목숨이 위험하거나 그러지 않아."

"거짓말. 보나 마나 악마 중에서도 엄청 약한 축일 거면서."

"뭐? 내가?"

해리가 황당하다는 얼굴로 나를 보았다.

"나한테 하는 걸 보면 딱 알겠어요. 하급 중에서도 진짜 하급이 분명해."

"야. 아니거든! 이 테오하리스 님은 악마들의…….."

"됐어요. 또 거짓말이나 하겠지."

나는 부루퉁한 얼굴로 해리를 밀어내고 등을 돌렸다.

"어디 가는데?"

"악마님 거짓말 듣기 싫어서 도망가요!"

나는 그대로 커튼을 열고 연회장 안으로 들어섰다. 역시 사람 많은 곳은 힘든지, 해리는 나를 따라오지 않았다.

"레이디 오베론."

밖으로 나오자마자 나는 리던과 마주쳤다. 그는 테라스에서 나온 내 얼굴을 바라보며 눈을 가늘게 떴다.

"제대로 정리를 하는 게 좋겠어. 다른 사람들에게 보일 만한 모습은 아니거든."

"그런가요?"

거울이 없으니 내 몰골을 확인하기 어려웠다.

"머리, 흐트러졌어."

해리가 키스하면서 뒤통수를 붙잡아서 그런 것 같았다. 나는 한숨을 내쉬며 대충 손으로 머리를 매만졌다. 전문가의 손길은 전혀 따라갈 수 없었지만, 느슨하던 머리가 조금 단단하게 고정된 거 같았다.

"다른 곳은요?"

내 질문에 리던이 묘한 얼굴을 하고는 손가락으로 그의 입술을 두드렸다.

"입술."

"아."

첫 번째 키스는 꽤 부드러웠지만, 해리에게 조각을 돌려주겠다고 내가 달려들었을 때는 좀 격렬했다.

'엠마가 화장 흐트러지지 않게 조심하랬는데.'

해리에게도 화장 조심하라고 신신당부를 해 놓고, 정작 내가 엉망으로 만들어 버렸다.

"많이 번졌어요?"

"조금."

리던이 그렇게 말하며 내 입가로 손을 뻗었다. 그의 손가락이 입술 주변을 몇 번 매만지더니 금세 떨어져 나갔다.

"대충 닦아 냈어. 부은 건 어쩔 수 없겠지만."

"네. 감사해요. 생일 파티에 와 주신 것도, 방금 수습 도와주신 것도."

"생일 파티에 대해서는, 오히려 내가 고마워해야 하는 거 아닌가?"

리던이 주변을 슬쩍 둘러보며 말했다.

"이곳에 모인 사람들은 전부 나를 지지하는 사람들이야. 하지만 공개적으로 힘을 모을 기회를 마련하지 못했지."

"왕세자가 있는 상황에서는 자칫 반역으로 몰릴 수도 있으니까요."

"그래. 하지만 오늘 이 자리에 모두 모였지. 결집할 계기를 얻은 거야."

"그런 의미라면 제가 도와 드린 게 아니라 카시안 쪽에서 실수한 거예요. 제 생일은 처음부터 날짜가 정해져 있었으니까요."

"하지만 카시안이 그런 어리석은 실수를 하게 만든 건 그대지. 카시안을 이래저래 많이 자극했잖아."

"마정석 광산 개발 말이죠?"

내 질문에 리던이 고개를 끄덕였다.

"하지만 그것만은 아냐. 얼마 전에 시장에서 마주쳤다던데."

"그건 또 어떻게 아셨어요?"

"내 친구가 누군지 잊었어?"

소문에 빠른 리던의 친구라면, 루크를 말하는 것이다.

"매번 왕자님을 사칭하고 다니는데 아직도 친하게 지내시나 봐요."

"그 대가로 정보를 가져다주니까."

"왕자님 정보를 흘리기도 하던데요?"

"내 정보를?"

"네. 잠행을 할 때는 이던이라는 이름을 쓴다고."

"아. 어차피 대충 지은 이름이라 정보랄 것도 없어."

"저도 참 대충 지은 이름이라고는 생각했지만요."

내가 동조하자 리던이 픽 웃으며 내게 한 걸음 더 가까이 다가왔다.

"초대장을 보냈는데 응하지 않더군."

"사교계 복귀는 생일 파티로 하고 싶었거든요."

"개인적인 초대였는데."

"그럼 더더욱 거절이고요. 카시안하고 파혼한 제가 왕자님을 만나면 또 무슨 소문에 휩쓸리겠어요?"

아마 온갖 막장 드라마가 생성되어 왕국을 떠돌 것이다.

'나는 두 형제를 오가며 유혹한 꽃뱀 같은 사람으로 회자되겠지.'

질린 내 얼굴을 보고 리던이 고개를 저었다.

"나도 그런 건 사양이지만, 다음번 초대는 꼭 응해 줬으면 하는군. 오칼 상회와 에렐, 둘 사이를 이간질한 게 누구였는지 알아냈거든."

"놀랍네요. 사실 못 알아낼 거라고 생각했어요."

"능력 있는 친구가 있으니까."

"그 친구의 능력이라면 저도 이미 경험했죠. 그래서 누군데요, 이간질했다는 사람이?"

내가 목소리를 낮추며 묻자 리던이 살짝 고개를 저었다.

"이렇게 서서 급하게 할 이야기는 아닌 것 같군. 보는 눈도 많고."

리던의 말대로였다. 리던과의 대화가 길어지자 파티에 참석한 사람들이 우리를 보며 무어라 수군대고 있었다.

"더 길게 대화를 나눴다간 피차 불편한 소문의 주인공이 될 거야."

"동의해요. 초대장을 보내 주시면, 이번에는 거절하지 않을게요."

"그것 참 감사하군."

"별말씀을요."

"그럼 즐거운 성년식의 생일을 즐기길."

리던이 정중한 인사로 대화를 마무리했다.

"부디 즐거운 파티를 즐기시길."

나 역시 정중한 인사로 화답하자 리던이 설핏 웃고는 사람들 속으로 사라졌다. 쉽게 모이기 힘든 자신의 지지자들이 한자리에 모였으니 그들과 중요한 이야기를 나눌지도 모른다.

'어쩌다 내 파티가 이런 정쟁의 중심지가 되었나, 자괴감이 느껴져.'

나는 신문의 헤드라인 같은 짧은 말로 내 심경을 정리하며 아직 인사를 나누지 못한 사람들에게 감사 인사를 전했다.

"엘."

그중에는 엘 로이츠도 있었다. 리던의 참석은 어느 정도 예상했지만, 그가 나타난 건 정말 의외였다.

"와 줄 거라고는 생각 못 했어요."

"초대장을 받았으니까요."

"하지만 참석한다는 답장은 없었잖아요. 왕실에서 중요한 행사도 있는 날이고. 또 이 파티가 갑자기 이상한 의미를 가지게 돼서……."

엘을 비롯한 로이츠 가문은 확고한 중립파였다. 그가 이렇게 파티에 나타난 것이 큰 반향을 불러일으킬 수도 있었다.

"저는 로이츠가의 후계자도 아니고, 가문의 이름은 신경 쓰지 않습니다."

"경은 그렇겠지만, 다른 사람들은 그러지 않을 것 같거든요."

나는 한숨을 내쉬며 엘에게 손을 내밀어 악수를 청했다.

"아무튼 와 줘서 고마워요. 덕분에 제 파티 참가자 목록이 생각보다 화려해졌네요."

"도움이 되었다니 기쁩니다."

엘이 희미한 미소를 지으며 내 손을 맞잡았다. 그의 하늘색 머리와 아직도 천장에서 떨어지고 있는 청요석 조각들이 썩 잘 어울렸다.

"그럼 저는 다시 왕궁으로 돌아가 봐야 해서……."

그렇게 엘이 마지막 인사를 건네려는데, 그의 손목에 걸려 있던 팔찌가 기이한 소리를 내며 빛나기 시작했다. 엘이 놀라서 내 손을 놓자, 팔찌의 반응도 깨끗하게 사라져 버렸다. 엘의 놀란 눈이 나와 제 팔찌를 오갔다.

'어째 상황이 불안한데.'

하지만 나는 태연함을 가장해 먼저 팔찌 이야기를 꺼냈다.

"마도구 팔찌인가 봐요? 에렐에서도 곧 그런 팔찌를 판매할 거예요. 시제품이 있는데, 하나 드려도 될까요?"

하지만 엘은 아무런 말이 없었다. 무슨 생각을 하는지 한참이나 반응이 사라진 팔찌를 바라보고 있을 뿐이었다.

"……레이디 오베론."

엘이 특유의 낮은 목소리로 나를 불렀다.

"죄송합니다만, 다시 한번 손을 잡아 봐도 되겠습니까?"

"……물론이죠."

선선히 대답했지만 속은 초조해 죽을 것 같았다. 나는 도살장에 끌려가는 소의 심정으로 손을 내밀었다.

[유피테르. 어떡해요? 저 팔찌 뭔 것 같아요?]

다급하게 유피테르를 불렀지만 답이 없었다.

[유피테르!]

[아. 주인님.]

내가 다시 한번 소리치자 그제야 유피테르가 반응했다.

[안에서 상당히 민망한 광경이 계속되기에 잠시 귀를 닫고 있었습

니다.]

유피테르가 차분하게 테라스에서의 사건을 언급했다. 나는 민망해져서 헛기침을 속으로 삼켰다.

[해리와 매일 그러진 않아요.]

[제가 볼 땐 대체로 그러시던데요.]

유피테르는 성검이었지만, 주인의 민망함을 조용히 넘어가 주는 관대함이 없었다.

[흠흠. 아무튼 지금은 저 팔찌가 중요해요. 무슨 팔찌인 것 같아요? 성검을 가진 걸 알아본 걸까요?]

[저와 공명하는 기운은 느껴지지 않습니다만⋯⋯.]

유피테르가 불확실하게 말끝을 흐리는 순간, 나는 엘이 내민 손을 맞잡았다. 그러자 이번에도 여지없이 팔찌가 빛을 내며 기이한 소리로 울어 댔다. 엘이 정중하지만 서늘함을 담은 눈으로 나를 바라보았다.

"혹시 검을 가지고 계십니까?"

9장
왕의 자격

엘의 팔찌에서 나온 이상 반응으로 연회장 모두의 시선이 우리를 향했다. 흥미와 걱정이 뒤섞인 눈빛들이었다.

"무슨 일이 벌어진 거지?"

"방금 그건 뭐였죠?"

사람들이 수군거리는 소리가 내 귓가에까지 들려왔다.

"우선 손부터 놓고 이야기할까요?"

이렇게 손을 잡고 있으면, 계속 엘의 팔찌가 음산한 소리로 울어 댈 테니까. 엘은 맞잡은 손에서 힘을 푸는 것으로 대답을 대신했다. 그와 손을 놓자 팔찌는 다시 조용해졌다.

"무슨 팔찌인가요?"

"검을 가지고 계십니까?"

서로의 질문이 허공에서 섞였다. 나는 엘이 먼저 대답하기를 기다렸다. 하지만 임무에 있어서는 누구보다 완고한 엘 로이츠였다. 그는 결코 먼저 입을 여는 법이 없었다.

"네. 검은 가지고 있어요."

나는 한숨을 내쉬며 내가 가진 패를 먼저 꺼냈다.

유피테르는 팔찌와 자신이 제대로 공명한 것은 아니라고 했다. 그렇다면 엘의 팔찌는 성검을 알아보는 장치가 아니라, 단순히 마법의 기운을 담고 있는 검에 반응하는 장치일 가능성이 컸다.

'그러니까 이럴 때는 당당하게 나가는 게 상책이지.'

"호신용 단검을 지니고 다니거든요. 여기저기 워낙 적이 많아서."

나는 거리낄 것이 하나도 없다는 듯한 태도로 태연함을 가장했다. 물론 속으로는 거리낄 것이 너무 많아 심장이 아플 정도로 쿵쿵 뛰고 있었다.

'아오, 그놈의 후광 효과가 뭐라고. 그냥 비밀 서랍에 두고 올걸.'

엘이 올 거라고 예상했다면 절대로 성검을 가져오지 않았을 것이다.

'그래도 후광 효과가 엄청나긴 했어. 다들 여신의 강림을 지켜보는 듯한 얼굴이었지.'

하지만 그 대가가 내가 성검을 가지고 있다는 걸 들키는 거라면, 역시 후광 효과를 포기하는 쪽을 선택했을 것이다.

"그 검, 보여 주실 수 있습니까? 왕립기사단장으로서의 임무를 수행하기 위한 요청입니다."

엘이 머릿속으로 복잡한 생각을 이어 가고 있는 내게 물었다.

"물론이죠."

나는 이번에도 태연하게 고개를 끄덕였다.

"하지만 여기서는 좀 그래요. 보관하고 있는 위치가 여기거든요."

나는 허벅지를 톡톡 두드리며 엘에게 물었다.

"급하신 거라면, 여기서 바로 보여 드릴까요?"

내가 당장에라도 치마를 뒤집을 기세로 손을 뻗자, 엘이 서둘러 손을 들어 나를 저지했다.

"아닙니다. 테라스에서 해제하고 나오십시오. 커튼 밖에서 기다리겠습니다."

"그러죠."

나는 천천히 커튼이 내려가 있는 테라스 안으로 들어갔다. 해리가 있는 그곳이었다. 나는 커튼 안으로 완전히 몸을 넣자마자 지금까지의 유유자적한 태도를 던져 버리고 발을 동동 굴렀다.

"해리!"

거짓말은 더 이상 못 들어 주겠다며 자리를 박차고 나갔던 것이 고작 10분 전이었다. 해리는 단 10분 만에 안면몰수하고 제게 매달리는 나를 어이없다는 듯이 바라보았다.

"너, 네가 여기서 어떻게 나갔는지 기억하지?"

"그럼요. 그런데 지금 그게 중요한 게 아니에요."

나는 서둘러 치마를 들어 올려 허벅지에 장착한 유피테르를 해제했다. 예전에 했던 약속을 잊지 않았는지, 해리는 내 모습이 보이지 않는 쪽으로 슬그머니 고개를 돌렸다. 이를 악물고 있는지 그의 턱이 평소보다 더 도드라져 보였다. 무사히 유피테르를 해제하고 치마까지 정돈한 뒤에야 해리의 시선이 다시 내게 돌아왔다.

"어쩌죠? 엘한테 마법검이 있다는 걸 들켰어요."

"어쩌다가?"

"팔찌를 차고 있더라고요. 아마 마법의 기운이 담긴 검을 감지하는 것 같아요. 엄청 음산하게 울면서 빛을 냈어요."

"성검은 뭐래?"

"자기랑 공명하는 장치는 아닌 것 같대요. 단순히 마법검을 알아보는 장치 같아요."

"흐음."

해리가 턱을 매만지며 성검을 빤히 쳐다보았다.

"그냥 이걸 없애 버리는 건 어때? 내가 조금만 힘을 주면 산산조각 낼 수 있을 것 같은데."

살벌한 해리의 말에 유피테르가 다급하게 대화에 끼어들었다.

[주인님, 저 악마 놈의 유혹에 넘어가시면 안 됩니다. 아직 확실한 건 없으니 우선 그 기사에게 절 보여 주시죠. 제가 최대한 얌전히 있겠습니다.]

"보여 줘서 문제가 생기면 어떡할 건데? 그때는 이미 늦어. 성검 가지고 있으면 왕이 된다며. 너 그거 싫잖아. 그러니까 그냥 소멸시켜 버리자."

[악마의 문제 해결 방법은 늘 이렇게 무식합니까? 뭐든 파괴하고, 또 파괴하고. 그러다가는 곁에 남는 게 아무것도 없을 겁니다.]

"너 때문에 곤란해졌는데 이게 어디서 훈계야? 내가 계약자 때문에 참고 있다고 너까지 날 우습게 봐?"

[저야말로 당신을 엄청나게 참아 주고 있습니다. 제 정화 기능을 그쪽에게 쓰면 몸이 남아나질 않을걸요?]

"이게 정말!"

이 다급한 와중에, 한 마리의 악마와 한 자루의 검이 치고받고 말다툼을 하고 있었다.

"그만! 둘 다 그만!"

나는 최대한 목소리를 낮춰 소리치며 한 마리의 악마와 한 자루의 검을 말렸다.

"지금 이럴 때가 아니라고요. 싸우는 건 위기를 극복한 뒤에 합시다, 우리."

"누가 우리야? 저 성검이랑 내가?"

[누가 우리입니까? 저 악마 놈과 제가요?]

양쪽에서 동시에 불만이 튀어나왔다.

"정말 이럴 때가 아니라니까요!"

나는 머리를 부여잡고 커튼 밖을 힐끗거렸다. 입구에서 엘이 나를 기다리고 있을 것이다.

"인제 그만 나가야 해요. 우선 엘한테 유피테르 보여 줄 테니까, 무슨 일이 있어도 반응하지 말고 잠들어 있어요. 알겠죠?"

[알겠습니다. 저 죽은 척 잘합니다, 주인님.]

"좋아요."

나는 비장하게 고개를 끄덕이고 해리에게도 중요한 지령을 내렸다.

"해리. 만약의 사태가 벌어지면……."

"벌어지면?"

"나 그냥 기절한 척할 거니까, 요란하게 뛰쳐나와서 나 데리고 튀어요. 사람들이 말릴 틈도 없이 재빨리 튀어야 해요. 알았죠?"

"응. 알았어."

나의 비장함이 전염된 것인지 해리도 나를 따라 두 주먹을 불끈 쥐었다. 계획은 모두 정리됐다. 나는 두어 번 심호흡하고 다시 태연함을 가장한 얼굴로 커튼을 걷었다. 역시나 엘이 바로 앞에서 나를 기다리고 있었다.

"여기, 이 검이요."

내가 유피테르를 내밀자 엘이 조심스럽게 단검을 받아 들었다. 그는 날카로운 눈빛으로 유피테르를 꼼꼼하게 살폈다.

"무슨 마법이 걸린 검입니까?"

"빛을 내뿜는 능력이요."

"……그런 쓸모없는 기능을 이렇게 좋은 검에 각인합니까?"

엘이 유피테르의 유려한 검신을 보며 미간을 찌푸렸다. 유피테르는 드워프들이 만들어 낸 걸작답게 대충 살피기만 해도 훌륭한 검임을 알 수 있었다.

"생각보단 꽤 쓸모 있는 기능이에요. 불의의 공격을 받았을 때 강한 빛을 내뿜으면 상대가 눈을 못 뜨거든요."

실제로 나타 백작령에 납치당했을 때, 그 기능을 사용해 간수를 제압했었다.

"그렇습니까."

엘이 미심쩍은 얼굴을 하며 칼자루를 매만졌다. 아름다운 문양이 새겨져 있어 아름다우면서도, 잡는 것이 불편하지 않도록 잘 설계된 칼자루였다.

"많은 화가가 성검을 대상으로 그림을 그린 건 아십니까?"

엘이 칼자루에서 눈을 떼지 않은 채 내게 물었다.

"물론이죠."

혹시나 유피테르를 가지고 다니는 데 문제가 생길까 봐 철저하게 조사를 했다. 성검을 담은 그림은 많았다. 내가 화가였더라도 한 번쯤은 성검을 그려 보고 싶을 것이다. 하지만 초기의 진짜 성검을 담은 그림은 전쟁을 거치며 모두 소실됐다. 남아 있는 그림 중 가장 오래된 것은 100년 정도 전의 그림이었다.

'그때는 이미 유피테르의 칼자루에 누가 꼬질꼬질한 붕대를 감아 놨었지.'

그래서 붕대 아래 진짜 유피테르의 모습이 담긴 그림은 하나도 남아 있지 않았다.

"화가는 아니었지만, 제 조상님도 그림을 그렸습니다. 그분의 화첩에는 다양한 것들이 많이 등장했습니다. 그중에는 성검도 있었죠."

심장이 덜컥 내려앉았다. 그림이라니? 그림이라니!

엘의 조상인 젠 로이츠가 성검을 보고 그림을 그렸다면, 그건 유피테르에 꼬질꼬질한 붕대가 감기기 전이었다.

'젠 로이츠. 당신 기사라면서, 왜 이렇게 그림을 많이 그린 거야?!'

내가 경악하고 있다는 사실을 아는지 모르는지, 엘의 말은 멈추지 않고 계속 이어졌다.

"바위틈에 꽂혀 있는 모습을 그린 것이라 검파(劍把)밖에 보지 못했지만……."

엘의 시선이 칼자루를 지나 내 두 눈에 닿았다.

"그것만으로도 알아차릴 수 있겠군요. 이게 그 그림 속의 성검이라는 걸."

엘의 말에 사태를 주시하고 있던 사람들이 웅성거리기 시작했다.

들었어? 성검이래! 누가 성검을 가지고 있는데? 오베론 공녀가!

사람들 사이에서 벌써 이야기가 퍼지고 있었지만, 나는 아직 사태를 수습할 수 있다고 생각했다.

"말도 안 되는 소리네요. 어떻게 이게 성검이에요?"

나는 재미있다는 듯 일부러 크게 웃음을 터트렸다.

"그냥 비슷하게 생긴 검이겠죠. 게다가 성검은 장검이라면서요?"

"누구도 뽑힌 검을 본 적이 없으니까 당연히 장검이라고 생각한 것뿐입니다. 어쩌면 처음부터 단검이있는지도 노브쇼."

"그럴 수도 있겠지만, 이건 그 검이 아니라니까요?"

내가 우기고 나서자 엘이 눈을 내리깔았다.

"좋습니다. 만약 이게 성검이 아니라면, 제가 여기서 파괴해도 상관

없겠군요."

"제 검을 부수겠다고요?"

"검은 새로 구해 드리겠습니다. 가격이 얼마든, 원하시는 거로 구입해 드리죠. 이게 성검이 아니라면 레이디 오베론에게는 나쁘지 않은 이야기입니다."

이건 시험이었다. 엘은 저 검을 진짜 부술 생각이 없었다. 나는 그렇게 확신하고 고개를 끄덕였다.

"그래요. 좋은 검으로 보상해 준다면 상관없어요."

"그렇군요. 그럼 사양하지 않고."

엘이 유피테르를 바닥에 내려놓았다. 실내를 밝힌 불빛에 반짝이는 검신이 때에 맞지 않게 아름다웠다.

"왕립기사단장의 검에 붙은 별칭이 무엇인지 아십니까?"

엘이 허리춤에서 검을 뽑으며 물었다. 하지만 딱히 대답을 기다린 것은 아닌 듯, 그가 계속해서 말을 이었다.

"쇄파(碎破). 모두 부순다는 뜻입니다. 와이번의 이빨로 만들어서, 정말 단단하거든요."

엘이 검을 들어 바닥에 놓인 유피테르를 겨누었다.

"이걸로 내려치면 저 단검의 손잡이는 산산조각이 날 겁니다. 완전히 부서지겠죠."

엘이 그렇게 말하며 나를 탐색했다. 내 심정을 읽어 내려고 하는 것 같았다. 하지만 나는 이게 엘의 시험인 것을 알고 있었으니 흔들릴 이유가 없었다. 유피테르 역시 무슨 일이 있어도 침묵을 지켜 달라는 내 부탁을 잘 지켜 주고 있었다.

"그럼 부수겠습니다."

엘이 검을 높이 들었다가, 빠른 속도로 바닥을 향해 내리찍었다. 그의 검 끝이 정확히 유피테르를 향해 떨어지고 있었다.

'어차피 마지막에 방향을 틀어서 옆 바닥을 찍겠지.'

그러고는 이렇게 말할 것이다. '시험해서 죄송합니다. 역시 이건 성검이 아니었군요'라고!

'그러면 나는 용의 선상에서 완전히 제외돼.'

나는 태평하게 엘의 하는 양을 지켜보았다. 하지만 내가 계산하지 못한 것이 하나 있었다. 이 자리에 있는 드워프들이었다.

"안 돼!"

초조한 얼굴로 사태를 지켜보던 누안이 하얗게 질린 얼굴로 튀어나왔다.

"그게 어떤 검인데, 절대 파괴해선 안 돼! 그건 누구도 다시 만들지 못할 걸작이란 말일세!"

하지만 누안의 외침은 엘의 움직임을 멈추기에 너무 늦었다. 그의 검은 그대로 목표에 내리꽂혔다. '콰광!' 하는 요란한 소리와 함께 바닥에서 먼지가 자욱하게 솟아올랐다. 그 황망한 광경에 누안이 자리에 주저앉아 숫제 통곡을 하기 시작했다.

"성검이…… 우리의 걸작이!"

'아이고, 기어이 그 말을 입 밖으로!'

나는 머리를 짚었고, 자욱한 먼지가 서서히 가라앉았다. 내 예상대로 엘의 검은 단검이 아니라 그 옆의 돌바닥에 찍혀 있었다.

"역시 이게 성검이었군요. 제가 잘못 본 것이 아니었습니다."

엘이 차분하게 가라앉은 눈으로 내게 말했다. 엉엉 울고 있던 누안은 상황 파악이 되지 않는지 눈물을 뚝뚝 흘리며 눈을 껌뻑일 뿐이었다.

엘이 바닥에 꽂힌 검을 거두어 다시 허리춤에 찼다. 그 동작이 무척이나 유려해서, 역시나 왕국 최고의 기사라는 걸 알 수 있었다.

"성검의 주인이시여."

엘이 내 앞에서 한쪽 무릎을 꿇었다. 그는 바닥에 내려놓았던 단검을 들어 두 손으로 내게 바쳤다.

"단장 엘 로이츠를 비롯한 저희 왕립기사단이 지금 이 시각부터 성검의 주인을 지키겠습니다."

엘의 말에 사방이 고요해졌다. 바닥에 주저앉아 엉엉 울고 있던 누안은 너무 놀란 나머지 딸꾹질을 하기 시작했다.

"히끅! 끄윽! 끅!"

누안이 서둘러 입을 틀어막았지만, 소리는 계속 새어 나왔다.

"힉! 히윽!"

누안의 딸꾹질 소리가 두 번 더 공간을 울린 뒤, 얼빠진 얼굴로 서 있던 사람들이 엘을 따라 우르르 무릎을 꿇기 시작했다.

"성검의 주인이시여!"

"세상에, 성검의 주인이 나타났어!"

"건국왕 에프론 제레인트의 재림!"

"왕국을 구할 태양왕!"

쏟아지는 사람들의 찬양 속에 엘이 고개를 깊게 숙였다.

"성검의 주인이시여, 당신의 것을 가져가십시오."

일이 미쳐 돌아가고 있었다. 정말로, 단단히 미쳐 돌아가는 중이었다. 나는 헛웃음을 흘리며 이 상황의 원흉인 유피테르를 집어 들었다. 손에 유피테르를 꽉 쥐는 순간, 검신에서 엄청난 빛이 뿜어져 나왔다.

[……지금 뭐 하는 거예요, 유피테르.]

[이왕 이렇게 된 거 제대로 연출이라도 해 보자는 생각, 에라 모르겠다 하는 심정으로······.]

[불 꺼요, 당장.]

[예.]

뿜어져 나온 빛이 순식간에 꺼졌다. 하지만 이미 빛을 본 사람들은 황홀한 얼굴로 나를 쳐다보고 있었다.

'나야말로 에라 모르겠다, 라고.'

정신이 아득해졌다. 나는 한숨을 내쉬며 그대로 눈을 감고 바닥에 철퍼덕 쓰러졌다.

성검의 주인이 나타났다!

열여덟 성인이 되는 날, 성검의 주인으로 각성했다!

그 사람은 바로 오베론가의 공녀 이브리아다!

소식은 일파만파 왕국 전역으로 퍼져나갔다. 성검의 주인이 나타나 신성한 빛으로 축복을 내려 줬다는 생생한 증언에 사람들은 땅을 치고 후회했다. 내가 그 자리에 있었어야 했는데! 이브리아의 초대장을 받았으나 왕세자의 약혼식에 참석했던 사람들은 자신이 놓친 역사의 순간이 안타까워 뒤늦게 눈물을 흘렸다.

왕국을 뒤흔든 엄청난 사건에 왕세자의 약혼식 따위는 순식간에 잊혔다. 지나가는 사람을 붙잡고 그날 무슨 일이 있었느냐고 물어보면 백이면 백 이렇게 대답했다.

성검의 주인이 나타나셨죠! 왕세자의 약혼식이요? 그런 일이 있었던가?

그 사실이 가장 뼈아픈 사람은 역시 약혼의 당사자인 카시안과 캐서린이었다. 엄청난 환호와 관심을 받아야 할 시기인데, 그 모든 것을 갑자기 나타난 성검의 주인, 이브리아가 독차지했다.

카시안은 소파에 늘어져 머릿속을 떠도는 소문을 하나씩 지워 버렸다. 커튼으로 모든 창문을 가려 빛 하나 들어오지 않는 방은 매우 어두웠다.

'왜 일이……'

약혼식을 치를 때까지만 해도 모든 것이 좋아 보였다. 억지로 한 약혼은 파기하고, 진심으로 사랑하는 여자와 많은 사람의 축복 속에서 미래를 약속했다.

캐서린은 좋은 여자였다. 마음이 따뜻하고, 배려심이 깊고, 늘 밝게 웃는 사람이었다. 왕비는 그녀의 부족한 집안을 탐탁지 않아 했지만, 그녀가 마력치 9의 대단한 마법사라는 것을 알게 되자 태도를 바꿨다.

─카시안. 위대한 사람을 곁에 두어야 해. 사람은 함께 어울리는 자의 급에 따라 평가되거든. 성자와 어울리면 성자가 되고, 악마와 어울리면 악마가 되는 거야.

카시안은 성자가 되고 싶었다. 아니, 성자가 되어야만 했다. 사람들은 모두 선한 자가 왕이 되는 거라고 말했다. 하지만 그에게는 그게 없었다. 자신이 가지지 못한 선함. 그것을 캐서린이 가지고 있었다. 그래서 카시안은 캐서린을 선택했다.

'그런데 이브리아 오베론?'

이기적이고, 어둡고, 능력도 없었다. 가진 거라고는 집안의 배경과 부유함뿐이었다. 카시안은 그런 사람이 되기 싫었다. 이브리아는 위대한 왕이 되어야 할 사람에게 어울리는 여자가 아니었다.

'내가 높은 자리에 올라갈 때까지 적당히 이용하기 좋은 여자. 딱 그 정도라고 생각했는데.'

갑자기 그 여자가 성검의 주인이라니? 모든 이가 그 여자를 찬양하다니? 카시안은 하루아침에 찾아온 변화를 믿을 수 없었다.

"시안."

어두운 방 안에 빛과 함께 캐서린이 들어섰다.

"린."

카시안에게 캐서린은 언제나 빛이었다. 그 빛이 되기 위해서 그녀의 곁에 머무른 것인데.

'다른 사람이, 그 빛이었나? 내가 그토록 되고 싶어 했던?'

캐서린은 언제나 그랬던 것처럼 따뜻하게 웃으며 카시안에게 다가왔다.

"너무 상심하지 말아요. 모두가 우리 약혼을 축하해 줬잖아요."

'하지만 이젠 모두가 그걸 잊었지.'

카시안은 쓴웃음과 함께 하고 싶은 말을 속으로 삼켰다.

"성검의 주인이 왕위를 잇는 것이 왕국의 법이지만, 아직 확실한 건 아무것도 없잖아요."

캐서린이 따뜻한 손으로 카시안의 뺨을 쓸어내렸다.

"폐하께서도 따로 발표하신 건 없어요. 게다가 이브리아 양이 왕이라니……. 그건 정말 말이 안 되잖아요."

캐서린이 해맑게 웃으며 카시안을 위로했다. 그 말에 카시안도 번뜩 정신을 차렸다.

'그래. 말이 안 되지. 그 이브리아 오베론이 왕이라니.'

아직 아무것도 바뀌지 않았다. 지금은 왕도 전체가 이브리아를 성검의 주인이라며 찬양하고 있지만, 여론은 금세 바뀌기 마련이었다.

'게다가 그 여자는 날 아직 좋아하잖아. 성검을 내게 양보하라고 하면, 그래, 그럴 수도 있어.'

이브리아는 언제나 그랬다. 카시안이 갖고 싶어 하는 것을 누구보다 빠르게 파악해서 자신이 먼저 확보한 뒤, 그것을 갖고 싶으면 애정을 달라고 요구했다. 사실 요구라기보다는 협박에 가까웠다.

-입을 맞춰 주세요.

-이브리아. 그건 곤란합니다. 처음에는 약혼만 해 주면 된다고 했잖습니까.

-생각이 달라졌어요. 입을 맞춰 주세요. 껴안고, 날 사랑한다고 말해요. 거짓말이라도, 감정이 담겨 있지 않아도 좋아요.

-이브리아. 난 그렇게는 못 합니다.

-내 말대로 해 준다면, 아버지께 말씀드려서 마정석 광산 개발의 투자자가 되어 달라고 할게요. 그건 모두 카시안의 공으로 돌아가겠죠. 왕위에 좀 더 가까워질 수 있어요.

무서울 정도로 영악한 여자였다. 카시안은 자신이 아직도 그 영악한 여자에게 휘둘리고 있다고 생각했다. 마정석 광산 개발을 중간에 가로챈 것도, 성검을 차지해 왕권에 다가서려는 것도.

'모두 내게 애정을 요구하려는 수작이야.'

에렐에서 만난 이브리아는 더 이상 자신을 사랑하지 않는다고 말했지만, 이후의 행보를 보면 여전히 제게 미련을 놓지 못한 것이 분명했다.

"괜찮아요, 카시안. 전부 잘될 거예요. 당신의 여신이 여기 있잖아요. 날 믿어요."

"……그래요, 내 여신님."

카시안은 자신을 위로하는 캐서린을 꼭 껴안았다. 그럼에도 불안이 떠나지 않아 그녀에게 입을 맞추었다. 평소와 같은 키스였다. 캐서린은 수줍게 웃었고, 카시안은 그런 그녀의 뺨을 다정하게 쓰다듬었다.

하지만 그 모든 것을 하는 순간에도 그 여자의 얼굴을 떨칠 수 없었다. 그 여자 때문에 제 머리가 이상해진 것 같다고, 카시안은 짜증스럽게 미간을 찌푸렸다.

파티가 막을 내리고 손님들은 모두 자신의 집으로 돌아갔다. 생일 파티의 마지막을 기절―사실은 그런 척을 했을 뿐이지만―로 장식한 나는 방에 틀어박혀 한동안 두문불출했다. 날 만나고 싶다는 사람들의 요청이 쇄도했으나 누구의 방문도 허락하지 않았다.

'공작이 보낸 의사도 그냥 돌려보냈는걸.'

내 방에 들어올 수 있도록 허락받은 사람은 해리와 엠마, 단 두 사람뿐이었다.

'해리와는 대책을 논의해야 하고, 엠마가 없으면 밥을 못 먹으니까.'

무척이나 간단한 이유였다.

"에프론 제레인트 그 사람 진짜 이상하지 않아요?"

속에서 화가 끓어올라 죽을 것 같았다. 잠을 자다가도, 밥을 먹다가도, 목욕하다가도. 문득문득 분노가 치밀어 올랐다.

"자기는 검을 뽑은 적도 없으면서, 무슨 성검을 뽑으면 자기의 재림이래? 태양왕? 웃기시고 있네! 정말."

며칠째 계속 같은 불만을 반복하며 씩씩대는 나를 두고 해리가 긴 한숨을 내쉬었다. 처음에는 열심히 위로를 해 주더니, 화를 낼 때마다 매번 같은 이야기만 쏟아 내니 그도 완전히 질려 버린 것 같았다.

"너, 그 말 벌써 100번은 한 것 같다."

"100번 채우려면 아직 아홉 번 남았어요."

"꼭 100번을 채워야겠어?"

"내 분노가 사라지려면 100번도 모자라요. 1,000번 하고 싶은 거 겨우 참고 있으니까, 딱 100번 채울 때까지만 참아요."

나는 그렇게 말하고 종이 위에 작대기 하나를 더 그었다. 이미 종이 위에 90개의 작대기가 그어져 있었으니, 91번째 작대기였다.

"아가씨!"

내가 막 91번째 작대기를 그었을 때, 엠마가 구르다시피 내 방으로 달려왔다.

"무슨 일이야? 또 누가 날 만나고 싶대?"

만남 요청이 들어오는 족족 거부하고 있는데도 제발 단 한 번만, 아니, 단 1분 만이라도 만나 달라는 요청이 끊이질 않았다.

"엠마. 제발 만나 달라는 사람이 오면 어떻게 말하라고 했지?"

"성검의 주인께서는 몸이 편찮으셔서 누구도 만날 수가 없다고요."

"그래. 잘 기억하고 있구나. 이번에도 그렇게 말해 줘."

"하지만 이번에는 어, 엄청난 분이!"

"그래, 그래. 이 왕도에 엄청나지 않은 분이 어디 있겠어."

나는 이번 일로 왕도에 유명하고, 대단하고, 엄청난 사람이 얼마나 많은지를 새삼 깨달았다. 내게 만남을 청하는 사람 중에 유명하지 않고, 대단하지 않고, 엄청나지 않은 사람은 단 한 명도 없었다. 물론, 전부 그들의 주장이었다.

"아닙니다! 이번에는 정말, 정말로 엄청난 분이세요!"

하지만 엠마가 이렇게 펄쩍 뛰는 걸 보면, 이번에는 정말로 엄청난 사람이 온 모양이었다.

"누군데? 정말로 엄청나다는 그분."

"국왕 폐하셔요."

"국왕 폐하?"

"예. 국왕 폐하께서 사람을 보내셨습니다. 지금 당장 왕궁으로 오시라고요."

끝판왕이다. 끝판왕이 나타났다!

'아직 그렇다 할 대책도 없는데.'

며칠 동안 해리와 유피테르를 붙잡고 대책을 고심해 봤지만, 딱히 답이 나오지 않았다.

―그냥 다 부수고 끝내자니까? 성검이랑 이 나라 전부 부순 다음에 다른 나라로 튀면 되잖아.

이건 해리의 조언이었고.

―[주인님. 피할 수 없다면 즐기라고 했습니다. 이왕 이렇게 되신 거 왕이 되어 보시는 건 어떻겠습니까?]

이건 유피테르의 조언이었다.

'둘 다 너무 극단적이라고.'

나는 지끈거리는 머리를 손으로 감싸며 엠마에게 물었다.

"엠마. 그건 이미 시도해 봤지? 성검의 주인께서는 몸이 편찮으셔서, 그거."

"예. 거짓말인 거 아니까 건강 핑계 댈 생각은 하지 말라십니다."

"만약에 내가 안 가겠다고 하면……."

"감히 국왕의 말을 거역했으니 반역죄로 다스릴 거랍니다."

그렇게까지 말하면 만나지 않을 수가 없었다.

'그래. 현실도피도 이 정도면 오래 했지.'

나는 길게 한숨을 내쉬고 자리에서 일어섰다.

"엠마. 간단하게 준비를 마치고 나가겠다고 전해 줘."

⚜

나는 국왕의 사자를 따라 왕궁에 도착하자마자 왕실 법정으로 안내되었다. 중앙에는 재판장의 역할을 하는 국왕이 앉아 있었고, 양옆으로 네 명의 법관이 심각한 얼굴로 법전을 들여다보고 있었다. 나는 그들의 앞에 덩그러니 앉았다.

'아니, 당장 재판을 받게 될 거라고는 말씀 안 하셨잖아요…….'

내 옆에는 굳은 얼굴의 카시안과 리던도 있었다. 그들 역시 나처럼 영문을 모르고 불려 온 것인지 표정이 좋지 않았다. 아무튼 왕위 계승의 당사자들이 모두 모인 것을 보니, 생각보다 본격적인 재판이 열리는 모양이었다.

"왕위 계승법에 이런 조항이 있습니다. 왕위 계승의 최우선 순위는 언제나 성검의 주인이 갖는다. 만약 성검의 주인이 없으면, 국왕이 정하는 자에게 그 순위가 돌아간다."

"하지만 그 법은 건국 당시에 만들어진 법입니다. 아직도 그 법이 유효하다고 할 수 있을까요?"

"맞습니다. 만들어진 이후 단 한 번도 실행된 적이 없는 법입니다. 상징적인 의미만 있을 뿐, 사장된 법이나 마찬가지인데요."

"그 법이 한 번도 실행된 적이 없는 이유는, 지금까지 단 한 번도 성검의 주인이 나타나지 않았기 때문입니다. 그런데 지금 성검의 주인이 나타나지 않았습니까?"

당사자를 앞에 두고 네 명의 법관이 치열하게 의견을 교환하고 있었다. 돌아가는 사정을 보니 두 명씩 의견이 갈린 모양이었다. 국왕은 누구의 편도 들지 않은 채 그 다툼을 지켜보기만 했다. 재판장인 국왕이 법관들의 공방을 방관하자, 그들의 목소리가 점점 더 높아졌다.

"성검의 주인이 1순위라니까요!"

"어허, 그건 그냥 상징적으로 명시된 문구일 뿐입니다!"

"상징적이든 뭐든, 실제로 그 문구가 여기 법전에 있지 않습니까? 법전을 무시하자는 겁니까?"

"이 답답한! 시대가 어느 때인데 아직도 고지식하게 법전 우선주의에 빠져 있습니까? 현실을 고려해서 결정을 내려야지요."

"아니, 그렇게 마음 내키는 대로 갖다 붙이면 그게 법입니까? 법이 무슨 동네 땅따먹기 룰도 아니고!"

"동네 땅따먹기 룰을 무시하는 겁니까? 지역마다 다양성이 있는 건 존중해 줘야 합니다!"

"그런 건 그쪽 동네에 가서나 이야기하십시오. 여긴 법정입니다! 법대로 하자고요, 법대로!"

'어째 갈수록 법리 다툼이 아니라 개싸움이 되는 것 같은데.'

하지만 그러는 와중에도 의견은 착실히 '법대로 해야 한다'라는 쪽으로 움직이고 있었다. 가만히 지켜보다가는 정말 왕위 계승권이 내 손에 떨어지게 생겼다. 그걸 지켜보고만 있을 수는 없었다.

"저기, 법관님들?"

내 목소리에 언성을 높이던 법관들의 입이 꾹 다물렸다. 네 명의 법관이, 아니, 그들을 포함한 법정 내 모두의 눈이 내게 꽂혔다.

"그렇게 논의를 주고받기 전에 선행해야 할 가장 중요한 절차를 잊으셨습니다."

"가장 중요한 절차라니요?"

"그거야 당연히 당사자인 제 의견을 묻는 거죠."

나는 어깨를 으쓱하고 자리에서 일어섰다.

"법관님들의 논의는 모두 제가 왕이 되고 싶어 할 거라는 전제에서 이뤄지고 있지 않습니까?"

"그렇습니다."

"그 전제부터 잘못됐으니, 이 다툼은 전혀 의미가 없습니다."

법관들이 내 말을 이해할 수 없다는 듯 고개를 갸웃거렸다. 자기들끼리 수군대던 법관들은 설마 하는 얼굴이 되어 내게 물었다.

"혹시 지금, 성검의 주인으로서 왕위 계승권을 주장하지 않겠다고 말하는 겁니까?"

"예. 정확하십니다. 저는 성검의 주인에게 주어지는 왕위 계승권을 깔끔하게 거부하겠습니다."

"뭐라고요?"

법관들이 놀라서 펄쩍 뛰었다.

"지금 본인이 무슨 말을 하는지 알고 있습니까?"

"네. 정확히 이해하고 있습니다."

나는 다시 한번 분명하게 나의 뜻을 법관들에게, 이 사태를 조용히 관망하고 있는 국왕에게 전달했다.

"전 왕이 되고 싶지 않습니다. 그러니 성검의 주인으로서의 왕위 계승권도 주장하지 않겠습니다. 깨끗하게, 모두 포기하겠습니다."

"네에?!"

세상에 왕이 되길 원하지 않는 사람도 있나? 법관들이 그런 눈빛으로 나를 쳐다보며 눈을 껌뻑였다.

'어째서 모든 사람이 왕이 되고 싶어 할 거라고 생각하지? 왕이 얼마나 피곤한 자리인데.'

예상하지 못한 내 발언에 법정이 물을 끼얹은 듯 조용해졌다.

"글쎄. 그게 쉬운 일은 아니지."

그때, 그 피곤한 자리에 앉으신 분이 여태까지 침묵하고 있던 입을 열어 상황 중재에 나섰다.

"이미 많은 사람이 성검의 주인이 등장한 것을 보았네. 시조의 재림이, 태양왕이 등장했다고 온 왕국이 떠들썩해. 사람들은 성검의 주인이 왕위를 포기했다는 사실을 이해하지 못할 걸세."

"하지만 사람들이 이해하지 못한다는 이유로 원치 않는 왕위 계승권을 받을 수는 없지 않습니까."

"그래. 그것도 옳은 말이지."

국왕은 내 반발을 예상했었다는 듯 막힘없이 고개를 끄덕였다.

"그래서 내가 이 자리에 있는 모두에게 이런 제안을 할까 하는데……."

국왕이 말끝을 흐리며 앞에 앉은 이들을 바라보았다. 카시안과 리던을 지나친 그의 시선이 마지막으로 내게 멈춰 섰다.

"성검의 주인이 직접 다음 왕을 정하는 것은 어떤가?"

"그게 무슨 말씀이십니까!"

국왕의 말이 끝나기 무섭게 카시안이 자리에서 벌떡 일어섰다.

"저는 폐하께서 인정하신 제레인트의 왕세자입니다. 엄연한 후계자가 있는데, 다음 왕을 또 정하다니요?"

"하지만 법에 따른 왕위 계승 서열은 왕세자보다 성검의 주인이 상위에 있지."

국왕의 말에 카시안이 입술을 질끈 깨물고 주저앉듯 자리에 앉았다. 법대로 따지자면, 그게 맞기는 했다.

'그게 맞긴 맞는데⋯⋯.'

내가 싫다는 권리를 왜 자꾸 주겠다고 난리인가.

"법은 성검의 주인이 우선이라 하고, 성검의 주인은 원하지 않는다고 하는데, 사람들은 성검의 주인이 다음 왕이 되기를 열렬히 바라고 있지."

국왕이 손가락으로 탁자를 두드리며 상황을 정리했다.

"이런 상황에서 성검의 주인이 왕위 계승권을 포기한다면, 왕실이 압박해서 손을 놓은 거라고밖에 안 보일 것 아닌가. 그럼 왕세자에게도 좋을 게 하나도 없네. 왕위에 올라도 사람들의 비난을 떨치기 힘들 게야."

국왕이 불만에 찬 카시안을 똑바로 바라보며 말했다.

"하지만 성검의 주인이 직접 선택한 다음 왕이라면, 시조의 재림에 들뜬 사람들도 이해하지 않겠나?"

아마 리던에게는 환영할 만한 제안일 것이다. 후계 구도에서 뒤처져 있는 그가 왕세자를 앞설 좋은 기회였으니 말이다. 그러나 카시안은 처지가 달랐다. 이미 왕세자라는 유리한 자리를 선점한 그가 끝까지 그 권리를 주장한다면, 조금 전처럼 법관들의 끊임없는 법리 다툼-을 빙자한 개싸움-을 지켜봐야 할 것이다.

"카시안. 성검의 주인에게 선택받을 자신이 없나? 네 형에게, 이길 자신이 없어?"

"……아닙니다. 자신 있습니다."

"내가 널 후계자로 선택한 것이 틀리지 않았다는 것을 이번 기회에 증명할 수 있을 거다."

이번에는 국왕의 시선이 리던을 향했다.

"만약 내가 틀렸다면, 그것은 리던, 네가 증명해라."

"……예."

카시안과 리던이 동의했다. 이제 남은 건 나 하나였다.

"그럼 오베론의 이브리아, 성검의 주인. 그대가 어디 한번 다음 왕을 선택해 보겠나?"

나를 바라보며 묻는 왕의 입가에 슬쩍 미소가 걸려 있었다. 법관들은 감격스러운 눈빛으로 국왕과 나를 바라보며 연신 고개를 주억거렸다.

"법을 존중하면서도 현실을 고려한, 정말 환상적인 판결이십니다, 폐하."

'아. 익숙하다. 이 분위기.'

에렐에서 제5 서리기사단의 충성 서약을 받을 때와 비슷한 느낌이었다. 답은 정해져 있어. 넌 대답만 해. 상황이 그렇게 말하고 있었다.

'난 답정너가 정말 싫어……'

하지만 어쩌겠나. 싫다고 했다가는 저 법관들이 내가 법대로 왕위 계승권을 받아야 한다며 난리를 칠 텐데. 나는 떨어지지 않는 입술을 억지로 움직여 겨우 말을 내뱉었다.

"……그런 기회를 주셔서 영광입니다, 폐하."

'뭐, 그래.'

이왕 왕이 될 사람을 선택하게 됐으니 꼼꼼하게 따져 보고 정말 훌륭한 사람에게 왕위 계승권을 주자! 나는 훌륭한 민주 사회의 유권자로서 투표를 한 경험도 있으니까! 그렇게 생각할 내가 아니었다. 제비뽑기를 하든, 사다리 타기를 하든. 누가 왕위 계승권을 가지면 좋을지 선택만 하면 되는 거 아닌가. 그럼 나는 이 말도 안 되는 왕위 계승권 공방에서 탈출이었다.

하지만 그런! 내 속셈을 알아챘는지 국왕이 단서를 걸었다.

"왕위 계승권자를 선택할 때는 모두가 이해할 만한 이유가 있어야겠지. 후보인 두 사람 중 누가 왕의 자격을 가졌는지 시험을 치르는 게 어떨까?"

국왕이 카시안과 리던을 바라보며 말했다.

"국왕은 한 나라를 운영하는 중대한 임무를 맡게 되지. 누가 이 일에 더 적합한지 알아보려면, 그 능력을 시험해 봐야만 해."

"어떤 시험을 치르면 그 능력을 평가할 수 있을까요?"

"작은 영지가 모여서 결국 하나의 왕국이 되는 법. 왕국의 기초가 되는 작은 영지의 운영에 참여해 그 능력을 보이면 어떨까 싶은데."

"좋은 생각이기는 합니다만, 어떤 영지를 염두에 두고 계십니까?"

"루테나 남작령은 어떻겠습니까?"

"펠 백작령도 괜찮겠지요."

법관들이 몇 가지 후보를 거론했다. 하지만 이미 국왕은 생각해 둔 영지가 따로 있는 것 같았다.

"마침 좋은 영지가 있지 않나."

국왕의 불길한 시선이 나를 향했다.

"성검의 주인이 북방의 에렐의 실질적 영주이니, 두 왕자를 보좌로 삼아 누가 더 국정 운영에 적합한지 판단하면 될 일 아닌가."

'……네? 뭐라고요?'

그렇게 나에게로 불똥이 튀었다.

✦

법정에서 내려진 결론은 이랬다.

하나. 두 왕자는 3개월 동안 에렐 영주의 보좌역을 맡는다.

둘. 성검의 주인은 3개월 동안 두 왕자의 능력을 지켜본 뒤 누가 더 차기 국왕으로 적합한지 평가한다.

셋. 성검의 주인이 평가를 바탕으로 최종 선택을 내리고, 두 왕자는 이에 승복한다.

"받아들이기 힘들다는 걸 안다."

국왕은 카시안을 앞에 두고 한숨을 내쉬었다. 사실 그도 이런 상황이 그리 달갑지 않은 사람 중 하나였다.

"하지만 상황이 바뀌었어. 왕립기사단은 성검의 주인을 지지하고, 법관들도 법이 우선한다고 판단을 내렸다."

법도 여론도 성검의 주인을 향하고 있었다. 손을 놓고 있었다면 그녀에게 왕위 계승권이 주어졌을 것이다.

"그러니 이 방법이 너에게 최선이다, 카시안."

처음부터 국왕의 마음은 그가 직접 임명한 왕세자인 카시안에게 기울어 있었다.

만약 성검의 주인이 카시안이 아닌 리던을 선택한다면? 사람들은 국왕이 보는 눈이 없었던 거라고, 잘못된 선택을 내렸던 거라고 생각할 것이다. 건국왕의 재림이자, 태양왕의 자질을 가진 성검의 주인이 잘못된 판단을 내릴 리는 없으니 말이다. 국왕 역시 카시안만큼이나 그가 선택되기를 바랐다.

"리던을 이길 자신이 없느냐?"

"형님과의 경쟁은 두렵지 않습니다."

이미 한 번 이겼던 상대였다. 카시안은 이번에도 자신이 이길 수 있다고 믿어 의심치 않았다.

"다만, 그 여자가 평가자라는 것이 마음에 걸릴 뿐입니다."

"그래? 오히려 잘된 일이 아니냐?"

이브리아가 카시안의 애정을 얻기 위해 무엇이든 했다는 이야기는 유명했다. 국왕은 이 게임이 카시안에게 절대적으로 유리하다고 생각했다. 그래서 이런 판을 짠 것이다.

"이번 시험을 잘 치르면, 너는 성검의 주인이 선택한 왕이 된다."

그렇게만 되면 그간 1왕자인 리던의 정통성이 더 크다고 주장했던 자들의 입을 틀어막을 수 있었다.

"그리고 에렐을 잘 지켜봐라."

"에렐을요?"

"그래. 그곳에서 마정석과 같은 기능을 가진 청요석을 생산하고 있어. 보좌역을 하면서 많은 정보를 얻을 수 있을 것이다. 잘만 하면 그 청요석도 왕실의 손에 넣을 수 있겠지."

"설마 시험의 무대를 에렐로 삼으신 것도 전부……."

카시안의 말에 국왕이 빙긋 웃었다.

"얻을 수 있는 것은 모두 얻어야지. 그렇지 않으냐?"

나는 국왕의 명에 따라 두 왕자와 함께 에렐로 떠났다.

'빨리 에렐로 돌아가고 싶다고 생각했지만, 이런 식으로 돌아가길 바란 건 아니었는데.'

찜찜한 마음으로 와이번의 등에서 내려오자, 미리 기별을 받고 나와 있던 인세티아 남작이 나보다 더 찜찜한 얼굴로 우리를 맞이했다.

"다시 만나서 반가워요, 남작. 떠날 때보다 손님이 좀 늘었죠?"

"손님이 좀 늘었다니. 그렇게 간단하게 넘어갈 일이 아니잖습니까. 갑자기 이게 무슨 일입니까?"

"나라고 혹을 달고 돌아오고 싶었겠어요? 국왕께서 명령하시는데 내가 뭘 어떡하나요."

"성검의 주인이시잖습니까? 당당하게 주장하셨어야죠."

"아무리 성검의 주인이래도 왕보다 높은 사람은 아니거든요."

나는 한숨을 내쉬며 인세티아 남작에게 지시를 내렸다.

"우선 손님들의 숙소부터 배정해 줘요."

"이미 인원을 파악하고 배정해 뒀습니다."

"훌륭하네요. 내가 왕도에 미무르는 동안 일어난 일 중에 특별히 알아야 할 것들은요?"

"웬만한 사안은 그때그때 편지로 보고했습니다만, 그래도 한눈에 보시는 게 좋겠죠. 내일까지 문서로 정리해서 올리겠습니다."

"부탁할게요."

한동안 손발을 맞춰 왔더니 이제 인세티아 남작과는 합이 척척 맞았다.

"그런데 저쪽은 어떻게 하실 겁니까?"

인세티아 남작이 멀찍이 떨어져 있는 두 왕자를 슬쩍 쳐다보며 물었다.

"아. 저 왕자님들 말이죠."

별로 바라지는 않았던 일이지만 어쨌든 일은 벌어졌다. 무슨 일이 있어도 3개월 동안은 저 두 사람을 데리고 있어야 한다.

'그렇다면, 이왕이면 내게 도움이 되는 쪽으로 써먹는 게 좋겠지.'

그렇지 않아도 에렐에는 할 일이 넘쳐 났다. 이제 막 발전하기 시작해 규모를 늘려가고 있는 영지이니 당연한 일이었다.

하지만 늘어나는 업무량에 비해 이를 처리할 고급 인력은 턱없이 부족했다. 덕분에 나와 인세티아 남작은 코피를 쏟을 정도의 엄청난 업무량에 시달리고 있었다.

조금 더 영지의 규모가 커지고 외부에서 인재가 들어온다면 자연스레 해결될 문제였지만, 지금은 과도기였다. 에렐에 교육 기관을 세워 고급 인력을 직접 양성하는 방법도 있었다.

'하지만 그건 시간이 오래 걸리니까. 장기적으로는 추진해도 좋겠지……'

에렐은 지금 당장 일을 할 고급 인력이 필요했다. 그런 상황에서 두 남자가 뚝 떨어졌다. 원작의 남주와 서브남주.

'이 정도면 보증된 고급 인력이라고.'

나는 걱정스러운 얼굴로 두 왕자를 힐끗대는 남작의 어깨를 두드리며 씩 웃었다.

"남작. 오히려 잘됐어요."

"잘됐다니요?"

"국왕 폐하께서 친히 허락해 주셨잖아요. 두 왕자님을 3개월 동안 에렐의 노예로 부려 먹어도 좋다고."

"노예가 아니라 보좌역입니다, 영주님."

"남작. 뭘 모르시네요. 평가가 달려 있는 직원은 노예나 다름없다고요."

심지어 그 평가에 달린 것이 왕위였다. 두 사람 모두 필사적으로 주어진 임무를 해내려고 할 것이다.

'앞으로 3개월. 마음껏 부려 먹어 드리죠, 왕자님들.'

⸙

"그러니까, 그대의 말은……."

카시안이 눈앞에 쌓인 서류를 보며 입을 떡 벌렸다.

"이 서류가 전부……."

리던도 말문이 막혔는지 손가락으로 수북하게 쌓인 서류를 가리켰다. 나는 그 두 사람을 향해 해맑게 웃으며 고개를 끄덕였다.

"네. 두 분께서 해결하셔야 할 서류예요. 누가 왕에 더 적합한지 알아보기 위한 일종의 테스트죠."

그렇다. 이건 순수하게 누가 더 왕에 적합한지 알아보기 위한 절차였다. 절대로, 내가 일을 하기 싫어서 떠넘기는 게 아니었다.

"이건 3개월 동안 처리하는 양이겠죠?"

카시안이 설마 하는 눈빛으로 내게 물었다. 리던도 그게 아주 궁금하다는 듯 나를 빤히 쳐다보았다.

"설마요. 전부 닷새 안에 보셔야 돼요."

"뭐? 닷새?"

리던이 경악에 차서 목소리를 높였다.

'벌써 놀라면 어떡하나. 이제 시작일 뿐인데.'

"그리고 이게 전부가 아니라……."

나는 슬쩍 웃으며 서재 안쪽에 달린 작은 문을 열었다. 그 안에도 지금 바깥에 쌓인 것만큼 엄청난 서류 더미가 존재감을 자랑하고 있었다.

"이것까지 전부 해결하셔야 해요."

"무슨 서류가 이렇게……."

리던이 믿을 수 없다는 듯 미간을 찌푸렸다.

"에렐은 이제 막 커지고 있는 영지라서요. 개발하고 있는 곳도 많고, 진행 중인 사업도 많고, 그 과정에서 발생하는 민원도 많죠."

보고서, 기획안, 품의서, 결의서……. 빠르게 발전 중인 에렐에는 온갖 문서란 문서가 하루에도 수백 개씩 쏟아졌다.

'그걸 여태까지 나와 남작 둘이서 해결하고 있었으니…….'

아무래도 일을 처리하는 속도가 늦었다. 우선순위를 개발 쪽에 두고 사업 진행에 집중하다 보니, 특히 민원 쪽의 업무가 많이 밀려 있었다. 두 왕자가 해결할 문서들은 모두 그쪽의 일이었다.

"이게 서류만 본다고 되는 일이 아니에요. 민원을 제대로 파악해야 하기 때문에 현장에 직접 나가서 이야기를 듣거나, 추가적인 자료 조사를 해야 하는 경우가 많거든요."

그래서 나와 남작이 제일 피곤해하는 업무 1순위였다.

"하지만 왕의 마음가짐을 배우는 왕자님들에게는 좋은 업무가 될 거예요. 삶의 터전에서 열심히 살아가는 사람들이 어떤 생각을 하고 있는지 체험할 수 있는 좋은 기회니까요."

그리고 두 사람 덕분에 나와 인세티아 남작은 여유를 즐길 수 있겠지.

"그럼 힘내세요, 왕자님들. 왕위를 위해서 파이팅!"

✦

"리쉬! 나 돌아왔어요!"

나는 반갑게 인사하며 라파쉬의 작업장으로 들어섰다. 왕도에서 지내는 동안 작업장에 들르지 못했으니, 2개월만의 방문인 셈이었다.

"이브리아……."

반갑게 인사하는 나와 달리 라파쉬는 어딘가 힘이 없어 보였다. 늘 기운찬 라파쉬답지 않은 모습이었다.

"저기, 우리 때문에 많이 곤란해졌다면서요. 아버지가 눈치 없이 나서는 바람에……."

라파쉬가 머뭇거리며 내게 다가왔다. 누안이 파티장에서 성검의 존재를 밝혀 버린 것이 영 마음에 걸리는 모양이었다.

"아니에요. 애초에 내가 거기에 유피테르를 가져가는 게 아니었는데."

'그놈의 후광 효과가 뭐라고…….'

"게다가 성검을 가지고 있다는 게 들켜서, 오히려 잘됐어요!"

"오히려 잘됐다뇨?"

라파쉬가 영문을 모르겠다는 듯 고개를 갸웃거렸다.

"덕분에 훌륭한 일꾼을 얻었거든요. 그것도 두 명이나."

"……설마 왕자님들이요?"

"네. 상당한 고급 인력이라니까요."

역시나 원작의 주요 인물답게 두 사람은 아주 일을 잘했다. 내 예상보다 훨씬 더 훌륭한 인력이라, 닷새 안에 처리하라고 준 그 많은 서류를 나흘 만에 모두 해결했을 정도였다.

'사실 닷새 안에 처리하기에 조금 버거운 양으로 준 거였는데.'

두 사람을 한 공간에 두고 일을 시켰더니, 서로 경쟁이 붙어서 예상보다 훨씬 이른 시간 안에 일을 마무리해 냈다.

하지만.

—역시 닷새는 너무 길었죠? 같은 양의 서류니까 이번에는 나흘 안에 부탁할게요!

내가 또다시 그만큼의 서류를 주고 저리 말했을 때는 두 사람 모두 절망적인 표정을 지었지만 말이다.

'카메라가 있었으면 찍어 두고 싶을 정도로 웃긴 표정이었지.'

"아무튼 오히려 일이 잘 풀렸으니까 너무 마음 쓰지 않아도 된다고, 누안에게 꼭 말해 주세요."

"그 말을 들으면 한결 마음을 놓겠네요."

라파쉬도 안심했다는 듯 그제야 평소다운 활기찬 미소를 지어 보였다.

"드워프 마을에는 오히려 제가 신세를 많이 졌는걸요. 이렇게 라파쉬를 보내 준 것도 그렇고, 우리 브로치도……."

브로치 이야기를 하니 확인할 것이 하나 떠올랐다. 아치볼드를 통한 브로치 홍보가 대성공을 거둔 이후 쏟아진 주문량은 라파쉬 혼자 감당하기 힘들 정도로 많았다. 그러자 라파쉬가 먼저 드워프 마을에 외주 작업을 맡기는 것이 어떻겠냐고 의견을 제시했다. 그렇지 않아도 라파쉬에게 드워프 마을의 도움을 부탁하고 싶었던 나는 당장 환영의 의사를 밝혔다.

라파쉬가 부탁한 덕분인지, 드워프들은 쉽게 에렐의 의뢰를 받아들였다. 의뢰 내용은 브로치에 장착할 가문 문장의 틀을 만드는 것이었다. 드워프 마을에서 틀을 제작해 에렐로 보내면, 이곳에서 흑철목 수액을 부어 가문 문장 형태의 청요석을 제작하는 순서였다.

그런데 드워프 마을 쪽에서 제시한 틀 제작 비용이 너무 저렴했다. 장인의 실력으로 섬세하게 만들어 낸 틀 가격이 그렇게 저렴하다는 건 말이 안 됐다.

"틀 만드는 비용이 너무 저렴해요!"

내 외침에 라파쉬가 이해할 수 없다는 듯 고개를 갸웃거렸다.

"저렴한 게 문제가 되는 거예요?"

"그럼요. 일했으면 정당한 노동의 대가를 받아야 한다고요."

"드워프들은 물욕이 없어요. 어차피 드워프 마을에서만 살고, 작업이 즐거우면 그만이죠. 그러니 우리에겐 그 정도도 충분히 많은 금액이에요."

"하지만……."

"틀 가격이 저렴하면 브로치에서 많은 이윤을 남길 수 있잖아요. 우리는 돈을 많이 버는 것보다, 이브리아에게 도움이 되는 게 더 좋다고요."

"리쉬……."

"마음이 불편하다면 성검 문제로 이브리아를 곤란하게 한 값이라고 쳐도 되고요."

"드워프들은 전부 천사예요!"

나는 감격에 차서 라파쉬를 끌어안았다.

"나도 돈을 많이 버는 것보다 리쉬가 행복한 게 더 좋아요."

"그럼 문제없네요."

라파쉬가 활짝 웃으며 어깨를 으쓱했다.

"참, 이브리아. 오늘 저녁에 시간 어때요?"

"시간이야 있죠."

'잡다한 일을 전부 다 노예 왕자들에게 떠넘겨서.'

"왜요? 무슨 일 있어요?"

"음, 네. 일이 있죠. 아주 좋은 일이요."

"좋은 일?"

라파쉬가 씩 웃으며 나를 잡아끌었다. 몸을 낮춰 라파쉬와 높이를 맞추자, 그녀가 내 귀에 작게 속삭였다.

"성인이 됐으면, 그걸 해 봐야 하지 않겠어요?"

꒰꒱

"정말 괜찮은 걸까요?"

엠마가 주위를 두리번거리며 초조한 목소리로 물었다.

"괜찮아요. 영주님이 우리의 공범이잖아요. 게다가 그 영주님은 무려 성검의 주인이시니까, 누구도 뭐라고 못 해요."

라파쉬는 작은 꼬챙이로 자물쇠를 따는 데 집중하면서도 너스레 떠는 것을 잊지 않았다.

"공범이라고 말하지 말아 주세요. 저는 두 분께 끌려왔을 뿐이라고요."

"그래요. 그렇게 끌려와서, 결과적으로는 공범이 됐군요."

"그러니까 저는 공범이……."

"아, 열렸다!"

철컥 소리를 내며 자물쇠가 열리자 엠마의 얼굴이 완전히 울상으로 변했다.

"저는 지금이라도 돌아갈래요."

"엠마의 마음은 알겠으니까, 어서 안으로 들어가죠. 계속 서 있다간 거사를 치르기도 전에 들켜요."

"라파쉬 님. 제 마음을 안다면 그냥 보내 주셔야죠!"

엠마의 항의는 아무런 소용이 없었다. 라파쉬는 강한 팔 힘을 한껏 발휘해 엠마를 안으로 끌고 들어갔다.

"저는 결백해요……."

엠마가 질질 끌려가면서도 자신의 결백을 주장했다. 물론 들어 줄 사람이 없는 허공의 메아리였다. 나는 복도가 고요하다는 걸 확인하고 두 사람의 뒤를 따라 안으로 들어갔다.

"역시 소문대로였군요. 남작의 보물창고는 훌륭해요."

내부를 충분히 둘러 본 라파쉬가 만족스럽게 웃으며 외쳤다.

"자. 이제 남작의 보물을 약탈합시다!"

그랬다. 우리는 지금 인세티아 남작의 보물창고를 터는 중이었다. 남작의 보물창고를 가득 채운 것은 그가 각지에서 수집한 술이었다.

"시작은 역시 이게 좋겠어요. 라노페시 34년산! 산뜻한 맛이 일품이거든요."

우리 중 술에 가장 해박한 라파쉬가 선두가 되어 술을 골라내기 시작했다.

"오, 이것도 있었네요. 소앤 115. 달콤한 맛에 속아서 먹다가는 금세 취하죠."

술을 정말로 좋아하는지 라파쉬의 입가에서 미소가 떠날 줄 몰랐다.

"하지만, 성년식을 갓 치른 분께는 이게 가장 좋죠. 라펠리체 3세."

라파쉬가 병을 살짝 흔들며 웃었다.

"왜 그게 성년식을 갓 치른 사람에게 좋은데요?"

"술로 끝장을 볼 수 있거든요. 자기 주사가 뭔지 확실히 알 수 있어요. 이걸 마시고도 취하지 않는 사람은 못 봤답니다."

"앞으로의 음주 생활에 큰 도움이 되겠네요. 그걸로 하죠."

"훌륭한 선택이에요."

라파쉬가 웃으며 라펠리체를 개봉했다. 뚜껑만 열었을 뿐인데도 벌써 얼근하게 취할 것 같은 독한 향이 퍼졌다.

"……사람이 마실 수 있는 술인 건 확실하죠?"

엠마가 두려움에 찬 눈으로 라파쉬에게 물었다. 라파쉬는 대답 대신 라펠리체를 한 모금 마시고는 어깨를 으쓱했다.

"어때요? 죽진 않죠?"

다음 타자는 엠마였다.

"자, 엠마. 이제는 완벽한 공범이 될 시간이에요."

잠시 고민하던 엠마가 라파쉬가 내민 라펠리체를 받아 들어 조심스럽게 병을 입에 가져다 댔다.

"으엑. 이게 도대체 무슨 맛이야."

입안에 술이 들어가자마자 엠마가 헛구역질하며 질색했다.

라파쉬는 엠마의 엄살이 심하다며 혀를 끌끌 찼다.

"드디어 주인공 차례네요."

라파쉬에 엠마의 손에서 라펠리체를 가져와 나에게 건넸다. 짙은 갈색의 술병이 가까워지자 그렇지 않아도 독한 술 향기가 더 진해졌다.

'이 몸으로 술을 마시는 건 처음이야.'

진짜 이브리아는 성인이 되기 전에 자살하기 때문에 원작에서도 그녀가 술을 마시는 에피소드는 없었다.

'나도 이 몸의 주량을 전혀 모른다는 이야기지.'

이브리아가 되기 전의 나는 술이 꽤 강했다. 모두가 취했을 때도 나 혼자만 살아남아 일행을 집에 돌려보내는 역할을 도맡아 했었다. 그래서였는지 나는 술이 별로 무섭지 않았다. 그런 내 영혼을 담았으니 이브리아의 몸도 술에 강하지 않을까? 나는 망설임 없이 라펠리체를 입안에 털어 넣었다.

"하, 한 번에?"

끊임없이 내 목을 넘어가는 라펠리체를 보며 엠마는 물론이고 라파쉬도 놀라서 눈을 크게 떴다. 기어이 라펠리체 한 병을 모두 비워 낸 나는 빈 병을 가볍게 흔들며 고개를 한쪽으로 기울였다.

"첫 병은 원래 원샷이에요."

"이브리아. 그거, 첫 병이 아니라 첫 잔이잖아요."

"어쨌든 처음인 건 똑같잖아요, 라파쉬."

"아뇨. 의미가 아주 다르거든요."

❧

부어라, 마셔라. 얼마나 시간이 지났는지도 알 수 없었다. 바닥을 뒹구는 빈 병이 많아진 것으로 우리가 여기에 오래 있었나 보다 짐작을 할 뿐이었다.

엠마는 이미 오래전에 술에 취해 바닥에 뻗어 있었다. 얼굴이 빨갛게 달아오른 것이 누가 봐도 술을 진탕 마신 꼴이었다. 라파쉬도 술에 절어 있기는 마찬가지였다. 그녀는 자신이 깨끗하게 비워 버린 술

병들을 끌어안고 술이 사라졌다며 엉엉 울었다.

"내 술, 우리 착한 술이, 도대체 어디 갔니……."

그에 비해 나는 생각보다 멀쩡했다. 술을 그렇게 많이 마셨는데도 정신이 멀쩡했다.

'이브리아도 술에 강한가 봐.'

나는 술에 취해 널브러진 두 사람을 두고 자리에서 일어섰다. 친구들이 여기 있으니 나 혼자 떠나면 안 된다는 생각을 하면서도, 몸이 저절로 움직였다.

'이상하게 방으로 돌아가고 싶네.'

왜인지는 모르겠다. 그냥 방으로 돌아가야 한다는 생각이 강렬하게 나를 사로잡았다. 나는 망설이지 않고 이 본능을 따르기로 했다. 다시 한번 말하지만 나는 정말 취하지 않았다. 그저 방으로 돌아가야 한다는 강렬한 본능을 느끼고 있을 뿐이었다.

나는 남작의 보물창고를 빠져나와 무작정 내 방을 향해 걸었다. 그런데 아무리 걷고 또 걸어도 내 방이 보이지 않았다. 분명 왔던 길로 되돌아가고 있는데, 걸음을 옮길수록 낯선 길만 계속 나타났다.

한참이나 낯선 곳을 배회하던 나는 얼마 지나지 않아 조금 눈에 익은 복도로 접어들었다. 깊은 밤이라 모두 불이 꺼진 와중에 한 곳에서만 빛이 새어 나오고 있었다.

'빛?'

내 방은 밝다. 밝은 건 빛이 있기 때문이다. 고로, 저 빛이 나오는 곳이 내 방이다. 완벽한 논리였다. 나는 확신에 차서 내 방으로 걸음을 옮겼다.

빛이 새어 나오는 문을 열고 안으로 들어서자 평소와 분위기가 달랐다. 눈에 익지 않은 가구들이 공간을 가득 채우고 있었다. 나는 생각했다. 누가 내 허락도 안 받고 가구를 바꿨구나.

'이거 정말 내 취향 아닌데. 내일 날이 밝으면 바로 원래대로 돌려놓으라고 해야겠다.'

하지만 지금은 밤이 너무 깊었다. 내 취향은 아니지만, 오늘은 참고 넘어갈 수밖에 없었다. 나는 방에 딸린 응접실을 지나 침실로 걸음을 옮겼다. 그런데 침실의 가구도 전부 처음 보는 것들로 바뀌어 있었다.

'이것도 정말 내 취향 아니다. 내일 날이 밝으면 이것도 원래대로 돌려놓으라고 해야지.'

하지만 지금은 밤이 너무 깊었다. 내 취향은 아니지만 오늘은 여기서 잠들 수밖에 없었다.

그런데 침실에는 가구 말고도 낯선 게 하나 더 있었다.

'웬 남자?'

어떤 남자가 책상에 앉아 무엇인가를 열심히 쓰고 있었다. 나는 감히 내 방에 침입한 남자가 누구인지 확인하기 위해 천천히 그에게 다가갔다. 침입자가 내 등장을 눈치채지 못하도록 까치발을 드는 것도 잊지 않았다. 다행히 바닥이 폭신한 카펫이라 발소리는 거의 나지 않았다. 게다가 침입자는 무슨 일을 하고 있는지 잔뜩 집중해, 펜을 놀리는 팔 외에는 움직임이 전혀 없었다.

'거의 다 됐다.'

내가 아무런 문제 없이 침입자의 등 바로 뒤까지 다가섰을 때, 무엇인가를 느낀 것인지 침입자의 등이 크게 움찔거리더니, 그가 재빨리 뒤돌아 나를 바라보았다. 침입자와 나의 눈이 마주쳤다.

"레이디 오베론?"

침입자는 나도 아는 얼굴이었다. 나의 노예 왕자 1호, 리던이었다.

"이 시간에 여긴 무슨 일이지?"

내 방에 침입한 건 자기면서. 노예 왕자 1호가 도리어 내게 화를 냈다.

"게다가 이 냄새는……."

그는 자리에서 벌떡 일어나 내 몸 가까이 코를 가져다 댔다.

"당신, 술 마셨나?"

"술……."

말을 하니 입 밖으로 더운 숨이 훅 빠져나갔다.

"……술 마셨군."

리던이 한 걸음 뒤로 물러나 나와 거리를 벌리고 문 바깥을 힐끗댔다.

"누구랑 마셨지?"

"엠마랑, 라파쉬랑……."

"술이 어디서 나서?"

"남작의 보물창고. 술 많아서……."

"그거, 남작은 허락한 일인가?"

나는 도리도리 고개를 저었다.

"나는 약탈자야. 엠마도. 라파쉬도."

"……훔쳤다는 말이군."

깊게 한숨을 내쉰 리던이 머뭇거리며 잠시 고민하더니, 내 소매 끝을 살짝 붙잡았다.

"응접실에 앉아 있어. 네 하녀를, 아니, 그 하녀도 같이 마셨다고 했으니……. 아무튼 사람을 불러오겠어."

리던이 붙잡은 소매를 슬쩍 잡아당겼다. 하지만 나는 단호하게 그의 손을 뿌리쳤다. 여기가 내 방인데, 왜 내가 밖으로 나가야 한단 말인가.

"나 잘 거야."

"뭐?"

"침대. 졸려. 잘 거야."

나는 그대로 침대를 향해 직행했다. 커다란 침대는 평소보다 몇 배는 더 포근해 보였다. 지금 당장 저곳에 뛰어들어 편안하게 잠들고 싶었다.

"뭐? 절대 안 돼!"

하지만 리던이 필사적으로 내 앞길을 막아섰다. 내가 오른쪽으로 움직이면 오른쪽을, 내가 왼쪽으로 움직이면 왼쪽을 가로막았다.

"졸리면 응접실 소파에서 자고 있어. 침실은, 절대 안 돼."

편한 침대를 두고 내가 왜 불편한 소파에서 잠을 자야 한단 말인가. 이해할 수 없다는 표정을 잔뜩 담아 리던을 바라보자, 그의 표정이 기이하게 일그러졌다.

"……그렇게 봐도 안 돼."

그렇게 말했던 리던이 곧 무엇인가 생각났다는 듯 내 얼굴을 빤히 쳐다보았다.

"혹시 이것도 테스트 중의 하나인가? 참을성이나 도덕성을 테스트하는 그런……."

"테스트?"

갑자기 무슨 테스트? 이해하지 못한 내가 멀뚱멀뚱 눈을 껌뻑이자 리던의 얼굴이 순간 붉어졌다.

"……그래. 그럴 리가 없지."

그가 얼굴만큼이나 붉어진 목을 손으로 쓰다듬으며 길게 한숨을 내쉬었다.

"정말 여기에서 잘 거야?"

"응. 침대……."

"……그럼 여기서 절대 나오지 마. 이상한 오해 받기 싫으면."

"침입자면서."

"침입자? 내가 무슨 침입자라는……."

거기까지 말한 리던이 복잡한 얼굴로 제 얼굴을 쓸어내렸다.

"하. 됐다. 술 취한 사람을 상대로 무슨."

리던이 마지막으로 다시 한번 나를 빤히 쳐다보고 방을 나섰다. 뭔가를 특별히 하지 않았지만, 어쨌든 침입자가 물러났다. 내가 훌륭하게 침입자를 쫓아낸 것이다.

좋았어. 나는 만족스럽게 침대에 몸을 던졌다. 눈을 감자마자 급격히 몸이 무거워졌다. 나는 그대로 꿈속으로 빠져들었다.

미쳤어! 미쳤다고! 나는 머리를 부여잡으며 침대 위를 뒹굴었다.

'술에 취해서 진상을 부린 기억 같은 건 편리하게 사라지는 거 아니었어? 필름이 끊기고, 그런 건 없는 거야?'

쓸데없는 내 기억력. 모두 생생하게 기억났다. 어제의 기억이 너무 생생해서, 리던과 나눴던 대화의 내용까지 전부 기억날 정도였다. 대화뿐만이 아니었다. 나를 보던 리던의 표정과 행동까지 모두 머릿속에 선명히 남아 있었다.

'이거 무슨 미친 여자냐고 생각했을 거야…….'

그게 아니라도 최소한 술 취해서 남의 침대를 차지한 진상이었다.

'어? 침대?'

그럼 지금 이거 리턴의 침대인가?

나는 화들짝 놀라서 침대에서 구르다시피 뛰쳐 내려왔다. 하지만 내려와서 확인한 침대는 내 것이 확실했다.

"뭐지……?"

침대를 보며 멍하니 중얼거리자 뒤에서 쯧, 하고 혀를 차는 소리가 들려왔다.

"뭐긴 뭐겠어."

곧장 고개를 돌려 뒤를 확인하자 해리가 팔짱을 낀 채 싸늘한 얼굴로 나를 보고 있었다.

"해리?"

"오, 어제 자기 방도 못 알아보시던 분이 웬일이야? 나를 다 알아봐 주시고?"

"어떻게 된 거예요?"

나는 삐딱한 해리를 쳐다보며 걸음을 옮겼다. 머리가 지끈거려 몸이 절로 휘청거렸다. 해리가 손을 뻗어 무심하게 휘청거리는 내 팔을 붙잡았다.

"무슨 술을 그렇게 많이 마셨어?"

"라파쉬가 성인이 됐으면 음주는 한번 해 봐야 하지 않겠냐고 해서요."

내 말에 해리가 미간을 찌푸렸다.

"이브리아, 너 걔랑 놀지 마."

"7살이에요? 무슨 친구랑 놀지 말래."

"너한테 나쁜 걸 가르치니까 그렇지."

"같이한 거지, 라파쉬가 가르친 게 아니에요."

나는 내 팔을 붙잡고 있는 해리의 손을 떼어 내고 소파에 몸을 던졌다.

"으, 머리야……."

소파에 힘없이 늘어진 내 이마에 해리가 손을 얹었다. 내 머리가 뜨거운 건지, 해리의 손이 서늘한 건지. 적당한 온도 차에 기분이 좋아졌다. 나는 고개를 조금 틀어 해리의 손에 얼굴을 비볐다. 그러자 해리의 손이 후다닥 멀어졌다.

"너, 너, 너!"

"내가 뭘요?"

"너 아직도 술 안 깼어?"

"머리가 조금 아프긴 한데, 지금은 완전히 깼어요."

"그럼 방금 그거 뭔데!"

"뭐요? 설마 손에 얼굴 댄 거, 그거 말하는 거예요?"

나는 허공에서 어색하게 굳어 있는 해리의 손을 다시 끌어당겼다.

"차가워서 기분 좋단 말이에요. 조금만 빌려줘요. 어차피 내 거잖아요."

내 말에 해리가 잠시 머뭇거리더니 굳어 있던 손에 힘을 풀었다. 나는 다시 내게 돌아온 해리의 손을 이마에 대고 기분 좋게 늘어졌다.

"근데 어제는 정말 어떻게 된 거예요?"

"아, 어제."

해리의 목소리가 낮게 가라앉았다.

"그 왕자가 여기로 찾아왔더라. 엠마 말고 다른 하녀는 없냐고 하길래, 왜냐고 물었더니 네가 그러고 있다잖아."

"그래서 데려온 거예요?"

"공주님처럼 곱게 모셔 왔지."

"내가 해리한테는 술주정 안 했어요?"

"술주정은 무슨. 그 자식 침대에서 잘만 자던데."

하긴. 침대에 눕자마자 아주 깊게 잠들긴 했었다. 나는 머쓱해져서 헛기침하다 해리의 말에서 거슬리는 부분을 찾아냈다.

"그런데 해리, 어제 내 방에 있었어요? 그 늦은 시간에?"

"그랬는데?"

"이제 그러면 안 된다고 했잖아요!"

"왜? 난 네 소유물 중에 하나잖아. 저 책, 저 옷, 저 구두처럼."

해리가 내 방에 있는 물건들을 하나하나 가리키며 말했다.

"내가 네 방에 있는 건 너무 당연한 거 아니야?"

"그건 개로 있을 때나 그랬죠. 이젠 서리기사단의 해리 경이 됐으니까 각자의 방에서 자는 거로 합시다."

해리가 개일 때에는 온종일 내 곁에 붙어 있어도 괜찮았다. 방을 같이 쓰는 것도 문제없었다. 원래 애완견과는 다들 그러니까.

하지만 사람 해리는 상황이 완전히 달랐다. 그래서 해리가 서리기사단의 해리 경으로 변한 뒤로는 그에게 배정된 방에서 자도록 했다.

"어젯밤에 내 방에는 무슨 일로 왔어요, 내 소유물 씨?"

"저 물건들이 여기 있는 이유가 있어? 네 거니까, 그냥 있는 거잖아. 이를테면 나도 그런 거지."

"하지만 해리는 물건이 아닌데요. 내 거는 맞지만."

"내가 물건이랑 다를 게 뭔데? 난 네가 사용할 때만 할 일이 생기잖아."

"해리는 하고 싶은 거 없어요? 나와 관련된 거 말고요."

"그런 게 왜 필요한데? 난 계약자에 관한 일만 하면 돼."

해리가 왜 그런 걸 묻느냐는 눈빛으로 나를 보았다. 나는 그에게 뭔가 설명이 필요하다고 느꼈다.

"난 해리에게 내가 전부가 아니었으면 좋겠어요."

"왜? 부담스러워서?"

"아뇨. 해리가 더 많은 걸 해 봤으면 좋겠어서요."

해리는 말이 없었다. 내가 하는 말의 의미를 제대로 이해하지 못한 게 분명했다. 나는 조금 더 풀어서 설명할 필요가 있다고 느꼈다.

"해리. 처음 인간계로 넘어왔을 땐 뭘 하고 살았어요?"

"전쟁을 했지? 사람을 죽이고, 또 죽이고."

"그게 계약자가 원한 거였으니까?"

해리가 묵묵히 고개를 끄덕였다.

"그럼 이번엔 뭘 하죠?"

"어?"

"난 해리에게 어떤 것도 바라지 않았잖아요. 처음에 불을 붙여 달라고는 했지만, 그건 오래전의 일이고요."

잠시 고민하던 해리가 고개를 갸웃거렸다.

"……그래도 하지 말라는 건 많은데?"

"네. 그런데, 그것만 빼고 어떤 일이든 할 수 있잖아요. 나 때문에 하는 일 말고, 그냥 해리가 하고 싶은 일을 해도 돼요."

뒤통수를 맞은 사람처럼, 해리가 멍한 얼굴로 나를 바라보았다. 천천히 벌어지는 입이 무엇인가를 말하려는 듯 몇 번이나 움찔거렸지만, 결국 어떤 말도 만들어 내지 못했다. 이내 해리가 고개를 푹 숙였다. 그의 입이 열린 건 그때였다.

"내가 하고 싶은 걸 해도 된다고?"

"네. 원하는 걸 해요. 사람 죽이는 건, 음, 내 기준에서 조금 받아들이기 힘드니까 그런 건 빼고요. 나머지는 정말 어떤 거든 괜찮아요. 그게 내 소원이에요."

"내가 정말 나쁜 짓을 하면 어쩌려고?"

"안 그럴 거잖아요?"

해리가 고개를 들어 나를 보았다.

"왜?"

그의 얼굴이 뭐라 설명하기 힘든 감정을 담고 있었다.

"왜 그렇게 생각하는데?"

"그냥 내가 아는 해리는 안 그럴 것 같아서요."

해리는 나에게 제 영혼의 조각을 나눠 줬다. 내가 죽으면, 그 힘은 그에게 돌아가지 않고 소멸한다. 해리가 이기적이고 잔인하기만 한 악마라면 그런 짓을 할 리가 없었다.

'게다가 내가 지금까지 본 해리는 다양한 감정을 가지고 있어.'

"잘 생각해 보면 해리가 진짜 하고 싶은 게 있을 거라고 생각해요. 계약 때문이 아니라, 그냥 해리가 하고 싶은 거요. 마계에서 하던 일을 여기서도 해도 되고……."

마계에서의 해리가 어떤 일을 했는지는 모르지만, 여기에서처럼 나만 졸졸 따라다니지는 않았을 것이다.

'모든 사람에게 그렇듯, 해리에게도 해리만의 삶이 있었겠지.'

사소하고 평범한 것. 나는 해리가 여기서도 그렇게 지내기를 바랐다.

"아무튼 난, 해리가 계약자를 위해서가 아니라 해리 자신을 위해서 살았으면 좋겠어요. 나와 계약해서 여기 있다고 생각하지 말고, 나랑 친구어서 잠깐 인간계에 놀러 왔다고 생각하면 어때요?"

"친구. 친구라……."

해리가 눈을 내리깔고 친구라는 말을 되뇌며 생각에 잠겼다. 깊이 가라앉은 그의 표정에서는 어떤 감정도 읽을 수가 없었다. 나는 차분하게 해리의 생각이 끝나기를 기다렸다. 노예 왕자들 덕분에 일에도 여유가 생겼으니, 이 정도의 시간은 쓸 수 있었다. 다행히 해리의 고민은 길지 않았다.

"난 싫어."

희미한 목소리와 함께 내리깔았던 눈이 천천히 나를 향했다.

"응. 나는 싫어."

해리의 눈이 완전히 나를 향했을 때 그의 목소리는 미약하나마 확신을 담고 있었다.

"나랑 친구 하기 싫다고요?"

"그래. 나 너랑 친구 같은 거 안 해."

"도대체 왜요? 나처럼 좋은 친구가 어디 있다고?"

하고 싶은 거 다 하라고 해 주는 좋은 친구가 이 세상에 얼마나 된다고. '사람이 신경 써서 말해 줬더니 그걸 거부해?'

심통이 난 나를 보며 해리가 씩 웃으며 고개를 숙였다. 서로의 눈동자에 상대의 얼굴이 비칠 정도로 거리가 가까워지자, 해리가 속삭이듯 작은 목소리로 내게 말했다.

"이런 건 친구끼리 절대 하는 게 아니랬으니까."

"이런 게 뭔데요? 가까이 다가오는 거?"

"아니. 이런 건……."

해리가 말끝을 흐리며 씩 웃더니, 내 입술에 제 입술을 가볍게 내리눌렀다.

"이런 거야."

❧

나는 오후 무렵 노예 왕자들이 열심히 일하고 있을 서재를 찾아갔다. 손에는 그들에게 줄 따끈따끈한 새 서류가 들린 채였다.

"안녕하세요, 왕자님들."

내가 문을 열고 들어서자마자, 두 사람은 내 손에 들린 서류의 양을 확인했다. 재빨리 눈대중으로 서류의 수를 확인한 카시안이 의외라는 듯 눈을 가늘게 떴다.

"어쩐 일이죠? 서류가 이렇게 적다니."

카시안의 말대로였다. 내 손에 들린 서류는 지금까지 내가 그들에게 맡긴 양에 비하면 아주 적은 수였다. 그러니까, 수로만 따지자면 말이다.

"지금까지 계속 민원 서류를 처리하셨으니, 이 영지에 주로 어떤 문제가 발생하고 있는지는 잘 아시겠죠? 가장 시급하게 해결해야 할 문제가 뭘까요?"

나는 먼저 카시안에게 질문을 던졌다. 그는 고민도 없이 곧장 답을 제시했다.

"당연히 제방이겠죠."

내가 자세히 설명해 달라는 의미로 카시안을 보자, 그가 차분하게 이야기를 시작했다.

"에렐은 1년에 2번이나 우기가 있습니다. 집중적으로 비가 쏟아져서 강우량이 엄청나죠. 그런데, 이런 지역에 작은 강줄기가 흐릅니다."

검은 숲과 마을을 구분 짓는 강이 있다.

"그곳에 제대로 된 제방이 없죠. 그래서 우기만 되면 그게 범람하고요. 강이 범람하면 검은 숲은 늪처럼 변하고, 마을에는 홍수가 납니다."

카시안이 지금까지 자신이 처리한 서류들을 보며 고개를 저었다.

"봄 우기에 생긴 피해가 아직도 복구가 안 됐더군요. 당연합니다. 봄 우기의 피해가 복구되기 전에 가을 우기가 오고, 가을 우기의 피해가 복구되기 전에 봄 우기가 오니까요. 악순환의 연속입니다."

"그렇군요. 1왕자님의 생각은 어떠신가요?"

"나 역시 강의 범람이 가장 시급한 문제라고 생각했어. 하지만 생각한 해결책은 다르군."

리던의 말에 카시안의 눈이 날카롭게 반짝였다.

"제방 말고 어떤 방법이 있다는 겁니까, 형님?"

"조금 더 넓게 볼까."

리던이 자리에서 일어나 벽에 걸린 지도 앞에 섰다.

"이게 에렐에 흐르는 강줄기지. 우린 하류에 있어."

그의 손가락이 검은 숲과 마을 사이의 강을 향했다. 잠시 멈춰 있던 손은 금세 강줄기를 따라 서쪽으로 움직이기 시작했다.

"이걸 타고 위로 올라가면 상류가 나와. 벨모른 백작령."

목적지를 찾은 리던의 손이 가볍게 지도를 두드렸다.

"우기는 딱히 에렐만의 문제가 아니더군. 이 일대 모든 영지의 문제였어. 하지만 에렐과 달리 다른 영지들은 피해를 보지 않았지. 왜?"

나는 웃으며 리던의 질문에 대답했다.

"그들은 상류와 중류에 있으니까."

리던이 고개를 끄덕이고 다시 심각한 얼굴로 지도를 바라보았다.

"일종의 폭탄 돌리기인 셈이지. 상류에서 중류, 중류에서 하류. 하류인 에렐은 폭탄 돌릴 곳이 없으니, 그대로 펑."

리던이 카시안을 쳐다보며 분명한 목소리로 말했다.

"근본적인 해결책은 상류에 있어."

"그걸 누가 몰라서 제방 이야기를 한 것 같습니까?"

카시안이 픽하고 웃음을 흘렸다.

"그래요. 우기는 지역적 문제고, 상류와 중류에 보(洑)를 건설하면 제방을 짓지 않고도 피해를 막을 수 있습니다. 하지만 현실적인 정책을 이야기하자는 거 아닙니까? 다른 영지에다 보를 지으라고 명령할 수는 없습니다."

"왜 꼭 명령해야 한다고 생각하지?"

리던이 미간을 찌푸리며 고개를 갸웃거렸다.

"협력을 할 수도 있는 거잖아."

"그게 쉬운 일입니까? 각 영지는 독립적이어서 영지 간 협력은 이뤄지기 어렵습니다."

"어렵다고 시도도 않겠다는 건가?"

두 사람의 눈에 불꽃이 튀었다. 서로의 의견이 너무 명확해서 누구도 굽힐 상황이 아니었다.

'이럴 때 필요한 게 바로 나 같은 중재자지.'

"둘 다 하면 어때요? 저라면 그럴 것 같아요."

나는 두 사람의 의견 교환이 소강상태에 접어든 시간을 틈타 제삼의 의견을 제시했다.

"네?"

"뭐?"

두 사람이 무슨 소리냐는 듯 나를 쳐다보았다. 나는 가볍게 어깨를 으쓱했다.

"전 둘 다 필요하다고 생각하거든요. 벨모른 백작령과 손잡고 보를 만드는 것과 우리 스스로 제방을 세워 방비하는 것."

두 사람이 뛰어난 덕분에 내가 길게 설명할 필요가 없었다.

"각자의 방식으로 강의 범람을 막기 위한 대책을 실현해 주세요. 이게 바로 두 번째 테스트입니다. 이제 여름의 끝물이니, 곧 가을의 우기가 시작되거든요."

"예산은 얼마나 돼?"

리던이 계산 빠르게 물었다.

"예산도 능력껏 편성받으세요. 재정은 인세티아 남작이 담당하고 있으니, 그를 설득한다면 충분한 예산을 얻을 수 있겠죠."

쉽게 말했지만, 인세티아 남작은 상당히 까다로운 사람이었다. 어쭙잖은 설득은 통하지 않았다.

"그럼, 이번에도 왕위를 위해 힘내세요, 왕자님들."

⚜

인세티아 남작이 냉랭한 얼굴로 보고서를 내밀었다. 평소에도 딱딱한 사람이기는 했지만, 오늘은 그 정도가 심했다.

'이유는 이미 알고 있지.'

라파쉬와 내가 인세티아 남작의 술 창고를 약탈해서였다.

"돈 많이 벌어서 그 창고 다시 채워 준다니까요."

"한번 잃은 빈티지는 다시 돌아오지 않습니다."

"중고 거래 있잖아요. 내가 웃돈 주고 중고 거래해서라도 구해 줄게요."

내 말에 남작의 얼굴이 조금 풀어졌다.

"……술을 마시고 싶으셨으면 말을 하시지, 왜 도둑고양이처럼 몰래 잠입해서 술을 드십니까?"

"말했으면 좋은 술은 다 숨겨 놨을 거잖아요."

"그건 당연합니다. 어차피 술맛도 모르시잖습니까. 마시고 취하면 어차피 다 같은 술인데."

'하긴. 틀린 말은 아냐.'

지금 와서 기억나는 건 처음 마신 라펠리체 하나뿐이었다. 술에 완전히 취해서 마신 다른 술들은 무슨 맛이었는지는커녕, 어떤 병에 들어 있었는지도 기억이 나질 않았다.

"그런 분께는 맥주가 딱입니다. 싸고, 양 많고, 빨리 취하고. 얼마나 좋습니까?"

"성년의 첫 음주를 맥주로 시작하고 싶지 않았다고나 할까요."

"그게 왜 하필 제 술이었느냐는 겁니다."

남작이 한숨을 내쉬며 고개를 저었다.

"다시는 제 보물창고를 약탈하지 못하실 겁니다. 더 강력한 자물쇠를 달아 뒀으니까요."

"음. 그 자물쇠 사람이 만든 거죠?"

"유명한 장인이 만든 겁니다. 당연히 사람이고요."

"그럼 그것도 쉽게 따지 않을까요? 리쉬는 드워프잖아요."

"……드워프 마을에 자물쇠를 만들어 달라고 하겠습니다."

당장에라도 의뢰를 하러 갈 태세였다.

"의뢰하러 가는 건 좋은데, 그 전에 두 왕자님 이야기나 해 봐요. 최근에 두 사람이 남자을 찾아가지 않았어요?"

내 말에 남작이 애매하게 고개를 끄덕였다.

"리던 님이 오셨습니다. 예산을 요청하셨고, 저는 근거 자료가 부족하다며 거절했습니다. 다시 자료를 보충해서 오시겠다더군요."

'사회의 쓴맛을 보았군, 노예 왕자 1호.'

나는 만족스럽게 고개를 끄덕이며 노예 왕자 2호의 소식도 물었다.

"왕세자는요?"

"오지 않으셨습니다."

"아예 방문조차 안 했다고요?"

"그렇습니다."

남작에게 예산을 쉽게 타내지 못할 건 예상했지만, 아예 찾아오지도 않을 거라는 건 예상 답안에 없었다. 생각해 보니 그날 예산에 관해 물어 본 사람도 리던뿐이었다.

'애초에 예산은 고려 사항에도 없는 사람처럼 굴긴 했지.'

상류와 중류에서 여과 없이 흘러드는 물로 불어난 강의 범람을 막으려면, 제방을 상당한 수준으로 쌓아야 한다. 제방이 높아지면 높아질수록 당연히 그 비용도 올라갔다. 만약 상류, 중류의 영지와 협의해 그쪽에 보가 생긴다면, 흘러오는 물의 양 자체를 줄일 수 있으니 제방의 높이도 반 이상 줄일 수 있었다. 에렐에서 단독으로 제방을 지으려면 돈이 엄청나게 들고, 상류와 중류에 보를 짓는 것만으로는 만약의 사태에 대비하기 어렵다.

'그래서 나라면 둘 다 할 거라고 한 거였는데.'

아무리 생각해도 카시안의 계획을 알기 힘들었다.

'나야, 뭐. 두 사람이 어떻게든 강의 범람 문제를 해결해 주기만 하면 되지만.'

아직은 지켜볼 시기였다.

톡. 토독. 무엇인가 창문을 두드리는 소리가 요란하게 울렸다.

'으으, 시끄러워.'

나는 이불을 끝까지 뒤집어쓰고 요란한 소리를 피하려고 애썼다. 하지만 곧이어 '쿠르르릉!' 하고 하늘이 찢어지는 듯한 소리까지 들려오자, 더 버틸 수가 없어졌다.

'도대체 무슨 소리야……'

나는 잠에 취한 채 침대에서 내려와 창가에 다가섰다.

'어?'

굳게 닫힌 커튼을 열고 창밖을 보자마자 눈앞에서 번개가 번뜩이고, 뒤이어 다시 한번 '쿠르르릉!' 하는 소리가 들려왔다. 하늘이 찢어지는 것 같던 소리의 정체가 바로 천둥이었던 것이다. 밖에서 엄청난 폭우가 쏟아지고 있었다.

"비……?"

나는 현실감 없는 풍경에 입을 떡 벌렸다. 창밖의 풍경이 제대로 보이지 않을 정도로 거센 비가 쉴 새 없이 쏟아지고 있었다.

"영주님!"

내가 창밖의 풍경에 넋을 놓고 있을 때, 인세티아 남작의 다급한 목소리가 들려왔다.

"영주님! 당장 일어나셔야 합니다! 영주님!"

그가 평소의 예의를 잊은 채 요란하게 내 방문을 두드려 댔다. 나는 다급한 걸음으로 걸어가 문을 활짝 열었다. 문을 열자마자 보인 건 후드 로브를 입은 채 물에 빠진 생쥐 꼴이 된 인세티아 남작이었다. 어찌나 푹 젖었는지, 그가 서 있는 자리 아래로 동그랗게 물웅덩이가 생겼을 정도였다.

"무슨 일이에요?"

나는 당황해서 그에게 물었다.

"비가 내립니다."

"그건 나도 알아요. 비 내리는 것 정도는 확인했으니까."

"단순한 비가 아닙니다. 이 정도의 비는, 우기에나 내리는 폭우입니다."

"그냥 지나가는 비일 수도 있잖아요."

원래 소나기일수록 이렇게 강한 법이었다. 하지만 남작은 단호한 얼굴로 고개를 저었다.

"이렇게 비가 내린 게 벌써 다섯 시간째입니다, 영주님."

"네? 다섯 시간째라고요? 아직 우기가 아니잖아요. 여름이 채 끝나지도 않았는데……."

에렐의 우기는 일 년에 두 번, 봄과 가을이었다. 내가 왕도에 머무르던 봄과 여름 사이에 우기가 한 차례 지나간 뒤였다. 아직 다음 우기는 한참이나 남아 있었다.

"저도 이유를 모르겠습니다. 지금 당장은 이유를 찾기보다 피해에 대처해야 합니다."

"상황이 어떤데요?"

"아직 강이 범람하지는 않았습니다. 하지만 이대로 두면 시간문제입니다."

강이 범람하면 검은 숲의 흑철목 수액을 채집하는 것이 한동안 불가능해진다. 그렇지 않아도 지난 우기 동안 수액 채집에 어려움을 겪어 청요석 물량 맞추기가 빠듯한 상황이었다. 이번에 또 수액 채집이 더뎌지면, 약속했던 납품 일자를 맞추기가 어려웠다.

'장사의 기본은 신뢰인데.'

게다가 이번 납품에는 브로치를 미끼 상품으로 거래를 튼 신규 귀족 고객들이 많았다.

'첫 거래부터 기한을 어기다니. 있을 수 없는 일이야.'

어떻게든 범람을 막아야만 했다.

"직접 상황을 봐야겠어요."

내가 그렇게 말할 줄 이미 알고 있었는지, 남작이 내게 미리 준비해 온 후드 로브를 건넸다. 나는 베개 아래 넣어 둔 성검을 꺼내 들고, 그가 건넨 후드 로브를 대충 꿰입은 뒤 다급하게 걸음을 옮겼다.

소란스러운 소리에 이미 저택 사람들 대부분이 깨어 있었다. 덕분에 한밤중인데도 저택이 대낮처럼 밝았다. 후드를 눌러쓰고 비가 쏟아지는 밖으로 나서자, 이미 서리기사단 전원이 내 지시를 기다리고 있었다. 그중에 해리의 모습도 보였다. 서리기사단을 소집할 때 함께 불려 나온 모양이었다. 나는 서리기사단을 향해 당장 급한 명령을 내렸다.

"서리기사단은 당장 임시 제방을 쌓으세요. 와이번을 이용하면 사람의 손으로 하는 것보다 훨씬 빠르게 작업이 가능할 거예요. 큰 돌을 찾아서 강가에 쌓아요."

"예, 알겠습니다!"

서리기사단이 일사불란하게 움직여 와이번을 타고 날아올랐다.

"무슨 일이야?"

그들의 뒤를 따라 나 역시 강 쪽으로 이동하려는데, 저택에서 리던과 카시안이 뛰어나왔다. 그들 역시 불길한 분위기를 감지한 것 같았다.

"지금 상황 설명할 시간이 없어요."

나는 남작에게 탈것을 가져오라고 눈짓하고 두 왕자에게 질문했다.

"도울 거예요, 말 거예요? 도울 거면 따라오고, 말 거라면 그냥 저택에서 조용히 기다리세요."

"당연히 돕지! 무슨 소리야?"

리던이 무슨 헛소리를 하냐는 듯 버럭 소리를 지르고는 주위를 두리번거렸다. 마침 남작이 말 두 마리를 가져오자, 리던이 그중 하나에 올라타 내게 손을 내밀었다.

"타. 너 승마 못 하잖아."

"어떻게 알았어요?"

"이브리아 오베론이 말 못 타는 건 유명한 이야기 아니었나? 아무튼 빨리 타! 급하다며?"

리던의 말이 맞았다. 나는 황급히 리던의 손을 맞잡았다. 그러자 리던이 힘을 주어 한 번에 나를 말 위로 끌어 올렸다. 다른 말에는 인세티아 남작과 카시안이 올라탔다.

내가 안정적으로 말 위에 앉자마자 리던이 말의 옆구리를 발로 찼다. 말이 쏜살같이 앞을 향해 달리기 시작했다. 얼굴에 들이치는 비 때문에 시야를 가늠하기 힘들었지만, 리던은 길을 잃지 않고 강을 향해 달렸다.

"어서! 서둘러!"

"뭐 하는 거야? 빨리 움직여!"

강변은 이미 난장판이었다. 사람들은 소리를 지르며 릴레이하듯 돌을 날라 강가에 쌓아 올렸다. 하늘 위에서는 먼저 출발한 용기사들이 커다란 돌들을 옮기고 있었다. 마치 지옥 같은 풍경에 리던마저도 입을 쩍 벌린 채 잠시 넋을 잃었다.

"리던! 정신 차려요!"

나는 말에서 구르다시피 뛰어내리며 리던의 다리를 잡아당겼다. 다급한 나머지 존칭도 생략한 채 이름을 불렀지만, 리던도 그걸 신경 쓸 정신이 없어 보였다. 우리는 그대로 달려가 사람들에게 합류했다. 비가 쏟아지는 데다 밤까지 깊어 시야 확보가 제대로 되지 않았다.

"유피테르! 후광이요!"

나는 성검을 쥐고 빛을 불러냈다. 그러자 어두웠던 주변이 순식간에 밝아져 시야가 환해졌다. 밝아진 시야에 드러난 풍경은 더 절망적이었다. 급격하게 불어난 물이 어느새 강의 가장 높은 곳까지 들어차 있었다. 나는 이를 질끈 깨물고 사람들과 함께 돌을 옮겼다. 하지만 돌이 쌓이는 속도보다 하늘에서 쏟아지는 비와 상류에서 내려오는 강물로 수위가 높아지는 게 더 빨랐다.

그때, 사람들을 뚫고 인세티아 남작이 내게 다가왔다. 그의 몰골 역시 강가에 달라붙어 있는 다른 사람들처럼 엉망이었다.

"영주님! 선택하셔야 합니다!"

"선택? 뭘?"

"민가입니까, 검은 숲입니까? 강 양쪽 모두를 지키는 건 무리입니다. 한쪽에 집중하면, 하나는 살릴 수 있을지도 모릅니다!"

남작이 빗소리를 뚫고 내게 소리쳤다. 그의 말대로였다. 사람들이 두 조로 나뉘어 양쪽 강가 모두에 돌을 쌓는 지금 속도라면, 금세 물이 차오르는 속도에 역전당하고 말 것이다. 하지만 어느 쪽을 선택해야 하나?

사람의 목숨, 삶의 터전. 그런 걸 생각한다면 당연히 민가가 있는 방향이었다. 하지만 검은 숲을 포기할 수도 없었다. 지금 검은 숲이 침수당하면 청요석 거래처 수십 곳을 한 번에 잃게 될 것이다.

민가의 사람들을 대피시키고 검은 숲을 지키면 되지 않을까? 하지만 시간에 맞춰 모두 무사히 빠져나갈 수 있을 거라는 확신이 없었다. 게다가 사람의 목숨은 구해도 그들이 일군 터전은 엉망이 돼 버린다.

"영주님! 시간이 없습니다!"

인세티아 남작이 크게 소리치며 나를 재촉했다. 나 역시 이런 고민의 시간조차 사치라는 걸 알고 있었다. 나는 입술을 질끈 깨물었다. 정말 고민스러웠지만 어쩔 수 없었다.

'둘 중 하나를 선택하라면, 역시 사람을 위한 쪽일 수밖에 없잖아.'

"민가!"

나는 결심을 굳히고 사람들에게 소리쳤다.

"검은 숲은 버려! 민가를 지킨다! 다들 이쪽의 강가에 돌을 쌓아!"

"……알겠습니다!"

남작이 비장한 얼굴로 고개를 끄덕인 뒤, 나의 명령을 사방에 전달하기 시작했다.

"다들 민가를 지켜!"

"검은 숲은 버려!"

사람들의 입과 입을 거쳐 내 명령이 전해졌다. 양쪽으로 나누어져 있던 사람들이 점점 민가 방향으로 결집하기 시작했다. 그러자 확실히 작업 속도가 눈에 띄게 빨라졌다. 이미 검은 숲은 범람이 가까워졌지만, 민가 쪽은 여유가 있었다.

"이브리아."

그때. 돌을 들고 강가를 향해 달려가는 내 어깨를 누군가가 붙잡았다. 고개를 돌려보니 비에 푹 젖은 해리가 무표정한 얼굴로 나를 바라보고 있었다.

"해리? 와이번을 타고 간 거 아니었어요? 뭐 해요! 어서 해리도 도와요!"

"이브리아. 너 또 내가 누군지 잊은 거 아냐?"

무표정하던 해리가 한쪽 입꼬리를 슬쩍 끌어 올렸다.

"내게 부탁하면 민가와 검은 숲, 양쪽 모두를 살릴 수 있어."

"어떻게요?"

"나는 불의 마법사고, 물은 강한 불에 증발하니까?"

나는 해리가 내 몸의 물기를 순식간에 날려 버렸던 것을 떠올렸다. '왜 이 생각을 진즉에 못 했을까!'

나는 해리의 손을 붙잡고 다급하게 그에게 소원을 빌었다.

"강이 범람하지 않도록 도와줘요, 해리."

"접수했어, 내 계약자의 소원."

해리가 제 손을 붙잡은 내 손등에 가볍게 입술을 댔다. 입맞춤이라기에는 지나치게 담백한 행위였다. 해리의 붉은 눈이 오묘하게 번뜩였다.

"이 개는 주인님의 뜻대로 따르지요."

해리가 웃으며 내 손을 놓은 뒤 강둑 위로 뛰어올랐다. 분주하게 움직이던 사람들이 갑자기 등장한 해리를 보곤 그에게 어서 내려오라고 손짓했다.

"뭐 하는 거야? 어서 내려와!"

"지금 물이 넘친다고! 위험해!"

하지만 사람들의 경고에도 해리는 유유자적했다. 이 자리에서 태평한 건 나와 해리, 단둘뿐이었다. 해리는 강둑 아래의 나를 바라보며 양팔을 옆으로 벌렸다. 해리가 눈을 감고 고개를 하늘로 치켜들자, 세찬 비가 그의 얼굴을 씻어냈다. 마치 그림 같은 풍경이었다.

유피테르가 만들어 낸 빛이 강둑 위에 선 해리를 비추고 있었다. 돌을 들고 있던 사람들은 자신도 모르게 제자리에 멈춰서 멍하니 해리를 바라보았다. 분명히 악마인데, 은발의 청년은 천사라도 되는 것처럼 성스러운 기운을 풍기고 있었다.

'이렇게 사람을 홀리기 때문에 악마인 건가?'

내가 그렇게 생각하는 순간. 해리의 양손 끝에서 푸른 기운이 일어나기 시작했다. 고작 흑철목을 태우기 위한 불꽃과는 달랐다. 지금의 불꽃은 아주 순수한 푸른색이었다. 해리의 손에서 시작된 푸른 불꽃이 강물을 태우기 시작했다. 내리는 비도 푸른 불꽃에 사그라들었다.

조금씩. 강물의 수위가 내려갔다. 조금씩. 쏟아지는 빗줄기가 가늘어졌다.

사람들은 이제 완전히 넋을 놓고 해리가 만들어 낸 놀라운 기적을 지켜보고 있었다.

"신이시여……."

"신이시여!"

너무 놀란 나머지 자리에 주저앉는 사람이 있는가 하면, 해리를 신이라 부르며 찬양하는 사람도 있었다.

어느새 비가 그쳤다. 사람들은 멍한 얼굴로 하늘을 바라보았다. 조금 전까지 하늘에 구멍이라도 뚫린 듯 쏟아지던 비가, 정말로 흔적도 없이 사라졌다. 놀라움은 거기서 그치지 않았다.

"가, 강물이 사라졌어!"

누군가의 경악에 찬 외침처럼 강물이 완전히 메말라 바닥을 드러내고 있었다. 해리가, 이 공간을 해치는 물을 모조리 없애 버렸다.

도대체 저 사람은, 아니, 저 존재는 누구인가? 사람들은 두려움과 경외심, 그 사이 어딘가의 감정이 담긴 눈으로 해리를 바라보고 있었다.

제 임무를 완수한 해리가 두 팔을 내리고 턱을 아래로 당겼다. 해리가 천천히 두 눈을 떴다. 붉은색의 눈동자가 선명했다.

"푸른 불꽃의 대마법사……."

군중 속의 누군가가 탄성처럼 해리의 오래전 이름을 내뱉었다.

"전설 속의 그 마법사?"

"저 사람이?"

그렇게 시작된 이름은 독한 감기처럼 빠르게 모두의 입에 옮겨붙었다.

"푸른 불꽃의 대마법사다!"

"전설의 마법사가 우릴 구했어!"

모두가 그의 이름을 입에 올리며 찬양하는 와중에도 새빨간 두 눈동자는 나만을 향하고 있었다. 그 선연한 붉은빛과 눈이 마주치는 순간, 나는 기이한 불안함과 낯섦을 느꼈다. 무엇인가가 이상했다.

'도대체 뭐지?'

아무리 봐도 해리는 평소의 그와 다를 게 없었다. 그런데도 이토록 가슴이 불안한 건 그저 쓸데없는 직감인가? 하지만 나의 불안에 논리적인 근거를 찾을 필요는 없었다.

"해리……."

나는 밀려드는 불안감에 해리의 이름을 부르며 그대로 그에게 달려갔다. 높은 강둑을 오르느라 손과 무릎에 생채기가 났지만, 아픔은 하나도 느껴지지 않았다.

사위가 고요한 가운데 나는 강둑 위에 올라서는 것에 성공했다. 해리의 시선은 줄곧 나를 따라 무심히 움직였다. 그는 내가 그 앞에 다가서는 모습을 똑똑히 바라보았다. 그러면서도 단 한마디 말조차 하지 않았다.

'그래, 말.'

나는 그제야 내 불안의 정체를 알아차렸다. 마법을 쓰고, 이 기적을 만들어 낸 이후로 해리는 단 한마디도 하지 않고 있었다. 평소 같았다면 벌써 제힘이 얼마나 대단한지 알겠느냐고 떠들어 대고 있을 시간이었다. 그러면 나는 해리를 타박하고, 해리는 내가 저를 무시한다며 떼를 쓰는 것이다.

하지만 지금의 풍경은 일상을 벗어났다. 벗어나도 한참을 벗어났다.

"해리……?"

나는 불안함에 조심스럽게 해리의 옷깃을 그러쥐었다. 그제야 해리가 씩 미소를 흘렸다. 그 미소 하나에 천 년의 긴장이 풀리는 것 같았다.

"해리! 뭐예요. 이상해서 걱정했잖아요!"

"걱정은 무슨. 내가 누군지 잊었어?"

목소리는 평소보다 묵직했다. 하지만 말투는 평상시의 해리 그 자체였다.

"진짜 해리다!"

나는 평소와 똑같은 해리의 모습에 안심해서 그를 와락 끌어안았다.

"도대체 어떻게 한 거예요?"

"빗물도 태우고, 비구름도 태우고, 아마 강물도 상류까지 전부 메말랐을걸?"

"진짜 이게 무슨 일이에요? 정말로 물이 전부 다 사라졌……."

"쿨럭!"

하지만 나의 안심을 비웃기라도 하듯 내 품의 해리가 기침하기 시작했다. 소리만 들어도 보통 기침이 아니라는 걸 알 수 있을 정도로 소리에 이질감이 느껴졌다.

"해리……?"

나는 다시 불길해져서 몸을 조금 뒤로 뺐다. 그러자 손으로 입을 틀어막고 있는 해리의 모습이 보였다. 새하얀 옷이 검붉은 핏덩어리로 엉망이었다.

"해리!"

내가 놀라서 소리치자 해리가 내 옷을 빤히 바라보며 미간을 찌푸렸다.

"옷, 더러워졌어."

그 말에 내 옷을 바라보니, 해리가 기침하며 내뱉은 피가 오른쪽 어깻죽지에 흥건했다.

"지금 옷 더러워진 게 문제예요? 피…… 피 토했잖아요, 해리!"

경악에 찬 내 목소리에 해리가 별거 아니라는 듯 피로 엉망이 된 제 손을 내려다보았다.

"아, 이거는 힘을 급격하게 많이 써서……."

해리의 말끝이 힘없이 늘어졌다. 나는 본능적으로 그에게 무엇인가를 채워야 한다고 생각했다.

"충전, 그래, 충전할까요?"

나는 해리의 어깨를 붙잡고 까치발을 들어 그의 입술에 입을 가져갔다. 하지만 서로의 입이 맞닿기 전에 해리가 고개를 돌려 피했다.

"피 묻어."

"그게 뭐가 중요해요? 지금 당장 충전하자고요!"

"멍청아. 충전은 기분 좋은 거지, 힘을 채우는 게 아니거든? 이건 그냥 좀 쉬고 나면……."

다시금 해리의 말끝이 맥없이 늘어졌다. 이번에는 해리의 몸이 늘어진 말꼬리와 함께 무너져 내리기 시작했다. 어느새 그의 눈은 굳게 닫혀 있었다.

"해리!"

크게 비틀거린 해리의 몸이 그대로 나를 향해 기울었다. 나는 두 팔을 벌려 해리를 껴안았다. 내 품에 축 늘어진 그의 몸이 물먹은 솜처럼 무거웠다.

나는 리턴의 도움을 받아 해리를 침실로 옮겼다. 리턴이 나를 도우며 '네 침실?' 하고 놀라워했지만, 쓰러진 해리를 신경 쓰는 것만으로도 나는 충분히 정신이 없었다.

"의사를 부를까요?"

나와 리턴의 뒤를 따라온 인세티아 남작이 조심스럽게 물었다. 하지만 나는 의사를 불러도 좋을지 확신할 수가 없었다.

'해리는 악마인데. 의사를 불러도 되는 건가?'

정체를 들키는 것보다, 의사가 그에게 도움이 되지 않을 것이 두려웠다.

"……의사를 불러오겠습니다."

멍하니 선 내게서 답을 듣기 힘들 것으로 생각했는지 남작이 스스로 결론을 내리고 방에서 사라졌다.

침대에 누운 해리의 얼굴이 아주 창백했다. 거기다 옷은 빗물과 핏물로 엉망이었다. 나는 해리가 이렇게 초라한 꼴로 누워 있는 게 믿어지지 않았다. 그 강한 악마가 왜?

나는 해리가 이렇게 맥없이 쓰러지리라고는 생각지도 못했다. 하지만 해리가 펼쳤던 기적의 순간을 떠올리면 이상할 것도 없었다. 자연의 법칙을 거스르고, 신의 규칙도 거스르는 것 같았던 그 풍경.

"푸른 불꽃의 대마법사인가?"

옆에 선 리던이 혼잣말처럼 중얼거렸다.

"왕실 신전에 푸른 불꽃의 대마법사가 남긴 불꽃이 남아 있어. 선명한 푸른색의 불이."

나는 천천히 고개를 돌려 리던을 바라보았다. 그는 완전히 넋이 나간 얼굴이었다.

"오늘 본 불과 똑같았어. 완전히, 똑같았어."

고장 난 인형처럼 똑같았다는 말만 반복하는 리던의 뒤로 의사가 다급하게 뛰어왔다. 의사는 주변을 살펴볼 것도 없이 곧장 해리에게 직행했다. 누가 보더라도 이 공간에서 의사가 제일 필요한 사람은 해리였으니까.

의사는 진지한 얼굴로 해리를 진찰하기 시작했다. 나는 그 옆에서 초조하게 결과를 기다렸다. 한참의 진찰 끝에 의사는 애매한 얼굴로 자리에서 일어섰다.

"어때요? 무슨 문제인가요? 생명이 위험한 건 아니죠?"

내 질문이 쏟아지면 쏟아질수록 의사의 얼굴이 더 이상해졌다. 그 점이 더욱 내 불안을 부추겼다.

"저……."

의사가 무슨 말을 해야 할지 모르겠다는 듯 머뭇거리며 진찰한 결과를 입에 올렸다.

"멀쩡합니다."

"……네?"

예상하지 못한 말에 나를 비롯한 모두가 멍해졌다. 이거 돌팔이 아냐? 모두의 눈빛이 그런 의미를 담아 의사를 바라보고 있었다. 의사는 그런 우리의 반응을 이미 예상했다는 듯 난처하게 웃었다.

"이런 말을 하는 제가 돌팔이 같아 보일 거라는 걸 잘 압니다. 하지만 어떡합니까? 아무리 진찰해도 이상이 없습니다. 아주 멀쩡합니다."

오히려 의사가 누워 있는 해리를 힐끗거리며 진지한 얼굴로 물었다.

"혹시, 저분 손이며 옷에 묻은 피가 다른 사람 피는 아닙니까?"

의사가 그렇게 의심할 정도로 멀쩡하다는 뜻이었다.

"아무 이상이 없는데 왜 쓰러진 거죠?"

"그건 저도 모르겠습니다. 하지만 신체적으로 문제가 없다는 건 보증할 수 있습니다. 정말입니다."

의사가 결백을 주장하며 두 손을 들었다. 하지만 나는 그 말을 믿을 수가 없었다.

"인세티아 남작."

"예."

"이 의사 돌팔이네요. 다른 의사 데려와요."

"……네."

"아니, 정말입니다! 정말로 저분은 이상이 없다니까요?"

의사가 끝까지 억울하다는 소리를 외치며 멀어졌다.

⚜

그 뒤로도 세 명의 의사가 더 찾아와 해리를 진찰했다. 하지만 그들의 결론은 항상 똑같았다. 해리의 몸에 아무 이상이 없다는 것.

하지만 의사들의 보증에도 불구하고 해리는 며칠 동안 눈을 뜨지 못했다. 나는 침대에 걸터앉아 여전히 굳게 눈을 감은 채 누워 있는 해리의 얼굴을 바라보았다.

시종에게 명령해 더러워진 옷은 갈아입히고, 비에 젖은 몸은 따뜻한 물로 씻어 냈다. 덕분에 외관상으로 해리는 멀쩡했다. 누가 보면 평범하게 잠들어 있는 사람으로 알 것 같았다.

어쩌면 이게 큰 힘을 사용한 악마가 다시 힘을 충전하는 방식이 아닐까? 악마에 대해서는 잘 모르지만, 충분히 그럴 가능성이 있었다.

'의사들이 신체적으로는 문제가 전혀 없다고 확신했으니까. 아마 힘을 다시 채우고 있는 거겠지.'

쓰러지기 전에 쉬고 나면 힘이 채워지니 어쩌니 하는 말을 했던 것도 생각났다. 나는 해리가 충전 모드의 휴대폰 상태에 들어간 거라고 생각하기로 했다. 그러지 않으면 마음이 무거워서 견딜 수가 없었다.

'그런 소원을 비는 게 아니었어.'

내가 너무 큰 소원을 빌어서 이 사달이 난 거다. 나는 미안한 마음을 담아 매일같이 해리를 찾아와 그의 입술에 입을 맞췄다. 해리는 이 충전으로는 힘이 충전되지 않는다고 얘기했지만, 그래도 이게 내가 아는 유일한 충전 방법이었다. 나는 해리의 충전에 조금이라도 도움이 되길 바라며 있는 힘껏 입술을 갖다 댔다.

'기야, 넘어가라, 넘어가! 내 힘을 가져가라!'

나는 기 훈련을 하는 도사처럼 연신 주문을 외우며 해리에게 힘을 불어넣으려고 애썼다.

'여태까지 별 반응이 없는 걸 보면 그리 효과는 없는 것 같지만.'

사람들은 내게 해리에 관해 묻고 싶은 눈치였지만, 아직도 그가 깨어나지 않고 있다는 사실을 듣고는 모두 입을 다물었다.

해리가 침대에서 눈을 감고 있는 사이 나는 때아닌 폭우의 원인을 찾기 위해 나섰다. 해리가 비구름까지 전부 태워 버려 며칠째 비가 내리진 않았지만, 저 멀리서 다시 몰려오는 먹구름을 이미 발견했다. 예년보다 훨씬 이르게 우기가 찾아온 것이 확실했다.

사람들은 해리가 벌어 준 며칠의 시간 동안 민가와 검은 숲 양쪽에 임시 제방을 쌓았다. 와이번들도 여기에 큰 힘을 보탰다. 덕분에 강의 한계선이 상당히 높아졌다. 이미 상류와 중류 할 것 없이 강이 바짝 말라 있으니, 이 정도 방비면 이번 우기는 무사히 지나갈 수 있을 것 같았다.

대책 회의를 하기 위해 나와 인세티아 남작이 마주 앉았다.

"이렇게 우기가 일찍 온 적은 없나요?"

"1, 2주 정도의 차이가 나는 경우는 종종 있습니다. 하지만 이렇게까지 큰 차이가 나는 경우는 없었습니다."

"단순히 자연의 변덕일까요?"

그렇게 생각하는 것이 제일 상식적이었다. 어쩌다 한 번씩 자연은 말도 안 되는 변덕을 부린다. 이번의 이른 우기가 그 변덕일 수도 있었다.

"혹시 이번 우기가 다른 때와 다른 점은 없어요? 시기가 다른 건 이미 이야기했으니 제외하고요."

"예년의 우기와 이번 우기의 차이 말입니까……."

남작이 턱을 매만지며 고민에 빠졌다. 잠시 눈을 내리깔고 고민하던 그가 천천히 시선을 내게 맞췄다.

"그러고 보니 비가 시작된 방향이 이상합니다."

"방향이요?"

"예. 항상 비구름이 북에서 남으로 왔었거든요. 그런데 이번에는 반대였습니다."

예년보다 이른 시기와 달라진 비구름의 방향. 단순한 자연의 변덕은 아닐 것 같다는 생각이 들었다.

"비구름이 온 방향, 그러니까 우리 에렐의 남쪽에 뭐가 있죠?"

"글쎄요. 다들 평범한 영지들이라⋯⋯."

인세티아 남작이 말끝을 흐리며 벽에 걸려 있던 지도를 책상 위에 펼쳤다. 대륙 전체의 모습이 담긴 지도. 남작의 눈길이 에렐에서 시작해 비구름이 몰려온 남쪽으로 천천히 이동하기 시작했다.

"그나마 조금 특이한 거라고 한다면, 마법사 협회의 본부와 루셀 탑이 있겠군요."

"아. 루셀 탑."

나도 알고 있는 이름이었다. 루셀 탑은 이 대륙의 모든 나라가 세워지기도 전부터 존재했던 탑이었다. 누가, 언제, 어떻게 지었는지, 누구도 아는 사람이 없었다.

사람들은 루셀 탑을 세운 사람이 이 세계를 수호하는 신이라고 생각했다. 세계의 평화와 균형을 부수는 존재가 등장하면, 루셀 탑의 정상에서 대륙을 내려다보고 있던 신이 나타나 세계의 이물질을 제거한다고 믿었다. 오래전의 예언에는 루셀 탑이 무너지는 날, 세계의 멸망이 찾아올 거라고 했다. 하지만 전설은 전설. 현재의 루셀 탑은 하늘을 관측하는 천문대의 용도로 사용되고 있었다.

내가 루셀 탑을 이처럼 잘 알고 있는 이유는 역시 《레이디 캐서린》 덕분이었다. 소설의 마지막 장면이 펼쳐지는 장소가 바로 루셀 탑의 정상이었다.

'왕이 된 카시안이 캐서린에게 루셀 탑의 전설을 이야기하면서, 이 탑이 무너지는 날까지 널 사랑하겠다고 말하지.'

그러고는 별이 쏟아질 것 같은 하늘을 배경으로 두 사람의 아름다운 입맞춤. 완벽한 해피 엔딩이었다.

"그쪽보다는 마법사 협회 쪽이 좀 더 의심스럽네요. 그쪽은 예전부터 날씨를 조종하는 힘에 관심을 가졌잖아요."

어느 인간 사회를 가든 가장 중요한 건 먹고사는 문제였다. 먹고살기 위해서는 식량이 필요하고, 식량을 확보하기 위해서는 농사가 제대로 이뤄지는 게 중요했다. 농사가 성공하려면 가장 중요한 건 아무래도 날씨였다. 다른 조건들은 인간의 힘으로 조율할 수 있었다. 그러나 날씨는 인간의 힘을 벗어난 신의 영역이었다.

그리고 마법사들은 신의 영역에 관심이 있었다. 평범한 인간들은 가지지 못한 마력. 그것을 갖고 있는 마법사. 마법사들은 자신들이 가장 신에 가까운 사람이라고 믿었고, 신이 할 수 있는 일을 자신들도 할 수 있다고 생각했다. 날씨를 조종하려는 실험도 이런 생각 끝에 나온 것이었다.

'물론 단 한 번도 성공한 적이 없지.'

그래서 더 위험했다.

'실험의 결과를 통제할 수 없다는 거니까.'

"최근에 마법사들이 그런 시도를 했었는지 알아봐야겠어요."

"만약 실험했다 하더라도 솔직하게 말하진 않을 텐데요."

"당연히 그렇겠죠. 암흑가의 방법을 써야 할 것 같아요."

이런 일에는 역시 정보 길드가 제격이었다.

'하지만 내가 의뢰하면 이번에도 시큰둥하게 반응하겠지. 돈을 많이 주면 태도를 바꾸긴 하겠지만……'

이번에는 드워프에 대한 정보를 찾을 때처럼 많은 금액을 지급할 수가 없었다.

'그땐 리던이 준 백지 수표가 있었지만 지금은 아니거든.'

하지만 방법이 없는 건 아니었다.

'이번엔 리던이 준 백지 수표 대신 리던이 있잖아.'

루크의 가까운 친구이자 지금은 우리 에렐의 노예 왕자 1호를 담당하고 있는 그 남자 말이다. 리던이 부탁한다면 루크는 기꺼이 무상으로 정보를 캐내어 줄 것이다.

"만약 정말로 마법사들이 실험을 했다면 어떻게 할 생각이십니까? 그래서 우리 쪽에 피해가 온 거라면요?"

인세티아 남작이 심각하게 물었다. 마법사 협회는 우리의 큰 고객이었다. 대륙에 많은 영향력을 발휘하는 단체이기도 했다. 정말 마법사 협회가 이번 일의 원흉이라면 사과와 보상을 받는 것이 녹록지 않을 것이다.

그렇다고 구석에 가만히 찌그러져 있는 건 싫었다.

"진심 어린 사과와 충분한 보상을 요구해야죠. 한 대 맞았는데 항의조차 못 하는 건 너무 화가 나는 일이잖아요."

내 말에 남작이 픽 웃으며 고개를 끄덕였다.

"맞습니다. 한 대 맞았으니 항의는 해야지요."

하지만 남작의 미소는 오래가지 못했다.

"그런데, 그분 말입니다."

이름을 말하지 않았지만, 남작이 말하는 그분이 누구인지는 알 수 있었다. 그가 지금 내 눈치를 살피며 조심스럽게 언급할 만한 사람은 하나뿐이었다.

"최대한 입단속을 하긴 했습니다만…… 본 사람이 너무 많아서 완벽하게 소문을 차단하지는 못했습니다."

"어쩔 수 없죠. 강의 상류까지 말라 버린 큰 사건이니, 어차피 계속

감출 수도 없었을 거예요."

"그분의 정체에 대한 소문도 다양합니다."

"그래요? 다들 뭐라고 하는데요?"

"그분이 전설 속의 대마법사라고요. 그게 아니라면 대마법사의 후손이나 제자일 거라고 하지요."

"남작의 생각은 어떤데요?"

"상식적으로 생각하면 후손이나 제자가 아니겠습니까."

남작이 그렇게 말하며 슬쩍 내 눈을 바라보았다. '저한테는 정답을 말씀해 주실 거죠'라고 묻는 듯한 눈빛이었다.

"해리가 깨어나면 직접 물어보지 그래요? 아마 신나서 떠들걸요."

상상만으로도 해리의 목소리가 들리는 것 같았다.

[야, 내 힘 봤냐? 완전 대단했지?]

[이게 바로 푸른 불꽃의 마법사 테오하리스 님의 힘이라고!]

[그동안 네가 얼마나 날 무시했었는지 이제 알겠어?]

해리의 성격을 생각하면, 깊게 잠들어 있느라 제 자랑을 못 해 입이 근질근질할 것이다.

'그러니까 빨리 일어나서 자랑이나 늘어놓으라고요. 이번에는 몇 시간이든 그냥 들어 줄 테니까.'

10장
푸른 불꽃

마을은 복구가 한창 진행 중이었다. 해리가 중간에 비를 멈추기는 했으나 그 전에 쏟아진 비가 엄청나서 비가 그쳤을 무렵에는 이미 일부 피해가 발생한 뒤였다.

마을은 산과 숲에서 밀려온 흙과 돌로 엉망이었다. 침수 피해를 입은 민가도 셀 수 없을 정도였다. 사람들은 남녀노소 할 것 없이 거리로 나와 돌을 줍고 흙을 닦아 냈다. 침수 피해로 익사한 동물들의 시체를 처리하거나 눅눅해져 먹을 수 없어진 식량을 정리하는 사람도 있었다.

그 사람들 사이에 카시안과 리던도 있었다. 리던이야 이래저래 밖으로 나돌 일이 많았지만, 카시안은 정말 왕비의 치마폭 아래에서 곱게 자란 편이었다.

'고생을 모르는 전형적인 왕도 귀족이라고나 할까.'

몸 쓰는 일과는 영 거리가 멀어 보이는 카시안이 생각보다 능숙하게 복구를 돕고 있었다.

'하긴. 한 소설의 남자 주인공이잖아. 이런 면이 있긴 하겠지.'

소설 속 카시안은 이브리아에게는 가혹하고 냉정한 남자였지만, 그 외의 모두에게는 선량한 왕자님이었다.

"왕자님이 이런 걸 해도 돼요?"

내 질문에 카시안이 황당하다는 듯 내 손에 들린 돌을 가리켰다.

"그러는 당신은요? 공작 영애가 이런 것도 합니까? 내 옆에서 얼쩡거리려고 이러는 거라면 그냥 저택에 돌아가세요. 걸리적거리기만 합니다."

"전하. 제가 전부터 그랬잖아요. 전 이제 저하께 관심 없다니까요?"

예전 같으면 당장 '거짓말하지 마라'는 의심이 돌아왔을 텐데, 오늘의 카시안은 별다른 대꾸가 없었다. 대신 조금 가라앉은 카시안의 두 눈이 내게 닿았다.

"이젠 거짓말이라고 안 하네요? 드디어 믿기로 한 거예요?"

"······눈앞에서 그런 걸 봤는데 어떻게 안 믿습니까."

"그런 거라뇨?"

"몰라서 묻습니까? 당연히 강에서의 당신과 그 남자죠."

"아."

'그러고 보니 거기에 사람들 진짜 많았지.'

그때는 해리의 분위기가 이상해서 주변에 신경을 기울일 틈도 없었다.

'내가 정확히 뭘 했더라?'

해리가 쓰러지고, 비의 원인을 고민하고, 마을의 복구까지 돕느라 그날의 일을 되새길 기회가 별로 없었다. 나는 천천히 그날의 기억을 떠올렸다. 우선 해리에게 달려가 그를 껴안은 건 확실했다.

'그 뒤에는 해리에게 키스를 하려다가 거부당했지.'

이건 좀 민망했다. 해리가 금방이라도 쓰러질 것 같기에 충전을 해야 한다고만 생각했지, 그 모습이 주변 사람들에게 어떻게 보일지는 생각하지 못했다.

'다른 사람들한테 그건 충전이 아니라 그냥 키스니까 말이지.'

카시안도 그걸 보고 내가 이제 자신이 아닌 해리를 좋아하게 됐다고 생각하는 것 같았다.

'오해기는 하지만, 나한테 나쁜 오해는 아니니까 그냥 둬야지.'

어쨌든 내가 카시안에게 마음이 없는 건 맞으니까 반 정도는 진실이었다.

"이제라도 내 마음이 떠난 걸 알아줘서 고맙네요. 이렇게 마을 사람들 도와주러 나온 것도요."

내 말에 카시안의 얼굴이 미묘하게 변했다.

"그대가 날 어떻게 생각하는지는 알고 있습니다. 날 왕자님으로 보고 있죠."

"진짜 왕자님이시잖아요?"

"아뇨. 그런 의미의 왕자님이 아니라, 왕자의 전형적인 이미지가 있잖습니까. 당신은 날 딱 그런 사람으로 생각하잖아요."

카시안의 말이 맞았다. 그는 아주 전형적인 왕자님이었다. 귀족적이고, 우아하고, 친절하다. 이브리아에게는 그러지 않았지만, 소설을 본 나는 다른 사람을 대하는 그를 잘 알고 있었다.

"전형적인 왕자님이시잖아요?"

내 말에 카시안이 헛웃음을 흘렸다.

"그러니까 당신의 그런 부분이 싫었던 겁니다. 내게서 끊임없이 왕자님의 모습을 찾았죠."

확실히 이브리아는 그런 면이 있었다.

'언제나 키시안을 나의 왕자님이라고 불렀지.'

무뚝뚝한 아버지와 데면데면한 오라버니. 이브리아는 상냥한 왕자님의 미소를 본 순간 그의 애정을 모두 독차지하고 싶다는 욕망을 느낀다.

'그렇게 악역이 탄생했지.'

"그런 나와 달리 캐서린은 그렇지 않은 당신의 모습을 찾아내고, 받아들이고, 사랑했겠죠? 그래서 캐서린을 선택한 거고요."

소설이 그려 낼 법한 아주 정석적이고 아름다운 사랑의 이유였다.

"……당신과 이런 이야기를 하고 있다니 신기하군요."

"오늘따라 왕자님이 제게 까칠하지 않으신 덕분이죠."

"그건 오늘 그대가 이런 모습을 하고 있으니까……."

카시안의 눈이 내 머리부터 시작해 발끝으로 떨어졌다. 머리는 산발에, 옷은 흙투성이였다.

"이런 이브리아 오베론을 보게 될 날이 올 줄은 몰랐습니다."

"말씀드렸잖아요. 사람은 변하는 법이라고."

나는 어깨를 으쓱하고 주위를 둘러보았다. 저 멀리서 리던이 마을 사람을 도와 지붕이 반쯤 날아간 집을 보수하고 있는 게 보였다.

"저는 이만 저쪽으로 가 볼게요."

내 시선을 따라 고개를 돌린 카시안이 리던을 발견하고 미간을 찌푸렸다.

"여기 와서 보니 리던과도 꽤 친밀하더군요."

"네. 리던 님이 제게 백지 수표를 주셨거든요. 백지 수표를 주는 사람 중에는 나쁜 사람이 없어요. 왜냐면 백지 수표는 백지 수표잖아요?"

"……네? 리던이 당신을 돈으로 매수한 겁니까?"

나는 카시안의 말에 웃음을 터트렸다.

"아뇨. 제가 다른 일로 왕자님에게 도움을 드린 게 하나 있어서요. 대가는 돈으로 달라고 했더니, 백지 수표를 주시더라고요. 그래서 참 좋은 분이라고 생각했죠."

"그런……."

카시안이 혼란스러운 눈으로 미간을 찌푸렸다.

"전하."

나는 사다리 위에 올라 지붕 보수를 돕고 있는 리던을 불렀다. 고개를 숙여 아래를 본 그가 나를 발견하고 놀란 눈을 했다.

"레이디 오베론?"

"왜 못 볼 것을 본 듯한 반응이세요?"

"여기에 있을 거라고는 생각 못 했거든."

"다들 마을 보수에 힘쓰고 있는데, 영주가 가만히 앉아 있을 수 있나요."

"하지만 그 남자의 곁에서 떨어지지 않을 줄 알았어."

"정신도 못 차리고 있는 사람 옆을 지키고 있어서 뭐 해요. 나중에 깨어나면 내가 옆을 지켜 줬다는 사실도 모를 텐데."

마냥 걱정만 하며 곁에 붙어 있는 건 성에 차지 않았다. 그럴 때일수록 내가 할 수 있는 일을 해야만 했다.

"전 상대가 눈 뜨고 있을 때 잘해 주는 쪽이에요. 억울하면 당장 눈 뜨고 달려오겠죠, 뭐."

"그런가."

리던이 애매하게 웃으며 사다리에서 내려와 내 앞에 섰다. 주변에서 함께 집을 보수하던 사람들이 우리의 눈치를 살피고 조용히 자리를 비워 주었다.

"사실은 그 남자와 어떤 사이냐고 물으려고 했어. 잠들어 있는 당신에게 너무 당연하게 손을 뻗기에."

아마 내가 술에 취해 리턴의 방에서 잠들었던 날을 이야기하는 것 같았다.

"물으려고 했었다는 말은, 이제 그 질문이 필요 없어졌다는 거네요."

"그래. 그 질문에 대한 답은 이미 알 것 같아서, 질문을 바꾸기로 했어."

"어떤 질문인지 알 것 같아요. 그 남자가 누구냐. 그걸 묻고 싶겠죠?"

리턴뿐만이 아니었다. 그날의 풍경을 지켜본 모든 사람이 묻고 싶을 이야기였다.

"그래. 그 남자, 누구야?"

"제 말을 믿으실 거예요?"

"대답에 따라서는."

"대답이 뭔지에 따라 달라지는 신뢰는 진짜 신뢰가 아니죠."

"……대답 안 하겠다는 거군."

"네."

당당한 대답에 리턴이 미간을 찌푸렸다.

"강제로 입을 열게 할 수도 있어."

"우리 꽤 친해진 거 아니었어요? 그런 사이에는 강제적인 수단 같은 거 안 써요."

"우리가 친해졌다고 누가 그래?"

"카시안 전하요. 우리가 사이좋아 보인대요. 다른 사람이 보기에 그렇다면 그런 사이인 거 아니겠어요?"

"뭐?"

리턴이 황당하다는 듯 멀리서 사람들을 돕고 있는 카시안을 힐끗거렸다. 나는 그런 리던을 지켜보다가 하려고 했던 말을 꺼냈다.

"부탁드릴 게 있어요."

"내 질문에는 답 안 하면서, 부탁은 하겠다?"

"전하께서도 궁금하지 않아요? 우기가 이렇게 빨리 찾아온 이유."

헛웃음을 흘리던 리던의 얼굴이 점점 굳었다. 그가 엄청난 비로 인해 엉망이 된 마을을 한 번 둘러보며 깊게 숨을 들이마셨다.

"계속 말해 봐."

"비구름 방향이 예년과 달랐어요. 평소에는 북에서 남으로 오는데, 이번엔 그 반대였죠. 에렐의 남쪽에 뭐가 있는지 아세요?"

내 질문에 잠시 생각하던 리던의 표정이 변했다.

"……마법사 협회."

"네. 그리고 그들은……."

"날씨를 조절하는 실험을 하지."

나는 완전히 달라진 리던의 표정을 보며 미소지었다.

"역시. 궁금해하실 줄 알았어요."

리던이 조금 혼란스러운 얼굴로 머리를 짚었다.

"확신하고 있는 건가?"

"아직은 아무것도요. 하지만 하나씩 알아보면 답이 나오지 않을까요?"

"어떻게 알아볼 생각이지?"

"왕자님은 좋은 친구를 하나 두고 계시잖아요."

"……루크."

어렵지 않게 제 친구의 이름을 생각해 낸 리던이 불만스러운 얼굴로 나를 바라보았다.

"사실은 내가 아니라 루크의 도움이 필요한 거였군."

"그 루크를 움직일 수 있는 게 전하시니까, 전 전하의 도움이 필요한 거죠."

해리가 들었다면 '넌 역시 전생에 여우였어'라고 했을 만한 대답이었다.

"……언제부터 이렇게 말을 잘했나, 레이디 오베론?"

"예전에도 전하께 그런 말을 들은 적이 있지 않나요?"

와이번 문제로 리던과 거래 아닌 거래를 했을 때였던 것 같다.

"그럼 아마 그때부터 말을 잘했나 봅니다."

"뭐라고?"

내 말에 리던이 헛웃음을 흘렸다. 다행히 기분이 나빠 보이지는 않았다.

"좋아. 나도 그 문제는 알아보고 싶으니 루크에게 연락을 해 보지."

"감사합니다."

"말로만 감사를 표현하는 건 이브리아 오베론의 철학에 어긋나지 않나?"

루크가 팔짱을 낀 채 나를 내려다보았다.

"동정과 보답은 돈으로. 그게 그대의 철학 아니었어?"

"돈이 필요하세요?"

"그래."

리던이 도움의 대가로 돈을 요구할 줄은 몰랐다. 놀라서 눈을 껌뻑이고 있으니 그가 조금 풀어진 얼굴로 헛기침을 했다.

"그런 반응을 보이다니, 내가 꼭 어린애 용돈 뺏는 양아치가 된 것 같군. 그대의 개인적인 돈을 달라는 게 아냐."

"그럼요?"

"예산."

"설마 에렐의 예산을 빼서 전하에게 달라고요? 말도 안 되는 소리예요."

아무리 영주라도 공금을 사적으로 유용할 수는 없었다. 공작을 대신해 운영을 맡고 있을 뿐, 에렐의 모든 것은 공작의 소유였다.

"내가 아니라, 내가 하려는 사업에 예산을 달라는 말이야."

"그 말은……."

"상류와 중류에 보를 만들겠다고 했잖아. 남작에게 요청했는데 거절당했어."

"그래서 지금 영주인 저에게 청탁하시는 거예요? 이런 거 엄청난 감점인 거 아시죠?"

"누가 영주에게 청탁하는데?"

리딘이 픽 웃으며 손가락으로 나를 가리켰다.

"난 이브리아 오베론에게 부탁하는 거야. 남작을 설득할 제안서를 함께 만들어 달라고."

"……하지만 전 영주인데요?"

"제안서에 이브리아 오베론이라는 이름을 안 넣으면 되잖아?"

구구절절 맞는 말이었다.

'구구절절 맞는 말인데…….'

겨우 노예 왕자들에게 떠넘긴 일이었다. 그걸 다시 떠맡을 수는 없었다.

"이건 원래 제가 할 일이 아니잖아요. 왕의 자격을 시험하는 거니까, 왕자님께서 알아서 해결하셔야죠."

나는 필사적으로 항전했다. 하지만 리딘의 일격이 아주 거셌다.

"왕은 혼자서 일하지 않아. 능력 있는 사람을 잘 쓰는 것도 왕의 덕목 아닌가?"

그것도 참 맞는 말이었다. 이어지는 맞는 말 퍼레이드에 나는 점점 더 할 말이 없어졌다.

"그대에게 다 떠맡기겠다는 게 아니야. 난 그저 도움이 필요해. 어째서 남작이 내 예산 요청을 거절했는지, 뭘 더 보충하면 될지. 난 전혀 모르겠거든."

리던의 얼굴이 아주 진지했다. 가만히 그 표정을 보고 있으니 궁금해졌다.

"전하께선 왕이 되고 싶으세요?"

"아니라고 생각하나?"

"아뇨. 그렇다고는 생각했어요. 그런데 직접적으로 왕이 되고 싶다고 말씀하신 적은 없는 것 같아서요."

내 말에 리던이 무슨 그런 말을 하냐는 듯 미간을 찌푸렸다.

"그걸 입 밖으로 말하면 반역죄야. 나 같은 경우는 특히 더."

"아니, 그런 말이 아니라……."

소설에서의 이야기였다. 《레이디 오베론》에서 리던은 왕이 되고 싶다는 욕망을 보인 적이 없었다.

'그냥 살아남고 싶어 했어, 리던은.'

그는 그 수단이 왕이 되는 거라면 그렇게라도 해야겠다고 생각했다. 살아남을 수 있는 다른 수단이 있다면, 그때도 리던은 왕이 되고 싶어 할까? 어떻게 이 말을 꺼내야 하나 고민하고 있는데, 의외로 리던이 먼저 입을 열었다.

"난 죽기 싫어."

그리고 그 말은, 의외로 솔직했다.

"아마 사람이라면 다 그런 생각이 있겠지."

"그렇죠. 저도 죽기는 싫으니까요."

"혹시 그대는 그런 쪽이야?"

"그런 쪽이요?"

"왕이 되려는 사람이 대단한 이상을 품어야 한다고 생각하는 쪽 말이야. 세상을 이롭게 만들고 싶다거나, 모두를 행복하게 만들겠다거나."

"아마 대부분은 그렇게 생각할걸요."

"그런가?"

리던이 오히려 내게 묻고 눈을 내리깔았다.

"그렇다면, 나는 그 기준에 맞지 않을 거야. 난 내가 살기 위해 왕이 되려는 거야. 다른 사람을 위해 사는 삶 같은 건 생각해 본 적 없어."

리던의 말을 듣고 나는 알 수 있었다.

"왕이 되고 싶지 않은 거네요."

"그래. 하지만 왕이 되고 싶어."

리던이 그렇게 말하며 어깨를 으쓱했다.

"말하고 보니 정말 이런 말을 한 건 처음이군."

그가 민망한 듯 머리를 흐트러뜨리며 말했다.

"그러니까 그대가 협조를 좀 해 줘야겠어. 하나씩 도움을 주고받는 게 공평하잖아?"

"……조언 정도는 해 드릴게요."

"치사하군."

리던이 장난스럽게 웃었지만 나는 그를 따라 웃을 수가 없었다.

'그냥 왕에 더 적합한 건 카시안이라고, 마지막에 대충 그렇게 이야기할 생각이었는데.'

원작에서는 카시안이 왕이 됐고, 그가 왕이 된 제레인트는 아주 평화로웠다.

'그러니까 왕이 되면 아주 잘하겠지.'

카시안이 왕이 되는 건 확실한 정답이었다. 나는 그 확실한 정답을 선택하려고 했다.

'시험이니, 자격이니 했던 것도 그냥 두 사람을 열심히 부려 먹기 위해서였는데.'

누구도 결과를 알지 못하는 완벽한 미지수가 내 가슴 한구석을 쿡 찔렀다.

나는 무거운 마음으로 저택에 돌아왔다. 북구를 돕느라 엉망이 된 몰골을 정리하고 따뜻하게 목욕까지 마친 뒤, 나는 고민할 것도 없이 해리에게로 향했다. 문을 열면 거짓말처럼 눈을 뜨고 나를 맞이해 주지 않을까 생각했는데, 해리는 여전히 잠들어 있었다.

'도대체 얼마나 더 힘을 충전해야 눈을 뜰 수 있는 거야.'

나는 침대에 걸터앉아 몸을 숙이고 해리에게 입을 맞췄다.

'충전돼라, 충전돼.'

그런 생각을 하며 기계적으로 입을 맞추고 있는데, 누군가 내 손목을 덥석 붙잡았다.

'어?'

놀라서 몸을 일으키려는 순간. 붙잡힌 손이 휙 잡아당겨지며 몸이 침대 위에 처박혔다.

"윽!"

거칠게 던져진 탓에 억눌린 신음이 새어 나왔다. 나는 겨우 눈을 뜨고 상황을 파악했다. 어느새 눈을 뜬 해리가 내 위에 올라타 있었다. 하지만 완전히 의식을 회복한 건 아닌지 해리의 붉은 눈이 흐릿했다.

'아. 이런 모습 본 적 있어.'

해리를 불러내고 얼마 지나지 않아 비슷한 일이 있었다. 그날은 소파에서 잠든 내 위로 해리가 올라왔었다.

'그리고 내 목덜미를 깨물렸지.'

그렇게 생각하자마자 해리가 몸을 숙이고 내 목덜미를 깨물었다.

"아!"

그날과 완전히 똑같은 행동이었지만 받아들이는 나의 기분이 완전히 달랐다.

'그때는 날 먹잇감으로 생각하는 거라고 착각했지만……'

이제는 알고 있었다. 해리가 원하는 것이 무엇인지, 이 행동이 갈구하는 것은 또 무엇인지. 이제는, 정말로 잘 알고 있었다.

'가…… 가만히 있어야겠지?'

나는 좌우로 눈을 굴리며 고민에 빠졌다. 해리와 그렇고 그런 일을 하는 건 거부감이 없었다. 나는 해리를 좋아했고, 해리에게 필요하다면 이런 건 해 줄 수도 있었다.

'한다고 닳는 것도 아니고!'

하지만 지금은 달랐다. 두 다리 위에는 해리가 올라탔고, 양팔은 그의 손에 잡혀 침대에 내리눌렸다. 해리는 거칠게 나를 제압하고 자신의 뜻대로 움직이고 있었다. 그 모습을 보며 나는 깨달았다.

'이건 내가 아는 해리가 아니야.'

내가 기꺼이 그렇고 그런 일을 할 수 있는 상대는 내 기억 속의 해리지, 지금처럼 완전히 정신 나간 해리가 아니었다.

'이런 건 싫어!'

나는 해리에게서 벗어나기 위해 몸을 뒤틀었다. 하지만 무식하게 힘이 센 악마를 나같이 허약한 인간이 이길 수 있을 리가 없었다.

[주인님. 도와드릴까요?]

버거워하는 내게 책상 위에 놓여 있던 유피테르가 도움의 손길을 내밀었다. 나는 기꺼이 그 손을 잡았다.

[어떻게 도와줄 수 있어요?]

[이미 많이 썼던 후광 공격은 어떻습니까.]

[좋아요. 그런데 어떻게 발동하죠? 두 손이 다 붙잡혀 있는데.]

성검의 기능은 신체의 일부가 닿아야 쓸 수 있었다.

[……죄송합니다, 주인님. 제가 부족한 성검이라.]

유피테르가 그대로 말을 잃었다.

'역시 이 세상에서 믿을 건 나 자신뿐이군.'

나는 이를 악물고 다시 힘을 내 몸을 뒤틀었다. 내가 몸을 뒤틀 때마다 해리는 성가시다는 듯, 하지만 너무도 간단하게 나를 제압하고 제가 할 일에 집중했다. 그나마 내 마음대로 움직일 수 있는 거라곤 입술뿐이었다.

"해리! 정신 차려요!"

나는 열심히 해리를 향해 소리쳤다.

"내가 깨어나라고 충전도 얼마나 많이 해 줬는데! 이런 식으로 보답하는 거예요?"

정신 나간 해리는 내 말을 귓등으로도 듣지 않았다. 아무리 소리쳐도 해리가 들어주지 않자 두려움보다 분노가 더 커졌다.

'이런 거군. 기르던 개에게 손을 물리는 기분이.'

"야! 테오하리스, 이 개자식아!"

나는 이를 악물고 외쳤다. 그 순간, 목덜미를 지나 쇄골에 파묻혀 있던 해리의 고개가 번쩍 들렸다.

"어······?"

흐렸던 붉은 눈에 서서히 생기가 돌아오기 시작했다.

"······이브리아?"

어느새 평소와 같은 붉은 눈동자가 나를 쳐다보고 있었다. 내가 아는 해리였다.

"이브리아."

해리가 명확하게 내 이름을 부르는 순간 머릿속의 무엇인가가 뚝 하고 끊어졌다.

"야, 이, 예의 없는 개자식!"

나는 분통이 터져 해리에게 소리쳤다. 지금 이 상황이 열은 받고, 그런데 또 해리가 일어난 게 반갑기는 하고, 해리에게 무리한 소원을 빈 게 미안하기도 하고. 여러 가지 복잡한 감정이 휘몰아쳐 눈시울이 뜨거워졌다.

"어, 으, 어어?"

해리는 내 눈에 눈물이 차오르는 것을 보며 어쩔 줄을 몰랐다.

"어, 야, 너 왜 그래? 어? 누가, 누가 이상한 짓 했어? 어?"

"그래! 했다! 네가 이상한 짓 하고 있잖아!"

내 외침에 해리가 천천히 고개를 내려 지금 자신과 나의 자세를 확인했다. 눈을 깜빡이며 몇 초간 굳어 있던 해리가 곧 정신을 차렸다.

"으어?!"

해리가 괴상한 소리를 내며 내 팔을 제압했던 손을 머리 위로 들어 올렸다.

"씨이……. 진짜 나쁜……."

나는 입술을 질끈 깨물고 자유로워진 두 손으로 얼굴을 가렸다. 숨을 구석이 생기자마자 기다렸다는 듯 눈물이 쏟아졌다.

"어, 어어어……."

해리는 여전히 어쩔 줄을 몰라 하고 있었다. 내 머리를 쓰다듬었다가, 내 손을 만지작거렸다가, 내 어깨를 부드럽게 쓸어내렸다.

"울지 마. 네가 울면 어떻게 해야 할지 모르겠어."

해리가 풀 죽은 목소리로 말했다. 그는 정말 어쩔 줄 몰라서 안절부절못하고 있었다.

"사람 달래 본 적 없어요?"

"어, 그게, 누가 울면 짜증 나서 다 죽여 버렸는데……."

"우는 게 짜증 난다고요?"

'내가 지금 누구 때문에 우는데!'

나는 화가 치밀어 얼굴을 가리고 있던 손을 치웠다. 나와 눈이 마주치자 해리가 화들짝 놀라며 고개를 저었다.

"아니, 네가 우는 건 짜증 안 나!"

해리는 당황한 얼굴을 하고는 손으로 내 눈물을 닦아 주었다. 얼굴에 닿는 해리의 손길이 너무 조심스러워서 기분이 이상했다.

"가슴에 구멍이 뚫린 것 같다. 너무, 기분이 이상해."

눈물을 닦는 해리의 손이 천천히 느려졌다. 어느새 그의 얼굴이 괴롭게 일그러져 있었다. 우울한 것 같은 해리의 모습을 보며 나는 입술을 질끈 깨물었다.

"미안해요."

"어? 왜 네가 사과하는 거야?!"

해리가 놀라서 눈을 크게 떴다.

"내가…… 너무 큰 소원을 빌어서, 그래서 그런 거니까. 미안해요."

내 말에 해리가 고개를 갸웃거렸다.

"그게 왜 미안해? 내게 소원을 말하는 건 네 당연한 권리야."

"하지만 나는 해리에게 계약자가 아니라 친구가 되고 싶다고 했잖아요. 하고 싶은 걸 하라고, 그렇게 말했는데."

정작 다급한 상황이 왔을 때는 계약자로서 악마에게 소원을 빌었다.

'차라리 그런 말을 하지나 말걸.'

사람 좋은 척을 한 게 너무 창피했다. 하지만 해리는 여전히 이해가 안 된다는 얼굴이었다.

"그래. 네가 그렇게 말해서 난 내가 하고 싶은 걸 한 건데? 난 네 소원 들어주는 게 좋아."

"그게 왜 좋아요."

"모르겠어. 그런데 그게 좋아."

"도대체 무슨 말이에요 그게……."

어이가 없어져 헛웃음이 흘러나왔다. 그 모습을 가만히 지켜보던 해리가 묘한 미소를 지었다.

"……갑자기 하고 싶은 거 생겼어."

"뭔데요?"

"친구끼리는 절대 안 하는 짓. 해도 돼?"

"설마, 키스하자고요?"

"응."

"지금요? 이 상황에?"

"지금 이 상황이니까 하는 거 아냐? 누가 봐도 그런 거 할 분위기야, 이브리아."

해리가 우리의 자세를 내려다보며 말했다.

'참으로 민망한 자세로군.'

"침대에서 내려가서 하면 안 돼요? 지금 이 자세는 좀."

"싫어. 지금 할래."

해리가 그렇게 말하며 내 손을 붙잡아 침대에 내리눌렀다. 조금 전 나를 강제로 제압할 때와 똑같은 행동이었다. 하지만 느낌은 완전히 달랐다.

'전혀 안 무서워.'

그건 서서히 가까워지는 해리의 입꼬리가 예쁘게 올라가서인지도 모른다. 해리의 입술이 부드럽게 내려앉았다. 나는 거부하지 않고 입을 벌렸다. 해리는 서두르지 않고 내 안에 제 숨결을 불어넣었다. 다정하고 능숙했다.

'처음 입을 맞췄을 때는 놀라서 완전히 얼어 있었으면서.'

아무래도 악마는 배우는 게 빠른 것 같다. 나는 만족한 얼굴로 고개를 드는 해리를 실눈으로 바라보았다.

"이젠 키스하는 게 상당히 자연스럽네요?"

"아, 그렇지? 열심히 공부했거든."

"공부? 키스를요?"

"어, 음……. 키스를 비롯한 남녀의 일들을?"

해리의 귀가 새빨갛게 달아올라 있었다.

"그걸 어떻게 공부하는데요?"

"어? 그건 엠마랑……."

예상하지 못한 대답이었다. 나는 놀라서 눈을 크게 떴다.

"네? 엠마? 엠마랑 그런 걸 공부했다고요?"

"아. 이거 비밀이었는데."

해리가 곤란하다는 듯 중얼거렸다. 얼굴에도 난처한 기색이 가득했다.

'뭐야. 이런 걸 공부를 해? 그것도 엠마랑?'

"하."

속에서부터 헛웃음이 흘러나왔다.

'언제는 인간이 역겹다더니. 나하고만 할 수 있다더니.'

입맞춤으로 기분 좋게 달아올랐던 뺨이 순식간에 차가워졌다.

"……왜 그래?"

해리도 내 기분이 가라앉은 걸 느낀 듯했다. 그가 무척이나 조심스러운 태도로 내 얼굴을 살피는 게 느껴졌다.

"일어날래요."

"어?"

"일어날 거니까, 비켜요."

스스로가 느끼기에도 목소리가 싸늘했다. 완전히 바닥을 기는 목소리에 해리가 머뭇거리며 내 위에서 내려왔다. 나는 몸을 누르고 있던 해리의 무게가 사라지자마자 벌떡 일어나 침대에서 내려왔다. 기분이 너무 좋지 않았다.

"내가 뭐 잘못했어?"

해리가 조심스럽게 내 옆으로 다가와 물었다.

"나 아무 잘못도 안 한 것 같은데……."

해리가 시무룩한 얼굴로 중얼거렸다. 내가 생각해도 해리는 잘못한 게 하나도 없었다.

"혹시 내 키스가 별로였어?"

아니다. 오히려 너무 잘해서 문제였다.

'누가 공부까지 하면서 키스 연습을 해 오랬냐고. 왜 어울리지도 않는 모범생 행세야?'

나는 속이 배배 꼬여서 코웃음을 쳤다.

"아뇨. 아주 많이 잘하시던데요."

"하지만 엠마는 내가 잘 못 하니까 화를……."

또 엠마였다. 나는 재빨리 손을 들어 듣기 싫은 해리의 말을 저지했다.

"그 이야기 좀 그만할 수 없어요?"

"그럼 왜 화났는지 말해 줘."

"화 안 났어요."

"지금 이게?"

해리가 황당하다는 듯한 얼굴로 나를 보았다. 그래. 사실 누가 봐도 나는 지금 화난 사람이었다.

"그러니까 말해 봐. 왜 화났는지 말해 줘야 내가 또 실수 안 하지."

"아니에요. 해리는 계속 해리가 하던 대로 하면 돼요. 내가 기분 나쁜 건 내 문제니까."

해리는 누구와도 키스를 할 수 있었다. 그에게는 그럴 자유가 있었다. 비록 해리가 내 악마, 내 개, 내 호위라고는 하지만, 그게 해리와 다른 사람의 키스를 막을 명분이 되진 않았다.

'사실 기분 나쁠 것도 없는 일인데.'

하지만 해리가 너무 특별하다는 것처럼 나와 입맞춤을 해서 바보 같은 착각을 했다.

착각. 그 단어를 떠올리자마자 얼굴이 붉게 달아올랐다.

'그래. 도대체 무슨 착각을 한 거야.'

누군가에게 내가 특별하다는 착각만큼 부끄러운 게 없었다. 해리의 친구가 되고 싶다고 한 것도 내가 특별하다는 착각에서 비롯된 말이었다.

'그 말을 들었을 때 해리가 얼마나 속으로 비웃었을까. 인간 따위가 친구가 되고 싶다고 했으니.'

해리는 나와 친구와는 절대 안 하는 짓을 하겠다고 했다.

'난 친구가 아니라 쾌락을 줄 수 있는 계약자. 딱 거기까지인 거지.'

말하자면 간편한 도시락 같은 게 아닐까? 가까이 있고, 거부감도 안 들고, 손쉽게 쾌락을 채울 수 있는.

'해리 입장에서는 도시락이 온갖 잘난 척을 다 하면서 친구가 되자고 한 거 아냐.'

민망했다. 너무 민망해서 얼굴이 터질 것만 같았다.

'이불킥 5년 감, 아니, 10년 감이다, 진짜.'

나는 터질 것 같은 얼굴을 감싸 쥐고 고개를 푹 숙였다.

"이브리아?"

해리가 나를 부르며 무어라고 걱정스럽게 묻는 게 느껴졌지만, 귓속에 들어오는 소리는 아무것도 없었다.

⋘⋙

인세티아 남작이 경고했던 것처럼 해리에 대한 소문을 모두 차단할 수는 없었다. 그날 현장에는 사람이 아주 많았고, 보는 눈이 많은 사실은 어디로든 멀리 퍼지는 경향이 있었다.

"그냥 우리가 먼저 해리의 정체를 밝히는 게 어떨까요?"

나는 그렇게 결단을 내렸다. 어차피 한번 사실이 드러난 이상 다시 감추기도 어려웠고, 이상한 억측을 만드느니 우리 쪽에서 선수를 치는 게 나았다.

"내 정체? 내가 악마라는 거?"

"아뇨. 그건 안 되죠. 해리가 전설 속 마법사의 후손이라는 쪽이 무난할 것 같아요."

그 정도면 사람들도 무리 없이 믿을 것이다.

"검은 숲 깊은 곳에 살다가 에렐에 내려왔다고 하면, 해리가 갑자기 나타난 것도 이상하지 않죠."

"그럼 나 이제 마법 마음대로 써도 돼? 그동안 마법 안 쓰고 해결하느라 피곤한 일이 많았거든."

"네. 마법사의 후손이라서 재능도 물려받았다고 하면 되겠죠."

나는 해리의 말에 대답하며 습관적으로 그의 얼굴을 쳐다보았다가, 눈이 마주치자마자 슬그머니 시선을 돌렸다.

"방금 그건 뭐야. 왜 내 시선 피해?"

"내가 언제 피했다고 그래요? 그냥 갑자기 저쪽이 보고 싶어져서요."

"흐음, 그래?"

해리가 불만스럽게 대답하고는 내 시야 안으로 걸어 들어왔다. 나는 또다시 슬그머니 그에게서 눈을 돌렸다.

"이거 봐. 너 지금 누가 봐도 내 시선 피하고 있거든?"

"아니라니까요. 이번엔 갑자기 이쪽이 보고 싶어져서 그런 거였어요."

"그 말을 믿겠냐."

해리가 머리를 벅벅 긁으며 한숨을 내쉬었다.

"너 아직도 나한테 화났어? 내가 키스 너무 못해서?"

"그런 거 아니라고 했잖아요."

"하지만 그날부터 이상하잖아. 다른 건 짐작 가는 게 없단 말이야."

해리가 답답하다는 듯 다시 입을 떼려는데, 밖에서 문을 두드리는 소리가 들려왔다.

"영주님. 접니다."

인세티아 남작이었다.

"해리의 정체를 설명하려고 불렀어요. 방금 합의한 대로 설명할게요."

나는 해리에게 인세티아 남작의 방문 이유를 설명하며 자연스럽게 그와의 논쟁을 끝내 버렸다. 해리는 불만스러운 표정이었지만, 안으로 들어온 인세티아 남작 때문에 더이상 이야기를 꺼내지 못했다.

"영주님. 그리고……."

내게 인사한 남작이 해리를 어떻게 불러야 할지 모르겠다는 듯 말 끝을 흐렸다.

"해리예요. 푸른 불꽃의 대마법사, 그분의 후손이죠."

"역시 그랬군요."

남작이 예상했었다는 듯 고개를 끄덕였다.

"그럼 해리 님이라고 부르겠습니다. 그래도 괜찮습니까?"

해리가 고개를 끄덕이자 남작이 살짝 웃었다.

"푸른 불꽃의 대마법사는 전설 속의 인물인 줄 알았습니다. 그런데 이렇게 후손까지 있을 줄이야……. 그날 푸른 불꽃을 보지 못했다면 절대 믿지 않았을 겁니다."

남작은 조금 들뜬 얼굴이었다. 영지 내에 이런 훌륭한 인재가 있으니 당연히 그럴 것이다.

"아, 그런데 해리 님께선 언제까지 에렐에 머무르실 생각입니까?"

남작이 걱정스럽게 해리를 쳐다보았다.

"에렐에 머무르시겠다면 최고의 대우를 해 드리겠습니다."

에렐은 시골 중에서도 시골이라, 내로라하는 인재들은 금세 왕도로 떠나곤 했다. 푸른 불꽃을 쓰는 강한 마법사라면 다른 곳에서 엄청난 대가를 받고 일할 수 있었다.

"필요 없어."

해리의 말에 남작의 얼굴이 실망으로 물들었다. 하지만 이어지는 말이 금세 다시 남작을 웃게 했다.

"최고의 대우 같은 거 안 해 줘도 난 계속 여기 있을 거니까."

해리가 그렇게 말하며 나를 쳐다보았지만, 나는 이번에도 그의 시선을 피했다.

'눈을 마주칠 때마다 화가 나서 어쩔 수가 없단 말이야.'

내가 속으로 투덜거리는 사이 남작은 기쁨에 차서 고개를 주억거렸다.

"좋은 생각이십니다. 에렐에는 마법사님의 도움이 필요한 일이 많거든요. 너무 추운 지역이라 특히 불이 중요합니다."

드물게 활짝 미소 지은 남작이 이번에는 내게 시선을 돌렸다. 내가 남작의 시선은 피하지 않고 똑바로 바라보자, 해리가 불만스럽게 미간을 찌푸렸다. 나는 애써 해리를 무시하며 남작과의 대화에 집중했다.

"그런데 어떻게 대마법사님의 후손을 알게 되셨습니까?"

"검은 숲에 갔다가 우연히 만났어요. 마침 세상을 경험해 보고 싶다기에 내가 고용했고요."

"드워프에, 성검에, 이제는 대마법사의 후손까지. 더욱 범상치 않은 인물이 되셨군요."

나를 바라보는 공작의 눈이 의미심장했다.

"그런데 왜 처음에는 해리 님의 정체를……."

이유를 물으려던 남작이 곧 고개를 저었다.

"아닙니다. 당연히 정체를 숨기는 게 맞겠죠. 세간의 관심도 그렇고, 이런 강한 마법사가 나타났다고 하면 마법사 협회가 가만히 있지 않을 테니까요."

"마법사 협회가 왜요?"

"마법사란 족속들이 원래 호기심이 많지 않습니까."

그렇게 말한 남작이 아차 하는 얼굴로 해리를 살폈다. 해리 역시 마법사라는 데 생각이 미친 것 같았다. 하지만 해리는 마법사가 아닌 악마였다. 남작의 말에 기분 나쁠 이유가 없었다. 해리가 제 말에 기분 상하지 않은 것을 확인한 남작이 한결 편안해진 얼굴로 이야기를 이었다.

"무엇이든 태우는 불꽃을 가진 마법사가 나타났다는 걸 알면, 아주 귀찮게 할걸요. 마법을 가르쳐 달라, 불꽃을 연구하고 싶다, 우리 협회의 일원이 돼라."

남작이 질린 얼굴로 고개를 저으며 단언했다.

"아주 난리도 아닐 겁니다."

"해리가 거절하면 되잖아."

"영주님. 마법사란 족속들은 두 가지로 유명하지요."

남작이 손을 들이 손가락 두 개를 폈다.

"호기심과 끈질김. 절대 쉽게 물러서지 않을 겁니다."

남작의 예언 아닌 예언은 금세 현실이 됐다.

"마법사 협회의 수석 마법사, 제럴드입니다."

해리에 대한 소문이 퍼지자마자 마법사 협회에서 사람이 찾아온 것이다. 이지적인 이미지를 가진 소년 마법사였다. 해리는 그의 얼굴을 보자마자 무심한 얼굴로 고개를 돌렸다.

"안 가르쳐 줄 거야."

제안을 꺼내기도 전에 얼굴을 보자마자 거절당할 줄 몰랐는지, 수석 마법사 제럴드의 얼굴이 일그러졌다.

"아니, 전 아직 아무 말도⋯⋯."

"그래서? 다른 말 할 거야? 마법 가르쳐 달라고 할 거잖아."

해리의 맞는 말 폭격에 제럴드의 입이 꾹 다물렸다.

"좋습니다. 마법을 가르쳐 주시는 게 어렵다면⋯⋯."

"연구도 싫어. 내 불꽃 안 줘."

"아니, 전 이번에도 아무 말도 안 했습니다!"

"그래서? 다른 말 할 거야? 연구하게 불꽃 달라고 할 거잖아."

또다시 제럴드의 패배였다. 스코어는 2:0. 해리의 완승이었다.

"푸른 마법사님. 어째서 저희의 제안을 거절하시는 겁니까? 최고의 대우를 해 드릴 수 있습니다."

제럴드가 한숨을 내쉬며 해리를 살살 꼬드겼다. 해리는 매우 귀찮다는 얼굴로 옆에 서 있던 나를 가리켰다.

"난 이 사람 거라서, 내 마음대로 어디 못 가."

"⋯⋯예?"

제럴드가 얼빠진 얼굴로 나와 해리를 바라보았다. 나는 당황해서

두 손을 내저었다.

"고용! 내가 이 사람을 고용했거든."

"아, 고용!"

그제야 제럴드가 이해했다며 고개를 끄덕였다.

"계약은 언제 끝나지요? 계약 기간이 끝나는 대로 저희 쪽에서 모시겠습니다."

"어, 그게······."

내가 머뭇거리고 있으니 옆에서 해리가 짧게 대답했다.

"평생."

"예?"

"죽을 때까지 고용하기로 계약했어."

"예에? 하지만 그건 불공정 계약입니다!"

놀란 제럴드가 도끼눈을 뜨고 나를 노려보았다.

"성검의 주인이시라기에 좋게 봤습니다만, 어떻게 이런 순진한 마법사를 꼬여 내서 평생 계약을 맺을 수가 있습니까? 이건 노예 계약이나 마찬가지입니다!"

잔뜩 흥분한 제럴드가 씩씩대며 해리의 손을 붙잡았다.

"푸른 마법사님. 걱정 마십시오. 이런 계약은 원천 무효입니다. 이 악덕 귀족 고용주와 싸울 수 있도록 저희가 돕겠습니다!"

"필요 없어."

"당연한 일을 한 것이니 감사 인사는 됐습니······ 네?"

해리가 당연히 좋다고 수락할 줄 알았던 제럴드가 뒤늦게 해리의 말을 인지하고 얼빠진 얼굴을 했다.

"필요 없어. 난 이 계약에 아주 만족하니까. 내가 만족하는데 그게 어떻게 불공정 계약이야? 설령 노예 계약이라도 상관없어."

그렇게 말한 해리가 나를 쳐다보며 씩 웃었다.

"난 내 주인님이 아주 마음에 들거든."

⤫

제럴드는 영주가 제공한 방에 앉아 몸을 부들부들 떨었다. 어찌나 몸이 떨리는지, 제대로 전화기를 꺼내기도 힘들 정도였다.

전화기는 마정석을 이용해 사용하는 마도구로, 멀리 있는 상대와 음성 통신을 할 수 있는 장치였다. 마도구 중에서도 특히 만들기 힘든 장치라, 외부에 유통도 거의 되지 않았다. 마법사 협회를 제외하면 왕실에만 납품됐다. 전쟁이 일어났을 경우, 지휘관에게 전화기를 주어 왕실과 빠른 연락을 하기 위한 용도였다.

그런 의미에서, 제럴드가 전화기를 가지고 나왔다는 것은 이 임무가 마법사 협회에 아주 중요하다는 의미였다.

제럴드의 목표는 푸른 마법사를 협회로 데려가는 것이었다. 사실 제럴드는 그게 어려운 임무라고 생각하지 않았다. 마법사 협회는 부유했다. 마법이라는 힘도 있었고, 그 힘으로 얻은 권력도 상당했다. 그들은 푸른 마법사가 원하는 어떤 대가라도 쥐여 줄 자신이 있었다.

그런데 푸른 마법사는 단박에 제안을 거절했다. 제럴드는 덜덜 떨리는 손을 겨우 움직여 전화를 연결했다.

-제럴드. 임무는 완수했나?

금세 수화기 너머에서 목소리가 들려왔다. 상대는 마법사 협회에 있는 수신기를 쓰고 있을 터였다.

"실패했습니다."

—실패? 도대체 그쪽에서 어떤 조건을 제시했기에 실패를 해? 조율은 불가하다고 하던가?

"조건을 조율해 볼 기회조차 없었습니다."

제럴드가 씩씩대며 목소리를 높였다.

"그 성검의 주인이라는 영주가 순진한 마법사를 완전히 세뇌해 놨습니다!"

—뭐라고?

"평생 계약을 했답니다! 완전히 노예 계약인데, 그걸 하고서도 자기는 주인님이 좋다면서 실실 웃었어요! 완전히 세뇌당해서 제정신이 아닙니다! 어떻게 인간이 그런 짓을, 우리 마법사에게!"

—뭐라고?!

수화기 너머에서 제럴드 못지않게 흥분한 목소리가 들려왔다.

—어떻게 감히 우리 마법사에게 그런 끔찍한 짓을! 제럴드, 이건 그냥 두고 볼 수 없는 일이네!

"맞습니다. 이건 절대로 그냥 넘어갈 수 없는 일입니다."

—우리도 이곳에서 적극 지원하겠네. 필요한 것이 있다면 언제든 우리에게 연락하게. 무엇이든 준비하지. 함정에 빠진 불쌍한 마법사 동지를 꼭 구해 내게!

"알겠습니다. 제가 해내겠습니다. 가엾은 우리 동지를 그냥 둘 순 없지요."

제럴드가 두 주먹을 불끈 쥐었다.

"저는 세뇌당한 불쌍한 마법사를 구하기 전까진, 절대 돌아가지 않을 겁니다."

제럴드가 비장한 목소리로 다짐했다. 제럴드의 마지막 말에는 지금까지와는 다른 기이한 울림이 있었다. 언령이었다.

마법사의 말에는 힘이 있었다. 마나를 이용해 그 힘을 마법으로 재현하는 사람들이 마법사였다. 마법사가 다짐에 마나를 실으면 그것은 금제가 되어 스스로를 속박한다. 깨려고 해도 절대 깰 수가 없었다. 금제가 사라지는 것은 다짐을 완수했을 때뿐.

─제럴드……. 자네…….

불쌍한 동지를 구해 내려는 제럴드의 숭고한 다짐에 수화기 너머의 상대방이 울먹였다.

마법사는 끈질기다는 인세티아 남작의 말은 옳았다. 제럴드는 해리의 계속된 거절에도 절대 포기하지 않고 그의 곁을 맴돌았다. 해리는 제 주변을 날아다니는 날파리를 죽여도 되겠느냐고, 몇 번이나 내게 물었다.

해리를 공략하는 데 실패하자, 제럴드는 나를 타깃으로 삼았다.

"불쌍한 우리 동지를 그만 놓아주십시오."

"그가 가겠다고 하면 당연히 놓아줄 거예요. 하지만 안 간다잖아요?"

"그건 당신이 세뇌했기 때문이잖습니까! 무슨 수를 쓴 건지는 모르겠지만, 계속 이런 식으로 나오면 가만히 있지 않겠습니다."

"가만히 안 있으면요?"

나는 진심으로 궁금해져 제럴드를 바라보았다. 자신을 빤히 쳐다보는 눈길에 기세등등하던 제럴드가 순식간에 쪼그라들었다.

"그……. 제가 구체적인 협박은 생각하지 못해서……."

"그럼 나중에 다시 오세요. 구체적인 협박까지 생각해서요. 전 지금 좀 바쁘거든요."

나는 '왜 내가 구체적인 협박을 준비해 놓지 않았지!'라며 자책하는 제럴드를 내버려 두고, 두 노예 왕자가 일하고 있는 서재로 걸음을 옮겼다.

"안녕하세요, 왕자님들."

내 인사에 서류와 씨름하고 있던 두 왕자가 고개를 들었다. 두 사람은 마을 복구가 어느 정도 궤도에 들어서자 서재로 다시 무대를 옮겼다.

'단순하게 힘을 보태는 것보다 다른 일로 도움을 주는 게 낫다고 판단한 거겠지.'

그날 이후로 두 사람은 여러 자료를 찾고, 전문가들의 조언을 들으며 강의 범람 문제를 해결할 방법을 찾기 시작했다. 강이 범람했을 때 일어나는 피해를 두 눈으로 직접 본 것이 상당한 자극이 된 모양이었다.

"어때요? 잘 되고 있어요?"

나는 리턴의 뒤로 다가가 그가 읽고 있던 서류로 눈을 돌렸다. 그것은 에렐이 아닌, 강의 상류와 중류가 있는 벨모른 백작령에 대한 서류였다.

"협상을 하려고요?"

"남작에게 예산을 타내려면 먼저 벨모른 쪽과 이야기를 해야 할 것 같아서."

"왜 그렇게 생각했는데요?"

"예산은 한번 내주면, 그게 실제로 집행이 되지 않더라도 계속 묶여 있는 거잖아. 지금처럼 재해 복구로 돈 쓸 일이 많을 때는 그렇게 묶여 있을 돈을 편성하지 않지."

"맞아요. 그래서 먼저 벨모른과 이야기해서 확실한 계획을 잡으려고 한 거군요?"

리던은 왕자님답게 예산 집행에 대한 지식이 전혀 없었다. 내가 그 부분을 지적하자 그는 금세 제 할 일을 찾아 나섰고, 그 결과가 벨모른과의 협상이었다.

나는 뿌듯한 눈으로 리던을 바라본 뒤 카시안에게 다가갔다. 그는 강에 만들 제방의 설계도를 여러 개 두고 어떤 설계를 채택해야 할지 고민하고 있었다.

"전하. 설계를 고민하시는 건 좋은데요, 예산은 어떻게 하려고요?"

예전부터 묻고 싶었던 말이었다. 카시안은 처음부터 예산 문제를 전혀 고려하지 않고 곧장 제방 건설 쪽으로 방향을 잡았다. 실제로 일을 진행할 때도 마찬가지였다. 그는 에렐의 예산을 쥐고 있는 인세티아 남작을 찾아가지도 않았다. 가장 먼저 인세티아 남작에게 찾아가 자금을 확보하려던 리던과 대비되는 행보였다.

"그건 중요하지 않습니다."

내 질문에 카시안이 별로 개의치 않으며 대답했다. 비싼 제방을 짓는데 예산이 중요하지 않다니? 나는 이 태평한 왕자님의 생각을 이해할 수 없어졌다.

"이게 다 얼마짜리 공사인 줄은 알아요? 건설 자재를 구입하고, 인부를 고용하고, 설계비를 내고……. 어라?"

홀로 열을 내던 나는 금세 이상한 것을 깨달았다.

"설계는 어떻게 했어요? 설계도를 만드는 데도 설계비가 들잖아요?"

"맞습니다."

카시안은 태평하게 대답했다. 나는 점점 더 이 상황을 이해할 수 없어졌다.

"설마 개인 자금을 쓴 거예요? 그런 방식은 안 돼요. 에렐은 왕자님에게 적선 받지 않을 겁니다."

좋게 말하면 기부였지만, 카시안이 고민도 없이 그런 방법을 택한 것이 마음에 들지 않았다. 그가 예산을 따내려고 노력한 끝에 좌절해서 최후의 수단으로 개인 자금을 사용한 것이라면 고맙게 생각할 수도 있었다. 하지만 그는 처음부터 고민 없이 제 부유함을 이용했다.

"저도 적선하고 싶은 생각 없습니다. 생각보다 제가 그리 부자는 아니거든요."

씩씩대는 나를 보며 카시안이 슬쩍 웃었다. 그 미소에 나는 멈칫했다.

'카시안이 이브리아에게 미소 짓다니.'

해가 서쪽에서 뜰 일이었다. 하지만 정작 카시안은 제 미소에 큰 의미를 두지 않는지 태연한 얼굴로 설계도를 확인할 뿐이었다.

"개인 자금을 쓴 게 아니란 말이에요?"

"그렇습니다. 이브리아, 당신 말대로 제방 짓는 데 드는 돈이 한두 푼도 아니잖아요. 내 개인 자금으로는 힘듭니다."

"그럼 어디서 돈이 난 건데요?"

"중앙에서 지원받았습니다."

카시안이 깔끔하게 대답했다. 생각지 못한 말에 서류에 시선이 꽂혀 있던 리던도 고개를 들었다.

"중앙에서 왜 지원을 해 줘요?"

"에렐에서는 청요석이 생산되죠. 그건 국가적으로도 중요한 재산입니다. 그런데 강이 범람하면, 그 중요한 재산을 생산하기 힘들죠. 그걸 근거로 중앙을 설득했습니다. 정확히는, 국왕 폐하를요."

"폐하께 도와 달라고 한 거예요?"

"결과적으로는 그렇네요. 하지만 정당한 자료를 제시하고 설득한 겁니다. 편법 아니에요. 이렇게 중앙에서 지원을 받으면 에렐의 예산도 아낄 수 있으니 좋지 않습니까?"

내가 전혀 생각도 못 한 방식이었다. 각 영지는 서로 독립성을 지닌다. 그건 중앙으로부터도 마찬가지였다. 간섭받지 않는 대신 지원도 받지 않는다. 그게 왕국 제도의 기본이었다. 하지만 카시안의 말처럼 왕국의 중요한 재산을 보호하기 위해서라면, 거기에 영지의 요청이 있다면, 중앙도 기꺼이 힘을 보탤 수 있었다. 하지만.

"지원을 대가로 앞으로 영지 운영에 간섭할 거예요."

내 정당한 의심에 카시안이 고개를 저었다.

"합의서를 썼습니다. 지원은 하지만 제방에 대한 권리나, 영지 운영에 대해서는 일절 손대지 않겠다고요. 믿지 못하겠다면 확인해도 좋습니다."

그러면서 카시안이 서류 하나를 내밀었다. 방금 그가 말한 내용이 그대로 적힌 합의서였다.

"진짜네."

무심코 튀어나온 혼잣말이 끝나기 무섭게 리던이 자리에서 벌떡 일어섰다. 의자가 요란하게 끌리는 소리를 낸 끝에 우당탕하고 뒤로 넘어갔다. 의자 없이 홀로 자리에 선 리던이 싸늘한 눈으로 카시안을 노려보았다.

"넌 뭐가 그렇게 쉽나, 카시안 제레인트."

"편법을 쓴 게 아닌데 왜 그렇게 화를 내십니까, 형님."

"하."

카시안의 말에 리던이 헛웃음을 흘렸다.

"넌 이 시험을 받자마자 중앙에, 국왕 폐하께 지원을 요청할 방안을 생각했어. 이게 우연히 나온 것 같아?"

"무슨 말을 하고 싶으신 겁니까?"

"넌 폐하를 뵙는 것도, 그분께 부탁을 하는 것도 쉽지. 그러니까 곧장 그런 방안을 떠올린 거야. 그런데 나는……."

리던의 말에 카시안의 표정이 굳었다. 어머니를 잃은 뒤 리던은 서서히 국왕의 관심에서 멀어졌다. 대신 국왕은 아름다운 새 왕비 아래에서 태어난 카시안을 싸고돌았다. 애정의 차이는 그때부터 시작되어 두 사람이 성인이 된 후에도 이어졌다.

카시안 제레인트는 사랑받고 의지하는 데 익숙하다. 하지만 리던 제레인트는 그렇지 않았다. 리던이 지적한 부분은 바로 그 애정의 격차, 그가 지금까지 겪어온 삶의 격차였다.

"이렇게 아등바등, 살아 보겠다고, 내가 참……."

리던이 들고 있던 서류를 책상에 집어 던지듯이 내려놓고 서재를 나섰다. 리던이 완전히 떠나고, 문이 요란한 소리를 내며 닫혔지만 나와 카시안은 아무런 말도 하지 못했다.

카시안의 표정은 복잡해 보였다. 단 한 번도 생각해 보지 못한 것을 깨달은 얼굴이었다.

나는 생각에 잠긴 카시안을 두고 재빨리 리던의 뒤를 쫓았다.

다행히 리던은 멀리 가지 않았다. 그는 서재에서 얼마 떨어지지 않은 회랑에 서서 멍하니 정원을 바라보고 있었다.

"왕자님."

내 부름에 리던이 슬쩍 고개를 돌렸다.

"동생한테 화풀이하는 소인배라고 생각하지?"

"아뇨."

"그래. 그대는 아니겠지. 사실은 내가 그렇게 생각하는 거다."

리던이 긴 한숨을 내쉬며 두 손으로 얼굴을 쓸어내렸다.

"카시안은 당연한 방법을 택한 거야. 내가 가지지 못한 것을 그 녀석이 가지고 있다고 화를 낼 이유는 없었는데."

"왜요? 화날 수도 있죠. 저도 제가 못 가진 걸 가진 사람을 보면 가끔 그런 생각 해요."

"그대가?"

내 말에 리던이 픽 웃었다.

"이브리아 오베론이 못 가지는 것도 있나? 성검이며 대마법사까지 다 그대의 손에 있는데."

"모두 제가 바라서 얻은 건 아니에요."

성검 유피테르나 악마 테오하리스는, 정말 우연히 얻은 것들이었다.

"저는……. 이브리아 오베론은, 정작 갖고 싶었던 걸 못 가졌죠."

진짜 이브리아는 카시안을 갖고 싶어 했지만 끝내 그를 얻지 못했다.

"보셨죠? 제가 그때 얼마나 화를 냈는지."

그때의 이브리아는 어찌나 크게 화를 냈는지 살인을 시도할 정도였다.

"그걸 내 앞에서 농담으로 말하나? 간도 크다, 너."

리던이 어이없다는 듯한 눈으로 나를 보았다. 확실히 캐서린을 죽이려고 했다며 내게 이를 바득바득 갈던 사람에게 할 만한 농담은 아니었다.

"실수했네요. 지금이라도 농담 철회할까요?"

리던은 별 싱거운 소리를 다 듣겠다는 듯 웃었다. 그 웃음에 힘이 하나도 없었다.

"왜 날 따라 나왔지?"

"둘 중에 왕자님이 더 상처받았을 것 같아서요."

"그대는 상처받은 사람은 아무나 다 따라다니나?"

"설마요."

'내가 천사표 캐서린 같은 오지라퍼도 아니고.'

내가 손을 내저으며 부정하자 리던의 눈빛이 기이하게 반짝였다.

"그런데 왜 날 따라 나와."

"우린 남이 보기에 꽤 친한 것처럼 보이는 사이잖아요."

"그대가 생각하기에는 어떤데?"

리던이 여전히 기이하게 반짝이는 눈으로 내게 물었다.

"그대가 생각하기에도 우리가 꽤 친한 것 같아?"

"솔직한 말을 원하세요, 아니면 듣기 좋은 말을 원하세요?"

내 질문을 듣고 잠시 고민하던 리던이 곧 미간을 찌푸렸다.

"······이봐. 이미 그걸로 답이 되잖아."

"그렇죠. 하지만 전 아무 말 안 했어요. 왕자님이 멋대로 짐작하신 것뿐이지."

"그거 좀 치사한 방식이라고 생각하지 않나?"

"전 원래 사람이 치사해서 괜찮습니다."

시답잖은 농담 따먹기에 결국 리던이 웃음을 터트렸다. 조금 전의 힘없는 웃음보다 생기가 느껴졌다.

"내가 이브리아 오베론에게 위로를 받는 날이 올 줄은 몰랐군."

"전 위로의 말을 한 적이 없는데요."

"그래. 하지만 내가 멋대로 짐작해서 위로받은 거야."

리던이 어느새 웃음기가 사라진 눈으로 나를 바라보았다.

"내가, 멋대로 짐작해서."

리턴이 다시 한번 그 말을 중얼거렸다. 마치 그 말을 제 속에 깊이 새기겠다는 듯이.

⚜

일정을 마치고 방으로 돌아가자 해리가 나를 기다리고 있었다. 내 방에 있을 때는 언제나 그렇듯, 제가 주인인 양 내 침대를 차지한 채였다.

"해리. 이제 이런 건 그만하자고 했잖아요. 다른 사람들이 이상하게 본다고요."

"싫어. 이렇게 안 하면 네가 날 보기나 했을 것 같아?"

해리가 부루퉁하게 입을 내밀었다. 나는 그 말에 반박하기가 힘들었다.

해리가 엠마와 그렇고 그런 일을 한다는 사실을 깨달은 뒤로, 줄곧 그를 대하기가 힘들었다.

'심지어 키스뿐만이 아니라 남녀 사이의 다른 일들도 함께 공부한다고 했는걸.'

나하고 하지 않은 것도, 이미 엠마와는 했다는 뜻이었다. 사실 해리뿐만 아니라 엠마의 얼굴도 보기 껄끄러웠다. 그래서 나는 바쁘다는 핑계를 대며 최대한 저택 이곳저곳의 일거리를 스스로 찾아 나섰다. 그러다 보니 아침 일찍 방을 나서 밤늦게야 돌아오는 일이 다반사였다. 지금 이 시각만 해도 사방이 어두운 밤이었다. 평소에는 이보다 더 늦은 시간에 방으로 돌아오곤 했었다.

"요즘 많이 바빠서요."

"뭐가 그렇게 바쁜데? 나랑 잠깐 놀아 줄 시간도 없어?"

"나중에요. 일이 다 끝나면요."

나중에. 혼자 착각했던 것에 대한 민망함이 사라지면, 내가 멋대로 가졌던 착각에 대한 실망이 옅어지면. 그때는 해리를 편안하게 볼 수 있을 것 같았다.

'그런데 왜 이 악마는 그 잠깐을 못 기다려 주냐고.'

해리는 시도 때도 없이 내 앞에 나타났다. 잠시 해리를 잊고 일에 열중하다가도, 그가 나타나 얼굴을 보이면 다시 그때의 민망함과 실망이 되살아났다.

"나중에 언제?"

침대에서 늘어져 있던 해리가 몸을 일으켜 나를 보았다.

"정확히 시간을 말해 줘."

"일이 언제 끝날지는 나도 몰라요."

"그럼 난 어떡해?"

"어떡하긴 뭘 어떡해요?"

"그럼 난 계속 하염없이 기다리기만 해야 해?"

해리의 얼굴에 원망이 가득했다. 그 얼굴을 보고 있으니 마음이 싱숭생숭해져서, 나는 또다시 그의 눈을 피했다.

"날 안 기다리면 되잖아요."

"하. 진짜."

해리가 허탈한 웃음을 흘리며 침대에서 내려와 저벅저벅 걸음을 옮겼다. 그의 목적지는 내 앞이었다.

"야, 이브리아 오베론."

해리가 내 이름을 부르며 두 손을 뻗었다. 그는 고개를 돌릴 수 없도록 내 두 뺨을 감싼 채 이야기를 시작했다.

"나한텐 네가 전부야. 이 세상에서 나한테 의미 있는 건, 너 하나 뿐이라고. 네가 아니면 난 여기에 있을 이유도 없어. 알아?"

당연히 그럴 것이다. 나는 해리의 계약자였고, 악마는 인간과의 계약이 아니면 마계 밖으로 나오지 않는다.

"알아요."

"안다고? 네가 그게 무슨 의미인지, 다 안다고?"

해리가 그럴 리 없다는 듯 헛웃음을 흘렸다. 자조적인 웃음이었다.

"나한테는 네가 전부인데, 왜 너한테는 내가 전부가 아니야?"

해리가 일그러진 얼굴로 내게 물었다.

"나한테는 네가 첫 번째인데, 왜 너한테는 내가 첫 번째가 아니야?"

해리가 이를 바드득 갈았다. 번뜩이는 붉은 눈이 날카롭게 벼려져 나를 보고 있었다.

"너한테서 나보다 더 소중한 것들을 다 없애 버리고 싶어. 내가 네 마지막이라서 그 앞에 있는 게 이 세상 전부라면, 이 세상 전부를 없애 버릴 수도 있을 것 같아."

그건 악마의 눈이었다. 한없이 잔인해질 수 있는 악마의 감정이 그의 눈 안에서 일렁거렸다. 하지만 그 감정은 순식간에 깊은 눈동자 속으로 사라졌다.

"그런데 그러면 네가 울어. 그걸 보면 내 가슴에 구멍이 난 것처럼 아파."

해리가 내 뺨에서 손을 놓고 고개를 숙였다. 땅을 바라보고 있는 그의 머리통이 아주 작아 보였다.

"그래서 난 아무것도 못 해. 그냥 널 기다려. 그것뿐이야."

나는 잔뜩 풀이 죽은 해리의 머리에 손을 얹었다. 가볍게 손을 움직여 머리를 쓰다듬자 그가 고개를 번쩍 들었다. 기쁨으로 일렁이는 눈동자가 나를 바라보고 있었다.

'겨우 이렇게 머리 쓰다듬은 거로 좋아하다니.'

어이가 없어져서 웃음이 나왔다.

"마법사요."

"어?"

"그 협회에서 온 마법사요. 그 사람만 떠나면 같이 놀아요."

그 마법사는 아주 끈질겼으니까, 돌아갈 때까지 시간이 꽤 걸릴 것이다.

'그동안 나는 민망함과 실망을 떨쳐 버리고 다시 태어나는 거지. 뉴 이브리아 오베론으로.'

그러면 해리도 아무렇지 않게 볼 수 있을 것 같았다.

"정말? 정말이다? 약속했다?"

내가 고개를 끄덕이자 해리가 활짝 웃었다.

❦

"도대체…… 무슨 짓을 하신 겁니까……."

다음 날 제럴드가 만신창이가 되어 나를 찾아왔다. 옷과 머리가 잔뜩 그을린 그를 보고 있자니, 처음 에렐을 찾았을 때의 이지적인 분위기가 떠오르지 않을 정도였다.

"내가 뭘?"

"불쌍한 우리의 동지를 부추기셨죠? 그래서 우리의 동지가 저를!"

"이거, 해리가 그런 거야?"

나는 놀라서 눈을 크게 떴다. 키우는 개가 버릇이 나빠 사람을 물었으니, 책임은 주인인 내게 있었다.

"절 쫓아내려고 뒷공작을 벌이셨겠죠. 전 알고 있습니다. 하지만 전 포기하지 않아요!"

"……많이 다쳤네. 의사를 불러 줄 테니까 치료받아."

나는 보호자 된 도리로 내 개에게 물린 제럴드에게 호의를 베풀었다. 하지만 그는 코웃음을 치며 내 호의를 거절했다.

"제가 당신의 도움을 받을 것 같습니까? 불쌍한 우리의 동지를 세뇌한 그 방법으로 나까지 세뇌하려는 속셈이겠죠."

"나한테 그런 능력은 없다고 몇 번이나 말했잖아."

제럴드가 불신의 눈초리로 나를 바라보다, 곧 한숨을 내쉬었다.

"영주님. 당신도 제가 피곤하실 겁니다."

"의외네. 그걸 알고 있었다니. 계속 피곤하게 굴기에 전혀 모르는 줄 알았어."

'알면서도 이랬다면 더 짜증 나는 자식이군.'

나는 웃으며 속으로 이를 바드득 갈았다. 하지만 어린 마법사는 그런 나의 속내를 전혀 알아차리지 못했다.

"저도 제가 당신을 괴롭히고 있다는 인식쯤은 있었습니다. 그러니 피차 이 지루한 공방을 끝내는 것이 낫지 않겠습니까?"

"동의해. 드디어 돌아갈 마음이 생겼어?"

"설마요!"

제럴드가 펄쩍 뛰며 고개를 젓더니, 금세 차분한 얼굴로 돌아와 진지하게 말했다.

"생각해 보니 우리는 차분하게 마주 앉아서 대화를 해 본 적이 없더군요."

"그랬지."

'전부 너 때문이었지만.'

내 얼굴만 보면 순진한 마법사를 놓아 달라, 세뇌를 멈춰 달라 소리를 지르는 통에 진지한 대화를 할 수가 없었다.

'이제야 그걸 깨닫다니' 하는 한숨을 내쉬며 늘 하고 싶었던 제안을 먼저 꺼냈다.

"마주 앉아서 차분하게 이야기를 해 볼까? 그러면 내가 해리를 세뇌했다는 착각에서 빠져나올 수 있을 거야."

"좋습니다. 대화."

제럴드가 눈을 빛내며 고개를 끄덕였다.

"그렇다면 제가 차를 대접해도 되겠습니까?"

아무것도 모르는 어린 마법사인 줄 알았는데 차를 권하는 예의는 있었다.

"좋아. 마법사가 대접하는 차는 처음인데, 맛이 기대되네."

"특별히 좋은 차로 대접하겠습니다."

나는 제럴드의 방으로 초대를 받았다. 제럴드의 방이라고 해 봐야 내가 내준 우리 저택 안의 공간이었다. 마음 같아서는 당장 그를 쫓아내고 싶었지만, 인세티아 남삭은 협회 사람을 박대하면 청요석 거래에 문제가 생길 수 있다며 그를 적절히 대접하자고 제안했다.

'마법사 협회는 장기 고객이니까 말이지.'

고작 일주일 이 방을 차지하고 있었을 뿐인데, 제럴드의 방은 우리

저택이라고 믿을 수 없을 정도로 특이한 물건들로 가득 차 있었다.

"이건 뭐야?"

"아. 빗입니다. 머리를 빗기만 해도 감은 것 같은 효과가 나지요."

"그럼 이건?"

"그건 잔입니다. 물을 넣으면 단맛이 나는 음료로 바뀌는 기능이 있지요."

나는 솔직하게 감탄했다.

"와. 마법사들의 마법이 이 정도로 대단한 줄 몰랐어. 전부 제럴드가 만든 거야?"

"네. 저는 마력은 적은 편이지만, 마도구 제작 쪽으로 재능이 있어서요."

제럴드가 뿌듯하게 웃으며 턱을 치켜들었다. 소년 마법사는 칭찬을 아주 좋아하는 것 같았다.

'그래. 한창 칭찬이 좋을 나이다.'

"그럼 혹시 나도 마도구 제작을 배울 수 있어?"

나도 적은 수준이지만 마력이 있었다.

'마법을 구현하지는 못하지만, 이런 도구 제작은 가능하지 않을까?'

"영주님께서요?"

제럴드가 잠시 나를 살피더니 고개를 끄덕였다.

"마력은 정말 적어도 상관없습니다. 0.5로 유명하신 영주님이라도, 각인에 재능이 있을 수도 있죠."

"……내가 마법사들 사이에서 유명해?"

"그럼요. 0.5의 마력량은 최초거든요."

"역사상 내가 유일한 0.5라고?"

"예. 마력 측정 역사상 최하위입니다. 역사책에 기록되실 거예요."

'그런 이유로 역사책에 기록되고 싶지 않아……'

나는 아득해져 오는 머리를 짚으며 제럴드에게 물었다.

"각인에 재능이 있는지는 어떻게 알 수 있는데?"

"그건 간단한 테스트를 해 보면 됩니다."

제럴드가 가방을 뒤적여 종이 한 장을 꺼냈다. 그곳에는 아주 복잡한 마법 도안이 그려져 있었다.

"이건 제가 도구에 도안을 각인하기 전에 연습한 겁니다. 이 수준의 도안을 그릴 수 있어야 합니다. 1㎜의 오차로도 마법 기능이 달라지기 때문에 절대 벗어나면 안 돼요."

"이걸 도구에 어떻게 새기는 건데?"

"마력을 견디는 펜이 있습니다. 대개 미스릴로 만들어요. 그걸로 도구 위에 그리는 거죠. 마력을 물감 삼아."

제럴드가 내게 종이를 내밀었다.

"한번 따라 그려 보시겠습니까?"

척 보기에도 복잡한 도안이었다.

'나 미술에는 소질 없었는데.'

하지만 이브리아의 몸은 다를지도 모른다. 의외의 재능을 발견하게 될 수도 있었다.

"그래. 해 볼래."

나는 고개를 끄덕이고 종이를 받아 들었다.

⚜

"괜찮네요."

제럴드가 내 그림을 보며 의외라는 듯 눈을 크게 떴다.

"어설픈 부분이 있지만 저도 처음에는 그랬습니다. 재능이 있으시네요, 영주님."

"정말?"

나도 믿을 수 없는 일이었다. 학창 시절에는 미술 실기에서 늘 꼴등을 도맡아 했었는데, 막상 펜을 들자 막힘없이 그림이 그려졌다. 손이 절로 움직이는 것 같았다.

'아마 진짜 이브리아가 가지고 있던 재능이 아닐까?'

내 의지와 상관없이 손이 잘도 움직였으니까, 그럴 가능성이 높았다.

'그렇다면 원작의 이브리아는 죽을 때까지 이 재능을 몰랐구나. 안타깝게도.'

이브리아는 늘 대단한 재능을 지닌 캐서린을 질투했다. 하지만 사실은 그녀에게도 대단한 재능이 있었던 것이다.

"각인을 본격적으로 배우려면 어떻게 해야 해?"

"우선은 스승이 있어야겠지요. 저도 스승님께 도안을 하나씩 배우며 점차 제 도안을 만들어 냈으니까요."

"하지만 마법 각인을 가르친다는 사람은 본 적이 없어."

"당연합니다. 전부 협회 소속이거든요. 마도구 제작은 협회가 독점하고 있지 않습니까? 바깥사람들에게는 그 기술을 절대 알리지 않습니다."

'그렇다면 이 재능은 그림의 떡이군.'

재능을 발견했는데도 발휘할 수가 없다니 썩 안타까운 일이었다. 내가 아쉬운 마음으로 도안을 바라보고 있으니 제럴드가 헛기침을 했다.

"아무튼 이제 차를 마시죠."

"아. 그렇지. 해리 이야기를 하려고 온 거니까."

"잠시만 기다려 주십시오."

제럴드가 차를 준비하기 위해 잠시 자리를 비웠다. 나는 제럴드가 만들었다는 마도구들을 구경하며 지루하지 않은 시간을 보냈다.

'이렇게 좋은 걸 만드는 기술을 독점하다니.'

그렇지 않아도 나빴던 마법사 협회에 대한 이미지가 더 나빠졌다.

"준비됐습니다."

내가 속으로 투덜거리고 있을 때, 제럴드가 차를 준비해 방으로 돌아왔다. 그는 찻잔을 내려놓고 나의 맞은편에 자리 잡았다.

"드십시오. 말레나 차입니다."

"말레나? 처음 듣는 차 이름이야."

"예. 마법사 협회에서 개발한 차거든요. 풍부한 꽃향기가 일품이지요."

제럴드의 말 그대로였다. 찻잔이 멀리 떨어져 있는 데도 진한 향기가 코를 찔렀다.

"그러게. 정말 향기 좋다."

향이 좋아서였는지, 나는 홀린 듯이 찻잔을 들었다. 찻잔이 가까워지자 꽃향기가 더욱 진해졌다.

'달콤할 것 같아.'

나는 황홀한 심정으로 차를 마셨다. 입에 머금은 차의 향긋한 내음이 온몸에 퍼졌다.

"향이 정말 좋지요?"

"응. 혹시 이거 구입할 수도 있어?"

그렇다면 구입해 자주 마시고 싶었다. 하지만 안타깝게도 제럴드가 고개를 저었다.

"아뇨. 이건 판매하지는 않습니다."

"그럼 내가 정말 귀한 차를 먹은 거구나. 어, 그런데…… 이거 좀……."

나는 미간을 찌푸리며 눈을 깜빡였다. 이상하게 시야가 조금씩 흐려지고 있었다. 흐려진 건 시야뿐만이 아니었다. 짙은 말레나 차 향기에 머리가 마비된 건지 정신까지 몽롱해지기 시작했다.

"이거…… 뭐……."

"죄송합니다. 가련한 마법사를 구해 내기 위한 최후의 수단이에요."

멀어지는 정신의 끝자락에 쓸쓸하지만 단호한 제럴드의 목소리가 들렸다.

⋆⋆⋆

'그 마법사 놈을 어떻게 쫓아내지?'

해리는 저택의 지붕 위에 앉아 일광욕을 즐기며 제럴드를 쫓아낼 궁리를 하고 있었다.

'그 마법사 놈이 떠나야 이브리아가 나랑 놀아 줄 텐데.'

이브리아 생각을 하자, 해리는 금세 시무룩해졌다. 해리가 큰 마법을 쓰고 기절했다가 다시 깨어난 후부터, 이브리아가 미묘하게 그를 피하고 있었다.

처음에는 미안하다고 사과했다. 그래도 이브리아는 여전히 그를 피했다. 그래서 다음에는 짜증을 내고 화를 냈다. 그것도 이브리아를 바꾸지 못했다. 결국, 해리는 매달리는 방법을 택했다.

위대한 악마가 하찮은 인간에게 매달리다니? 마계에 있는 녀석들이 들으면 코웃음을 칠 이야기였다. 그런 악마가 있다면 가문의 수치라고, 그런 놈은 악마가 아니라고 당장 내치자고 할 것이다. 하지만 해리는 자신이 부끄러운 일을 한다고 생각하지 않았다.

'왜냐하면 이브리아는 최고니까.'

해리에게 이브리아는 최고의 존재였다. 해리에게 유일한 존재니까, 늘 그의 안에서 첫 번째였다.

'한 명 중에 1등이라.'

좀 웃긴 말이었지만 어떤가. 그 사람이 제게 1등이라는 게 중요했다.

해리는 이브리아가 불렀기에 이 세상에 있었다. 그녀가 아니라면 굳이 인간계에 있을 이유가 없었다. 그래서 해리가 이곳에서 하는 모든 일은 이브리아와 연관이 있었다. 해리는 이브리아가 싫어하는 일은 하지 않는다. 이브리아가 살인을 싫어하고 권력에 관심이 없기 때문에 힘들고 지칠 때가 많았지만 괜찮았다.

'이브리아가 해 주는 충전은 효과가 좋거든.'

그녀와 입을 맞추면 살인을 하지 않아도, 다른 누군가를 짓누르지 않아도 본능이 공허해져 폭주하는 일이 없었다. 최근에는 충전을 해 주는 일이 거의 없었지만, 아직은 괜찮았다. 다시 깨어난 날 이미 충분하게 채워 두었으니까.

'게다가 그 마법사 놈이 돌아가면 다시 놀아 준다고 했으니까.'

그때 다시 충전도 할 수 있을 것이다. 그 순간을 생각하는 것만으로도 온몸이 달아오르는 것 같았다.

"요정님! 개 요정님! 어디 계세요?"

그때 복도에서 자신을 부르는 소리가 들렸다. 얼굴을 보지 않았지만 해리는 이미 그 사람의 정체를 알 수 있었다. 그를 개 요정님이라는 우스운 호칭으로 부르는 것은 이브리아의 하녀 엠마뿐이었다. 해리는 가볍게 지붕을 타고 내려가, 손쉽게 창문 안으로 뛰어들었다.

"악!"

갑자기 창문에서 튀어나온 해리를 보며 엠마가 혼비백산해 비명을 질렀다.

"개 요정님. 꼭 이렇게 등장하셔야 해요?"

"넌 나를 꼭 그렇게 괴상쩍은 호칭으로 불러야겠어?"

"이 호칭이 이미 입에 붙어서……."

개 요정님이라는 호칭이 이상하다는 자각은 하고 있었던 엠마가 멋쩍게 웃다가, 이내 심각한 얼굴로 해리에게 손짓했다.

"개 요정님. 제가 새로운 걸 가져왔는데, 같이 공부하실래요?"

"공부?"

공부라는 말에 해리가 눈을 반짝였다. 인간계의 모든 것들이 시시하고 역겨운 해리지만, 엠마와 함께하는 이 공부라는 것은 꽤 즐거웠다.

'공부하는 동안에는 엠마의 역겨운 냄새도 참을 수 있어.'

해리는 공부의 효과를 이미 체험했다. 엠마와 함께 배운 것을 이브리아에게 써먹자, 이브리아가 정말 좋아했었다. 물론 이브리아는 기분 좋다는 말을 하지 않았지만, 미묘하게 짙어지는 이브리아의 향기와 붉어진 얼굴을 보면 잘 알 수 있었다.

"좋아. 어디에서 할래?"

"오늘은 서관 창고가 좋겠어요. 거기가 비어 있거든요. 그쪽 담당하는 애들한테 들었어요."

엠마는 사용인들과의 인맥을 활용해 매번 사람이 없는 장소를 찾아왔다. 해리는 엠마의 그 능력이 참 마음에 들었다.

'이런 공부를 사람들이 많은 곳에서 할 수는 없으니까.'

"좋아. 거기로 가자. 오늘도 기대되네."

"저도 그래요."

해리와 엠마는 살짝 붉어진 얼굴을 진정시키며 서관 창고를 향해 걸었다. 걷는 내내 두 사람의 머릿속에는 오늘 할 공부에 대한 생각으로 가득했다.

마침내 두 사람은 서관 창고에 도착했다. 엠마가 미리 파악한 것처럼, 서관 창고는 사람 하나 없이 고요했다.

"좋아. 이제 시작하자."

"예, 개 요정님."

해리의 제안에 엠마가 비장한 얼굴을 하며 고개를 끄덕이더니, 입고 있던 앞치마에서 책 하나를 꺼내 들었다.

"마담 루이제의 신간! 왕도를 뒤흔든 문제작!《순수를 머금은 꽃》입니다, 개 요정님."

"마담 루이제의 신간치고는 제목이 약하군."

해리가 실망한 얼굴로 고개를 저었다. 엠마는 그 반응을 예상했다는 듯 의미심장하게 웃으며 고개를 저었다.

"개 요정님. 고수는 언제나 양면성을 노립니다. 과감한 제목에는 평이한 내용, 평이한 제목에는 과감한 내용. 그게 법칙이지요."

"그렇다면 이번에는……."

"아주 파격적인 내용이 담겨 있겠지요. 불온 도서로 지정돼 폐기될 뻔한 것을 겨우 구제했다고 들었습니다."

엠마의 말에 해리가 침을 꿀꺽 삼켰다. 그는 엠마와 마담 루이제의 관능 소설을 공부하고 있었다. 정확히는, 관능 소설에 등장하는 행위들을 말이다. 이 공부가 시작된 계기는 단순했다. 엠마가 읽고 있던 책을 떨어뜨렸고, 해리는 그걸 발견했고, 추궁당한 엠마는 해리도 동지로 끌어들였다.

해리는 이 관능 소설이 신기했다. 마계에는 이런 책이 없었다. 마계에 있는 녀석들에게 관능 소설을 보여 준다면, 그들은 이렇게 대답할 것이다. 이런 소설을 읽을 시간에 직접 하면 되잖아?

하지만 해리는 지금까지 그런 일들에 별로 흥미가 없었다. 악마가 원하는 쾌락이 살인과 욕정이라면, 해리는 극단적으로 살인에 흥미를 느끼는 쪽이었다. 그래서 악마들이 뒤엉켜 즐거움을 나눌 때 그 놀이에 끼어들지 않았다.

그럴 시간에 하나라도 더 죽이지 그래? 그렇게 생각했던 과거의 자신은 어리석었다.

'내가 욕정에 눈을 뜨게 될 줄은……'

해리는 이브리아를 기쁘게 해 주고 싶었다. 그녀의 몸과 마음을 모두 기쁘게 하는 것이 해리의 즐거움이었다. 그런데 해리는 방법을 몰랐다. 이럴 줄 알았으면 악마들이 서로 뒤엉켜 나뒹굴 때 이론이라도 배워 둘 것을 그랬다. 그렇게 후회하는 와중에 등장한 것이 이 관능 소설이었다.

'마담 루이제. 당신을 내가 존경하는 두 번째 인간으로 인정해 주지.'

첫 번째는 당연히 이브리아였다.

"그런데 개 요정님."

막 책을 펼치려던 엠마가 조심스럽게 해리의 눈치를 살폈다.

"요즘 아가씨가 조금 이상하신 것 같아요. 기운도 없으신 것 같고."

엠마의 말에 해리가 괜히 찔려서 재빨리 고개를 저었다.

"난 아무 짓도 안 했어."

"누가 뭐라고 했나요? 그냥 그렇다는 거지요."

그러면서도 엠마가 길게 한숨을 내쉬었다.

"아가씨가 우울한 표정을 지으면 전 하루 종일 일이 손에 안 잡혀요."

"그거 무슨 기분인지 알아."

"그렇죠? 아가씨가 밥을 조금만 남기셔도 초조해지고……."

"미간을 살짝 찌푸리기만 해도 하늘이 무너지는 것 같지."

"맞아요!"

엠마가 재빨리 맞장구쳤다. 마담 루이제의 관능 소설 스터디. 사실 이 모임의 진정한 목적은 이브리아 찬양이었다.

"오늘 이브리아가 하늘을 보며 웃었어. 파란 게 너무 예쁘대."

"사실은 우리 아가씨가 더 예쁘신데 말이에요!"

두 사람은 어느새 마담 루이제의 신간을 내려놓고 이브리아 찬양에 열을 올렸다.

"유익한 시간이었습니다, 개 요정님."

"나 역시 그랬다. 다음 공부를 기다리고 있겠어."

목적을 무사히 충족한 두 사람은 첩보 요원들처럼 깔끔하게 각자의 길로 떠났다. 해리는 이제 이브리아의 침대를 차지하고 그녀가 돌아오기를 기다릴 생각이었다.

하지만 이브리아의 방으로 돌아가는 복도에서 요즘 그가 제일 싫어하는 인간을 마주쳤다.

"가련한 동지여. 인제 그만 돌아갑시다."

늘 같은 말만을 앵무새처럼 반복하는 제럴드였다. 그는 해리가 아무리 욕하고 짜증을 내도 물러서는 법이 없었다. 오히려 너무 강한 세뇌를 당했다며 해리를 안쓰럽게 쳐다봤다.

해리는 이런 거머리 같은 놈을 처음 봤다. 보통 인간들은 조금만 겁을 주면 쫄아서 그에게 제대로 말도 못 했다. 그런데 이 인간은 간이 배 밖으로 나왔는지, 아니면 아예 간이 없는 건지 매번 해리를 붙잡고 질질 늘어졌다.

"안 간다고 했어. 내가 있을 곳은 여기다."

"……동지여. 그렇게 말할 줄 알았습니다. 전 이제 당신을 설득하는 걸 포기했어요."

그런데 오늘 처음으로 제럴드가 한발 뒤로 물러섰다. 해리는 놀라서 거머리 화신임이 틀림없는 제럴드를 바라보았다.

"드디어 포기한 건가? 잘했다, 거머리 마법사."

"예. 당신을 설득하기를 포기했습니다. 대신……."

"대신?"

"당신을 협박하기로 했습니다!"

"협박?"

해리의 눈썹이 꿈틀거렸다. 감히 누가 푸른 불꽃의 대마법사 테오 하리스를 협박할 수 있을까. 마계에 있는 어느 누구도 시도하지 못한 것을, 겨우 인간계의 하찮은 꼬마가 시도하다니.

'용기는 가상하군.'

해리는 악마였다. 악마는 대체로 무모한 인간들을 좋아했다. 그래서 해리는 관대하게 그의 협박을 받아 주기로 했다.

"그래? 무슨 협박? 한번 해 봐."

"당신을 세뇌한 그 여자 때문에 여길 떠나지 않겠다면, 그 여자를 없애 버리겠습니다!"

"……뭐?"

조금 전까지만 해도 꼬마 마법사의 협박을 관대하게 받아 주기로 마음먹었던 해리의 얼굴이 싸늘하게 굳었다.

"야, 거머리."

"전 거머리가 아니……."

"너 잘못 건드렸어. 협박이 틀렸으니까, 그거 포기하고 다른 협박을 해 봐. 그럼 들어 줄게."

해리는 무모한 인간에게 관대함을 발휘해 기회를 줬다. 지금이라도 제럴드가 다른 협박을 한다면 관대하게 받아 줄 생각이 있었다. 하지만 제럴드는 해리의 돌변한 태도를 보고 이 협박이 제대로 먹힌다는 걸 깨달은 것 같았다.

"아, 아뇨! 전 안 바꿀 겁니다! 동지여, 저도 그 여자를 죽이고 싶지 않습니다. 그러니까 얌전히 저와 함께 협회로 가요."

제럴드가 덜덜 떨면서도 해리에게 제 할 말을 이어갔다. 당장에라도 온몸이 얼어붙을 것 같았지만, 그에게는 가련한 마법사 동지를 구원할 의무가 있었다.

"그것만 약속하면 그 여자에게 해독약을 주겠습니다."

"뭐?"

차가운 얼굴로 가소롭다는 듯 제럴드를 바라보고 있던 해리의 얼굴에 금이 갔다.

'해독약을 주겠다는 말은…….'

이미 독을 먹였다는 뜻이었다.

"야, 너."

해리가 경고도 없이 제럴드의 멱살을 틀어잡았다. 별 힘을 쓰지 않았는데도 제럴드의 발이 공중에 높이 떠올랐다.

"윽! 놓아주세요!"

"놓아주세요? 이브리아에게 독을 먹여 놓고, 놓아 달라는 말이 나와?"

"으윽, 그 여자가 어디 있는지도 모르잖습니까. 날 이렇게 험하게 다루면 안 알려 줄 겁니다!"

제럴드가 벌벌 떨면서도 크게 소리쳤다. 그는 세뇌당한 마법사에게 이브리아가 정말로 중요한 의미를 가진다는 걸 알고 있었다. 그 여자를 인질로 잡고 있으면 세뇌당한 마법사가 함부로 움직일 수 없을 거라고 생각했다. 하지만 그건 착각이었다.

"내가 왜 몰라? 난 이브리아가 어디 있든지 거기로 갈 수 있어."

해리는 차갑게 제럴드를 비웃고는 그를 바닥에 집어 던졌다.

"악!"

제럴드가 비명을 지르며 바닥을 구르는 사이 해리는 눈을 감고 자신의 감각에 집중했다. 영혼의 조각이 있는 곳. 그곳에 이브리아가 있을 것이다.

해리는 쉽게 위치를 찾을 수 있었다. 영혼의 조각은 그의 일부니까. 그걸 찾는 건 아주 쉬운 일이었다. 해리는 빠르게 그곳으로 이동했다. 바닥을 구르던 제럴드도 정신을 차리고 복도를 내달렸다.

'설마. 어떻게 찾겠어?'

제럴드는 설마설마하는 마음으로 이브리아를 숨겨 둔 곳으로 달렸다. 부족한 체력으로 달리려니 숨이 턱 끝까지 차올랐다.

'아으, 이럴 때는 공간 마법 전문가가 정말 부럽다니까!'

이를 악물고 이브리아를 숨겨 둔 공간에 도착하자, 이미 해리가 더러운 바닥에 축 늘어져 있는 그녀 앞에 서 있었다.

"여길 어떻게 찾았……."

놀란 제럴드가 중얼거리는데, 그가 말을 끝마치기도 전에 해리가 손을 들어 올렸다. 단지 손을 들어 올렸을 뿐인데, 한참이나 떨어진 곳에 있던 제럴드의 몸이 푹 꺾였다.

"크억! 쿨럭, 큽!"

제럴드는 등을 내리찍는 강한 힘에 연신 기침을 하며 바닥을 기었다. 하지만 해리의 공격은 거기서 끝이 아니었다. 해리는 계속해서 팔을 휘둘렀다. 그럴 때마다 제럴드의 몸이 여기저기로 튀었다.

"흐으, 흡!"

어느새 제럴드의 몸에는 생채기가 가득했다. 제럴드는 두려움에 찬 눈으로 바닥을 기었다. 최대한 해리에게서 멀어지려고 열심히 움직였지만, 느린 움직임은 해리의 걸음보다 한참 느렸다. 해리는 제럴드의 옆으로 다가와 발로 그의 등을 찍어 내렸다.

"크악!"

"해독제 빨리 먹여."

"당신이, 협회에 간다고 약속하면……. 으악!"

해리의 발이 다시 한번 제럴드의 등을 찍었다.

"해독제 빨리 먹이라고 했어. 그러지 않으면 다음은 머리통을 차 버릴 거니까."

"흐윽!"

해리가 아직 머리를 걷어차지도 않았는데, 제럴드는 두려움으로 머리를 감싸 안았다.

"난, 당신을 구하려, 세뇌에서, 흐읍!"

"하. 미치겠네. 내가 조용히 숨죽이고 있으니까 진짜 순종적인 개인 줄 알았나 봐."

해리가 픽 웃으며 제럴드 앞에 쪼그려 앉았다.

"내가 내 주인님한테나 순종적인 개지, 너희 같은 것들한테도 그런 줄 알았어? 날 꼬리나 흔드는 개 취급할 수 있는 건 내 주인님뿐이라고. 응?"

11장
의외의 인재

칠흑같이 검은 공간이었다.

나는 그곳에 홀로 선 채 소리를 듣고 있었다.

[AbMkIUkal?]

남자일까? 여자일까?

[WOkjhuY!]

아이일까? 노인일까?

[QifRuIPaB⋯⋯.]

몇 개인지도 알 수 없는 목소리들이 어지러이 뒤섞여 귓가를 울렸다. 목소리들은 내게 무엇인가를 필사적으로 전하고 있었다. 내용을 전혀 알아들을 수 없는데도, 어쩐지 그 사실만큼은 확실히 알 수 있었다. 그래서 나는 귀를 기울였다.

무슨 말을 하고 싶은 거야? 당신들은 누구야? 왜 내게 말을 거는 거야?

묻고 싶은 것이 많았지만, 목소리들은 일방적이었다.

[TtPNvGGAaa!]

제 목소리가 내게 닿지 않는다는 걸 알았는지 목소리들이 필사적으로 소리를 높였다. 귀가 찢어질 것 같았다. 나는 격렬한 통증에 귀를 틀어막으며 주저앉았다.

하지만 아무리 귀를 막아도 소리는 사라지지 않았다. 피하려고 할
수록 오히려 더 진득하게 귓가에 달라붙어 나를 괴롭혀 댔다.

[aKcVyuQt!]

그만해! 나는 소리쳤다. 하지만 목소리들이 내게 닿지 않는 것처럼,
내 소리도 그들에게 닿지 않았다. 그만하라니까! 나는 눈을 질끈 감
고 조금 더 소리를 높였다. 비명에 가까운 소리였다.

[----------.]

그러자 거짓말처럼 귓가를 울리던 목소리들이 소멸했다. 공간이 삽
시간에 고요로 물들었다.

"기다렸어요."

처음으로 명확한 목소리가 들려왔다. 나는 놀라서 눈을 번쩍 뜨고
고개를 들었다. 분명히 나 혼자뿐이었는데, 어느새 눈앞에 사람이 서
있었다. 새하얀 엠파이어 드레스를 입은 금발의 여자였다. 어둠 속에
있는데도 그녀의 금발이 화사하게 반짝거렸다. 마치 보석 같았다. 아
니면 태양이라든지.

"또 만났네요."

여자는 다정했지만, 나는 그녀가 낯설었다.

"우리가 '또' 만났다고요?"

어디선가 만났다면 잊어 버렸을 리가 없다. 이렇게 존재감이 강한
사람이라면 한 번의 만남으로도 뇌리에 깊게 박혔을 것이다.

"그래요. 이번이 두 번째예요."

"전 당신을 몰라요."

"그렇겠죠. 그게 규칙이니까요."

"규칙이요?"

"네. 만나고, 헤어지고, 당신은 나를 잊어요. 그게 규칙이죠."

"우리가 만나는 이유는 뭔데요?"

내 말에 여자가 소리 내어 웃었다.

"기억은 없어도 묻는 건 똑같네요. 첫 만남에서도 그렇게 물었거든요."

"첫 만남이라면……."

"비행기 추락 사고였죠. 참으로 비극이었어요. 많은 사람이 죽었으니까요."

비행기 사고라니. 그렇다면 내가 이 여자를 만난 건 '이브리아'로서가 아니었다. 벼락을 맞은 듯한 기분이었다.

"우리는 당신이 죽을 위기에 처하면 만날 수 있어요."

그렇다는 말은 내가 지금도 죽을 위기에 처했다는 뜻이다. 아, 제럴드. 그 꼬마 마법사가 기어이! 나는 쓰러지기 전 마지막으로 보았던 얼굴을 떠올리며 이를 갈았다.

처음 그를 따라나설 때까지만 해도 마음속에 경계심을 품고 있었다. 하지만 마도구를 자랑하고, 마법 도안을 함께 그리는 동안 경계심을 슬쩍 내려놓았다. 생각해 보면 나를 방심하게 하려고 일부러 그런 수를 쓴 것 같았다.

"걱정하지 말아요. 이번에는 금방 돌아갈 수 있을 테니까."

여자가 화가 나서 씩씩대는 나를 위로했다.

"지금 당신 곁에는 그가 있잖아요."

"그?"

"테오하리스요."

"해리를 아세요?"

"모르는 자가 없을걸요. 그는 상당히 특이한 악마거든요."

"그런데, 해리의 이름을 아시네요?"

원래 인간은 악마의 이름을 모른다. 나처럼 특이한 경우가 아니라면 말이다. 그게 이 세계의 법칙이었다.

"난 인간이 아니니까요."

놀랍지도 않았다. 이런 공간에서 내게 말을 걸고 있다는 것만으로도 이 여자는 이미 평범한 인간의 범주를 벗어났다.

"나는 태양신이에요."

"어……. 태양신이라면…….."

"당신이 내 심장을 가지고 있죠."

나는 붉은색 보석이 박힌 반지를 떠올렸다. 예전의 삶에서부터 나를 쫓아온 그 반지! 지금도 손에 끼고 있었다.

"혹시 에렐의 축제에서 내게 이 반지를 주고 간 사람이 당신이었나요?"

"아뇨. 하지만 그 사람이 그렇게 하도록 만들었죠."

"페루에서 반지를 판 것도요?"

"네. 나의 대리인이었죠."

여자가 빙긋 웃었다.

"당신은 자신이 반지를 선택했다고 생각했겠지만, 사실은 내가 당신을 선택한 거였어요. 내 심장을 제자리에 돌려놓을 적임자로."

"당신의 심장을, 제자리에요?"

"네."

"거기가 어딘데요?"

"지금 말해 줘도, 당신은 잊을 거잖아요."

"아. 그렇네요."

머쓱해져 볼을 긁적이는 내 얼굴을 보며 여자가 까르르 웃었다.

"나는 오래전 힘이 필요하다는 인간들에게 내 심장을 빌려줬어요. 잠시만 쓰고 돌려주겠다고 했지만, 그들은 약속을 지키지 않았죠. 내 심장을 가지고 멀리 도망갔어요."

따뜻하던 여자의 얼굴에 짙은 그늘이 졌다.

"나는 오랫동안 내 심장을 찾아 헤맨 끝에 그 반지를 찾아냈죠. 하지만 심장을 잃은 내 힘은 불완전해서, 그걸 직접 가져올 수가 없었어요."

거기까지 설명한 여자가 나를 똑바로 바라보았다.

"그래서 당신을 여기로 불렀어요. 내 심장이 있는 나의 세상으로."

"여기로, 라고요?"

하지만 여기는 책 속의 세계였다. '진짜' 세계가 아니지 않나.

"알아요. 당신은 그렇게 생각하죠. 여기가 책 속의 세계라고요."

"그게 아니라는 말인가요?"

"당신이 어떻게 그 책을 손에 넣게 됐는지 기억해요?"

"그거야 당연히……."

당연히 뭐였지? 페루와 한국은 멀다. 비행기로 꼬박 24시간이 걸린다. 그래서 무료한 비행시간을 견디기 위한 책을 가져갔다. 그게 《레이디 캐서린》이었다.

하지만 내가 그걸 어디에서 얻었지? 그 책을 산 기억도, 누군가에게 받은 기억도 없었다. 언제부턴가 나는 그 이야기를 알고 있었다. 내 곁에 당연하다는 듯 그 책이 있었다.

"심장의 전달자인 당신이 너무 당황하지 않도록 미리 이 세계를 보여 준 거예요. 재미있는 이야기의 형태로요. 내가 상당히 괜찮은 이야기꾼이거든요."

여자가 빙긋 미소를 짓자, 소멸했던 목소리들이 다시 들려오기 시작했다.

"이제 돌아가야 할 시간이군요."

여자가 어지러운 목소리들을 뒤로하고 내게 다가왔다. 소란스러운 와중에도 그녀의 목소리만큼은 놀랍도록 선명했다.

"돌아가면 당신은 나를 잊을 거예요. 이 공간에서 나눴던 대화도 모두 기억에서 사라지겠죠. 그게 심장을 잃은 내 힘의 한계니까."

"이 기억이 사라지면, 내가 어떻게 당신의 심장을 돌려주죠?"

"그건 걱정하지 말아요. 지금까지 그랬던 것처럼, 내가 당신을 위해 꽃길을 만들어 줄 테니까요. 당신은 편안하게 그 길을 걸어오기만 하면 됩니다."

여자가 팔을 뻗어 내 이마에 손을 얹었다.

"심장을 돌려받을 그날 다시 만나요, 전달자여."

여자의 손끝에서 밝은 빛이 쏟아지고 칠흑의 공간이 빛으로 가득 찼다. 점차 밝아져 오는 시야와 함께 정신이 아득해졌다.

⚜

몸이 아주 무거웠다. 아래로, 아래로. 한없이 깊은 바닷속으로 가라앉는 것 같은 기분이었다. 하지만 누군가가 바닥까지 가라앉을 것으로 생각했던 몸을 한 번에 위로 끌어 올렸다. 몸이 순식간에 수면 밖으로 끌려 나왔다.

"허억!"

나는 숨을 토해 내며 눈을 번쩍 떴다. 시야는 흐렸고, 주변은 기이할 정도로 고요했다. 마치 아무것도 존재하지 않는 세계인 것 같았다. 내 몸을 단단하게 붙잡은 온기가 없었다면 끝까지 그렇게 생각했을 것이다.

"이브리아."

이제는 너무도 익숙한 해리의 목소리였다. 나를 수면 위로 끌어 올린 것도 해리가 아닐까? 나는 눈을 깜빡여 흐린 시야를 회복했다. 선명해진 두 눈에 지독하리만치 평온한 해리의 얼굴이 보였다.

"해리."

내가 이름을 부르자 해리의 얼굴에 미소가 떠올랐다.

"일어났구나. 다행이다."

"나, 되게 향기 좋은 차를 마셨는데……."

머리가 멍해서 제대로 상황 판단이 되지 않았다. 멍하니 중얼거리는 나를 향해 해리가 대신 상황을 정리해 주었다.

"응. 거머리 자식이 너한테 독을 먹였어."

"그게 독이었구나."

향기가 너무 좋아서 독이라고는 생각지도 못했다.

'아닌가? 원래 화려하고 예쁜 식물이 독초일 가능성이 높다고 하잖아.'

아마 향기도 비슷한 걸지도 모른다. 화려한 향기로 독기를 감추고, 사람을 유혹하는 것이다.

"그런데 나 어떻게 깨어난 거예요?"

"해독약을 받았어. 거머리 마법사가, 뒤늦게 자기 실수를 깨달았는지 빌면서 해독약을 주지 뭐야?"

해리가 대수롭지 않다는 듯 웃으며 대답했다. 하지만 코끝을 찌르는 비릿한 냄새가 심상치 않았다. 나는 고개를 돌려 냄새가 풍겨오는 곳을 바라보았다. 거기에 아무렇게나 널브러진 제럴드가 있었다. 제럴드의 몰골은 빈말로도 괜찮다고 할 수 없을 정도로 엉망이었다.

"뒤늦게 실수를 깨닫고 해독약을 줬다면서요?"

하지만 제럴드의 몰골은 누가 봐도 자발적으로 해독약을 준 모습이 아니었다.

"응. 실수를 깨달을 수 있도록 내가 조금 도와줬어."

"조금?"

내 지적에 해리가 웃으며 제 말을 정정했다.

"음. 조금 많이."

태평한 해리와 달리 나는 덜컥 겁이 났다. 바닥에 널브러진 제럴드에게서 어떤 움직임도 느껴지지 않은 탓이었다.

"죽은 건 아니죠?"

내 질문에 해리가 이상한 걸 묻는다는 듯 눈을 동그랗게 떴다.

"설마. 넌 내가 사람 죽이는 거 싫어하잖아. 그리고 난 네가 싫어하는 건 안 한다고 했잖아."

"그래서 딱 죽기 직전까지만 때린 건가요……."

나는 역시 악마다운 해결책이라고 생각하며 천천히 몸을 일으켰다.

"벌써 일어나도 돼?"

해리가 걱정스럽게 내 허리를 붙잡아 일어서는 것을 도왔다. 덕분에 나는 별다른 어려움 없이 자리를 털고 일어날 수 있었다.

'자기 식구를 건드렸으니 마법사 협회가 가만히 있지 않을 것 같은데.'

나는 제럴드의 곁으로 다가가 그의 상태를 살폈다. 정말 딱 죽기 직전까지만 때린 건지, 반송장이나 다름없었다. 이미 사건이 벌어졌으니 때린 건 어쩔 수 없다.

'치료라도 제대로 해서 면피를 하는 수밖에.'

"우선 방으로 옮기고 의사를 불러서 치료를……."

"야."

해리가 의사를 부르려는 나를 저지했다. 그는 상당히 불만스러운 얼굴이었다.

"너 방금 저 거머리가 준 독을 먹고 죽을 뻔했거든?"

"알아요."

"알면서 저 자식을 치료할 의사를 불러?"

"그렇다고 죽게 둘 수는 없잖아요."

마법사 협회는 에렐의 큰 고객이었다. 그들과의 관계를 먼저 생각하지 않을 수 없었다. 그쪽이 내게 먼저 독을 먹인 건 사실이지만, 어쨌든 난 지금 멀쩡했다.

'결과로만 봤을 때는 저쪽이 더 피해자처럼 보인단 말이지.'

상대가 편리하게 피해자 행세를 하게 둘 수는 없었다.

'완벽하게 치료해야지. 해리가 때렸던 사실조차 모를 만큼 완벽하게.'

❧

제럴드를 치료하기 위해 불려온 의사는 그를 진찰하고 혀를 끌끌 찼다.

"어쩌다 이렇게 다친 겁니까? 집채만 한 산짐승이라도 만난 게 아니면 이럴 수가 없는데……."

의사의 중얼거림에 집채만 한 산짐승처럼 무식하게 사람을 때려 버린 해리가 슬쩍 고개를 돌리며 딴청을 부렸다.

"회복하려면 얼마나 걸릴까?"

"적어도 한 달은 꼼짝없이 누워 있어야 합니다."

"한 달이나?"

"한 달도 최대한 적게 잡은 겁니다, 영주님."

"그래도 더 빨리 나아야 해."

자기 식구로부터 한 달이나 연락이 없으면 마법사 협회에서도 이상하게 생각할 것이다.

"당장 일어나서 뛰어다닐 정도로 회복되는 걸 바라진 않아. 눈을 떠서 의사소통할 수 있게 되려면 얼마나 걸릴까?"

내 말에 잠시 시간을 가늠해 보던 의사가 곧 고개를 끄덕였다.

"그 정도라면 일주일 안에 가능합니다."

"다행이네. 그렇게 부탁할게. 그리고 마법사가 이렇게 다쳤다는 사실은……."

"당연히 함구하겠습니다, 영주님."

의사가 눈치 빠르게 내가 할 말을 대신했다.

"그리고 이 녀석 손도 좀 봐 줄래?"

나는 해리의 손을 쳐다보며 말했다. 얼마나 마구잡이로 상대를 때렸는지, 해리의 손에도 여기저기 쓸린 상처가 있었다. 아무리 악마라 신체 능력이 인간보다 좋다지만, 다친 걸 치료도 안 하고 넘어가는 건 안 될 일이었다.

"난 됐어."

해리가 민망한지 손을 슬그머니 뒤로 뺐다.

"되긴 뭐가 돼요? 어서 치료받아요!"

나는 해리의 손목을 잡아끌어 의사의 앞에 들이밀었다. 의사가 내 손길에 반항도 하지 않고 질질 끌려오는 해리를 묘한 눈으로 바라보았다. 엄청난 대마법사님이라더니 왜, 라는 듯한 눈빛이었다.

'아. 내가 해리를 너무 애 취급했나.'

나는 슬그머니 해리의 손목을 놓으며 헛기침했다.

'앞으로 다른 사람들 앞에서는 해리의 체면도 조금 지켜 줘야겠다.'

⚜

해리는 종일 나를 졸졸 따라다녔다. 내가 일을 할 때도, 사람을 만날 때도, 목욕할 때도, 잠을 잘 때도. 볼일을 보러 갈 때까지 따라오려는 걸 저지한 게 그나마 다행이었다.

'어미를 따라다니는 새끼 오리 같군.'

나타 백작의 납치 사건 이후 해리가 보였던 반응과 아주 비슷했다. 그때의 해리도 과보호 모드로 변해 한동안 나를 귀찮게 했었다. 나는 한숨을 내쉬며 해리에게 명령했다.

"해리, 잠깐 나가 있어요."

"싫어. 저 자식이 또 무슨 짓을 할 줄 알고?"

해리는 침대에 누운 채 잠들어 있는 제럴드를 노려보며 내 명령을 거부했다.

"저 모습을 봐요. 저게 나한테 '무슨 짓'을 할 수 있는 상태인지."

치료를 시작하기 전 제럴드가 반송장 같았다면, 지금은 중환자 정도로 모습이 나아져 있었다.

"아무리 나라도 저런 중환자한테는 안 딩해요."

"그래도……."

"해리."

내가 단호한 목소리로 이름을 부르자, 해리가 불만스러운 표정을 하면서도 밖으로 걸음을 옮겼다. 물론 방을 나서는 순간까지도 조언을 잊지 않았다.

"무슨 일 생기면 곧장 나 불러! 알았지?"

"알았어요. 그러니까 빨리 나가요."

더 지체했다가는 필사적으로 잠든 척하고 있는 것이 분명한 제럴드가 엉엉 울어 버릴 것 같았다.

"됐어. 해리는 내보냈으니까, 이제 일어나도 돼."

나는 해리가 완전히 밖으로 나간 것을 확인한 뒤 제럴드를 깨웠다. 역시나 잠든 척을 하고 있었던 건지, 제럴드가 내 말이 끝나기 무섭게 눈을 떴다.

"무, 무, 무서워 죽는 줄 알았습니다……."

제럴드가 덜덜 떨며 몸을 일으켰다. 이불을 쥐고 있는 그의 손이 사정없이 흔들려 천이 펄럭대는 소리가 들릴 정도였다.

"해리가 누구한테 세뇌당할 위인이 아니라는 건 확실히 알겠지?"

내 질문에 제럴드가 맹렬히 고개를 끄덕였다.

"그렇습니다. 누구를 세뇌하면 세뇌했지, 절대 세뇌당할 분이 아니십니다!"

제럴드가 해리에게 비 오는 날 먼지 나듯 맞았던 기억을 떠올렸는지 몸을 부르르 떨었다.

'도대체 해리가 어떻게 했길래.'

과정이 아닌 결과만 본 나로서는 결코 알 수 없는 일이었다.

'결과가 결과이니만큼 엄청나게 때렸다는 건 알겠는데…….'

무섭게 사람을 때리는 해리라니. 잘 상상이 되지 않았다.

'내 앞에서 워낙 순하게 구니까 말이지.'

"꼬마 마법사님은 이제 얌전히 협회로 돌아가는 게 어떨까? 해리에게 계속 매달렸다가는 또……."

나는 일부러 음산하게 목소리를 낮추며 문밖을 가리켰다.

"히익!"

제럴드의 얼굴이 단번에 하얗게 질렸다.

"그렇습니다. 협회에 연락해서 저분은 포기하시라고 하겠습니다."

그가 아주 단호하게 고개를 주억거렸다.

"잘 생각했어. 목숨은 소중한 거잖아."

"예에……."

"꼬마 마법사님은 몸이 회복될 때까지 여기에 있다가 돌아가도 좋아."

"예에?!"

내 말에 제럴드가 질린 얼굴로 손을 내저었다.

"아닙니다! 저는 하루라도 빨리 협회로 돌아가겠습니다! 치료도 거기에서 하면…… 어라?"

고개를 흔들며 계획을 풀어 놓던 제럴드가 무엇을 떠올린 것인지 말을 멈추고 눈을 껌뻑였다. 마치 고장 난 인형을 보는 것 같았다. 제럴드는 눈동자만 좌우로 굴려 한참을 고민하더니, 조금 전보다 더 하얗게 질린 얼굴로 나를 바라보았다.

"어, 어, 어, 어쩌지요?"

"뭘?"

"저, 저는 못 갑니다! 저분을 데리고 가는 게 아니면, 협회로 돌아가지 못합니다!"

"뭐야. 아직도 그 소리야? 그건 포기하기로 한 거 아니었어?"

"저는 포기했습니다. 그런데, 포기할 수가 없습니다……."

제럴드가 알 수 없는 소리를 하며 제 머리를 쥐어뜯었다.

"아아……. 저는 완전히 망했습니다!"

⁂

나는 팔짱을 낀 채 길고 긴 제럴드의 설명을 들었다.

"그러니까, 스스로 금제를 걸었다고?"

"예."

"금제라는 게 정확히 어떤 건데?"

"마법사의 가장 무거운 다짐입니다. 말에 마력을 실어 금제를 걸었을 경우, 그걸 못 지키면……."

"못 지키면?"

"마력을 모두 잃습니다."

"뭐?"

'대가가 별거 아니면 그냥 금제를 어기고 돌아가라고 할 생각이었는데.'

마력은 마법사의 모든 것이었다. 그걸 잃는 건 인생을 전부 잃는 것과 마찬가지였다.

'생각보다 대가가 크잖아.'

나는 이해할 수 없어 제럴드를 바라보았다.

"도대체 왜 그런 짓을 한 거야?"

하지만 내가 타박할 것도 없이, 그도 이미 자신의 지난날을 무척이나 후회하고 있었다.

"불쌍한 우리의 동지를 꼭 구하고 싶다는 생각에……. 이렇게 될 줄은 몰랐습니다……."

따져 보면 시작은 참 선량한 이유였다. 제럴드는 해리가 세뇌당한 불쌍한 마법사라고 확신했고, 자신의 미래를 걸어서라도 그를 구하고자 했다.

하지만 해리는 그가 생각하는 가련한 마법사가 아니었다. 그 실책이 뼈아픈 결과를 만들었다.

'어떻게 구제할 방법이 있지 않을까.'

나는 이 가련한 꼬마 마법사를 위해 함께 방법을 고민해 보기로 했다.

"정확히 뭐라고 다짐했는데? 어떻게든 이리저리 빠져나갈 방법은 없어?"

"세뇌당한 불쌍한 마법사를 구하기 전까진 절대 돌아가지 않을 거라고 했습니다."

제럴드가 시무룩한 얼굴로 해리가 있는 문밖을 힐끗거렸다.

"그런데 여긴 세뇌당한 불쌍한 마법사가 없잖습니까."

"그렇지."

"만약 그분을 세뇌당한 불쌍한 마법사라고 우겨 본다고 하더라도, 저는 절대 구해서 데려갈 수 없고요."

"그럼 결국……."

내가 결론을 묻자 제럴드가 코를 훌쩍였다.

"예! 전 어떻게 해도 협회로 못 돌아갑니다! 어엉!"

제럴드가 엉엉 소리 높여 울기 시작했다.

"아이고, 나는 이제 어쩌나! 엉엉!"

"이게 도대체 무슨 소리야?"

때아닌 곡소리에 문밖에 있던 해리가 놀라서 안으로 들이닥쳤다. 땅을 치며 통곡하는 제럴드를 발견한 해리가 황당하다는 듯 내게 물었다.

"지금 이게 무슨 상황인데?"

"음. 이 꼬마 마법사가 망한 상황?"

"아이고오! 엉엉엉!"

내 깔끔한 정리에 제럴드의 울음소리가 더 커졌다.

⚜

제럴드는 한참이나 울음을 터트린 뒤에야 겨우 진정했다. 해리는 내가 건넨 손수건으로 눈물을 찍어 누르는 제럴드를 못마땅한 시선으로 쳐다보았다.

"이 거머리가 마력을 잃든 말든 무슨 상관이야? 그냥 쫓아내 버리자."

"너무하십니다⋯⋯."

"네가 했던 행동을 되짚어 보면 마땅한 대가라고 생각하지 않아?"

"저는 그냥 형님을 도와 드리려고 했던 건데⋯⋯."

물 흐르듯 자연스럽게 나온 의외의 호칭에 해리가 미간을 찌푸렸다.

"형님? 누가 네 형님이야?"

"원래 자기보다 강한 사람은 형님으로 모시는 겁니다."

강한 사람이라니. 제럴드가 생각지도 못하게 해리가 약한 부분을 저격했다. 해리는 자신이 강하다는 걸 인정하는 사람에게 아주 관대한 경향이 있었다.

"그래. 내가 뭐, 강하긴 해."

역시나 해리의 얼굴이 기분 좋게 풀려 있었다. 아닌 척 딱딱한 얼굴을 유지하기 위해 노력하고 있었지만, 씰룩거리는 입꼬리를 가릴 수는 없었다. 나는 분위기가 적당히 풀린 틈을 타 제럴드에게 말했다.

"그럼 꼬마 마법사님은 해결책을 찾을 때까지 에렐에 머무르는 게 어때?"

"해결책이요?"

"찾다 보면 어떻게든 방법이 나오지 않을까? 협회 쪽에도 도움을 청하면 함께 고민해 주겠지. 식구를 버리진 않을 거 아냐."

"맞습니다. 협회는 절대 식구를 버리지 않습니다."

제럴드가 뿌듯한 얼굴로 고개를 끄덕였다. 마법사 협회에 대한 신뢰가 상당히 강한 것 같았다.

"하지만 공짜로 머무르게 할 수는 없어."

"……예?"

"물론 꼬마 마법사님의 사정은 딱하지만, 나도 그쪽에게 당한 게 있고, 마냥 호의를 베풀기는 힘들거든?"

"그, 그러시겠지요."

그에게 지은 죄가 있는 것은 명백한 사실인지라, 제럴드는 별다른 변명도 못 하고 고개를 푹 숙였다.

"그러니까 협회에 돌아갈 방법을 찾을 때까지 여기에 머무르는 대신 밥값은 해 줘야겠어."

"밥값이라면, 돈을 원하십니까? 그거라면 협회에서 기꺼이 지급할 겁니다."

"내가 원하는 건 돈이 아니야."

"돈이 아니라고 하시면……."

"마도구를 제작하는 방법. 그걸 가르쳐 줘."

마도구는 마법사 협회가 독점하고 있었다. 단순히 판매뿐만 아니라, 제작하는 방법도 외부에 알리지 않았다. 그래서 마법을 각인하는 비용은 협회가 부르는 게 값이었다.

'그래서 우리가 아무리 청요석을 많이 생산해도 스스로 마도구를 만들 수는 없지.'

협회는 도구를, 우리는 동력을. 양쪽이 힘을 합치지 않으면 마도구 제작은 불가능했다. 하지만 우리가 기술을 얻게 된다면? 자체적으로 마도구를 생산할 수 있다.

'그렇게만 된다면 돈을 갈퀴로 긁어모으게 될걸.'

물론, 우리의 이익은 곧 마법사 협회에는 상당한 손해를 의미했다.

"그건 절대 안 됩니다! 마도구 제작 기술은 우리 마법사 협회의 중요한 자산입니다."

역시나 제럴드가 말도 안 되는 소리라며 펄쩍 뛰었다. 예상했던 반응에 나는 다음 단계로 이동했다.

'협상이 결렬되면 다음 단계는 당연히 협박이지.'

"하지만 그게 동지의 목숨보다 중요할까?"

"……예?"

"넌 내게 독을 먹였어. 날 죽이려고 한 거지. 영주를 그 땅 안에서 죽이려고 한 사람을 사형에 처하는 건 정당한 처분이고 말이야."

나는 일부러 더 음산한 목소리로 제럴드를 위협했다. 모두가 알다시피, 내 악역 얼굴은 상대를 협박하는 데 아주 유용했다. 역시나 제럴드가 하얗게 질린 얼굴로 덜덜 떨기 시작했다.

"사, 사, 사, 사형!"

"아무리 마법사 협회라도 그런 엄청난 일을 저지른 사람을 구해 줄 수는 없겠지?"

"힉!"

"나는 공작의 딸에다, 성검의 주인인데. 왕국하고도 문제가 생길지 모르겠네."

"그, 그, 그, 그런 의도는!"

적당히 채찍을 휘둘렀으니, 다음은 당근을 내밀 차례였다.

"그러니 적당히 타협하자는 거야. 기술과 그쪽의 목숨."

"그…… 저 혼자 결정할 수 있는 일은……."

"이해해. 마법사 협회와 의논해야겠지."

제럴드가 불안한 눈으로 고개를 끄덕였다. 하지만 나는 제럴드와 협회의 논의 결과가 그리 중요하지 않다는 걸 알고 있었다.

협회가 우리 쪽의 제안을 받아들이면? 당연히 우리에겐 잘된 일이다. 우리는 마도구 제작 기술을 얻어 자체적으로 마도구를 생산할 수 있게 된다. 하지만 그쪽이 거절한다고 하더라도 문제는 없었다. 협회가 우리의 제안을 거절하면, 그것은 제럴드를 버리겠다는 뜻이 된다. 버림받은 제럴드가 어디에 갈 수 있을까?

'세상 물정 모르는 어린 마법사가 의지할 곳은 여기뿐일걸?'

게다가 제럴드는 협회에 대한 신뢰가 아주 깊어 보였다. 그런 사람일수록 버림받는 데 대한 분노와 상실감이 큰 법이었다. 이 경우 우리는 마도구 제작 기술을 가진 마법사를 얻게 된다.

'이래도 저래도 이긴 게임이야.'

나는 가벼운 마음으로 자리에서 일어섰다.

"그럼, 논의하고 결과를 알려 줘."

마법사 협회의 답변은 빨랐다. 그들은 내가 전혀 생각지도 못한 방향으로 답변을 가져왔다. 물론 그것도 우리에게는 나쁘지 않았다.

'애초에 이길 수밖에 없는 싸움이었으니까 말이지.'

"협회가 제럴드를 구하는 쪽을 선택했네요."

나는 협회에서 보내온 편지의 내용을 인세티아 남작에게 전했다.

"하지만 기술을 우리 쪽에 넘길 수는 없고, 대신 에렐에 마도구 기술자 둘을 보내겠대요."

여기엔 제럴드까지 있으니 총 셋을 우리 쪽에 파견하는 셈이었다.

"그러니 제럴드가 저지른 어리석은 일은 눈감아 달라고 하네요. 와, 마법사 협회, 여기 생각보다 훨씬 더 의리 있는 집단이었나 봐요."

두 가지 길을 생각하고 있었지만, 사실은 제럴드를 버리는 쪽의 가능성이 더 크다고 생각했었다. 그런데 협회는 제럴드라는 어린 마법사를 살리는 쪽을 선택했다. 아마 제럴드가 뛰어난 마도구 제작자라는 사실도 이런 결정에 한몫했을 것이다.

"파견 기간은 따로 없습니까?"

"제럴드의 금제를 푸는 방법을 찾아내면 그때 모두 돌아가겠대요."

내 말에 남작이 의심스럽다는 듯 눈을 가늘게 떴다.

"한 달 안에 방법을 찾아낼 수도 있잖습니까. 아니면 이미 방법을 찾았으면서 우리를 기만하는 걸 수도 있고요."

"그러니까 제한을 걸어야죠. 어떤 상황에서도 최소 1년은 에렐에서 일하는 걸로."

"그쪽에서 받아들일까요?"

"이걸 거절할 거였다면 진즉에 제럴드를 버렸을걸요?"

나는 협회가 편지와 함께 보낸 협정서의 가장 아래쪽에 새로운 조항을 집어넣었다. 이 수정된 협정서를 협회가 받아들인다면 평화로운 협정이 체결될 것이다.

"제럴드가 재미있는 마도구를 많이 만들던데, 그 덕을 좀 봤으면 좋겠네요."

머리를 감지 않아도 되는 빗이나 물을 부으면 달달한 음료가 되는 컵 모두 신기한 물품이었다.

'팔면 꽤 돈이 되겠어.'

그 돈으로 새로운 사업을 시작하고, 그 사업으로 또 돈을 벌고, 그 돈으로 또 새로운 사업을 시작하고…….

'아름다운 자본의 고리가 만들어지는 거지.'

문제는 그렇게 사업이 늘어날수록 일거리도 많아진다는 거다.

'인세티아 남작과 노예 왕자 둘이 있지만, 이 정도로는 한참 부족하지.'

이 귀찮은 일을 떠넘길 사람이 더 필요했다.

제럴드가 협회로 돌아가지 않는다는 사실을 알게 된 해리는 크게 실망했다.

"그럼 나랑은 안 놀아 주는 거야? 거머리 마법사가 안 떠나니까?"

그제야 해리에게 협회의 마법사가 떠나면 놀아 주겠다고 약속했던 일이 떠올랐다.

'그건 어떻게든 시간을 벌어 보려고 댄 핑계였는데.'

나는 아직도 시간이 필요했다. 해리의 얼굴을 볼 때마다 나도 모르게 울컥하고, 짜증 나고, 퉁명스러워졌다. 나는 이번에도 부루퉁하게 해리에게서 시선을 돌렸다.

"네. 약속했잖아요. 꼬마 마법사가 떠나면 같이 놀기로."

"하지만 걔는 한동안 안 돌아간다며."

"그럼 한동안 같이 못 노는 거겠죠?"

"뭐라고?"

잔뜩 실망해서 소리친 해리가 곧 그다운 해결책을 내놓았다.

"꼭 걔가 두 발로 걸어서 협회에 돌아가야 해? 걔가 시체로 돌아가는 건 어때?"

"되겠어요?"

"……아니. 안 되겠지."

해리가 풀이 죽어서 어깨를 축 늘어뜨렸다.

'시무룩한 얼굴을 하고 내 눈치를 보는 잘생긴 남자라.'

달래 주고 싶다. 머리 쓰다듬고 싶다! 하지만 나는 그런 마음을 꾹 눌러 담았다. 여기서 넘어가면 해리는 예쁘게 웃어 줄 거고, 그러면 나는 또 내가 좋을 대로 이상한 착각을 하고 말 것이다.

"왜 꼭 나하고 놀아야 하는데요? 엠마랑 같이 공부라도 해요."

내 말에 해리가 흥미 없다는 듯 손을 휘휘 저었다.

"엠마랑 공부? 그건 얼마 전에 했어."

그 말에 내 눈에서 불이 번뜩였다.

"얼마 전에 했다고요?!"

"응. 꽤 유용했어."

엠마와의 공부는 비밀이라고 했으면서. 내게 한 번 들키더니 이제는 숨기지 않기로 작정을 한 모양이었다. 내가 자신을 황당하게 쳐다보고 있는 걸 모르는 게 분명한 해리가 엠마와의 공부에 대해 이런저런 이야기를 늘어놓기 시작했다.

"난 그런 게 있는 줄 처음 알았어."

"……그런 거라뇨?"

"그런 식으로도 사람이 즐거움을 느낄 수 있구나, 하고."

"……그런 식이라면?"

계속 한 박자씩 늦는 내 질문에 해리가 나를 빤히 쳐다보았다.

"네가 나랑 놀아 준다고 하면, 내가 직접 알려 줄 수 있는데."

"……엠마하고 공부한 걸 나한테 알려 주겠다고요?"

"응."

'이 문란한 악마가!'

나는 입술을 질끈 깨물고 자리에서 벌떡 일어섰다. 이 문란한 악마
는 처음으로 키스해 봤다면서 벌벌거릴 땐 언제고, 이제는 여기저기
서 그렇고 그런 걸 다 하고 다닌다.

"그거 엠마한테도, 나한테도 엄청나게 실례거든요? 해리의 기준에
서는 괜찮을지 모르겠지만, 인간의 기준에서는 절대 아니에요!"

내 외침에 해리가 의아하다는 듯 고개를 갸웃거렸다.

"그게 왜 실례야? 엠마는 오히려 열심히 배워서 아가씨를 즐겁게
해 드리라고 했는데."

"뭐라고요?!"

나는 믿을 수 없어서 머리를 부여잡았다. 해리만 이상한 줄 알았더
니, 엠마도 이상했다.

"두 분 왜 그러세요?"

해리와 내가 투덕거리는 사이 엠마가 안으로 들어왔다. 이런 상황
에 당사자의 등장이라니. 난처한 내 기분을 아는지 모르는지 엠마는

고개를 갸웃거리면서도 제 임무를 수행했다.

"말씀하셨던 편지지 가져왔습니다, 아가씨."

"아. 그래. 편지지."

그러고 보니 엠마에게 편지지를 가져오라고 심부름을 보냈었다. 나는 엠마가 내미는 편지지를 받아 들며 슬쩍 그녀의 눈치를 살폈다. 해리와 같은 공간에 있는데도 엠마는 별다른 동요가 없었다.

"엠마."

그때 의문을 가득 품은 해리가 엠마를 불렀다.

"네. 개 요정님."

"너랑 공부한 거, 이브리아한테 하면 안 되는 거야?"

"⋯⋯예?"

해리의 질문에 엠마가 당황해서 내 얼굴을 살폈다. 나와 해리를 번갈아 바라보던 엠마가 새빨갛게 달아오른 얼굴로 해리 노려보았다.

"개 요정님! 그건 절대 비밀이라고 했잖아요!"

"하지만 들켜 버렸어."

"그렇게 태평하게 말씀하실 일인가요!"

"하지만 들켜 버린 걸 어떡해."

"개 요정님은 문제 될 거 없다 그거죠!"

해리가 느긋한 얼굴로 어깨를 으쓱거리자, 엠마가 더욱 붉어진 얼굴로 쩔쩔매기 시작했다.

"저어, 아가씨, 제가 일부러 그런 것은 아니고, 어쩌다 보니⋯⋯."

내 앞에서 어쩔 줄 모르는 엠마를 보자 오히려 기분이 가라앉았다. 모든 원흉은 저 문란한 악마인데, 왜 순진한 엠마가 사과를 한단 말인가. 나는 해리를 노려보며 엠마를 토닥였다.

"엠마가 사과할 일은 아니라고 생각해."

"정말요? 용서해 주시는 거예요?"

"그럼. 용서하고 말고 할 일도 아냐."

"아가씨……. 이렇게 저를 이해해 주시다니……."

내 말에 엠마가 잔뜩 감격한 얼굴로 나를 보았다.

"죄송해요. 다시는 근무 시간에 몰래 숨어서 관능 소설을 보지 않겠어요!"

"……관능 소설?"

"네. 개 요정님께 들켰을 때 그만둬야 했는데, 자기한테도 보여 주면 그냥 넘어가겠다는 개 요정님의 유혹에 넘어가서 그만……."

"자, 잠깐!"

이해할 수 없는 말에 나는 재빨리 손을 들어 엠마의 말을 가로막았다.

"해리와 엠마가 함께 공부한다는 게 그럼……?"

"관능 소설 탐독이죠."

엠마가 다 알면서 왜 물으시냐는 얼굴로 대답했다.

"마담 루이제의 관능 소설은 공부할 가치가 있으니까요."

"마담 루이제라면, 엠마에게 지론을 가르친 그분?"

"네. 기억하고 계셨군요!"

엠마가 기쁜 얼굴로 고개를 끄덕였다. 나는 믿을 수 없어서 머리를 부여잡았다.

"엠마. 해리에게 책에서 배운 걸로 날 즐겁게 해 주라고 그랬어?"

"……개 요정님이 그런 것까지 발설하셨단 말인가요."

엠마가 원망스러운 눈으로 해리를 힐끗거렸다.

"저는 늘 아가씨의 로맨스를 응원하는 사람으로서, 남녀의 즐거움을 전혀 모르는 목석같은 남자는 절대 안 된다고 생각했을 뿐이에요······.”

“왜 갑자기 내 로맨스 상대가 해리로 바뀌었어? 왕자님하고 기사님은 어쩌고?”

내 질문에 엠마가 단호한 얼굴로 고개를 저었다.

“어머, 아가씨. 왜 하나만 가지려고 생각하세요. 전부 다 가지시면 되는데요!”

“설마 그것도 마담 루이제의 지론이야?”

“마담 루이제께서 아주 훌륭한 말씀을 하셨죠.”

나는 뿌듯하게 고개를 끄덕이는 엠마를 보며 머릿속으로 천천히 상황을 정리하기 시작했다.

‘그러니까, 이게······.’

엠마와 해리는 공부를 했다. 그러나 그건 실전이 아니라 관능 소설 탐독이었다. 난 그걸 실전으로 착각해서······.

‘으악.’

내가 했던 이상한 착각이 민망해서 얼굴이 붉어졌다. 혼자 멋대로 착각했다고 생각했던 그것이 착각이었다. 그걸 철석같이 진실이라고 믿고, 혼자서 상처받고, 해리를 피하고, 온갖 아련한 척은 다 하고······.

‘민망해······!’

나는 마음속으로 황망하게 중얼거리며 두 손으로 얼굴을 감쌌다.

“해리. 나 말고 다른 사람하고 키스한 적 있어요?”

“있을 것 같아?”

내 질문에 해리가 별 우스운 질문을 다 듣는다는 듯 코웃음을 흘렸다.

“다른 사람이랑 그런 걸 왜 해? 가까이 가기만 해도 역겨운데. 해

봤자 기분 더러워지기만 할걸."

해리의 대답을 들으며 나는 생각했다. 이건 이불킥 10년 감, 아니, 20년 감 일이라고.

✦

나의 일방적이었던 오해가 풀렸다. 하지만 오해가 풀렸다고 곧장 해리를 옆에 두며 쓰다듬고, 안아주고, 키스하기에는 나 자신이 너무 민망했다.

'이 민망함을 소멸시킬 시간이 필요해…….'

하지만 민망함은 좀처럼 사라지지 않아서, 기억을 지우는 마법을 찾는 게 더 빠를 것 같았다.

해리는 민망함에 그를 이리저리 피해 다니는 나를 가만히 내버려 두지 않았다. 해리는 정말 어미를 따라다니는 새끼 오리가 되기라도 한 건지, 내가 일하는 곳마다 찾아와서는 자리를 차지하고 앉았다. 처음에는 당황하던 사람들도 이제는 내가 등장하면 자연스럽게 해리의 자리를 마련할 정도였다.

"이브리아. 아직도 바빠?"

해리가 책상 앞에 붙어서 내게 물었다. 한참 전부터 서류를 보고 있었지만, 이렇게 주위를 맴도는 해리 때문에 제대로 집중이 되지 않았다. 덕분에 실제로 처리한 서류는 얼마 되지 않았다.

"네. 바빠요. 너무 바빠서 해리 얼굴 볼 시간도 없어요."

나는 이번에도 의미 없이 서류를 넘기며 활자에 시선을 고정했다. 하지만 아무리 활자에 집중하려고 애를 써도 글이 눈에 잘 들어오지 않았다. 하얀 것은 종이요, 검은 것은 글씨로구나.

"어떻게 하면 네가 안 바빠지는데?"

해리가 내가 들여다보던 서류를 손에서 빼앗아 갔다. 어차피 눈에 잘 들어오지도 않던 서류였다. 나는 그 서류를 포기하고, 책상에 쌓여 있는 다른 서류를 집어 들었다. 그러자 해리가 이번에도 내 손에서 서류를 빼앗아 갔다. 다시 손이 텅 비었다.

"어떻게 하면 안 바빠지느냐까, 응?"

"글쎄요."

나는 새 서류를 집고, 해리는 또 그걸 뺏고. 같은 행동을 몇 번이나 반복한 끝에 결국 내가 두 손을 들었다.

"해리. 나 계속 방해할 거예요?"

"내 질문에 대답해 주면 방해 안 할게. 어떻게 하면 네가 안 바빠져?"

"그거야……."

나는 한숨을 내쉬며 책상을 바라보았다. 천장에 닿을 기세로 가득 쌓인 서류들을 보고 있자니 속이 답답했다.

'웬만한 서류는 전부 노예 왕자들에게 넘겼는데도 이래.'

재해 복구에, 새 사업 구상에, 인재 영입에 대한 자료까지.

'서류는 자가 증식하는 성질을 지닌 게 틀림없어.'

그렇지 않고서야 이렇게 열심히 처리하고, 미루고, 버리는데도 줄어들지 않을 이유가 없었다.

"이 서류가 다 사라지면 안 바쁘겠죠."

"전부 태워 버릴까?"

해리가 당장에라도 서류를 불태울 기세로 눈을 반짝였다.

"안 돼요!"

나는 펄쩍 뛰며 해리의 손에서 서류를 다시 뺏어 왔다.

"그렇게 없애는 게 아니라, 제대로 일 처리를 해서 없애야죠."

"그럼 네가 하지 말고 다른 사람을 시키는 게 어때?"

"시킬 사람이 없잖아요."

이미 인세티아 남작과 두 노예 왕자에게는 많은 서류를 떠맡겼다. 아마 그들의 책상 위에도 내 앞에 쌓인 것만큼의 서류와 자료들이 가득할 것이다.

"그럼 이걸 시킬 사람이 생기면 문제없는 거야?"

"네. 하지만 그게 쉬운 일은 아니라서요."

에렐은 지리적 특성 때문에 인재를 영입하는 게 쉽지 않았다.

'인재들은 다들 왕도 가까이 가고 싶어 하니까.'

왕도에는 기회도 많고, 능력에 대한 보상도 크다. 그러니 인재들이 죄다 왕도로 향하는 건 당연한 일이었다.

"난 또 뭐가 문제라고."

문제를 제대로 파악하긴 한 것인지, 해리가 겨우 그런 걸 가지고 힘들어했냐며 어깨를 으쓱했다.

"내가 일할 녀석 몇 명 불러 줄까?"

"해리가요?"

"응. 마계에서도 꽤 일을 잘하던 녀석들이었으니까, 여기에서도 실력을 발휘하지 않을까?"

"……마계라면, 악마를 말하는 거예요?"

"응. 내가 아는 녀석들은 다 악마지."

해리의 말에 나는 헛웃음을 흘릴 수밖에 없었다.

"고작 서류 처리시키려고 악마를 불러요?"

"넌 고작 불붙이려고 날 불렀는데?"

그렇게 말하니 또 할 말이 없었다. 하지만 나는 금세 해리의 말이 말도 안 되는 이유를 찾아냈다.

"악마를 어떻게 데려올 건데요? 해리가 마계에 가서 끌고 올 거예요? 내가 죽어서 계약 끝나기 전까지는 못 돌아간다면서요."

내 말에 해리가 쓸데없는 걱정을 다 한다는 듯 씩 웃었다.

"그거야 간단하지. 이름을 부르면 되잖아."

"하지만 내가 아는 악마는 테오하리스 하나뿐인데요."

소설을 읽을 때 나왔던 악마의 이름은 해리의 진짜 이름 하나뿐이었다. 하지만 해리는 이번에도 큰 문제가 아니라는 듯 여유롭게 웃었다.

"괜찮아. 악마들 이름이라면 내가 알고 있잖아."

해리가 자신만만하게 가슴을 펴고 내게 유혹적으로 속삭였다.

"마계에는 하급 악마들이 있어. 오로지 잡일을 하기 위해서만 태어난 녀석들이지. 이 정도 서류는 금방 처리할걸?"

"이 정도 서류를 금방이요?"

"응. 아마 한 놈이 이틀이면 끝내겠네."

세상에. 이 많은 양을 혼자서 이틀 만에! 감탄으로 입이 떡 벌어졌다.

᯼

쌍둥이 악마 레피와 리피는 설레는 마음으로 인간의 부름에 응했다.

"우리를 불렀나, 인간이여."

인간이 하급 악마를 부르는 건 정말로 흔치 않은 일이라서, 두 악마는 최대한 위엄에 찬 목소리를 유지하려고 애썼다.

"야. 똥폼 그만 잡아."

하지만 뒤에서 들려오는 목소리에 두 악마의 위엄은 한순간에 무너졌다.

"해리 님?"

"해리 님!"

목소리만으로 해리를 알아본 두 악마가 바닥에 납작 엎드려 그에게 인사를 올렸다. 하지만 해리는 시큰둥하게 그들의 인사를 물린 뒤 옆에 서 있는 인간을 가리켰다.

"인사는 저쪽한테 해. 너희를 부른 건 저쪽이니까."

그제야 두 악마는 자신들이 인간에게 불려 나왔다는 사실을 상기하고, 다시 위엄 있는 자세로 돌아왔다.

"어째서 우리를 불렀나, 인간?"

"어허. 높임말 써라, 레피."

해리의 지적에 레피가 재빨리 말을 고쳤다.

"……어째서 우리를 부르셨습니까, 인간님."

인간님이라니. 제정신이라면 절대 쓰지 않을 호칭이었지만, 뒤에는 이글거리는 눈으로 자신들을 감시하는 해리가 있었다. 곧 해리의 든든한 지원을 등에 업은 인간이 웃으며 두 악마에게 명령했다.

"이 서류 좀 처리해 줘요."

"……예?"

"이 서류 좀 처리해 달라고요. 엄청 급한 거라서, 오늘까지 해결해야 돼요."

그제야 두 악마는 주위를 둘러보았다. 주변에 서류가 산처럼 가득 쌓여 있었다.

"그럼 우리를 부른 이유가⋯⋯."

"당연히 서류 처리를 시키기 위해서죠."

그 말에 두 악마의 얼굴이 하얗게 질렸다.

'서류 처리라니!'

레피와 리피의 원대한 꿈이 모래성처럼 와르르 무너져 내렸다. 마계에서는 강한 상급 악마들의 심부름이나 도맡아 하는 둘이지만, 인간계에서는 좀 더 대단한 일을 하게 될 줄 알았다. 전쟁이라든가, 살육이라든가. 그런 걸 체험이라도 해 볼 수 있을 줄 알았다.

아니, 아니다. 사실은 그 정도까지도 바라지 않았다.

'그냥⋯⋯ 서류에서 해방만 시켜 주십사⋯⋯.'

'그렇게 생각했는데⋯⋯.'

인간계로 나와서까지 또 서류였다. 심지어 마계에서 처리하던 것보다 양도 많았다. 게다가 마계에서는 분명 위엄 넘치던 테오하리스도 이상했다.

'인간계로 떨어지실 때 머리라도 부딪혔나?'

인간을 보며 얼빠진 것처럼 계속 웃고 있는 걸 보면 그런 것이 분명했다. 그렇지 않고서야 그 테오하리스가 이런 모습으로, 인간에게 똥강아지처럼 꼬리를 흔들고 있을 리가 없었다.

'레피.'

말도 안 되는 풍경을 멍하니 지켜보던 리피가 레피에게 눈짓했다.

'응, 리피.'

역시나 멍하니 그 풍경을 지켜보던 레피가 눈짓에 반응했다. 천천히 두 악마의 시선이 허공에서 부딪혔다. 그 순간, 둘의 머릿속에 같은 생각이 스쳤다.

'아무래도 우린 좀……'

'망한 것 같아……'

⌘

나는 흐린 눈을 하고 책상에 앉은 두 악마를 열심히 관찰하는 중이었다. 레이피지스와 리이피지스. 생긴 것이 완전히 똑같은 쌍둥이 하급 악마였다. 해리와 똑같은 은발은 길게 늘어뜨려 허리까지 닿았고, 새파란 눈동자는 유리알처럼 아름다웠다. 나는 순수하게 감탄했다.

'역시 악마들은 전부 아름다운가 봐.'

그래도 역시 우리 해리가 가장 잘생겼지만 말이다.

"둘은 어떻게 구분해요?"

"냄새가 달라."

"저한테는 여러분처럼 뛰어난 후각이 없거든요……"

"아. 그렇지."

해리가 전혀 생각지도 못했다는 얼굴로 잠시 고민하더니, 곧 둘 중 한 사람에게 명령을 내렸다.

"레피, 너 머리 잘라."

"예."

해리의 명령에 왼쪽에 앉아 있던 악마가 자리에서 벌떡 일어나 책상 위에 있던 가위로 머리를 싹둑 잘랐다. 한 치의 방설임도 없는 행동에 입이 떡 벌어졌다. 길었던 레피의 머리는 어느새 어깨에 닿을 정도의 단발로 변해 있었다.

"자. 이제 구분할 수 있겠지? 긴 머리가 리피, 짧은 머리가 레피야."

"구분이 쉬워지긴 했는데……."

'그렇다고 이렇게 머리를 막 잘라 버리냐.'

악마들의 해결 방법은 너무 극단적이어서 문제였다.

"레피, 리피. 둘 모두 잘 부탁해요."

나는 레피와 리피를 차례로 바라보며 함께 살아가기 위해 지켜야 할 규칙들을 몇 가지 설명했다.

"악마인 건 비밀이에요. 살인도 금지고요."

하지만 내 말에 반응한 건 레피나 리피가 아닌 해리였다.

"아, 그건 걱정 안 해도 돼. 하급 악마들은 욕망을 탐닉할 수 없으니까."

"어? 왜요?"

'악마는 모두 쾌락을 추구하는 거 아니었나?'

내가 고개를 갸웃거리자 레피가 고개를 숙였다.

"저희 하급 악마에게는 쾌락을 탐닉할 권리가 주어지지 않았습니다. 하급 악마로서의 삶은 반성의 시간이기 때문에……."

레피의 설명을 리피가 뒤이었다.

"죄를 지은 악마는 다음 생에 하급 악마로 태어나 욕망을 잊은 채 평생을 봉사하며 살아갑니다. 그러면 다음 생에는 상급 악마로 태어날 수 있지요."

'일종의 윤회 사상 같은 건가?'

전생의 업보로 현생의 지위가 결정된다는 점에서 힌두교의 카르마와 비슷했다.

"그런데 악마들에게는 어떤 게 죄인가요?"

인간들에게는 살인이 엄청난 죄다. 하지만 악마들에게 살인은 쾌락을 즐기기 위한 당연한 수단일 뿐이었다. 그렇다면 악마의 죄도 내가 생각하는 것과 완전히 다른 일일 것이다.

"아무래도, 가장 큰 죄는 계약을 어기는 겁니다. 악마들은 서로를 신뢰하지 않기 때문에 계약에 아주 강력한 힘을 걸어 두거든요."

"계약을 꼭 준수해야 하는 건 맞지만……."

그거 하나 어겼다고 다음 생의 전부를 하급으로 쾌락을 탐닉하지 못하고 살아가다니.

'역시 극단적이라니까, 이 악마들.'

나는 새삼 악마들의 극단적인 사상을 실감했다.

"그리고 두 사람도 악마인 건 절대로 비밀로 해야 하니까, 해리의 친척이라고 하는 게 어떨까요?"

"친척?"

해리가 불만스럽게 입을 비죽였다. 내가 왜 고작 저런 것들과 친척으로 취급되느냐는 듯한 얼굴이었다. 레피와 리피도 송구하고 난처한 얼굴로 해리의 눈치를 살피고 있었다.

"네. 머리카락 색이 비슷하잖아요. 은발은 흔치 않으니까, 가족이라고 해도 믿을 것 같아요."

"그래?"

해리의 시선이 레피와 리피에게 향하자, 두 악마가 잔뜩 어깨를 움츠리며 고개를 푹 숙였다.

"뭐, 이브리아가 그렇게 생각한다면 그래야지. 그렇게 하자."

해리의 반응에 두 악마가 고개를 번쩍 들었다.

"예?"

"예에?"

두 악마는 믿을 수 없다는 듯 해리를 쳐다봤다.

"아, 뭐, 왜?"

해리가 눈을 부라리자 금세 쪼그라들어 다시 고개를 숙이긴 했지만 말이다.

"그럼 지금부터 레피와 리피는 이 서류들을 처리해 줘요. 오늘 안으로 전부!"

나는 가득 쌓여 있는 서류들을 두 악마에게 떠넘기며 산뜻하게 웃었다.

해리가 추천한 두 악마는 정말로 큰 도움이 됐다. 처음에는 미심쩍은 마음에 그들이 처리한 서류를 다시 검토하는 과정을 거쳤는데, 그걸 몇 번 반복하니 내가 그러지 않아도 될 것 같다는 확신이 들었다. 악마들의 일 처리는 정확했다. 처리 속도가 빨랐고, 체력도 아주 좋아서 오랫동안 엉덩이를 붙이고 책상 앞에 앉아 있었다.

훌륭한 악마들에게 일을 모조리 떠넘긴 나는 덕분에 조금 더 여유를 가지고 일상을 즐길 수 있었다고 말하고 싶었지만, 내게는 아직 할 일이 남아 있었다.

'어쩌냐, 이 분위기?'

나는 냉랭한 분위기의 서재에서 노예 왕자들의 눈치를 살폈다. 미묘한 신경전을 벌인 이후 두 사람의 사이는 생각 이상으로 싸늘해졌다. 그렇지 않아도 나쁜 사이가 더 나빠졌다고나 할까? 하지만 당사자들은 이 싸늘한 분위기를 전혀 신경 쓰지 않는 눈치였다. 중간에서

둘 모두에게 일을 시켜야 하는 나만 곤란해 어쩔 줄을 몰랐다.

'화해를 시켜?'

하지만 내가 사이좋게 손잡고 화해하세요, 라고 말한다고 해서 두 사람이 순순히 화해할 것 같지도 않았다. 게다가 원래 가족 싸움에는 외부인이 끼어드는 게 아니라고 했다.

'형제의 일이니 형제끼리 알아서 해결해야지. 안 그래?'

나는 나의 귀찮음을 배려로 곱게 포장한 뒤 공적인 이야기로 싸늘한 분위기를 애써 무시했다.

"두 분의 보고서를 다 읽고 든 생각인데요. 이렇게 따로 일하는 것보다, 같이 문제를 해결하는 게 빠르지 않을까요?"

내 말에 서류에 시선을 박고 있던 두 사람이 맹렬한 기세로 나를 쏘아보았다.

"아니, 제가 뭐 두 분을 화해시키려는 게 아니라요. 이건 공적인 문제고, 두 분도 공적인 문제에 사감을 끌고 오실 분들은 아니잖아요?"

'공적인 문제'라는 말에 두 사람의 맹렬함이 반 정도 줄어들었다.

"결국, 두 분의 목적은 같은 거잖아요. 강의 범람을 막는다. 그렇다면 함께 처리하시는 게 효율적이고 효과적이죠."

"하지만 이건 시험입니다. 각자 일하는 걸 평가하는 거 아니었습니까?"

"조별 과제에서도 개인 평가는 가능한 법이죠. 게다가 이건 시험이지만 동시에 진짜 민생이거든요."

"그래서요?"

"두 분이 경쟁하느라 애꿎은 영지 사람들이 피해를 보는 일은 없게 해 달라는 거예요. 시험의 결과보다는 민생을 더 중요하게 생각하는 게 왕의 자격이지 않겠어요?"

반박할 수 없는 정론에 카시안이 입을 꾹 다물었다.

"생각해 보지요."

잠시 생각하던 카시안이 자리에서 벌떡 일어나 서재를 나섰다. 자리에 앉은 리던이 사라지는 카시안을 힐끗 바라보는 게 느껴졌다.

"왜요? 사과하고 싶으세요?"

내 말이 맞았는지 리던이 머쓱한 얼굴로 목뒤를 매만졌다.

"뭐, 이런 상황이 된 건 어른들 탓이지 저 녀석의 잘못은 아니니까."

"그렇겠네요. 원인을 제공한 어른들에겐 화 한 번 못 냈으면서 만만한 동생에게 화를 낸 게 민망하신 거군요?"

"……너무 정곡을 찌르는 거 아니야?"

리던이 불만스러운 얼굴을 했다. 하지만 아니라는 소리는 끝까지 하지 않았다.

"일 핑계로 다가가 보시죠. 마침 좋은 기회잖아요."

"내가 카시안과 화해할 수 있을 거라고 생각해?"

두 사람의 골은 깊었다. 단순히 사이 나쁜 형제가 아니라 그 이상이었다. 왕위와 목숨이 달린 문제니 어쩔 수가 없었다.

"말씀드렸잖아요. 전 두 분의 화해에는 관심 없어요."

"그런데 왜 중재하는 건데?"

"중재하려는 게 아니라 현실을 말씀드리는 거예요. 일 문제로만 생각했을 때 두 분이 서로 협력해서 처리하는 게 가장 효과적이니까요."

"배려심이 좋은 건지 아닌 건지."

리던이 픽 웃으며 의자에 몸을 기댔다. 조금 전까지만 해도 아주 복잡해 보이던 그의 얼굴에 조금 여유가 돌아온 것 같았다.

"그리고 루크에게서 연락이 왔다."

"아, 그 날씨 실험 문제요?"

"그래, 그거."

리던이 고개를 끄덕이며 미간을 찌푸렸다.

"마법사 협회 쪽에서 그런 실험을 한 흔적은 없대."

"몰래 진행했을 가능성은요?"

"날씨 조작은 쉬운 일이 아니야. 당연히 실험도 굉장히 큰 규모로 이뤄지지. 한번 움직이면 파악이 안 될 수가 없다는군."

그렇다면 마법사 협회와 이상한 우기는 연관이 없는 걸까?

'분명히 그쪽과 관련이 있을 거라고 생각했는데.'

마법사 협회와 관련 없는 일이라면 이게 정말 자연의 변덕이라는 뜻이었다. 하지만 아무리 생각해도 그렇게 넘어갈 수가 없었다.

'뭐, 내가 그냥 이런 재해가 인간이 결코 통제할 수 없는 자연의 변덕이라는 걸 믿기 싫은 걸지도.'

그런 생각을 하며 한숨을 내쉬니 리던이 다시 입을 열었다. 그의 말은 아직 끝난 게 아니었다.

"다만 최근 의미를 알 수 없는 행동이 포착됐다는군. 그런데 이게 또 상당히 의심스러워서 말이야."

"어떤 행동인데요?"

"루셀 탑에 대해 알아?"

내 질문이 다시 질문으로 돌아왔다.

"다른 사람이 아는 만큼은 알죠."

"그곳에 마법사들이 자주 출입하고 있다는군."

루셀 탑은 천문대로 사용되고 있었다. 그래서 방문자는 대부분 하늘을 읽어 미래를 예언하는 점술가나 기상을 파악하려는 학자였다.

'그도 아니라면 프러포즈를 하려는 왕자님이거나.'

나는《레이디 캐서린》의 마지막 장면을 떠올리며 고개를 갸웃거렸다.

"마법사들은 거기서 할 일이 딱히 없을 텐데요?"

"그러니까 수상하다는 거지. 마침 루셀 탑도 비구름이 몰려왔다는 남쪽에 있고."

"단순한 우연의 일치일 수도 있겠지만, 확인해서 나쁠 건 없겠네요."

'루셀 탑에 한번 다녀오는 건 어떨까?'

그런 생각이 들었다. 단순히 이번 일에 대한 의심을 해결하기 위해서만은 아니었다. 루셀 탑은《레이디 캐서린》의 마지막 장면이 펼쳐지는 공간이었다. 내 눈으로 소설의 마지막 장소를 확인해 보고 싶은 마음이 있다면, 그건 조금 이상한 걸까?

책 속의 세상에 들어온 사람들은 누구나 원래 자신의 세계로 돌아가고 싶어 한다. 소중한 가족, 소중한 친구, 소중한 삶. 평생 동안 일군 모든 것이 그곳에 있기 때문이다. 하지만 나의 육신은 이미 저쪽 세상에서 죽음을 맞이했다. 그래서 나는 적극적으로 원래의 세상으로 돌아가기 위한 노력을 하지 않았다.

'돌아가 봐야 난 이미 썩어 있는 시체일 뿐일 테니까.'

그렇다면 나는 평생을 이곳에서 살아야 한다.

'일종의 마음 정리라고 해야 하나?'

그것 하나만을 위해 루셀 탑으로 가는 건 부담스러웠지만, 다른 일을 확인하며 겸사겸사 찾는 건 괜찮을 것 같았다.

'마침 처리할 서류들도 노예 왕자들과 두 악마에게 떠맡겼으니 시간도 있고.'

"루셀 탑은 누구나 오를 수 있나요?"

"누구나 오를 수 있지만, 또 누구나 오를 수는 없다고 할까."

리던이 애매한 얼굴로 애매한 대답을 했다.

"그게 무슨 말이에요?"

"출입 자체를 막는 사람은 없어."

"그런데요?"

"거기가, 그대도 알다시피 엄청나게 높잖아?"

대륙에서 가장 하늘에 가까운 건물이다. 엄청나게 높은 건 당연했다.

"그렇죠."

"거길 직접 걸어서 올라간다고 생각해 봐. 게다가 루셀 탑은 아주 오래전에 지어진 건물이라 계단이 좁고 가팔라. 탑을 오르는 사람의 편의 따위는 생각하지 않았지."

"아."

전혀 생각지도 못한 부분이었다. 입을 쩍 벌리는 나를 보며 리던이 어깨를 으쓱했다.

"그러니까 누구나 오를 수 있지만, 또 누구나 오를 수는 없는 곳이지."

'소설에서는 탑을 오르는 과정 같은 건 안 나오니까 전혀 몰랐어.'

이 세계에 탑을 오르는 엘리베이터가 있을 리도 없고, 전부 걸어서 올라가라고 한다면 나 같은 사람은 불가능했다.

'아니, 그럼 원작에서 카시안이랑 캐서린은 어떻게 그 탑을 오른 거야?'

하지만 캐서린은 마력치 9의 강한 마법사고, 카시안도 검술이 뛰어난 캐릭터였다. 나와 달리 탑을 오를 능력이 충분했다.

"……고대 사람들은 도대체 어떤 체력을 가지고 있었기에 그런 무식한 탑을 만든 걸까요?"

"그러니까 아직도 미스터리로 남아 있는 거 아니겠어?"

리던이 어깨를 으쓱거렸다.

'와이번을 타고 날아가서 꼭대기에 바로 내리면 되지 않을까?'

하지만 와이번을 타고 그렇게까지 높이 날아 본 적이 없었다.

'아니면 해리에게 업고 가라고 할까?'

악마의 체력이라면 가능할 것 같기도 했다. 열심히 루셀 탑에 오를 방법을 고민하고 있으니, 리던이 조심스럽게 입을 열었다.

"레이디 오베론, 할 이야기가 하나 더 있어."

"할 이야기요?"

"그대의 생일 파티에서 언급했었지. 오칼 상회와 에렐의 관계를 이간질한 자에 대해서 말이야."

"아."

나는 쉽게 그날의 대화를 떠올렸다.

─다음번 초대는 꼭 응해 줬으면 하는군. 오칼 상회와 에렐, 둘 사이를 이간질한 게 누구였는지 알아냈거든.

하지만 그 이후 성검이니, 왕위 계승이니, 시험이니 하는 이유로 정신이 없어져서 그 일은 완전히 잊고 있었다.

"그럼 그 이야기를 지금 할까요? 어쩌다 보니 저희 둘만 남았는데."

나는 비어 버린 카시안의 자리를 가리키며 말했다. 리던 역시 카시안의 빈자리를 보며 얼굴을 굳히더니, 곧 고개를 끄덕였다.

"사실 오칼 상회와 에렐의 오해에 대해서는 묻어 두는 게 좋겠다고 말하려고 했어."

범인이 누구인지 알았다. 그러나 그건 묻어 두자.

'상대가 거물일 때 나오는 전형적인 반응이군.'

왕자인 리던이 이런 반응을 보일 만한 거물은 많지 않았다.

"국왕 폐하이신가요? 아니면 왕비님?"

내 질문에 리던이 어색한 얼굴로 턱을 매만졌다.

"어떻게 알았지?"

"왕자님께서 일을 묻자고 하시는 거라면, 그런 거물이 연관됐을 때밖에는 없을 테니까요."

"못 당하겠군."

리던이 헛웃음을 흘리며 선선히 인정했다.

"왕비님이시다. 오칼 상회와 에렐의 사이를 끊으려고 한 건."

"왕비님은 제게 유감이 없으실 텐데요."

하지만 그렇게 말하고서야 왕비와 나 사이에 악감정이 있을 만한 부분이 생각났다.

'내 쪽에서 먼저 파혼을 요청했지.'

왕비는 카시안과 이브리아의 약혼을 적극적으로 성사시킨 장본인이었다.

'정확히는 나와의 약혼이 아니라, 오베론 가문과의 약혼을 위해서 애쓴 거지만.'

어쨌든 파혼으로 그간 왕비가 쏟았던 많은 노력이 모두 헛수고가 됐다.

'게다가 왕비는 자신을 모후로 만들어 줄 아들을 아주 아꼈던 것 같은데……'

"제가 카시안을 먼저 차서 화나신 거였을까요? 그냥 얌전히 차여 줘야 했나?"

"뭐?"

내 말에 리던이 황당하다는 얼굴을 했다.

"레이디 오베론, 그대는 대체로 총명한데 이상한 부분에서 아둔해지는 경향이 있는 것 같군."

"……아무리 그래도 사람을 앞에 두고 아둔하다는 말은 좀 그렇지 않나요?"

"그만큼 황당한 소리라는 뜻이야."

리던이 혀를 차며 고개를 저었다.

"그럼 왕비께서는 왜 에렐에 목재를 끊으려고 하신 건데요?"

"그거야 당연히……."

거침없이 입을 열었던 리던이 왜인지 말끝을 흐리며 내 눈치를 살폈다. 머뭇거리는 그의 얼굴이 조금 멋쩍어 보이는 듯도 했다.

"당연히 뭐요?"

"왕비께선 그대와 나 사이를 걱정하신 거다. 그래서 애초에 우리 쪽과 오베론의 관계를 틀어 놓을 필요가 있다고 생각한 거야."

"설마, 우리가 약혼이나 결혼, 뭐 이런 방식으로 결합할 수도 있다고 생각하셨다고요?"

약혼과 결혼이라는 말에 리던이 헛기침을 하며 고개를 끄덕였다.

"그래."

"도대체 그걸 왜 걱정하시죠? 우린 누가 봐도 그럴 사이가 아닌데."

리던과 이브리아는 아주 사이가 나빴다. 나빠도 보통 나쁜 게 아니었다. 그때의 이브리아는 카시안을 열렬히 사랑했다. 그래서 카시안을 위한다는 핑계로 그의 경쟁자라고 할 수 있는 리던을 지독하게 깔보고 무시했다.

물론 리던도 가만히 당하고 있을 만한 사람은 아니었다. 그 역시 이브리아의 조롱과 무시에 똑같이 대응하며 그녀의 속을 긁어 댔다. 덕분에 사이 나쁜 개와 고양이 같은 두 사람의 관계를 모르는 사람이 없을 정도였다.

"그대가 먼저 파혼을 선언한 게 마음에 걸리셨던 거겠지. 어쨌든 그대가 배신을 당한 거니까, 카시안을 더 곤란하게 할 수도 있겠다 생각하셨을 테고."

"그중에 저와 왕자님의 결합이라는 것도 있었던 거고요."

"그래."

"정말 쓸데없는 걱정을 하셨네요."

만약 이브리아가 캐서린의 물고기 중 한 명과 그렇고 그런 사이가 된다고 생각하면, 가장 그럴 가능성이 없는 게 리던이었다.

"다른 사람이랑 그렇게 되면 몰라도, 저랑 왕자님은 좀 아니잖아요, 안 그래요?"

나는 그 말에 리던도 충분히 동의하리라고 생각했다. 하지만 동의를 구하는 눈빛으로 리던을 보자, 그가 상당히 불만스러운 표정으로 미간을 찌푸렸다.

"왜 그게 좀 아니라고 생각하는데?"

"정말 몰라서 왜냐고 물으시는 거예요? 우리 사이가 좀 많이 나빴잖아요."

"사람 사이라는 게 좋았다가도 나빠지고, 나빴다가도 좋아지는 거 아닌가?"

"그건 또 그렇지만요."

그보다 더 중요한 이유가 있었다.

"남자한테 배신당했다고 그 형님을 유혹하는 건 좀, 도덕적으로 그렇잖아요?"

'이게 무슨 막장 드라마도 아니고.'

아무리 막장 드라마라도 그렇게 이야기가 진행되면 욕을 먹을 판이었다.

"……거기서부터가 문제였군."

리던이 나쁜 사실을 깨달았다는 양 미간을 찌푸렸다. 도대체 뭐가 문제라는 건지는 모르겠지만, 결과적으로 리던은 내 말을 이해하고 고개를 끄덕였다.

"아무튼, 왕비께선 그런 걱정을 하셨다는 거다."

"정말 그런 목적이셨다면 왕비께선 실패하신 거네요."

"무슨 말이야?"

"어쨌든 우리가 이렇게 마주 앉아도 서로를 조롱하지 않고 있잖아요."

예전 같았다면 상상도 못 할 풍경이었다. 예전이라면 서로 같은 공간에 있는 것만으로도 공기가 썩는 것 같다면서 진저리를 쳤겠지. 하지만 이제 리던과 나는 생각보다 괜찮은 사이였다.

"오히려 왕비께서 오칼 상회와 에렐을 이간질하는 바람에, 그걸 계기로 사이가 좋아진 것 같기도 하고요."

"우리 사이가 좋아졌다고는 생각하나?"

"그럼요. 설마 아니라고 생각하세요?"

내가 눈을 동그랗게 뜨고 묻자 리던이 작게 웃음을 흘리며 고개를 끄덕였다.

"아니. 나도 그렇게 생각해."

마법사 협회에서 마도구 기술자들이 도착했다. 이름은 각각 카밀과 도로타였다.

"어린 마법사의 치기 어린 행동을 너그러이 이해해 주셔서 감사합니다, 영주님."

자신을 카밀이라고 소개했던 중년 남성이 깊게 고개를 숙였다.

"아닙니다. 결국 서로에게 건설적인 방향으로 결론이 났으니까요. 지난날의 안 좋은 일들은 모두 잊고 앞으로 잘 지내봐요."

"그런데 제럴드는 잘 지내고 있을까요?"

내 말이 끝나기 무섭게 카밀 옆에 있던 도로타가 다급하게 물었다. 그녀는 머리가 희끗희끗한 노년의 여인이었다. 카밀이 조금 난처한 기색으로 내 눈치를 살폈다.

"제럴드는 도로타의 제자입니다. 어렸을 때부터 아들처럼 사랑으로 키운 제자라 애정이 남다르지요. 부디 그녀의 초조함을 이해해 주십시오."

카밀은 도로타가 다짜고짜 제럴드의 안부를 묻는 것이 예의에 어긋난다고 느낀 것 같았다. 하지만 다행히도 나는 본론부터 말하는 것을 아주 좋아했다. 게다가 제자의 안전을 걱정하는 스승님의 마음을 이해 못 할 정도로 꼬인 인간도 아니었다.

"제럴드는 잘 지내고 있어요. 아직 회복 중이지만, 웬만한 일은 혼자서 할 정도가 됐습니다."

반송장에서 중환자 정도로 회복됐던 제럴드는, 이제 경상자 정도로 회복해 있었다.

"두 분이 오신다는 소식을 듣고 아침부터 들떠 있었으니, 지금 바로 만나러 가시는 게 어떨까요? 꼬마 마법사님이 아주 기뻐할 거예요."

"그래도 되겠습니까?"

카밀이 놀란 얼굴로 물었다. 내가 이처럼 관대한 태도로 그들을 대할 줄 미처 몰랐던 것 같았다. 하지만 마법사를 강압적으로 대해 그들의 기분을 상하게 하는 것이 오히려 나에게는 큰 손해였다.

마법사들은 자의가 아닌 협회의 결정에 따라 이곳에 파견 나왔다. 그것은 협정으로 강제할 수 있었다. 하지만 그들이 이곳에 머무르는 동안 마도구를 어떤 품질로 만들 것인지는 문서로 강제할 수 없었다. 마도구의 품질에 대한 명확한 기준이 없기 때문이었다.

'그래서 마법사들이 쓰레기 같은 마도구만 만들어 대도 항의할 수 없지.'

자신의 처지에서는 최선을 다해 만든 물품이라고 하면, 이쪽에서는 할 말이 없어진다. 그렇게 엉망진창으로 마도구를 만든다면 100개, 아니, 1,000개를 만들어도 아무런 소용이 없었다.

'그러니까 마법사들을 환대해 주고, 그들의 마음을 얻어서, 진심으로 좋은 마도구를 만들게 하는 거야.'

나는 가진 것이 많았다. 이렇게 많이 가진 사람은 타인에게 환대를 베푸는 일도 아주 쉬웠다.

'조금만 나를 낮추고 상대를 배려해 주면 크게 감동하거든.'

"물론이에요. 에렐에 머무르시는 동안 협회에 계시는 것처럼 편안하게 지내셨으면 좋겠어요."

나는 웃으며 그들에게 말했다. 그러자 내 생각처럼 카밀과 도로타의 눈이 놀라움으로 흔들렸다. 어리둥절한 두 사람의 시선이 허공에서 마주치는 것이 보였다. 짧게 시선을 교환하고 다시 나를 바라보는 두 사람의 눈에는 미약하지만 분명한 호의가 실려 있었다.

"……저희를 환대해 주셔서 감사합니다."

"별말씀을요. 에렐에 오신 걸 정말 환영해요."

제럴드가 에렐에서 정말 잘 지내고 있었다는 사실을 확인한 이후, 마법사들은 본격적으로 마도구를 제작하기 시작했다. 시작은 기존의 물품부터였다. 그간 마법사 협회에 의뢰해 향기 나는 마법을 각인했던 브로치를 자체 생산하기 시작한 것이다. 아직 완전히 몸이 회복하지 않아 작업을 시작할 수 없는 제럴드는 신제품 개발 쪽을 담당했다.

새로운 마법을 각인하기 위해서는 그에 맞는 도안을 개발해야 한다. 이건 시간이 아주 오래 걸리는 일이었다. 하지만 개발에 성공하면 그만큼 큰 이득을 얻을 수 있었다.

'다른 곳에서는 각인하지 못하는 에렐만의 마법이 탄생하는 거니까.'

무엇이든 독점은 큰돈이 되는 법이다. 나는 소파에 늘어져 종이 위에 아이디어 몇 가지를 적어 보았다. 괜찮은 아이디어가 있다면 이걸 제럴드에게 전해 개발하도록 부탁할 생각이었다.

하지만 굳어 버린 내 머리에서 나오는 상상력은 한계가 있었다. 한참이나 혼자 머리를 싸매고 고민하던 나는 소파 뒤에 서서 내 머리카락을 만지작거리고 있는 해리에게도 도움을 청해 보기로 했다.

"해리."

"응?"

"지금 마도구를 개발하려고 하는데요. 아이디어가 필요하거든요."

"아, 응, 그렇구나."

"그래서 해리의 의견이 필요해요."

"으으음, 그래애?"

해리가 여전히 내 머리를 만지작거리는 것에 집중하며 대충 대답했다. 대답은 했지만, 내 말에 전혀 집중하지 않는 게 여실히 느껴졌다.

"내 말 듣고 있는 거 맞죠?"

나는 해리가 만지작거리던 머리카락을 그러쥐어 가슴 앞으로 넘겼다. 그러자 해리가 장난감을 빼앗긴 어린아이처럼 부루퉁한 얼굴을 했다.

"왜 못 만지게 해?"

"이거 만지느라 내 말에 집중을 안 하니까 그렇죠."

"집중하고 있었어!"

해리가 억울하다는 듯 눈을 부릅떴다. 하지만 나는 이미 해리의 거짓말을 간파하는 데는 선수였다.

"그럼 말해 봐요. 내가 뭐라고 말했어요?"

내 질문에 당당하게 부릅뜨고 있던 해리의 눈동자에서 힘이 풀렸다.

"어……. 그게…….."

해리의 눈동자가 불안하게 좌우를 오갔다. 머릿속의 기억을 뒤적여 어떻게든 정답을 찾으려는 것 같았다. 오랜 고민 끝에 해리가 자신감 없는 얼굴로 입을 열었다.

"오늘은 같이 놀아도 된다고…… 그랬던가……?"

기억 인출은 실패했다. 나는 헛웃음을 흘리며 소파에 몸을 깊이 묻었다.

"내가 지금 해리가 듣고 싶은 말이 뭔지 물어봤어요?"

"그게 내가 듣고 싶은 말인 줄 어떻게 알았어?"

"해리는 꼭 답을 모르겠으면 자기가 듣고 싶은 말을 하잖아요."

"······내가 그랬어?"

"네. 완전 그랬어요."

나는 한숨을 내쉬며 눈앞의 악마를 꼬드겼다.

"내가 물어보는 말에 대답 잘하면 오늘 같이 놀아 줄게요."

"뭐? 정말?"

"내가 약속으로 거짓말하는 거 봤어요?"

"아니. 내 계약자는 그러지 않아. 신뢰 하면 이브리아, 이브리아 하면 신뢰지."

내가 혹시 말을 바꾸기라도 할까 봐 걱정됐는지 해리가 재빨리 고개를 주억거렸다.

"묻고 싶은 게 뭔데?"

'악마를 제대로 꼬셨군.'

나는 흐뭇한 웃음을 속으로 삼키며 해리에게 물었다.

"해리는 어떤 마도구가 있으면 좋을 것 같아요?"

"나?"

해리가 손가락으로 자기 자신을 가리키며 얼빠진 얼굴로 고개를 갸웃거렸다.

"난 마법을 쓸 수 있으니까 마도구가 필요 없는데?"

"그걸 누가 몰라요?"

나는 한숨을 내쉬며 질문을 좀 더 자세하게 풀어 주었다.

"해리가 마법을 쓸 수 없는 평범한 인간이라고 생각해 봐요. 어떤 마도구가 있으면 좋을 것 같아요?"

"내가 평범한 인간이라면?"

내 질문에 해리가 흐음 하고 침음을 흘리며 고민에 빠졌다. 가볍게 대답할 거라고 생각했는데, 고민에 빠진 해리는 꽤 진지했다.

"만약에 내가 평범한 인간이라면."

오랜 고민 끝에 해리가 입을 열었다.

"네 위치를 찾을 수 없는 게 제일 답답할 것 같아. 그러니까, 네 위치를 알 수 있는 마도구가 있다면 전 재산을 다 털어서라도 살 거야."

"아. 위치 추적기 같은 걸 말하는 거군요."

나는 재빨리 해리의 의견을 종이에 적어 넣었다. 생각보다 괜찮은 아이디어였다.

"제대로 대답해 줬으니까 이제 나랑 놀아 줄 거야?"

만족스러운 내 얼굴을 보며 해리가 조심스럽게 물었다. 나는 단번에 고개를 끄덕였다.

"그럼요. 난 약속은 지킨다고요."

답변까지 만족스러웠으니 약속을 지키지 않을 이유가 없었다.

"그럼 뭐 하고 놀아 줄까요?"

내 질문에 해리가 눈을 동그랗게 떴다. 놀아 주는 것만으로도 고마운데, 라고 생각하는 게 분명했다. 하지만 약삭빠른 악마는 기회를 놓치지 않았다.

"뭐든 내가 하자는 걸 할 거야?"

"난 딱히 생각나는 게 없으니까, 해리가 하고 싶은 놀이를 하죠, 뭐."

"정말이지? 당장 약속해!"

해리가 내게 새끼손가락을 내밀었다. 예전에 나와 손가락을 걸고 약속했던 걸 떠올린 것 같았다.

'뭘 하려고 이렇게까지 하는 거람?'

나는 의문과 함께 해리의 손가락에 내 손가락을 걸었다. 해리의 얼굴에 활짝 미소가 번졌다.

⊱✿⊰

아직 낮인데도 방 안은 어두웠다. 해리가 모든 창문을 커튼으로 가려 놓았기 때문이었다. 그나마 초를 켜 두어서 해리의 얼굴이나 방 안의 풍경은 어슴푸레 볼 수 있었다.

'같이 놀자더니 이게 뭐야?'

내가 어리둥절하게 방 안을 살피고 있을 때, 해리가 나를 불렀다.

"이리 와, 이브리아."

어둠 속에서 해리가 내게 손짓했다. 그는 늘 그랬듯 아주 자연스럽게 내 침대를 차지하고 있었다.

"해리, 같이 놀자더니 내 침대에서 뭐 하는 거예요?"

"내가 하고 싶은 거 하면서 놀기로 했잖아."

그러니까 아무 말 말고 자기가 시키는 대로 하라는 소리다. 뭔가 상황이 이상했지만 그렇게 약속했던 건 분명했다.

나는 한숨을 내쉬며 침대로 다가섰다. 내가 손이 닿을 정도로 가까이 다가서자 해리가 내 손을 붙잡아 가볍게 잡아당겼다. 그 손길을 따라 침대 위에 걸터앉으니 이번에는 해리가 제 다리를 두드렸다.

"내 다리 베고 누워."

"누우라고요?"

"응. 어서."

해리가 재촉하는 바람에 나는 얼떨떨한 기분으로 침대에 누워 그의 다리를 베개 삼아 머리를 받쳤다. 해리의 다리는 내가 평소에 베던 베개보다 조금 딱딱했다. 하지만 딱히 불편하다는 생각은 들지 않았다. 해리는 제 다리를 베고 누운 나를 아주 만족스러운 눈으로 내려다보고 있었다.

'어째 기분이 좀 이상한데.'

내게서 떨어질 줄 모르는 해리의 시선을 피해 슬쩍 고개를 돌리자, 해리가 당장 손을 뻗어 내 얼굴이 정면을 향하게 했다.

"고개 돌리면 안 돼."

"그것도 해리가 하고 싶은 놀이에 포함되는 거예요?"

"응. 계속 나 보고 있어야 돼!"

그렇다는데 어쩌겠나? 나는 포기하고 해리의 얼굴을 쳐다보았다. 그 상태로 가만히 누워 있으니 딱히 할 일이 없었다.

'잘생긴 얼굴이나 실컷 구경해야지.'

나는 해리의 얼굴을 찬찬히 뜯어보기 시작했다. 나를 바라보는 깊은 눈과 미려하게 떨어지는 콧날, 그 아래에서 어쩐지 긴장한 듯 굳게 다문 입술까지. 이렇게 해리를 오랫동안, 천천히 관찰한 건 처음이었다.

"뭐 하는 거야?"

그때 해리가 팔을 뻗어 손으로 내 눈을 가렸다. 순식간에 시야가 가려지며 어둠이 찾아왔다. 눈에 닿은 해리의 손이 조금 뜨거웠다.

"왜 그렇게 날 빤히 쳐다봐?"

해리가 민망하다는 듯 내게 물었다. 투정 섞인 목소리였지만 그다지 기분 나쁜 투는 아니었다. 나는 고민할 것도 없이 해리의 질문에 대답했다.

"눈앞에 있는 게 해리 얼굴뿐이라서요. 나한테 고개도 돌리지 말랬으니까, 볼 수 있는 게 그것밖에 없잖아요."

내 말에 해리가 입을 꾹 다물었다. 너무 당연한 이유에 할 말을 잃은 것 같았다.

"그, 그래도!"

곧이어 헛기침 소리와 함께 해리가 항변했다.

"이렇게 빤히 쳐다볼 건 없었잖아."

"내가 빤히 쳐다보는 게 그렇게 싫었어요? 앞으론 그렇게 안 볼게요."

"아니! 그러라는 게 아니라……."

해리가 말끝을 흐리며 우물거렸다. 해리의 얼굴을 봐도 된다는 건지 아니라는 건지, 잘 이해가 되지 않았다.

"그럼 나 어떻게 해요? 봐요, 말아요?"

내 질문에 잠시 고민하던 해리가 낮은 목소리로 말했다.

"……우선 지금은 그냥 가만히 있어 봐."

중얼거림에 가까운 말과 함께 해리가 움직이기 시작했다. 하지만 눈이 가려진 상태라 그가 뭘 하려는 것인지 알 수 없었다.

'앞이 안 보이니까 조금 불안한걸.'

나는 조금 긴장한 기분으로 해리의 움직임에 신경을 곤두세웠다. 그러자 온몸의 감각이 예민하게 벼려졌다.

"해리?"

의아함을 담아 해리를 불렀지만, 대답은 돌아오지 않았다. 대신 입밖으로 빠져나간 숨을 삼켜 버릴 듯 그의 입술이 내게 닿았다. 어둡게 차단된 시야 때문인지, 그것도 아니면 예민하게 벼려진 감각 때문인지, 맞닿은 입술의 감촉이 평소보다 더 선명하게 느껴졌다. 해리는 달콤한 사탕을 탐하는 아이처럼 내 입술을 머금었다. 그는 사탕이 아까워 어쩔 줄 모르는 사람처럼 조심스럽게 움직이고 있었다.

'간지러워.'

마치 깃털이 입술을 간질이고 있는 것 같았다. 나도 모르게 입가에 미소가 번졌다. 해리는 그 틈을 놓치지 않고 내 안으로 파고들었다. 처음에는 내가 파고들면 어쩔 줄 몰라 쩔쩔매더니, 이제는 먼저 틈을 파고들 줄도 알았다.

'이게 다 그 공부의 효과인가?'

실전 연습도 없이 이론만으로 이런 성과를 내다니. 정말 놀라웠다.

'그 관능 소설 대체 뭐야? 그걸 쓴 마담 루이제는 또 뭐 하는 사람이고?'

엠마가 그토록 찬양하는 관능 소설에 없던 흥미가 생길 정도였다.

'하지만 아직은 내가 한 수 위거든!'

감히 허락도 안 받고 주인을 문 개를 그냥 둘 수는 없었다. 나는 팔을 뻗어 해리의 뒤통수에 손을 얹었다. 제 머리카락을 헤집고 들어오는 손길에 해리가 멈칫거리는 게 느껴졌다.

'이때가 바로 반격의 타이밍이지.'

나는 얼어 버린 해리의 뒤통수를 가볍게 끌어당겼다. 그러자 맞닿은 서로의 입술이 조금 더 깊게 눌렸다. 해리가 사탕을 천천히 녹여 먹는 타입이라면, 나는 사탕을 깨물어 씹어 먹는 쪽이었다. 깊게 맞닿은 입술을 살짝 깨물자 해리가 화들짝 놀라며 고개를 들려고 했다. 하지만 그의 뒤통수는 이미 내게 붙잡힌 상태였다. 나는 내게서 벗어나려는 해리의 입술에 다시 한번 쪽, 하고 입을 맞춘 뒤에야 그를 놓아주었다. 해리가 내 눈을 가리고 있던 손을 떼며 후다닥 멀어졌다.

"뭐, 뭐, 뭐, 뭐야!"

나는 어둠을 뚫고 들어오는 빛에 눈을 두어 번 깜빡였다. 점점 선명해지는 시야 사이로 얼굴이 잔뜩 붉어진 해리가 있었다.

"내가 하고 싶은 거 하기로 했잖아! 갑자기 움직이면 어떡해!"

해리가 팔을 들어 입술을 가린 채 씩씩대며 내게 항의했다.

"해리가 하고 싶은 걸 하자고 했지, 내가 가만히 있겠다는 소리는 안 했잖아요."

내 말에 해리가 뒤통수를 강하게 얻어맞은 사람처럼 멍한 얼굴을 했다. 입을 가리고 있던 팔도 맥없이 아래로 툭 떨어졌다.

"오늘 나랑 하고 싶었던 게 키스였어요? 그럼 그렇다고 말을 하지."

그 정도는 거창하게 이런 분위기를 만들지 않아도 언제든지 할 수 있었다.

"아냐, 그런 거!"

내 말에 해리가 억울하다는 듯 소리쳤다.

"원래 하려고 했던 건 이거 아니란 말이야. 키스는, 갑자기 그냥, 네가……."

갑자기 해리가 횡설수설하며 말끝을 흐렸다. 그렇지 않아도 붉어졌던 얼굴은 이제 터지기 일보 직전이었다.

"아무튼! 원래 하려던 건 이거 아니었어."

"그럼 원래 하려던 건 뭐였는데요?"

"원래는 그냥 너 좀 재워 주려고……."

"날 재워 줘요?"

놀아 달라고 그렇게 떼를 쓰기에 좀 더 활동적인 걸 요구할 줄 알았는데. 상당히 의외였다.

"응. 요즘엔 네 옆에서 못 자니까, 너 자는 모습 보고 싶어서."

해리가 손을 뻗어 내 머리를 쓸어 넘겼다. 머리에 닿는 손이 조심스러우면서도 다정했다.

"그러고 보니 같이 안 잔 지 오래됐죠."

해리가 개의 모습으로 있었을 때는 늘 한 침대에서 잠들었다. 하지만 그가 사람의 모습으로 내 곁에 머무르게 된 뒤에는 한 침대를 쓰기는커녕 같은 방에서 머무르지도 않았다.

"그럼 같이 낮잠 잘까요?"

"……어?"

내 제안에 해리가 눈을 동그랗게 떴다.

"그래도 돼?"

"그러고 싶은 거 아니에요?"

"응! 그러고 싶어!"

해리가 들뜬 얼굴로 재빨리 고개를 끄덕였다. 신이 난 얼굴을 보니 나도 모르게 피식 웃음이 새어 나왔다.

'그래. 내 개가 하고 싶다는데 어쩌겠어?'

나는 의무적으로 애완견을 산책시키는 개 주인이 된 심정으로 팔을 뻗었다.

"자. 이리 와요!"

양팔을 활짝 벌린 나를 보며 해리의 얼굴이 미묘하게 일그러졌다.

"지금 내가 네 품에 안겨서 잠들어야 하는 분위기야?"

"그럼요?"

"이럴 땐 보통 내가 널 안고 자야 하는 거 아니야?"

"누가 그래요?"

"마담 루이제가."

그 관능 소설, 도대체 무슨 내용인 거지? 나는 한 번도 보지 못한 소설의 내용에 감탄하며 뻗었던 팔을 거뒀다.

"좋아요. 오늘 하루는 특별히 내 개에게 주인을 안고 잠들 수 있는 권리를 주겠어요."

나는 비장한 표정으로 고개를 끄덕였다.

"자! 날 안아요!"

"……안으라는 건지, 싸우자는 건지."

해리가 투덜거리면서도 천천히 내 옆에 몸을 뉘었다. 그의 움직임에 침대가 가볍게 흔들거렸다. 해리의 얼굴이 바로 눈앞에 있었다. 그 모습을 보며 씩 웃자, 그가 '으으!' 하고 신음하고 나를 꼭 껴안았다.

"와."

해리의 품에 안기자마자 나도 모르게 감탄이 흘러나왔다.

"해리한테서 좋은 냄새 난다."

나는 해리의 가슴에 코를 박고 코를 킁킁거렸다. 정말로 좋은 냄새가 나서 이걸 향수로 만들어 팔면 대박이 나겠다는 생각까지 들 정도였다. 내가 그렇게 그의 품에서 바스락거리자 해리가 잔뜩 억눌린 목소리로 경고했다.

"그, 계속 그렇게 움직이지 말아 줬으면 하는데. 너무 자극하면 낮잠만 자기는 좀 힘들어질 것 같거든."

나는 해리의 조언을 받아들여 몸에서 힘을 빼고 그의 가슴에 몸을 기댔다.

"오늘은 낮잠만 자고 싶으니까 얌전하게 있을게요."

내 말에 해리가 잠시 생각하더니 조심스럽게 질문을 던졌다.

"……낮잠만 자고 싶지 않은 날도 있을 것 같아?"

"언젠가는 있겠죠?"

내 대답에 나를 끌어안은 해리의 팔에 힘이 들어갔다. 나는 기분 좋은 압박감을 느끼며 눈을 감았다.

"해리. 루셀 탑이 어디 있는지 알아요?"

"응. 알고 있지. 거긴 왜?"

"거기에 한번 올라가 봐야 할 것 같아서요."

"거기가 엄청 높다는 건 알고 있어? 넌 반도 못 올라갈걸."

"에이, 무슨 걱정이에요? 해리가 있는데. 내가 가고 싶다고 하면 어떻게든 올라가게 해 줄 거잖아요?"

"당연하지."

내 말에 해리가 고민도 하지 않고 곧바로 대답했다. 공백 없는 그 대답에 마음이 편안해졌다. 거기에 좋은 향기와 따뜻한 체온, 기묘한 안정감까지.

조금씩 잠이 나를 집어삼켰다.

〈그냥 악역으로 살겠습니다〉 3권에서 계속